KB169289

암호해독자

묘보설림
猫步說林
___001

암호
해독자 解密

마이자 麥家

김택규 옮김

글항아리

| 일러두기 |

1. 이 책의 저본은 麥家, 『解密』(北京十月文藝出版社, 2014)이다.
2. 괄호 속 설명은 대부분 옮긴이 주다.

차례

제1편

기 起

그녀는 어려서부터 총기가 남달랐고 특히 셈과 연산에 뛰어났다. 열한 살에 학당에 들어가 열두 살에 주판을 상대로 셈을 겨뤘는데 그 속도가 다들 혀를 내두를 만큼 빨랐다. 누가 가래 한번 뱉을 시간이면 네 자리 숫자 두 세트의 곱셈, 나눗셈을 암산으로 해냈다. 두개골을 만져 운명을 점치는 한 장님은 그녀가 코 위까지 뇌수가 뻗어 있어서 천 년에 한 명 나올까 말까 한 기인이라고 말했다.

01

1873년, 한 청년이 검은 거적을 씌운 배를 타고 퉁전銅鎭을 떠나 서양 유학길에 올랐다. 그는 장난江南(양쯔강 이남 지역)의 유명한 대소금상 룽蓉씨 가문의 7대 자손 중 막내로서 본명은 룽쯔라이蓉自來였지만 서양에 가서는 존 릴리로 개명했다. 훗날 사람들은 룽씨 가문 사람들의 몸에 이어지던 축축한 소금 냄새가 이 청년에게 와서 깔끔하고 건조한 책 향기로, 그리고 나라를 사랑하는 군자의 기개로 변했다고 말했다. 그것은 당연히 그의 서양 유학과 관련이 깊었다. 그러나 룽씨 가문 사람들이 애초에 그를 뽑아 서양으로 보낸 것은 가문의 기풍을 바꾸기 위해서가 아니었다. 단지 가문을 지켜온 노老 마님의 수명을 연장시키기 위해서였다.

노 마님은 젊은 시절 훌륭하게 자녀를 낳고 키워 수십 년간 9남 7녀를 룽씨 가문에 보탰을 뿐만 아니라 그들이 하나같이 장성하여 성공할 수 있게 도왔다. 그렇게 룽씨 가문의 번창에 큰 기여를 하여 가문 안에서 누구도 넘볼 수 없는 자리에 올랐다. 그녀는 자손들의 정성스러운 봉양으로 수명이 거듭 연장되기는 했지만 사는 게 그리 순탄치는 않았다. 특히 밤에 갖가지 꿈이 엄습해 그녀는 어린 소녀처럼 괴성을 질렀고 한낮이 될 때까지 마음을 가라앉히지 못했다. 온 집안에 가득한 자손들과 산더미처럼 쌓인 새하얀 은덩이가 그녀의 악몽 속에서 명멸했고 향기로운 촛불이 그녀의 날카로운 비명에 놀라 일렁이곤 했다.

매일 아침, 룽씨 대저택에는 한두 명의 해몽가가 노 마님의 꿈을 풀기 위해 초대되었다. 그리고 시간이 흐르면서 그들 사이의 수준 차가 훤히 드러났다.

그 수많은 해몽가 가운데 노 마님은 얼마 전 서양에서 그곳 퉁전으로 흘러들어온 백인 청년을 가장 믿었다. 그는 마님의 꿈 속에 나타난 각종 암시를 정확히 해석했을 뿐만 아니라 때로는 예견도 하고 꿈의 순서를 바로잡기도 했다. 다만 너무 젊은 외모 때문에 아직 능력이 일천하다는 인상을 주었다. 그래서 마님은 "솜털이 채 안 가서서 아주 믿음직스럽지는 못해"라고 말했다. 확실히 그는 꿈을 낱낱이 분석하는 기술에선 뛰어났지만 꿈의 흐름을 아울러 전체적인 의미를 읽어내는 것은 많이 모자라 가끔씩 횡설수설하곤 했다. 또한 한밤중의 꿈은 억지로 읽어내는데 새벽녘의 꿈과 꿈속의 꿈에 대해서는 거의 속수무책이었다.

청년은 자기가 할아버지에게 해몽술을 배우기는 했지만 전문적으로 배운 게 아니라 귀동냥으로 주워들은 정도여서 수준이 한참 낮다고 말했다. 이 말을 듣자마자 노 마님은 벽의 비밀 문을 열어 가득 쌓인 은덩이를 보여주면서 할아버지를 모셔와달라고 간청했다. 그러나 돌아온 대답은 불가능하다는 것이었다. 왜냐하면 첫째, 그의 할아버지는 이미 재산이 많아서 돈에 전혀 흥미가 없고 둘째, 너무 고령이어서 멀리 바다를 건너가야 한다는 생각만 해도 아마 놀라 죽을 것이기 때문이다. 하지만 그 백인 청년은 노 마님에게 또 다른 방법을 가르쳐주었다. 그것은 바로 사람을 보내 배워오게 하는 것이었다.

진인眞人이 몸을 낮춰 친히 오지 못한다면 그것만이 유일한 길이었다.

숱한 자손들 가운데 가장 적합한 인물을 물색하는 일이 곧 진행되었다. 그 인물은 반드시 두 가지 조건을 갖춰야 했다. 하나는 효성이 깊어 노 마님을 위해서라면 불속에라도 뛰어들 정도여야 했고, 다른 하나는 똑똑하고 공부를 좋아해야 했다. 짧은 시간 안에 복잡한 해몽술을 다 익혀 자유자재로 구사할 줄 알아야 했기 때문이다. 거듭된 선발 과정을 거쳐 드디어 스무 살의 어린 손자 룽쯔라이가 가장 낫다는 판정이 내려졌다. 그래서 룽쯔라이는 가슴속에 그 백인 청년이 자기 할아버지에게 쓴 추천서를 품고, 또 어깨에는 노 마님의 수명을 늘려드려야 한다는 중책을 지고서 바다 건너 서양으로 배움의 길을 떠났다.

한 달 뒤, 폭풍우 치는 밤에 룽쯔라이가 탄 증기선이 아직도 대서양에서 흔들거리고 있을 때였다. 노 마님은 증기선이 허리케인에 휘말려 가라앉는 바람에 어린 손자가 고기밥이 되는 꿈을 꾸었다. 이에 상심한 그녀는 꿈속에서 숨이 끊어졌는데 그만 꿈속의 일이 생시의 일로 변하여 꿈에서 못 깨고 저승으로 가고 말았다.

길고 힘든 여정을 마치고 룽쯔라이는 마침내 해몽술의 대가 앞에 섰다. 그런데 그가 공손히 추천서를 내밀었을 때 대가는 그에게 편지 한 통을 전해주었다. 그 안에는 노 마님이 별세했다는 소식이 담겨 있었다. 역시 사람보다는 편지가 더 빠르게 마련이다.

팔순이 넘은 그 대가는 머나먼 이역에서 온 이방인을 물끄러미 바라보았다. 날아가는 새도 맞혀 떨어뜨릴 만큼 매서운 눈초리였다. 그는 인생의 막바지에서 이 이방인을 제자로 거둬들이고 싶어하는 듯했다. 그러나 룽쯔라이의 생각은 달랐다. 할머니가 죽은 이상, 이제 해몽술을 배우는 것은 헛된 일이므로 마음만 감사히 받고 날을 택해 귀국길에 오르려 했다. 그런데 돌아갈 배를 기다리는 동안 대가가 머무르던 대학 캠퍼스에서 한 동향 사람을 사귀었다. 그 동향인의 권유로 함께 수업 몇 강좌를 듣고 나서 그는 귀국할 마음이 사라졌다. 그곳에는 그가 배우고 싶은 것이 너무나 많았기 때문이다. 그는 그곳에 남기로 했다. 그리고 그 동향인과 함께 낮에는 슬라브인 선생과 터키인 선생에게서 기하학, 수론, 방정식 등을 배웠고 밤이 되면 바흐의 3대 제자가 가르치는 강의에 청강생으로 들어가 음악을 배웠다.

정신없이 학문에 몰두하는 가운데 세월은 빠르게 흘러갔다. 이제 집에 돌아가야 한다고 그가 느꼈을 때는 이미 일곱 해가 바람처럼 흘러간 뒤였다. 1880년 초가을, 룽쯔라이는 막 따낸 포도 수십 광주리와 함께 귀국선을 탔다. 집에 도착했을 때는 벌써 엄동설한이었고 포도는 선창에서 다 발효되어 술이 되어 있었다.

퉁전 사람들의 말에 따르면 지난 7년간 룽씨 가문은 전혀 변한 것이 없었다. 여전히 소금상이었으며 또 여전히 자손이 번창하고 돈이 넘쳐났다. 변한 것이라고는 서양에서 돌아온 그 한 사람밖에 없었다. 그는 '존 릴리'라는 희한한 이름을 하나 달고 왔을 뿐만 아니라 갖가지 괴상한 버릇이 생겼다. 우선 머리에서 변발이 없어졌고 두루마기 대신 셔츠와 조끼를 입었으며 꼭 피처럼 붉은 술을 즐겨 마셨다. 그리고 새가 지저귀는 것 같은 소리를 늘 섞어 말하곤 했다.

더 이상한 점은 그가 소금 냄새를 못 맡게 된 것이었다. 부두에서나 가게에서 코를 찌르는 소금 냄새만 맡으면 헛구역질을 했고 때로는 노란 물까지 게워냈다. 소금상의 자손이 소금 냄새를 못 맡는다니 그것은 정말 있을 수 없는 일이었다. 물론 자기가 왜 그런지 룽쯔라이가 자세히 해명하기는 했다. 대서양을 지나오면서 그는 여러 차례 물에 빠져 못 견디게 짠 바닷물을 사경에 이를 때까지 들이켰다고 한다. 그러고 나니 그 고통이 뼈에 사무쳐서 나중에는 항해를 할 때 입안에 찻잎을 한 움큼 물고 있어야 겨우 견딜 수 있게 되었다는 것이다. 하지만 어쨌든 소금 냄새도 못 맡는 위인이 가업을 이을 수는 없었다. 늘 찻잎을 입에 물고 가게 주인 노릇을 할 수는 없지 않은가.

그의 이런 변화는 확실히 골치 아픈 문제였다.

다행히 그가 유학을 떠나기 전, 노 마님이 한 가지 방안을 마련해두었다. 그가 공부를 마치고 돌아오면 벽 속에 쌓인 그 은덩어리를 그의 효심에 대한 상금으로 주라고 했던 것이다. 나중에 그는 은덩어리를 처분해 그 성省의 중심 도시인 C시에 가서 그럴듯한 학교를 세웠다. 그 학교의 이름은 릴리 학당이었다.

그것은 바로 훗날의 그 유명한 N대학의 전신이었다.

02

N대학의 빛나는 명성은 릴리 학당에서 시작되었다.

그 학당에 처음으로 큰 명성을 가져다준 인물은 바로 릴리 자신이었다. 그는 파격적으로 여성의 입학을 허가해 세상을 깜짝 놀라게 했다. 처음 몇 년간, 학당은 세상 사람들에게 요지경 같은 인상을 주었다. C시에 오는 사람들은 어김없이 학당에 들러 거닐고 살피면서 마치 유곽에 온 듯 눈요기를 했다. 당시의 봉건적인 관념에 따르면 단지 여자를 입학시켰다는 이유만으로 그 학당은 파괴되기에 충분했다. 그런데 왜 그러지 않았느냐에 대해서는 여러 견해가 있지만 룽씨 가문의 족보를 근거로 한 견해가 가장 믿을 만하다. 룽씨 가문의 족보에는 학당에 최초로 입학한 여자들이 모두 룽씨 가문의 후손이었다는 사실이 은밀히 기재되어 있다. 그것은 마치 내가 나 스스로를 망치는데 당신들이 무슨 상관이냐고 말하는 것과 같았다. 이처럼 릴리 학당은 교묘하게 위험을 비껴갔다. 오히려 아이가 욕을 먹고 울면서 커가듯이 세상의 비난 속에서도 나날이 성장했다.

두 번째로 학당에 명성을 가져다준 인물 역시 룽씨 가문 사람이었다. 릴리의 큰형이 나이 예순에 첩에게서 낳은 딸이었으니 곧 릴리의 조카딸이었다. 이 사람은 원래 둥글고 큰 호랑이 머리를 가진데다 그 머릿속에는 여자들에게서 보기 드문 지혜까지 담겨 있었다. 그녀는 어려서부터 총기가 남달랐고 특히 셈과 연산에 뛰어났다. 열한 살에 학당에 들어가 열두 살에 주판을 상대로 셈을 겨뤘는데 그 속도가 다들 혀를 내두를 만큼 빨랐다. 누가 가래 한 번 뱉을 시간이면 네 자리 숫자 두 세트의 곱셈, 나눗셈을 암산으로 해내곤 했다. 또한 아무리 교묘한 수수께끼 문제도 망설임 없이 척척 해결해서 오히려 물어본 사람을 실망시키고 혹시 그녀가 이미 풀어본 문제가 아닐까 의심하게 만들었다. 두개골을 만져 운명을 점치는 한 장님은 그녀가 코 위까지 뇌수가 뻗어 있어서 천 년에 한 명 나올까 말까 한 기인이라고 말했다.

열일곱 살이 되던 해, 그녀는 고모네 사촌오빠와 함께 멀리 케임브리지 대학으로 유학을 떠났다. 안개 자욱한 런던의 부두로 증기선이 진입했을 때, 시 짓기를 즐기던 사촌오빠는 선창 밖의 짙은 안개를 보고 문득 시상이 떠올라 즉석에서 시를 읊조렸다.

바다의 힘을 빌려

나는 대영제국에 왔노라

대영제국이여

대영제국이여

짙은 안개도 너의 화려함을 감싸지 못하네……

사촌오빠의 우렁찬 목소리에 잠이 깬 그녀는 졸린 눈으로 회중시계를 보고서 자기도 모르게 말했다.

"우리, 바다에서 39일하고도 7시간을 보냈어요."

이어서 두 사람은 마치 정해진 격식처럼 주거니 받거니 묻고 답했다.

사촌오빠가 물었다.

"39일 7시간은?"

그녀가 답했다.

"943시간."

"943시간은?"

"56580분."

"56580분은?"

"3394800초."

이런 게임은 거의 그녀의 삶의 일부였다. 사람들은 그녀를 손 댈 필요 없는 주판으로 생각해 즐기고 가끔은 실제로 이용하기

도 했다. 이런 일은 또한 그녀의 특이한 재능과 가치를 더 도드
라지게 했으며 심지어 사람들은 그녀를 이름 대신 '주판'이라고
불러댔다. 그녀의 머리가 유난히 크다는 이유로 '대두大頭 주판'
이라고 부르는 사람도 있었다. 사실 그녀의 계산 능력은 그 어떤
주판보다 뛰어났다. 그녀는 마치 룽씨 가문이 대대로 장사를 해
오면서 쌓은 능력을, 양질전화量質轉化를 통해 전부 자기 머릿속에
담은 듯했다.

케임브리지 시절에 그녀는 원래의 재능 외에 또 새로운 재능
을 드러냈다. 그것은 바로 외국어였다. 그녀는 일부러 다른 나라
여학생과 방을 쓰며 새로운 언어를 배워 번번이 큰 효과를 거뒀
다. 기본적으로 학기마다 클래스메이트를 바꿨는데 학기가 끝나
갈 즈음이면 클래스메이트와 비교해 거의 손색없을 정도로 새 언
어를 구사했다. 그렇다고 그 과정에서 특별한 방법을 쓴 것도 아
니었다. 여느 사람들과 전혀 다르지 않은 보통의 방법을 썼다. 그
런데도 결과는 특별했다. 그렇게 몇 년이 흐르자 그녀는 7개 국
어를 구사하게 되었으며 더군다나 읽고 쓰기까지 완벽했다.

어느 날 그녀는 캠퍼스에서 회색 머리의 아가씨와 마주쳤다.
그 아가씨가 질문을 하는데 전혀 알아들을 수가 없었다. 7개 국
어를 다 동원해보았지만 역시 소용없었다. 알고 보니 그 아가씨
는 막 밀라노에서 온 신입생이어서 이탈리아어밖에 할 줄 몰랐
다. 이 사실을 알고 그녀는 그 아가씨를 초대해 새 학기의 클래

스메이트로 삼았다. 그리고 바로 그 학기에 그녀는 뉴턴의 '수학의 다리'를 설계하기 시작했다.

수학의 다리는 케임브리지 대학 도시의 명물로서 7177개의 크고 작은 나무를 조립해 만들어졌다. 이 다리에는 모두 10299개의 이음부가 있는데 만약 못을 썼다면 역시 10299개의 못을 박아야 했을 것이다. 하지만 뉴턴은 못들을 전부 강 속에 던져버리고 다리 전체를 짓는 데 단 한 개의 못도 쓰지 않았다. 이것이 바로 수학의 오묘함이다. 오랜 세월, 케임브리지 대학 수학과의 수재들은 이 다리의 비밀을 풀려고 애를 썼다. 다시 말해 종이 위에 수학의 다리와 똑같은 다리를 지으려고 했다. 하지만 뜻을 이룬 사람은 단 한 명도 없었다. 설계된 대부분의 다리는 적어도 1000여 개의 못을 써야만 원래의 다리와 똑같은 효과를 낼 수 있었고 극히 일부만이 못을 1000개 이하로 줄였다. 그나마 어느 아이슬란드인이 못을 561개까지 줄여 가장 좋은 성과를 거뒀다. 유명한 수학자 페드로 에머 박사가 이끄는 '수학의 다리 심의위원회'는 이를 기준 수량으로 삼아 누구든 한 개라도 못의 숫자를 줄이면 케임브리지 대학 수학박사 학위를 주겠다고 공표했다. 이로 인해 그녀는 나중에 수학박사 학위를 취득했다. 그녀가 설계한 수학의 다리는 못을 388개만 사용했기 때문이다. 박사학위 수여식에서 그녀는 이탈리아어로 답사하면서 그사이 일상생활에서 외국어 하나를 더 습득했다고 말했다.

그때는 그녀가 케임브리지에서 유학한 지 5년째 되는 해였고 그녀의 나이는 스물두 살이었다.

그 이듬해, 인류를 하늘로 데려가려고 꿈꾸던 한 형제가 케임브리지로 그녀를 찾아왔다. 그들의 꿈같은 이상과 야심이 그녀를 미국으로 건너가게 했다. 그리고 2년 뒤, 미국 노스캐롤라이나 주 교외의 들판에서 인류 최초의 비행기가 푸른 하늘로 날아올랐다. 그 비행기의 동체 밑에는 회색 글씨로 비행기 설계와 제작에 참여한 주요 인물과 날짜가 얕게 새겨져 있었다. 그중 네 번째 행의 문구는 이랬다.

비행기 날개의 설계자, 중국 C시의 애버커스 릴리 룽Abacus Lili Rong

'애버커스 릴리 룽'은 그녀의 영문명이었다. 룽씨 가문 족보에 적힌 이름은 룽유잉容幼英이었으며 그녀는 그 가문의 8대손이었다. 그리고 케임브리지 대학까지 찾아가 그녀를 초청해간 이들은 바로 인류 최초의 비행사 라이트 형제였다.

비행기는 그녀의 명성을 하늘 높이 끌어올렸고 이로써 그녀도 모교인 릴리 학당의 명성을 드높였다. 신해혁명이 터지자 그녀는 조국의 발전이 임박했음을 알고 여러 해에 걸친 인연을 모두 끊고서 의연히 귀국해 모교 수학과의 주임교수로 부임했다. 그때 릴리 학당은 이미 N대학으로 개명한 상태였다.

1913년 여름, '수학의 다리 심의위원회'의 회장인 페드로 에머 박사가 그녀가 설계한, 388개의 못만 사용한 수학의 다리 모형을 가지고 N대학 캠퍼스에 나타났다. 그것은 N대학의 명예를 빛낸 쾌거였으며 페드로 에머 박사는 N대학에 크나큰 명성을 가져다준 세 번째 인물이 되었다.

1943년 10월의 어느 날, 일본군의 포화가 N대학 캠퍼스까지 침범해 페드로 에머 박사가 선물한 그 희대의 보물, 수학의 다리 250:1 모형이 어리석고 야만스러운 불길 속에 소실되었다. 그런데 그 다리의 설계자는 이미 29년 전에, 다시 말해 페드로 에머 박사가 N대학을 방문하고 그 이듬해에 세상을 떠난 뒤였다. 그녀는 마흔 살도 채 살지 못했다.

03

그녀 혹은 룽유잉 혹은 애버커스 릴리 룽 혹은 대두 주판은 병원 임산부실에서 숨을 거뒀다.

오랜 세월이 흐르면서 당시 그녀의 출산을 목격한 이들은 전부 저세상 사람이 되었다. 하지만 그녀의 고통스러운 출산 과정은 마치 무시무시한 전쟁처럼 입에서 입으로 전해지면서 한 편의 전설로 다듬어졌다. 말할 필요도 없이 그것은 온몸이 갈기갈기 찢어지는 듯한 출산이었다. 기진맥진한 신음 소리가 이틀 밤낮이나 계속되고 끈적끈적한 피비린내가 병원의 좁은 복도를 넘어 큰길까지 풍겼다. 의사는 당시의 가장 선진적인 방법과 가장 낙후된 방법을 총동원했지만 아기의 새까만 머리통은 여전히 나올 듯 말 듯했다. 임산부실 앞 복도에서 아기가 태어나길 기다리던 룽씨 집안 사람들과, 아기 아빠의 가문인 린林씨 집안 사람들은 시간이 갈수록 줄어들어 나중에는 하녀 한두 명만 남았다. 가장 간이 큰 사람조차 실내에 가득한 그 참혹한 분위기에 질리고 말았기 때문이다. 삶의 환희는 어느새 죽음의 공포에 덮여버렸고 고통의 시간에 의해 삶과 죽음이 계속 엎치락뒤치락했다. 늙은 릴리는 복도에 마지막으로 나타나 역시 마지막으로 자리를 뜬 사람이었다. 떠나기 전, 그는 내뱉듯이 말했다.

"태어날 녀석은 황제가 아니면 악마일 거요."

"십중팔구 낳지 못할 겁니다."

의사가 말했다.

"낳을 거요."

"낳지 못할 겁니다."

"의사 선생은 애기 엄마를 잘 모르오. 그녀는 보통 사람이 아니오."

"하지만 저는 여자의 몸을 압니다. 애기를 낳는다면 그건 기적입니다."

"원래 그녀가 바로 기적을 낳는 사람이오!"

늙은 릴리는 말을 마치고 가려 했지만 의사가 앞을 가로막았다.

"여기는 병원이니 선생께서는 제 말에 따라야 합니다. 만약 낳지 못하면 어쩌죠?"

늙은 릴리는 잠시 할 말을 잃었다. 의사가 또 물었다.

"엄마와 아기 중 누구를 구해야 합니까?"

늙은 릴리는 단호하게 말했다.

"물론 엄마를 구해야지!"

그러나 얄궂은 운명 앞에서 늙은 릴리의 말은 힘을 잃었다. 날이 밝았을 때, 밤새 몸부림친 산모는 지칠 대로 지쳐 정신을 잃었다. 이에 의사는 차디찬 얼음물로 그녀를 깨우고 네 배 강도의 흥분제를 주사해 마지막 힘을 쏟아붓게 했다. 이번에도 안 되면 엄마를 살리고 아기는 포기하겠다고 의사는 똑똑히 말했다. 하지만 결과는 뜻대로 되지 않았다. 산모가 최후의 발버둥을 치다가 간이 터져버린 것이다! 결국 의사는 죽은 산모의 배를 갈라 아기를 끄집어냈다.

아기는 세상에 나오기 위해 엄마의 소중한 목숨을 희생시켰다. 처음 아기를 보고 그 자리에 있던 사람들은 모두 경악했다. 아기의 어깨보다 머리가 훨씬 더 컸기 때문이다! 엄마도 머리가 컸지만 아기와 비교하면 어림도 없었다. 이렇게 아기의 머리가 큰 데다 나이 사십이 다 되어 맞은 노산이었으니 엄마가 죽은 것은 어쩌면 당연한 일이었다. 세상일은 실로 뭐라 말하기 어렵다. 몇 톤 무게의 쇳덩어리를 하늘로 날려 보낸 여자가 제 몸속의 작은 아기는 어쩌지 못한 것이다.

아이가 태어난 후, 린씨 가문 사람들은 그에게 아명, 본명, 자字, 호號까지 적지 않은 호칭을 지어주었다. 하지만 훗날 사람들은 그의 그런 호칭들이 죄다 쓸모없음을 깨달았다. 거대한 머리와 무시무시한 출생의 내력이 일찍부터 그에게 '대두귀大頭鬼'라는 별명을 선사했기 때문이다.

"대두귀!"

이렇게 그를 불러야 뭔가 시원하고 딱 맞아떨어지는 느낌이 들었다.

"대두귀!"

아는 사람이든 모르는 사람이든 전부 그를 이렇게 불렀다.

수많은 사람이 전부 그를 이렇게 불렀다.

믿을 수 없는 것은 대두귀가 결국에는 정말로 수많은 사람에게 귀신으로, 세상에서 받아들여지기 힘든 사악한 귀신으로 불렸다는 사실이다. 린씨 집안은 원래 성도省都(한 성의 정부가 있는 도시) C시에서 손꼽히는 명문가로서 재산 규모가 어마어마했지만 대두귀의 소년 시절부터 형편이 어려워지기 시작했다. 대두귀가 저지르는 말썽을 무마하는 데 엄청난 비용이 들었기 때문이다. 만약 앙심을 품은 기생이 사람을 사서 대두귀를 죽이지 않았다면 린씨 집안은 아마 저택조차 팔아넘겨야 했을 것이다. 전해오는 이야기에 따르면 대두귀는 열두 살에 말썽을 피우기 시작해 스무 살에 죽을 때까지 근 10년간 최소한 열 건 넘게 살인을 저질렀고 데리고 논 여자도 100명을 헤아렸다고 한다. 이로 인해 집안에서 지불한 지폐가 산을 이루고 길을 다 덮을 정도였다. 인류사에 길이 남을 공적을 세운 천재 여성이 뜻밖에도 이런 천하에 못된 자식을 낳았으니 실로 알다가도 모를 일이다.

대두귀가 진짜 귀신이 되어 린씨 집안 사람들은 겨우 한숨을 돌렸지만 곧바로 한 정체불명의 여자에게 괴롭힘을 당했다. 타지에서 온 그 여자는 린씨 집안의 가주를 보자마자 다짜고짜 무릎을 꿇고 봉긋하게 솟아오른 자기 배를 가리키며 눈물로 호소했다.

"이 애는 린씨 집안의 씨앗이에요!"

린씨 집안 사람들은 그 말을 믿기 힘들었다. 죽기 전까지 대두귀는, 배에 태우면 몇 척은 될 정도로 많은 여자를 사귀기는 했지만 여자가 배가 불러 집에까지 찾아온 경우는 단 한 번도 없었다. 그래서 그들은 그녀를 호되게 걷어차 대문 밖으로 내몰았다. 여자는 그 발길질로 낙태가 된 줄 알고 차라리 잘됐다고 생각했지만 사지가 다 욱신거리며 아픈데도 정작 아파야 할 곳은 잠잠하기만 했다. 그래서 모질게 몇 대 더 주먹질을 했는데도 아무 이상이 없어서 그녀는 길가에 철퍼덕 주저앉아 대성통곡을 했다. 이때 구경꾼들이 겹겹이 몰려들었고 그중 한 사람이 측은했던지 그녀에게 N대학에 가보면 좋은 일이 있을지 모른다고, 그곳도 대두귀의 집이라고 일러주었다. 그래서 여자는 아픔을 꾹 참고 비틀거리며 N대학에 찾아가 늙은 릴리 앞에 무릎을 꿇었다. 늙은 릴리는 한평생 진리를 추구하고 학생들을 가르치며 전통과 현대의 도리를 다 깨우친 사람이어서 그녀를 거둬들였다. 그리고 날을 택해 아들 룽샤오라이容小來가 잠시 머물고 있던 고향 퉁전으로 비밀리에 그녀를 보냈다.

퉁전의 반을 차지하고 있는 룽씨 가문의 대장원은 건물이 즐비하고 그 기세가 예나 다름없었다. 그러나 칠이 벗겨진 처마와 기둥에서 쇠퇴의 기운과 세월의 무상함이 엿보였다. 어떤 의미에서 보면 늙은 릴리가 C시에 학당을 세우고 룽씨의 후손들이 우르르 몰려가 입학하면서 이곳의 융성한 기세는 쇠퇴의 길로 접어들었다. 밖으로 나간 사람들이 돌아와서 가업을 잇는 경우가 거의 없었던 게 한 원인이었고, 정부가 제염업을 총괄하면서 룽씨 가문의 사업 길이 막힌 게 또 다른 원인이었다. 그런데 당시 늙은 릴리가 대표하는 대다수 룽씨 집안 사람들은 이에 대해 그저 방관자적 태도를 보였다. 그들은 과학을 숭배하고 진리를 추종했으며 결코 돈과 부유한 생활에 탐닉하지 않았다. 가업과 가세의 성쇠는 그들에게 별로 중요한 일이 아니었다.

당시 10년간 룽씨 가문은 더 빠른 속도로 쇠퇴했다. 그 원인을 보통은 아무도 공공연히 말하지 않았지만 사실 그것은 커다란 현판에 적혀 대문 앞에 적나라하게 걸려 있었다. 현판에 적힌 금빛의 네 글자는 바로 '북벌유공北伐有功'(북벌을 위해 공을 세웠다는 뜻으로 여기에서 '북벌'은 1926년부터 1928년 사이 국민당의 장제스가 공산당과 손을 잡고 북방의 군벌을 타도하기 위해 수행한 전쟁을 뜻한다)이었다. 여기에는 숨겨진 이야기가 있었다. 북벌군이 C 시까지 밀고 올라왔을 때, 늙은 릴리는 학생들이 앞다퉈 거리로 나가 북벌군을 위해 모금활동을 벌이는 것을 보았다. 이에 감동한 그는 그날 밤 통전으로 달려가 조상이 물려준 부두와 상가를 처분해 배 한 척 분량의 무기를 샀고 그것을 북벌군에게 기부했다. 그 현판은 바로 그때 북벌군에게 받은 것이었다. 이 일로 룽씨 가문은 애국의 영광스러운 명예를 얻었다. 하지만 얼마 후 현판에 글씨를 쓴 북벌군의 유명한 장군이 국민당 정부의 지명수배범이 되는 바람에 현판의 명예에는 한 조각 그림자가 드리워졌다. 나중에 정부에서는 아예 새롭게 현판을 제작했다. 새 현판은 글씨도, 금칠을 한 것도 같고 단지 쓴 사람만 달랐다. 그러나 늙은 릴리는 현판을 바꿔 걸라는 정부의 명령을 단호히 거절했고 이로 인해 룽씨 가문은 정부에 미운털이 박혀 사업이 내리막길을 걷게 되었다. 그 후로도 현판은 끄떡없이 제자리에 걸려 있었다. 늙은 릴리는 심지어 자기가 살아 있는 동안에는 누구도 그 현판을 못 뗀다고 큰소리를 쳤다.

그야말로 엎친 데 덮친 격이었다.

그래서 한때 수많은 남녀노소가 북적대던 룽씨의 대장원은 이제 인적 드문 곳이 되었다. 그나마 얼마 안 남은 사람들도 늙은이와 여자가 대부분이어서 조화가 맞지 않았다. 또한 사람이 적어지면서 더 크고, 깊고, 휑뎅그렁해진 장원에서는 새들이 나무에 둥지를 틀고, 거미가 문 앞에 집을 짓고, 풀들이 마구 자라 길을 가리고, 화원이 들판처럼 변했다. 만약 과거의 장원을 정교하고 웅대하며 화려한 산문작품에 비유한다면 지금의 장원은 엉망진창으로 휘갈긴 육필 원고에 해당됐다. 어쩌면 그래서 이름도 연고도 불확실한 한 여자가 숨기에 이상적인 곳인지도 몰랐다.

그러나 큰형과 큰형수가 그녀를 거두게 하기 위해 작은 릴리(룽샤오라이를 사람들은 이렇게 불렀다)는 머리깨나 써야 했다. 룽씨 집안의 제7대 계승자들이 잇달아 사망하고 겨우 남은 늙은 릴리도 멀리 C시에 머물고 있는 상태에서 큰형과 큰형수는 현재 퉁전의 룽씨 가문을 이끄는 실질적인 주인이었다. 그러나 큰형은 이미 고령인데다 중풍으로 청력을 잃고 종일 무기력하게 병상에 누워 있어서 사실 모든 권위는 진작부터 큰형수의 손에 들어간 상태였다. 만약 그 여자 뱃속의 아기가 정말로 대두귀가 뿌린 씨앗이라면 큰형과 큰형수는 그 아기의 외가 쪽 삼촌, 숙모에 해당됐다. 하지만 작은 릴리가 그렇게 사실대로 말하면 쓸데없이 분란만 일으킬 게 뻔했다. 이때 작은 릴리에게는 큰형수가 요즘 불법에 심취해 있다는 사실이 떠올랐고 그제야 승산이 있다는 생각이 들었다. 그는 여자를 데리고 큰형수의 불당으로 찾아가, 짙은 향 연기와 맑은 목탁 소리 속에서 큰형수와 문답을 나누기 시작했다. 먼저 큰형수가 물었다.

"저 여자는 누구죠?"

"이름 없는 여자입니다."

"무슨 일인지 빨리 말씀하세요. 저는 불경을 읽어야 합니다."

"저 여자는 임신을 했습니다."

"제가 신랑도 아닌데 왜 저를 만나러 온 거죠?"

"저 여자는 부처님을 흠모해 어려서부터 불문에서 자랐고 아직까지 시집도 가지 않았습니다. 그런데 지난해 푸퉈산普陀山에 불공을 드리러 갔다가 돌아와서 아기를 배었습니다. 형수께서는 이 일을 믿으시는지요?"

"믿으면요?"

"믿으시면 여자를 거둬주십시오."

"못 믿으면요?"

"못 믿으시면 어쩔 수 없이 여자를 거리로 내치겠습니다."

큰형수는 믿음과 불신 사이에서 불면의 밤을 보냈다. 부처도 그녀의 결정을 도와주지 않았다. 그러다가 정오가 되어 작은 릴리가 여자를 쫓아낼 준비를 하는 척하자 그녀는 비로소 마음을 정하고 입을 열었다.

"여기 둡시다. 아미타불."

제2편

승承

—

지난 세월 저는 마치 신대륙을 발견한 듯이 이 아이의 신비로운 지혜에 놀라고 매료되었습니다. 남에게 괴팍하고 냉담한 것 말고도 이 아이와 이 아이의 할머니는 두 방울의 물처럼 서로 흡사합니다. 일찍이 아르키메데스는 자신에게 지렛대 하나만 있으면 지구를 들어올릴 수 있다고 말했습니다. 나는 이 아이가 그런 사람이라고 굳게 믿습니다.

01

　나는 남방의 교차하는 철도 노선들을 갈아타며 두 번의 설 휴
가를 보냈다. 대부분 연로한 51명의 증인을 잇달아 만나보고
100만 자에 달하는 자료를 열람한 뒤, 마침내 책상 앞에 앉아 책
을 쓸 자신감이 생겼다. 남방에서의 경험으로 나는 무엇이 남방
인지 알게 되었다. 내 개인적인 느낌을 돌아보면 남방에 도착한
뒤, 내 온몸의 땀구멍은 하나같이 활짝 열려 감미롭게 숨을 쉬고
아득한 황홀경에 빠졌다. 심지어 어지럽게 자란 솜털도 한 올 한
올 기운차게 들고 일어나 더 빽빽해진 듯했다. 그래서 내가 결국
남방의 어느 곳을 글쓰기의 본거지로 택한 것은 이해하기 어렵
지 않다. 이해하기 어려운 것은 글 쓰는 장소를 바꾼 것으로 인
해 내 글의 스타일도 몇 가지가 바뀐 것이다. 나는 명확히 감지했

다. 남방의 온화한 날씨가 줄곧 난항을 겪던 내 글쓰기를 훨씬 용감하고 끈질기게 바꿔놓았다. 아울러 내가 쓰는 이야기를 남방의 식물처럼 풍성하게 바꾸기도 했다. 솔직히 내 이야기의 주인공은 아직 출현하지 않았지만 곧 모습을 드러낼 것이다. 사실 어떤 의미에서 그는 이미 출현한 셈이기도 하다. 단지 축축한 땅속에서 움튼 새싹이 아직 보이지 않듯이 우리가 못 본 것일 뿐이다.

21년 전, 천재 여성 룽유잉이 대두귀를 낳았던 그 장면은 전례가 없을 정도로 무시무시해서 사람들은 그런 일이 또 생기리라고는 생각지도 못했다. 하지만 이름 없는 여자가 룽씨 집안에 들어온 지 몇 개월 뒤, 똑같은 장면이 그녀에게 다시 연출되었다. 나이가 젊었기 때문에 여자의 절규는 훨씬 더 크고 또렷해서 으슥한 장원에 메아리치며 일렁이는 불빛을 뒤흔들었다. 심지어 귀가 먼 큰형까지 소스라치게 놀랐을 정도다.

산파가 왔지만 못 견디고 떠나서 계속 다른 산파로 갈렸다. 떠나는 산파들은 하나같이 짙은 피비린내를 풍겼고 흡사 망나니인 듯 온몸이 피투성이였다. 피가 병상에서 바닥으로, 또 방 안에서 집 밖으로 흐른 다음, 그것도 모자라 마당의 청석판青石板 틈새를 통해 매화나무 몇 그루가 있는 풀숲까지 흘러갔다. 원래 그 매화나무들은 시들어 죽어가던 것이었는데 그해 겨울에는 뜻밖에도 두 차례나 꽃을 피웠다. 이에 대해 사람들은 인간의 피를 먹어서 그랬을 것이라고 수군거렸다. 매화꽃이 피었을 때 그 이름 없는 여자는 벌써 혼백이 날아가서 사람들은 그녀가 어느 곳에서 원귀가 되었을지 아무도 알지 못했다.

증인들은 모두 그 여자가 마지막에 아기를 낳은 것은 그야말로 기적이었다고 입을 모아 말했다. 또한 아기를 낳고 산모도 살았다면 그것은 더 큰 기적, 기적 중의 기적이었을 것이라고도 했다. 하지만 기적 중의 기적은 생기지 않았다. 아이를 낳은 뒤, 이름 없는 여자는 콸콸 피를 쏟고 저세상 사람이 되었다. 그런데 문제는 그것이 아니었다. 문제는 아기 몸에 묻은 피를 깨끗이 닦은 뒤, 사람들이 확인하고 경악한 사실이었다. 그 아기는 머리부터 발끝까지 대두귀의 현신이나 다름없었다. 까만 머리칼이 수북한 머리통은 믿을 수 없을 만큼 거대했으며 심지어 엉덩이의 검은 초승달 모양 모반까지 똑같았다.

일이 이 지경에 이르자 작은 릴리의 거짓말은 당연히 허튼소리가 돼버렸다. 원래 반인반신으로서 사람들의 경외를 받아야 마땅했던 신비로운 아기는 단박에 대역무도한 악귀가 되고 말았다. 그나마 큰형수가 아기의 얼굴에서 작은 고모(즉 룽유잉)의 흔적을 발견하지 않았다면 아무리 자비로운 불심을 가졌어도 아기를 황량한 교외에 갖다 버렸을 것이다. 바꿔 말해 버려지느냐 마느냐의 중요한 고비에서 아기는 자기 할머니와 닮은 덕택에 목숨을 건지고 룽씨의 장원에 남게 되었다. 그러나 목숨을 건졌을 뿐 룽씨 가문의 일원으로서 마땅히 가져야 할 존귀함은 얻지 못했다. 심지어 이름조차 없었다. 오랫동안 사람들은 그 아이를 사귀死鬼 즉 도깨비라고 불렀다.

어느 날 양¥ 선생이 도깨비의 양육을 책임지던 늙은 하인 부부의 집에 찾아갔다. 부부는 공손히 그를 집으로 모시고 들어가 사귀에게 이름을 지어달라고 부탁했다. 그들은 늙고 죽음을 무서워해서 사귀라는 말만 들으면 마치 명을 재촉당하는 듯 등골이 서늘했다. 그래서 나름대로 몇 번이고 강아지니 야옹이니 다른 말로 바꿔 불렀지만 아마도 잘 안 맞아서인지 아무도 따라하지 않고 계속 사귀라고 불러댔다. 그 바람에 부부는 매일 밤 악몽에 시달렸다. 그래서 그들은 모두가 불러줄 만한 적당한 이름을 지어달라고 절박한 심정으로 양 선생을 모신 것이었다.

양 선생은 오래전 룽씨 가문의 노 마님에게 꿈 풀이를 해주었던 바로 그 서양인이었다. 그는 한때 노 마님의 신뢰를 얻었지만 그렇다고 모든 부자가 다 그를 좋아한 것은 아니었다. 한번은 부두에서 다른 성에서 온 차茶 상인에게 꿈과 운수를 풀이해주었다가 그만 흠씬 두들겨 맞아 팔다리 뼈가 다 부러지고 파랗고 맑은 두 눈도 한쪽을 잃었다. 그는 부러진 팔다리와 외눈에 의지해 룽씨 장원 입구까지 기어갔다. 룽씨 집안 사람들은 죽은 노 마님을 생각해 그런 그를 거둬주었다. 그 후로 그는 계속 룽씨 장원에 머물면서 자신의 지식과, 큰 깨달음으로 얻은 염세주의에 걸맞은 일을 찾았다. 그것은 바로 그 존귀한 가문의 족보를 작성하는

일이었다. 그렇게 한 해, 또 한 해가 흘러 이제 그는 룽씨 집안의
누구보다 그 대가문의 대소사를 더 잘 알았다. 룽씨 가문의 과거
와 현재, 남자와 여자, 알려진 일과 숨겨진 일, 흥망성쇠, 얽히고
설킨 온갖 분규까지 어느 것 하나 그의 머릿속에 없는 것이 없었
다. 따라서 사귀가 어떤 내력을 가진 아이인지도 그는 당연히 잘
알고 있었다.

양 선생은 생각에 잠겼다. 이름을 지으려면 먼저 성이 있어야
했다. 이치대로라면 아이의 성은 린씨였지만 그것은 밝혀서는
안 될, 구역질나는 성이었다. 그렇다고 룽씨라고 하자니 두 대
위의 성이고 상궤에도 맞지 않았다. 생모의 성을 따르는 것도 곤
란했다. 이름 없는 여자가 성이 어디 있었겠는가? 설령 성이 있
었더라도 그 성을 따르는 것은 이미 지하에 묻힌 똥을 파내 룽씨
집안 사람들의 얼굴에 바르는 격이므로 욕먹을 게 분명했다. 결
국 고심 끝에 이름 짓는 것은 포기하고 대신 적당한 별명을 지어
주기로 했다. 양 선생은 아이의 커다란 머리를 유심히 보면서 태
어나자마 부모를 잃은 아이의 고달픈 신세와 틀림없이 불우하게
죽어갈 운명을 생각했다. 바로 그때 그의 머릿속에 '대두충大頭蟲'
이라는 별명이 떠올랐다.

이 일은 곧 불당으로 전해졌고 독경을 하던 큰형수는 향 냄새
를 맡으며 생각에 잠긴 끝에 이렇게 말했다.

"둘 다 어미를 죽이고 태어나기는 했지만 대두귀가 죽인 것

은 우리 룽씨 최고의 재녀才女이니 귀신이라고 불린 것은 더없이 마땅하다. 그러나 이 어린 게 죽인 것은 세상에서 가장 파렴치한 더러운 여자다. 그녀는 감히 부처님을 모독했으니 그 죄는 만 번을 죽어도 다 씻을 수 없다! 그러니 그녀를 죽인 것은 하늘을 대신해 도를 행하고 사람을 대신해 악을 제거한 것이므로 귀신이라 부르는 것은 그 아이에게 조금 억울한 일이다. 그렇다면 앞으로 그 아이를 대두충이라고 불러도 괜찮겠다. 어쨌든 벌레를 벗어나 용이 될 리도 없을 테니."

대두충!

대두충은 한 마리 벌레처럼 태어나 한 줄기 잡초처럼 자랐다.

거대한 장원에서 대두충을 온전히 사람으로, 아이로 봐주는 이는 아마도 단 한 명밖에 없었을 것이다. 그는 바로 바다 저편에서 온, 실의에 빠져 살던 양 선생이었다. 그는 매일 아침 독서를 하고 낮잠을 자고 나면 늘 조약돌이 깔린 오솔길을 따라 천천히 그 늙은 하인 부부의 집으로 갔다. 거기서 대두충이 담긴 나무통 옆에 앉아 잠시 담배를 피우며 자신의 모국어로 지난밤 꿈 이야기를 했다. 그는 마치 대두충에게 얘기하는 듯했지만 사실은 그저 자신에게 얘기하는 것이었다. 대두충이 그의 말을 알아들을 리 없었기 때문이다. 그는 간혹 대두충에게 방울이나 흙 인형, 밀랍상 같은 것도 가져다주었다. 그래서 대두충이 자신에게 남다른 감정을 느끼게 해주었다. 나중에 다리에 힘이 생겨 뒤뚱 뒤뚱 문밖으로 나설 수 있게 되었을 때, 대두충이 홀로 가장 먼저 간 곳은 양 선생이 머물며 일하던 이원梨園이었다.

이원이라는 이름은 그 정원에 100년 묵은 두 그루의 배나무가 있어서 붙여졌다. 정원 안에는 다락방이 딸린 나무집도 한 채 있었다. 그 집은 한때 룽씨 가문에서 아편과 약초를 저장하던 곳이었다. 어느 해인가 한 여종이 이유 없이 실종되었는데 처음에는 어느 남자와 도망친 줄 알았지만 나중에 그 나무집에서 썩은 시신으로 발견되었다. 그녀의 사인은 알 방도가 없었지만 어느새 소문이 퍼져 룽씨 집안 사람 모두가 그 일을 알게 되었다. 그 후로 이원은 공포와 음산함의 상징이 되었다. 사람들은 그곳 얘기만 나와도 안색이 변했으며 아이가 말썽을 피우면 그곳에 갖다 버리겠다고 엄포를 놓았다.

양 선생은 사람들의 그런 공연한 두려움 덕분에 자유와 고요함을 만끽했다. 배꽃이 필 때면 찬란한 배꽃을 보면서 코를 찌르는 향기를 들이마셨다. 양 선생은 그곳이 자기가 한평생 고초를 겪으며 방황하다 결국 찾아낸 정착지라고 굳게 믿었다. 배꽃이 지면 그는 떨어진 배꽃을 모아 말린 뒤 다락방에 놓았다. 그러면 일 년 내내 집안에 배꽃 향기가 풍겨 사시사철 봄날 같은 기분이 들었다. 뱃속이 불편할 때도 마른 배꽃을 끓인 물에 우려 마시면 위가 감쪽같이 편안해졌다.

대두충은 이원에 한번 온 뒤로 날마다 이곳에 왔다. 와서는 아무 말 않고 배나무 밑에 서서 계속 눈으로 양 선생의 뒤를 좇았다. 조용하고 겁에 질린 모습이 마치 놀란 새끼 사슴 같았다. 갓난아기 때부터 나무통 속에 서서 자랐기 때문에 그는 다른 아이보다 걸음이 빨랐다. 하지만 말을 배우는 속도는 느렸다. 두 살이 넘었는데도 겨우 외마디 소리밖에 할 줄 몰랐다. 이 때문에 누구는 그가 벙어리가 아닌지 의심하기도 했다. 그런데 어느 날, 대나무 침상에 누워 낮잠을 자던 양 선생은 갑자기 누가 슬프게 자기를 부르는 소리를 들었다.

"대디, 대디……."

양 선생이 듣기에 그것은 그의 모국어로 그를 아빠라고 부르는 소리였다. 그는 번쩍 눈을 떴다. 대두충이 옆에 서서 눈물을 글썽이며 고사리손으로 그의 옷깃을 잡아당기고 있었다. 그것은 대두충이 처음으로 입을 열어 다른 사람을 부른 순간이었다. 그는 양 선생을 자신의 친아빠로 삼았다. 지금 그의 친아빠는 죽고 없으므로 그는 울었고, 울어서 다른 아빠를 만들어낸 것이다. 그 날부터 양 선생은 대두충을 이원으로 데려와 함께 지냈다. 며칠 뒤, 나이가 팔순인 양 선생은 배나무에 그네를 만들어 대두충에게 세 살 생일선물로 주었다.

대두충은 날리는 배꽃 속에서 자랐다.

8년 뒤, 일 년에 한 번 배꽃이 흩날리는 시기에 양 선생은 낮에는 배꽃을 맞으며 비틀비틀 걸으면서 쓸 말을 골랐고 저녁에는 낮에 갈무리한 그 말을 종이 위에 옮겼다. 그렇게 며칠이 지나자 C시에 있는, 늙은 릴리의 아들인 작은 릴리에게 보낼 편지가 마무리되었다. 양 선생은 그 편지를 일 년 넘게 서랍 속에 놓아두었다. 그리고 자신에게 남은 날이 얼마 없음을 분명히 예감했을 때 다시 꺼내 대두충을 시켜 부치게 했다. 전쟁으로 인해 작은 릴리의 거처가 일정치 않았기 때문에 그 편지는 수십 일 뒤에야 도착했다.

편지에는 이런 내용이 쓰여 있었다.

존경하는 부총장님께

안녕하십니까.

이 편지를 부치는 것이 제 어리석은 한평생의 마지막 잘못이 아닐지 모르겠습니다. 그것이 염려되어, 또한 대두충과 하루라도 더 함께 살고 싶어 이 편지를 바로 부치지 못했습니다. 편지가 가는 동안 필시 제 임종이 가까울 것이므로 설사 잘못이 확실해져도 저는 요행히 질책을 면하리라 봅니다. 저는 망령의 특권으로 저에 대한 세상의 어떠한 질책도 거부할 겁니다. 아울러 세상을 꿰뚫어보는 망령의 눈으로 당신이 제 편지의 내용을 얼마나 중시하고 실행하는지 주시할 겁니다. 어떤 의미에서 이 편지는 제 유서입니다. 인간과 귀신이 뒤섞여 사는 이 땅에서 한 세기 가깝게 살아오면서 저는 죽은 사람에 대한 당신들의 공경과 더불어 산 사람에 대한 당신들의 각박함이 얼마나 놀라운지 똑똑히 확인했습니다. 그래서 기본적으로는 당신이 제 염원을 거스르지 않으리라 믿습니다.

제 염원은 단 하나뿐입니다. 대두충에 관한 것이지요. 지난 세월 저는 이 아이의 실질적인 보호자였지만 나날이 다가오는 죽음의 그림자로 인해 다른 보호자가 필요해졌습니다. 부디 당신께 앞으로 이 아이의 보호자가 돼주시길 간청합니다. 제 생각에 당신은 적어도 세 가지 이유에서 이 아이의 보호자가 돼주셔야 합니다.

첫째, 이 아이는 당신과 당신 부친(늙은 릴리)의 선의와 용기 덕분에 다행히 이 세상에 태어날 수 있었습니다.

둘째, 어쨌든 이 아이는 룽씨 집안의 후손이며 이 아이의 할머니는 과거에 당신 부친이 세상에서 가장 사랑하고 아끼는 사람이었습니다.

셋째, 이 아이는 천부적인 자질을 가졌습니다. 지난 세월 저는 마치 신대륙을 발견한 듯 이 아이의 신비로운 지혜에 놀라고 매료되었습니다. 남에게 괴팍하고 냉담한 것 말고도 이 아이와 이 아이의 할머니는 두 방울의 물처럼 서로 흡사합니다. 똑같이 머리가 남다르고 이해력이 높으며 강하고 침착한 성격을 지녔습니다. 일찍이 아르키메데스는 자신에게 지렛대 하나만 있으면 지구를 들어올릴 수 있다고 말했습니다. 나는 이 아이가 그런 사람이라고 굳게 믿습니다. 하지만 지금 이 아이에게는 아직 우리가 필요합니다. 겨우 열두 살에 불과하기 때문입니다.

존경하는 부총장님, 부디 제 말을 믿어주시고 이 아이를 데려가 곁에서 살게 해주십시오. 이 아이에게는 당신이 필요하고, 사랑이 필요하고, 교육이 필요합니다. 심지어 당신이 진짜 이름을 지어주는 것도 필요합니다.

간청합니다!

간청합니다!

이것은 산 사람의 간청이자 죽은 망령의 간청입니다.

죽음을 앞둔 R. J.

1944년 6월 8일 통전에서

02

1944년, N대학과 N대학이 자리한 성도 C시는 다사다난했다. 우선 전쟁의 참화를 입었고 그다음에는 일본이 내세운 가짜 괴뢰 정부에 유린을 당해 도시와 시민들 모두 큰 변화를 겪었다. 작은 릴리가 양 선생의 편지를 받았을 때는 비록 맹렬한 전투가 사그라지긴 했지만 괴뢰 정부가 퍼뜨린 갖가지 혼란이 걷잡을 수 없는 지경에 이르러 있었다. 그때는 늙은 릴리가 세상을 뜬 지도 여러 해가 지나서 부친의 남은 영향력이 점차 줄어드는데다 괴뢰 정부에 대한 비협조적 태도까지 문제가 되어 N대학에서 작은 릴리의 위치는 크게 흔들렸다.

원래 괴뢰 정부는 작은 릴리를 매우 중시했다. 그 이유는 첫째, 그가 명사여서 이용 가치가 있었기 때문이고 둘째는 그가 속한 룽씨 가문이 국민당 정부에게 홀대를 받아 이용하기 쉬울 것이라고 판단했기 때문이다. 그래서 괴뢰 정부는 수립 직후 당시 부총장이던 작은 릴리에게 인심 좋게 총장 임명장을 보냈다. 그것만으로 그를 매수하기에 충분하다고 생각한 것이다. 그런데 뜻밖에도 작은 릴리는 사람들 앞에서 임명장을 갈기갈기 찢으며 한마디 비장한 말을 남겼다.

"우리 룽씨는 차라리 죽을지언정 망국亡國의 일은 하지 않겠다!"

그 결과 작은 릴리는 당연히 인심을 얻었지만 관직은 잃고 말았다. 원래 그는 가증스러운 괴뢰 정부를 피해 퉁전으로 돌아갈 생각이었다. 당시 캠퍼스를 들끓게 했던 학내 인사 문제와 권력 다툼도, 그리고 의심할 여지 없이 양 선생의 편지도 그의 귀향을 재촉했을 것이다.

작은 릴리가 양 선생의 편지를 속으로 되뇌며 증기선에서 내렸을 때, 마중 나온 집사가 부슬비를 맞으며 다가왔다. 집사가 안부 인사를 하자 그는 느닷없이 물었다.

"양 선생은 안녕하신가?"

"돌아가셨습니다."

집사가 말했다.

"돌아가신 지 꽤 되었습니다."

작은 릴리는 가슴이 철렁 내려앉아 또 물었다.

"그 아이는?"

"나리는 누구를 말씀하시는 겁니까?"

"대두충 말이다."

"그 아이는 아직 이원에 있습니다."

이원에 있는 건 맞는 듯한데 거기서 무엇을 하고 있는지는 아는 사람이 없었다. 그가 밖에 나오는 일이 거의 없는데다 사람들도 그곳에 가지 않았기 때문이다. 그는 유령과도 같았다. 모두 그가 있는 것을 알 뿐 그를 보지는 못했다. 또한 집사의 말에 따르면 대두충은 거의 벙어리일 가능성이 컸다.

"저는 그 아이가 하는 말을 한마디도 못 알아듣겠습니다."

집사가 말했다.

"말도 거의 안 하고 말을 하더라도 벙어리나 다름없습니다. 알아듣는 사람이 없으니까요."

집사는 장원의 하인들에게 들은 말도 전해주었다. 죽기 전 양 선생은 집안일을 책임지고 있는 셋째 나리에게 절을 하며 자기가 죽은 뒤에도 대두충을 이원에 있게 해달라고, 제발 쫓아내지 말아달라고 간청했다고 한다. 또한 양 선생은 수십 년간 간직해 온 금화를 대두충에게 물려주었으며 지금 대두충은 그 금화에 의지해 살고 있을 것이라고 했다. 룽씨 가문에서는 그가 사는 데 필요한 돈과 양식을 주고 있지 않기 때문이었다.

작은 릴리는 이튿날 정오에 이원을 찾았다. 비가 그쳤지만 며칠간 내린 빗물이 정원을 흠뻑 적셔 걸음을 옮길 때마다 진흙에 움푹움푹 발자국이 찍히며 구두가 더러워졌다. 그런데 작은 릴리는 그곳에서 누구의 발자국도 보지 못했다. 나무 위의 거미줄도 텅 비어 있었다. 거미들은 모두 비를 피해 처마 밑에 숨었고 어떤 놈은 문 앞에 거미줄을 쳤다. 만약 굴뚝에서 연기가 나고 도마에 칼질하는 소리가 들리지 않았다면 그는 이곳에 사람이 산다고 생각지 못했을 것이다.

대두충은 고구마를 썰고 있었다. 솥에서는 물이 끓고 있었는데 얼마 안 돼 보이는 쌀알들이 그 속에서 올챙이처럼 오르락내리락했다. 작은 릴리가 불쑥 들어왔는데도 그는 놀라지도, 화를 내지도 않았다. 그냥 슬쩍 보기만 하고 계속 하던 일을 했다. 마치 방금 나간 강아지가 들어온 줄로 아는 듯했다.

그는 작은 릴리가 생각했던 것보다 키가 작았다. 머리도 들었던 것만큼 크지 않았다. 두개골이 수박모자를 쓴 것처럼 조금 뾰족해서 커 보이지 않는 것인지도 몰랐다. 어쨌든 용모만 봐서는 무슨 남다른 점이 있어 보이진 않았다. 다만 상대적으로 냉담하고 침착한 표정과 행동거지가 깊은 인상을 주었다. 나이에 어울리지 않는 담백함이 엿보였다.

집안은 칸막이가 없이 툭 틔어서 한 사람의 살림살이가 한눈에 들어왔다. 먹고사는 품새가 누추하기 이를 데 없었다. 그나마 봐줄 만한 것은 과거에 약초 창고로 쓰일 때 남은 궤짝들과 책상 그리고 팔걸이의자뿐이었다. 책상 위에 펼쳐진 책은 크고 종이가 고색창연했다. 작은 릴리는 그 책을 덮어 표지를 살폈다. 뜻밖에도 그것은 영문판 『브리태니커 백과사전』이었다. 작은 릴리는 책을 제자리에 놓고 미심쩍은 눈으로 아이를 보며 물었다.

"이건 네가 보는 책이냐?"

대두충은 고개를 끄덕였다.

"이해는 하고?"

대두충은 또 고개를 끄덕였다.

"양 선생이 가르쳐주셨느냐?"

대두충은 여전히 고개를 끄덕였다.

"너는 계속 입을 안 여는데 설마 진짜 벙어리인 게냐?"

작은 릴리는 조금 질책 섞인 목소리로 말했다.

"그렇다면 또 고개를 끄덕이고 아니면 말을 하거라."

그가 중국어를 못 알아들을까봐 작은 릴리는 다시 영어로 그 말을 반복했다.

대두충은 부뚜막에 가서 다 썬 고구마를 끓는 물에 넣은 뒤, 영어로 자신은 벙어리가 아니라고 답했다.

작은 릴리가 또 중국어를 할 줄 아느냐고 묻자 대두충은 중국어를 할 줄 안다고 답했다.

작은 릴리는 껄껄 웃고서 말했다.

"네 중국어는 내 영어처럼 말투가 괴상하구나. 역시 양 선생께 배운 것이겠지?"

대두충이 또 고개를 끄덕이자 작은 릴리는 말했다.

"고개를 끄덕이지 말거라."

"예."

"나는 오랫동안 영어를 안 해서 많이 서툴구나. 너는 중국어로 말하는 게 낫겠다."

대두충은 중국어로 말했다.

"예."

작은 릴리는 책상 앞으로 가서 의자에 앉아 담배에 불을 붙인 뒤 또 물었다.

"올해 몇 살이냐?"

"열두 살이에요."

"네게 이 책들을 가르쳐주신 것 말고 양 선생은 또 뭘 가르쳐주셨느냐?"

"없어요."

"설마 해몽법을 안 가르쳐주신 건 아니겠지? 그분은 유명한 해몽의 대가셨다."

"가르쳐주셨어요."

"해몽을 할 줄 아느냐?"

"할 줄 알아요."

"내가 꿈을 하나 꾸었는데 풀이를 해줄 수 있겠느냐?"

"할 수 없어요."

"왜지?"

"저는 제 꿈만 풀이해요."

"그러면 한번 말해보아라. 너는 꿈에서 무엇을 보곤 하느냐?"

"저는 모든 것을 봐요."

"나도 본 적이 있느냐?"

"본 적이 있어요."

"내가 누군지 아느냐?"

"알아요."

"누구지?"

"룽씨 가문의 8대손으로 1883년생이고 항렬은 스물한 번째, 이름은 룽샤오라이, 자는 둥첸東前, 호는 쩌투澤土, 사람들은 작은 릴리라고 부르며 N대학의 창업자 룽쯔라이의 아들이에요. 1906년 N대학 수학과를 졸업하고 1912년 미국으로 유학하여 매사추세츠 공대 수학과 석사학위를 땄으며 1926년 N대학으로 돌아와 지금까지 교편을 잡고 있죠. 현직 N대학 부총장이자 수학 교수이고요."

"나에 대해 아주 잘 아는구나."

"룽씨 집안 사람들은 모두 잘 알아요."

"그것도 양 선생이 가르쳐주셨느냐?"

"예."

"그분은 네게 또 뭘 가르쳐주셨느냐?"

"없어요."

"학교에는 다닌 적이 있느냐?"

"없어요."

"다니고 싶으냐?"

"생각해본 적 없어요."

솥의 물이 또 끓어올라 수증기가 집안에 가득해지고 음식 익는 냄새가 퍼졌다. 작은 릴리는 일어나서 정원으로 나갈 채비를 했다. 아이는 그가 가려는 줄 알고 그를 불러 세워 양 선생이 그에게 남긴 물건이 있다고 말했다. 그러고는 침대가로 가서 침대 밑을 더듬어 종이 꾸러미 하나를 꺼내 그에게 건넸다.

"아버지가 그러셨어요. 나리가 오시면 이걸 드리라고요."

"아버지?"

노인은 잠깐 생각하다가 물었다.

"양 선생을 말하는 게냐?"

"예."

"이건 뭐냐?"

노인은 종이 꾸러미를 받았다.

"열어보면 아실 거예요."

물건은 누런빛이 도는 몇 장의 종이로 감싸여 있었다. 꽤 커 보였지만 겉모양만 그랬다. 꾸러미를 풀어보니 손에 쏙 들어가는 관음상이 나왔다. 백옥을 조각한 것으로 미간에는 세 번째 눈인 듯한 암녹색 사파이어가 박혀 있었다. 작은 릴리가 그것을 손에 쥐고 살피는데 문득 맑고 차가운 기운이 손바닥을 통해 온몸으로 흘러들어오는 것을 느꼈다. 백옥 중에서도 최상품임을 뜻했다. 조각한 솜씨도 대단히 정교했으며 조각 기법을 봐서는 역사가 매우 오래된 것임이 분명했다. 그것은 확실히 최상급 골동품이었다. 밖에 내다 팔면 적잖은 돈을 받을 수 있었다. 작은 릴리는 곰곰이 생각하며 아이를 바라보다 나지막한 어조로 말했다.

"나는 원래 양 선생과 친분이 없는데 왜 이런 귀한 물건을 내게 주셨느냐?"

"몰라요."

"알 것이다. 이 물건은 매우 값진 것이니 네가 갖고 있는 게 낫겠다."

"아니에요."

"나보다 너한테 더 이 물건이 필요하다."

"아니에요."

"혹시 양 선생이 네가 제값을 받지 못할까봐 내가 대신 팔아달라고 맡기신 게 아닐까?"

"아니에요."

이런 얘기를 나누고 있을 때, 노인은 무의식중에 물건을 샀던 종이에 눈길이 닿았다. 거기에는 뭔가를 계산한 숫자가 빽빽이 적혀 있었다. 거듭 되풀이해 계산한 것으로 봐서는 아주 복잡한 수를 센 듯했다. 몇 장의 종이를 다 펼쳐봤지만 하나같이 똑같았다. 전부 산수 계산이었다. 그래서 노인은 화제를 바꿔 아이에게 물었다.

"양 선생이 네게 산수도 가르쳐주셨느냐?"

"아뇨."

"이건 누가 한 거지?"

"저에요."

"너는 뭘 하고 있었느냐?"

"저는 아버지가 사신 날을 셌어요……."

03

양 선생의 죽음은 인후에 생긴 병에서 비롯되었다. 아마도 그가 평생 열중했던 해몽 일에 대한 업보였을 것이다. 결국 그의 일생은 능수능란한 입담의 덕을 보기도 했지만 저승과 이승 사이의 불길한 말을 늘어놓은 탓에 화를 입기도 했다. 작은 릴리에게 보낸 유서를 쓰기 전에 그는 거의 목소리를 잃었고 이로 인해 죽음이 머지않았음을 예감하여 대두충의 앞날을 대비하기 시작했다.

그 소리 없는 나날, 대두충은 매일 아침이면 계절에 따라 농도가 다른 배꽃 물을 그의 머리맡에 가져다놓았다. 그러면 그는 은은한 꽃향기 속에서 깨어나 물속에서 하늘거리는 흰 꽃잎을 보고 마음이 평온해졌다. 그 배꽃 물은 한때 그의 병을 몰아낸 양

약이었다. 심지어 그는 자기가 그런 고령까지 살 수 있었던 것도 그 간단한 음료 덕분이라고 생각했다. 그러나 처음에 그가 배꽃을 모은 것은 순전히 무료했기 때문이다. 혹은 배꽃의 희고 아름다운 자태가 그의 열정을 불러일으켰기 때문이다. 그는 배꽃을 모아 처마 밑에 말린 뒤, 그것을 베갯머리와 책상 위에 놓았다. 그 마른 향기를 맡고 있으면 마치 꽃 피는 계절을 옆에 붙들어놓은 듯한 기분이 들었다.

눈이 하나뿐이고 다리도 시원치 않아 매일 앉아서 시간을 보낸 탓에 그에게는 불가피하게 점점 변비 증상이 생겼다. 증상이 심할 때는 이렇게 사느니 차라리 죽는 게 낫다는 생각이 들 정도였다. 그러던 어느 해 겨울 초입에 변비가 또 발작했고 그는 으레 그랬듯이 아침에 일어나서 큰 사발에 찬물을 부어 연신 들이킨 뒤 배에 신호가 오기를 고대했다. 그러나 이번 변비는 좀 지독했다. 며칠이 지나도, 찬물 몇 잔을 들이켜도 뱃속은 아무 반응 없이 고요하기만 했다. 그는 깊은 고통과 절망을 느꼈다.

어느 날 저녁, 그는 읍에서 약을 지어 집으로 돌아왔고 어둠 속에서 문 앞에 미리 놓아두었던 물 한 사발을 단숨에 들이켰다. 너무 빨리 마신 탓에 그는 나중에야 물맛이 조금 이상하다는 것을 깨달았다. 게다가 물과 함께 뭔가 알 수 없는 것들이 잔뜩 뱃속에 들어가기도 했다. 그는 놀라서 등잔불을 켠 뒤에야 사발 속에 물에 젖은 마른 배꽃이 가득한 것을 발견했다. 바람에 날아온 것인지 아니면 쥐가 물어다놓은 것인지는 알 수 없었다. 마른 배꽃이 마셔도 되는 것인지 익히 들어본 적이 없어서 그는 불안해하며 어떤 결과가 생길지 기다렸다. 심지어 죽을 수도 있다고 생각했다. 그런데 지어온 약을 다 달이기도 전에 그는 아랫배가 살살 아프다가 이어서 꿈에도 그리던 신호가 오는 것을 느꼈다. 이제 됐구나 생각이 들었다. 연달아 요란하게 방귀를 뀐 뒤 그는 뒷간으로 갔고 나왔을 때는 완전히 홀가분해진 표정이었다.

예전에는 이렇게 홀가분해지고 나면 바로 장염이 시작되어 하루 이틀 설사를 해야만 했다. 그런데 이번에는 신기하게도 그런 일이 없었다. 변비만 사라지고 다른 어떤 부작용도 나타나지 않았다. 이 일로 배꽃은 그의 마음속에 고맙고 중요한 물건으로 자리 잡았다. 이때부터 그는 매일 남들이 차를 마시듯이 배꽃을 뜨거운 물에 우려 그 물을 마셨고 마실수록 그 효능을 절감했다. 배꽃 물은 운명이 그에게 내린 은택이었다. 그의 늙고 허약한 생명에 삶에 대한 미련을 보태주었다. 매년 배꽃이 필 때마다 그는 무한한 만족과 행복을 느꼈고 마치 자신의 생명과 건강을 모으듯 여리고 향기로운 배꽃을 하나하나 주워 모았다. 죽음을 목전에 두었을 때는 배꽃이 햇볕 아래 활짝 피었다가 비바람에 흩날리는 꿈을 매일 꾸기도 했다. 그것은 그가 얼마나 하느님이 자신의 생명을 데려가주기를 바라는지, 또 얼마나 배꽃을 자신과 함께 데려가주기를 바라는지 암시했다.

어느 날 아침, 노인은 대두충을 침대 앞에 불러 붓과 종이를 달라고 하여 이런 말을 적었다.

내가 죽으면 배꽃을 함께 묻어다오.

밤이 되자 그는 또 대두충을 침대 앞에 불러 붓과 종이를 달라고 하여 더 확실한 바람을 적었다.

나는 이 세상에서 89해를 살았다. 일 년에 한 송이씩 배꽃 89송이를 함께 묻어다오.

이튿날 아침에도 그는 대두충을 침대 앞에 불러 붓과 종이를 달라고 하여 더 자세하게 바람을 적었다.

89년이 며칠인지 계산해 그 날짜만큼 배꽃을 함께 묻어다오.

죽음에 대한 공포나 상념으로 인해 노인은 제정신이 아니었던 것 같다. 너무 자세해서 오히려 복잡한 그 바람을 적을 때 그는 자기가 대두충에게 산수를 가르친 적이 없음을 깜박 잊었다.
비록 배운 적은 없어도 간단한 덧셈, 뺄셈은 할 줄 알았다. 그것은 삶의 요령이고 일상의 일부여서 학교 다닐 나이의 아이라면 안 배워도 스스로 깨우칠 수 있다. 더구나 대두충은 어느 정도 수를 세고, 더하고, 빼는 훈련을 할 기회가 있었다. 매년 배꽃이 떨어질 때면 양 선생은 떨어진 배꽃을 주워서 대두충을 시켜 그 숫자를 세어 벽에 적게 하고 다른 날에도 또 더해서 적게 했다. 그래서 배꽃이 다 떨어지면 수를 세고, 더하고, 빼는 대두충의 능력이 일, 십, 백, 천의 개념을 포함해 일정 정도 훈련이 되었다. 하지만 거기까지가 한계였다. 이제 그는 그 보잘것없는 능력에 의지해 양 선생이 오래전에 친히 지어놓은 비문(그의 출생일과 출생지가 자세히 적혀 있었다)을 보고 양 선생의 기나긴 일생의 날수를 헤아려야 했다. 능력이 모자랐기에 상당한 시간이 걸렸다. 그는 꼬박 하루를 들여 겨우 그 일을 마쳤다. 날이 어둑어둑할 즈음에 대두충은 침대로 가서 자기가 간신히 계산해낸 결과를 노인에게 알렸다. 그때 노인은 고개를 끄덕일 힘조차 없어서 그저 아이의 손을 살짝 쥐고는 마지막 눈을 감았다. 그래서 대두충은 아직까지도 자기가 한 계산이 맞았는지 틀렸는지 알지 못했다.

자기가 계산을 적은 종이를 작은 릴리가 살피는 것을 보고서 그는 처음으로 그 사람과 자신의 관계를, 그리고 그 사람이 자신에게 얼마나 중요한지를 깨닫고 마음이 불안해졌다.

그 종이는 모두 세 쪽이었다. 쪽 번호는 없었지만 작은 릴리는 세 장을 다 펴자마자 어느 것이 첫 번째 쪽인지 알 수 있었다. 거기에 적힌 내용은 이랬다.

1년: 365(일)

2년: 365

        +365

        730(일)

3년: 730

        +365

        1095(일)

4년: 1095

        +365

        1460(일)

5년: 1460

        +365

        1825(일)

....

이걸 보고서 작은 릴리는 대두충이 곱셈을 모른다는 사실을 알았다. 곱셈을 모르니 이런 미련한 방법을 쓸 수밖에 없는 것이다. 어쨌든 그는 한 해 한 해 숫자를 추가해 모두 89번 365를 더하여 32485(일)라는 숫자를 얻었다. 그런 다음, 또 여기에서

253(일)을 빼서 마지막으로 얻은 숫자는 32232(일)였다.

대두충이 물었다.

"제 계산이 맞나요?"

작은 릴리는 생각에 잠겼다. 사실 계산은 맞지 않았다. 왜냐하면 그 89년이 전부 365일은 아니기 때문이었다. 365일은 양력의 계산법인데 4년마다 윤달이 있고 윤달이 있는 윤년은 실제로는 366일이다. 하지만 그는 겨우 열두 살인 이 아이가 이렇게 큰 숫자를 오차 없이 다 더한 것만 해도 쉽지 않은 일이라고 생각했다. 그래서 아이에게 상처를 주고 싶지 않아 맞다고 말했고 진심으로 칭찬도 해주었다.

"네가 한 가지 참 잘한 게 있다. 똑똑하게도 매년 똑같은 날짜가 되풀이된다는 걸 계산에 이용했구나. 생각해봐라. 이렇게 계산하지 않았으면 그 많은 날을 하나하나 다 세서 더해야 했을 게다. 지금 이렇게 해놓으니 마지막 해만 세면 되지 않느냐. 그래서 수고를 한참 덜었구나."

"하지만 지금은 더 간단한 방법을 알아요."

대두충이 말했다.

"무슨 방법이지?"

"저도 뭐라고 말해야 할지 모르니 이걸 봐주세요."

대두충은 침대 옆에서 또 몇 장의 종이를 꺼내 작은 릴리 앞에 펼쳤다. 그 종이는 크기, 질, 글씨의 진하기까지 방금 전 봤던 종이와는 완전히 달랐다. 같은 날 구한 종이가 아니어서 그렇다고 했다. 양 선생을 안장한 뒤 구해서 적은 종이라고 대두충은 말했다. 작은 릴리가 보니 왼쪽은 예와 똑같은 덧셈 계산이었지만 오른쪽은 무슨 계산식인지 알쏭달쏭했다. 그 내용은 이랬다.

1년:	365(일)		365
			· 1
			365(일)
2년:	365		365
	+365		· 2
	730(일)		730(일)
3년:	365		365
	+365		· 3
	1095(일)		1095(일)
	………		………

말할 필요도 없이 대두충이 '·'을 사용한 계산식은 곱셈이었다. 단지 그가 모르고 자기 나름대로 사용한 것일 뿐이었다. 이런 식의 계산을 20번째 해까지 나열했고 21번째 해부터는 두 계산식의 순서를 바꿔 '·'의 계산식은 앞에, 덧셈은 뒤에 놓았다.

3년:	365	7300
	· 21	+365
	7665(일)	7665(일)

여기에서 작은 릴리는 ' · '의 계산식으로 얻어진 7665라는 숫자가 고쳐 쓰여진 것임을 알았다. 원래는 6565였던 것 같았다. 그 뒤로는 매년 똑같이 ' · '의 계산식이 앞에, 덧셈은 뒤에 적혔고 ' · '의 계산식으로 얻는 숫자들은 종종 지워져 덧셈으로 얻은 숫자들로 교체된 흔적이 있었다. 그러나 앞의 20년, 즉 첫 번째 해부터 20번째 해까지 ' · '의 계산식으로 얻은 숫자들에는 그런 흔적이 없었다. 이는 두 가지를 설명했다.

첫째, 앞의 20년까지 그는 주로 덧셈으로 계산을 하고 ' · '의 계산식은 기계적으로 시늉만 하는 수준이었다. 하지만 21년째부터는 능숙하게 곱셈을 하게 되었으며 덧셈을 함께 나열한 것은 단지 검증을 하기 위해서였다.

둘째, 당시 그는 곱셈 규칙을 다 알지 못했으므로 이따금 실수를 저질러 고쳐 써야만 했다. 하지만 나중에 고친 흔적이 줄어든 것으로 봐서는 점차 곱셈 규칙을 파악한 것이 분명했다.

이렇게 한 해 한 해 계산해 40년째가 되었을 때 갑자기 89년째로 훌쩍 넘어가 ' · 62'의 계산식으로 32485(일)라는 숫자를 얻고 그다음에는 거기서 253(일)을 빼서 최종적으로 32232라는 숫자를 얻었다. 그는 이 숫자를 맨 마지막에 놓고 눈에 띄게 동그라미를 쳐놓았다.

마지막 종이에는 어지럽게 계산이 적혀 있었다. 하지만 노인은 그것이 그가 곱셈 규칙을 다듬어 정리한 내용임을 한눈에 알아보았다. 그 규칙은 종이 아래쪽에 깔끔하게 열거되어 있었다. 노인은 그것을 자기도 모르게 읊조렸다.

일일은 일

일이는 이

일삼은 삼……

이이는 사

이삼은 육

이사는 팔……

삼삼은 구

삼사 십이

삼오 십오

삼육 십팔……

그것은 완벽한 구구단이었다.

작은 릴리는 묵묵히 망연한 눈빛으로 아이를 쳐다보았다. 맹목적이고도 낯선, 비현실적인 느낌이 들었다. 고요한 집안에 그가 읊조린 구구단이 아직도 메아리치고 있는 듯했다. 그는 넋을 잃고 그 소리에 귀를 기울이면서 어떤 열정과 상쾌함이 마음속에 퍼지는 것을 느꼈다. 이제 그 아이를 데려가지 않는 것은 불가능한 일이 되었다.

'이런 전란의 시대에 부적절한 선행은 예기치 않은 재난을 불러올 수도 있다. 하지만 이 아이는 천재다. 만약 오늘 내가 이 아이를 데려가지 않는다면 평생을 후회할 것이다.'

여름방학이 끝나기 전, 작은 릴리는 C시에서 온 전보를 받았다. 대학 업무가 이미 회복되었으니 속히 돌아와 개강을 준비해달라는 내용이었다. 작은 릴리는 총장직은 안 맡더라도 학생들을 방치해서는 안 된다고 생각했다. 그래서 집사를 불러 떠날 채비를 부탁한 뒤, 지폐 몇 장을 주었다. 집사는 자신에게 상금을 주는 줄 알고 감사하다고 말했다.

"그게 아닐세. 자네한테 일을 맡기는 거야."

집사가 물었다.

"어떤 일입니까, 나리?"

"읍에 대두충을 데려가 옷 두 벌을 지어주게."

집사는 자기가 잘못 들은 줄 알고 멍하니 서 있었다. 작은 릴리는 또 말했다.

"그 일을 마치고 오면 상금을 주겠네."

며칠 뒤 집사가 일을 마치고 와서 상금을 받았을 때, 작은 릴리는 또 말했다.

"대두충의 짐을 싸주게. 내일 나와 함께 떠날 테니."

이번에도 집사는 자기가 잘못 들은 줄 알고 멍하니 서 있었다. 작은 릴리는 어쩔 수 없이 똑같은 말을 해야 했다.

이튿날 아침 하늘이 어슴푸레 밝아올 때, 룽씨 집안의 개 한 마리가 미친 듯이 짖었다. 그 소리는 다른 개들이 차례로 합세하면서 장원 전체로 퍼졌다. 룽씨 집안의 상전과 하인들은 모두 잠자리에서 일어나 창문 뒤에 숨어 바깥을 훔쳐보았다. 집사가 손에 든 초롱불에 비친 광경을 보고 그들은 놀라 눈이 휘둥그레졌다. 대두충이 깔끔한 새 옷 차림으로 양 선생이 바다 건너에서 가져온 소가죽 가방을 든 채 작은 릴리를 졸졸 따라가고 있었다. 겁을 조금 집어먹은 표정이 꼭 방금 이승에 온 어린 귀신 같았다. 그들은 자기들이 본 광경을 감히 믿지 못하다가 배웅을 마치고 온 집사의 말을 듣고서야 그것이 헛것이 아니었음을 확인했다.

의문스러운 점은 한두 가지가 아니었다. 나리는 개를 어디로 데려가는 거지? 나리는 개를 왜 데려가는 거지? 대두충은 다시 돌아오려나? 나리는 대두충한테 왜 그렇게 잘해주는 거지? 이에 대한 집사의 대답은 두 가지였다.

상전들에게는 "모릅니다"라고 말했다.

하인들에게는 "알게 뭐야!"라고 말했다.

04

말은 세상을 작게 만들었고 배는 세상을 크게 만들었으며 자동차는 세상을 마법의 세계로 만들어놓았다. 몇 달 뒤, 일본군이 성도 C시에서 출발하여 퉁전에 이르기까지 선두에 선 오토바이 부대는 겨우 몇 시간밖에 안 걸렸다. 그것은 성도에서 퉁전에 이르는 길에 처음으로 자동차가 출현한 사례이기도 했다. 그 신출귀몰한 속도에 사람들은 하늘이 C시와 퉁전 사이에 가로놓인 몇 줄기 산을 치워버린 게 아닐까 의심했다. 과거에 두 지역 사이의 가장 빠른 교통수단은 말이었다. 좋은 말을 골라 채찍질을 가하며 달리면 보통 편도로 일고여덟 시간이 걸렸다. 10년 전 작은 릴리는 마차로 두 지역을 오가곤 했는데 마차에 빠른 말을 쓰지는 않더라도 어쨌든 아무리 길을 재촉해도 아침에 출발하면 밤에야 도착했다. 지금은 나이가 환갑이 되어 마차의 진동을 견딜 수 없어 어쩔 수 없이 배를 이용했다. 이번 귀향길에 작은 릴리는 꼬박 이틀 밤낮을 들여 겨우 퉁전에 도착했다. 돌아갈 때는 하류로 내려가는 길이어서 그렇게 오래 걸리지는 않겠지만 그래도 하루 밤낮은 걸렸다.

배에 오르자마자 작은 릴리는 아이의 이름 문제를 궁리하기 시작했다. 그러나 배가 C시에 가까워질 때까지도 문제는 전혀 풀리지 않았다. 그는 그제야 그것이 실로 심오한 문제임을 깨달았다. 사실 그가 부딪힌 걸림돌은 과거에 양 선생이 아이의 이름을 지어주려 했을 때 부딪힌 것과 동일했다. 고민 끝에 작은 릴리는 그런 걸림돌을 아예 치워버리고 단순히 아이가 나고 자란 퉁전銅鎭의 지명을 응용해 그나마 괜찮아 보이는 이름 두 개를 정했다. 하나는 진전金眞이고 또 하나는 퉁전童眞이었다. 이 둘 중 하나를 골라보라고 하자 대두충은 말했다.

"어느 것이든 괜찮아요."

작은 릴리가 말했다.

"그러면 내가 네 대신 정해주마. 진전이 어떻겠니?"

"예. 진전으로 해요."

"하지만 앞으로 너는 이 이름에 걸맞은 사람이 돼야 한다."

"예. 그럴게요."

"이 이름에 걸맞으려면 금처럼 빛나는 사람이 돼야 한다."

"예. 그럴게요."

잠시 후 작은 릴리는 또 물었다.

"너, 이 이름이 좋으냐?"

"좋아요."

"글자를 한 자 바꾸려는데 괜찮겠느냐?"

"예."

"내가 무슨 글자로 바꿀지도 모르면서 뭐가 괜찮다는 게냐?"

"무슨 글자로 바꾸실 건데요?"

"참 '전眞' 자를 보배 '전珍' 자로 바꾸려고 한다."

"알았어요, 보배 '전' 자."

"내가 왜 이 글자로 바꾸는지 아느냐?"

"몰라요."

"알고 싶지 않으냐?"

"제가…… 잘 몰라서……."

사실 작은 릴리가 그 글자를 바꾼 것은 어떤 미신 때문이었다. 퉁전뿐만 아니라 양쯔강 이남 지역에는 "남자가 여자처럼 생기면 귀신도 두려워한다"는 속설이 전해진다. 남자가 여자의 모습을 가져 음양을 겸비하면 큰 인물이 되기 쉽다는 뜻이다. 그래서 민간에서는 음양의 겸비를 도모하는 갖가지 방법이 고안되었는데 남자아이에게 여자 이름을 지어주는 것도 그중 하나였다. 작은 릴리는 그래서 '전眞' 자 대신 여자 이름에 많이 쓰는 '전珍' 자로 바꿨다고 말해주고 싶었지만 왠지 적절치 않은 듯해 망설이다가 결국 얼버무리고 말았다.

"그래, 이렇게 정하자. 보배 '전' 자를 써서 '진전珍琠'으로."

이때 성도 C시의 모습이 어느새 어렴풋이 눈에 들어왔다.

배가 부두에 닿자, 작은 릴리는 인력거를 불러 집이 아니라 곧장 쉬시먼水西門 초등학교로 가서 교장을 만났다. 성이 청程씨인 그 교장은 과거에 N대학 부속고등학교 학생이었다. 그리고 작은 릴리는 N대학에서 수학하던 시절을 비롯해 나중에 대학교수가 되고도 처음 몇 년간 수시로 부속고등학교에 가서 수업을 하곤 했다. 그때 성격이 활발해 '지하 반장'이라는 별명으로 불렸던 청은 작은 릴리에게 좋은 인상을 남겼다.

고교 졸업 후 청의 성적은 대학에 가기에 충분했다. 하지만 그는 북벌군의 제복과 장비에 푹 빠져 어느 날 총을 메고 와서 작은 릴리에게 작별을 고했다. 그리고 이듬해 한겨울에 똑같은 북벌군 제복 차림으로 또 작은 릴리를 찾아왔는데 이미 총은 없었을 뿐만 아니라 자세히 보니 총을 쥘 팔조차 없어 텅 빈 소매가 축 처져 있었다. 작은 릴리는 어색하게 그의 하나 남은 손을 쥐었는데 그나마 힘이 느껴졌다. 그래서 왼손으로도 글을 쓸 수 있느냐고 물었더니 그렇다는 답이 돌아왔다. 작은 릴리는 문을 연지 얼마 안 된 쉬시먼 초등학교에 그를 교사로 소개해 어려운 생계를 해결하게 했다. 팔이 하나밖에 없는 탓에 청은 교사들 사이에서 외팔이라는 별명으로 불렸지만 지금은 교장이 되어 유능함을 인정받고 있었다. 몇 개월 전, 작은 릴리는 아내와 함께 전란을 피해 원래 목공실이었던 그 초등학교의 창고에 기거하기도 했다.

작은 릴리는 청을 보자마자 물었다.

"내가 묵었던 그 목공실은 아직 비어 있는가?"

"아직 비어 있습니다."

청은 말했다.

"농구공, 고무공만 몇 개 놔두었지요."

작은 릴리는 대두충을 가리키며 말했다.

"그럼 됐네. 이 애를 거기 묵게 해주게."

"이 애는 누굽니까?"

작은 릴리는 말했다.

"진전이라고 하네. 내 새 제자지."

이날부터 사람들은 대두충을 대두충이라고 부르지 않았다. 모두 진전이라고 불렀다.

진전!

진전이라는 이름은 대두충의 C시에서의 삶과 그 이후의 삶의 시작인 동시에 그의 퉁전 시절의 끝을 의미했다.

그 후 몇 년간의 상황은 작은 릴리의 장녀 룽인이容因易의 이야기를 통해 알아보는 것이 가장 믿을 만하다.

05

N대학에서 사람들은 룽 여사를 모두 룽 선생(중국에서 '선생'은 원래 성인 남성에 대한 존칭이다)이라고 불렀다. 그녀의 부친을 추억해서 그랬는지, 아니면 그녀의 독특한 경력 때문이었는지 그 이유는 알려져 있지 않다. 그녀는 평생 결혼을 하지 않았다. 하지만 그것은 사랑을 하지 않아서가 아니라 거꾸로 사랑을 너무나 깊고 아프게 했기 때문이다. 소문에 의하면 그녀는 젊은 시절 N대학 물리학과의 영재를 애인으로 사귀었다고 한다. 그는 무선통신 기술에 정통해서 하룻밤 사이에 무선 송수신기 한 대를 거뜬히 조립할 수 있었다고 한다.

중일전쟁이 발발한 그해, C시의 항일 근거지였던 N대학에서는 거의 매달 수많은 학생이 피 끓는 마음에 펜을 버리고 전선으로 달려갔다. 그중에는 룽 선생이 사랑하던 그 남자도 있었다. 그는 참전 후 처음 몇 년간 계속 편지를 보내왔지만 나중에는 소식이 점점 뜸해지다가 1941년 봄, 후난 성 창사에서 보낸 마지막 편지에서 군내 기밀 임무에 투입되어 잠시 연락을 끊겠다고 밝혔다. 그리고 자신은 아직도 그녀를 사랑하고 있으니 돌아올 때까지 꾹 참고 기다려달라고 거듭 말했다. 특히나 그의 마지막 한마디는 대단히 장엄하면서도 감동적이었다.

"내 사랑, 내가 돌아올 때까지 기다려줘요. 이 전쟁에서 승리하는 날, 우리는 결혼하게 될 테니!"

그 후 룽 선생은 정말로 꾹 참고 기다렸다. 그러나 중일전쟁이 끝나고 해방이 되었지만 그는 돌아오지 않았다. 죽었다는 소식도 없었다. 그러다가 1953년 홍콩에서 돌아온 사람이 그는 일찌감치 타이완으로 갔다고, 거기서 이미 결혼하고 애를 낳아 가정을 꾸렸다고 그녀에게 알려주었다.

그것이 바로 룽 선생의 십수 년에 걸친 사랑의 비극적인 종말이었다. 그녀가 입은 상처와 후유증이 얼마나 컸을지는 굳이 말할 필요가 없을 것이다. 10년 전, 내가 N대학으로 인터뷰를 하러 갔을 때 그녀는 막 수학과 주임교수 직에서 물러난 상태였다. 우리의 첫 번째 화제는 거실에 걸린 한 장의 가족사진이었다. 그 사진 속에는 다섯 명이 있었는데 앞줄에는 작은 릴리 부부가 앉아 있었고 뒷줄 가운데에 서 있는 룽 선생은 스무 살쯤으로 어깨까지 가지런히 단발을 기른 모습이었다. 그리고 왼쪽은 안경을 낀 그녀의 남동생이었으며 오른쪽은 두 갈래로 머리를 땋은 일 고여덟 살 난 막내 여동생이었다. 그것은 1936년 여름, 룽 선생의 남동생이 외국 유학을 떠나기 전 기념으로 찍은 사진이었다. 전란으로 인해 그는 중일전쟁이 끝난 뒤에야 귀국했다. 그때 그의 가족은 한 명이 줄고 또 한 명이 늘어 있었다. 줄어든 사람은 그의 막내 여동생이었다. 일 년 전 악성 질병으로 젊은 나이에 목숨을 잃었다. 그리고 늘어난 사람은 바로 진전이었다. 그는 막내 여동생이 죽은 지 얼마 안 됐을 때, 다시 말해 그해 여름방학에 그 집에 들어갔다. 이에 대해 룽 선생은 아래와 같이 말했다.

룽 선생 인터뷰

막내는 그해 여름방학에 죽었어요. 겨우 열일곱 살이었죠.

막내가 죽기 전까지 나와 어머니는 둘 다 진전이 누군지 몰랐어요. 아버지가 그 애를 쉬시면 초등학교의 청 교장 선생님께 몰래 맡겨두었기 때문이죠. 그분은 저희 집에 거의 들르는 일이 없어서 아버지는 우리한테 말하면 안 된다고 입단속을 시킬 필요는 없으셨을 거예요. 그런데 어느 날 청 교장 선생님이 어디서 들었는지 막내의 죽음을 위로하러 우리 집에 오셨어요. 마침 그날 아버지와 나는 집에 없었고 어머니 혼자 그분을 맞으셨죠. 두 분은 한참 이야기를 나눴고 그러다가 아버지의 비밀이 새고 말았어요. 나중에 어머니가 어떻게 된 일이냐고 묻자 아버지는 그 아이의 불행과 천부적인 자질 그리고 양 선생의 간청 등에 관해 자세히 이야기했어요. 막내 일로 이미 슬픔이 극에 달해 있던 어머니는 그 아이의 불행한 과거를 듣고 그만 불쌍해서 펑펑 울었답니다. 그리고 아버지께 말했어요.

"인즈困芝(막내의 이름이죠)가 떠났으니 그 애가 오면 나한테도 위로가 될 거예요. 데려와 살게 합시다."

그렇게 해서 진전은 우리 집에 오게 됐답니다.

진전은 집에서 나를 누님이라고 불렀어요. 어머니는 사모님, 아버지는 선생님이라고 불렀고요. 사실 적절한 호칭은 아니었죠. 배분으로 따지면 그 애는 나를 고모라고 불렀어야 했으니까요.

솔직히 처음에 나는 그 애가 마음에 들지 않았어요. 누구를 봐도 웃지도 않고, 말도 하지 않고 꼭 유령처럼 살금살금 걸어다녔으니까요. 게다가 나쁜 습관이 아주 많았어요. 밥 먹을 때는 늘 트림을 하고 비위생적인데다 밤에는 발도 안 닦고 신발을 계단 입구에 벗어놔서 거실과 복도에 온통 퀴퀴한 냄새가 났죠. 그때 우리가 살던 곳은 할아버지께서 물려주신 작은 서양식 이층집이었지만 아래층에서 우리가 쓰는 공간은 부엌과 거실뿐이었어요. 나머지는 전부 세든 사람들이 쓰고 있었죠. 그래서 우리는 다 위층에 살고 있었는데 나는 밥을 먹으러 아래층으로 내려갈 때마다 그 애의 냄새 나는 신발을 보고 또 식탁에서 그 애가 트림을 할 것을 생각하면 식욕이 태반은 날아가곤 했어요. 물론 신발 문제는 곧 해결됐어요. 어머니가 얘기를 해서 그 애는 곧 조심하고 매일 발을 닦았어요. 양말도 누구보다 깨끗하게 빨았고요. 그 애는 생활력이 아주 강했어요. 밥도 하고, 빨래도 하고, 알탄으로 불도 피우고, 심지어 바느질도 할 줄 알았죠. 나보다 훨씬 나았어요. 그건 당연히 그 애의 내력과 관계가 있었어요. 어려서부터 단련이 됐을 테니까요. 하지만 트림을 하고 때때로 방귀를 뀌는 버릇은 영 고쳐지지 않았어요. 사실 그건 고치기가 불가능했어요. 왜냐하면 그 애는 심한 위장병이 있었거든요. 그래서 늘 몸이 여위고 허약했어요. 아버지는 그 애의 위장병이 어려서부터 양 선생을 따라 배꽃 물을 마셔서 생긴 거라고 했어요. 그 배꽃 물은 노인에게는 병을 고치는 약이었을지 모르지만 어린아이에게는 그렇지 않았던 거예요. 정말 내가 보기에 그 애는 위장병을 고치려고 약을 밥보다 훨씬 더 많이 먹었어요. 매끼 먹는 밥이 고양이보다 적었다니까요. 또 한두 숟갈만 먹으면 트림을 하기 시작했어요.

한번은 진전이 화장실에 갔다가 문 잠그는 걸 잊어버렸는데 내가 모르고 들어갔다가 소스라치게 놀랐어요. 이 일로 그 애는 완전히 내 눈 밖에 났죠. 나는 그 애를 초등학교로 돌려보내라고 아버지와 어머니를 닦달했어요. 그 애가 아무리 우리 친척이어도 꼭 우리 집에 묵어야 할 이유는 없다고 했죠. 어쨌든 그 초등학교에는 기숙생도 많았으니까요. 아버지는 처음에는 묵묵부답이셨고 어머니가 먼저 말씀하셨어요.

"온 지 얼마 되지도 않았는데 보내는 건 좀 그렇구나. 보내더라도 개강한 뒤에 그러자꾸나."

아버지는 그제야 생각을 밝히셨어요.

"그렇게 하자. 개강하면 그때 학교로 돌려보내자."

어머니가 또 말씀하셨죠.

"그래도 일요일에는 집에 오게 해요. 여기가 자기 집이라고 생각하게 해야죠."

아버지는 그렇게 하겠다고 하셨어요.

그 일은 그렇게 마무리되는 듯했어요.

하지만 나중에 또 사정이 바뀌었죠. (계속)

여름방학이 끝나가던 어느 날 저녁, 식사 자리에서 룽 선생은 낮에 본 신문 기사 이야기를 꺼냈다. 지난해 전국에서 사상 최악의 가뭄이 발생해 요즘 몇몇 도시의 거리에서는 거지가 군인보다 훨씬 많다는 내용이었다. 이 말을 듣고 부인은 한숨을 쉬며 말했다.

"작년은 쌍윤년이었지. 역사적으로 그런 해에는 큰 가뭄이 들곤 했어. 이럴 때 가장 불쌍한 건 역시 서민들이지."

진전은 자기가 먼저 입을 여는 법이 없어서 부인은 무슨 말을 하든 그를 대화에 끌어들이려 애썼다. 그래서 일부러 그에게 쌍

윤년이 뭔지 아느냐고 물었다. 그가 고개를 젓자 부인은 말했다.

"쌍윤년은 양력의 윤년과 음력의 윤년이 겹치는 해란다."

그래도 그가 이해를 못하는 것 같아 부인은 또 물었다.

"너는 윤년이 뭔지 아니?"

그는 역시 말없이 고개를 저었다. 그는 원래 이랬다. 입을 열어 자기 생각을 표현하기를 꺼렸다. 부인은 또 그에게 윤년에 관해 한바탕 설명을 했다. 음력의 윤년은 어떻고, 양력의 윤년은 어떻고, 또 왜 윤년을 정했는지 세세히 이야기해주었다. 이야기를 다 듣고 그는 멍하니 작은 릴리를 쳐다보았다. 마치 부인의 말이 맞는지 틀린지 판정해달라는 듯했다.

작은 릴리는 말했다.

"다 맞는 이야기다."

"그러면 제 계산이 틀린 거였군요."

진전은 얼굴이 새빨개져서 물었다. 금방이라도 울 것 같은 표정이었다.

"계산이 틀렸다니?"

작은 릴리는 그가 무슨 말을 하는지 못 알아들었다.

"아버지가 사신 날짜를 저는 매년 365일인 걸로 생각해 계산했어요."

"그건 틀리기는 했어도……."

작은 릴리가 말을 마치기도 전에 진전은 대성통곡을 했다.

울음은 끝도 없이 계속되었다. 다들 아무리 달래도 소용없었다. 결국 작은 릴리가 화가 나서 탁자를 치며 호통을 치고 나서야 그는 울음을 그쳤다. 하지만 울음을 그쳤어도 마음속의 고통은 더 심해져서 귀신에 씐 듯 두 손으로 허벅지를 피가 나게 꽉 움켜쥐었다. 작은 릴리는 당장 두 손을 탁자 위에 올려놓으라고 소리친 뒤, 매서운 어조로 그를 꾸짖었다. 하지만 그 말 속에는 그를 위로하려는 뜻이 담겨 있었다.

"울긴 왜 우냐! 내 말이 아직 안 끝났으니 우선 들어보고 그래도 울고 싶거든 계속 울거라."

작은 릴리는 말을 이어갔다.

"내가 방금 네가 틀렸다고 한 건 개념적으로, 그러니까 윤년의 관점에서 보면 그렇다는 것이다. 하지만 계산에 있어서는 틀렸는지 안 틀렸는지 아직 확인할 수 없다. 계산을 통해 증명해야만 한다. 모든 계산은 오차를 허용하기 때문이다."

작은 릴리는 또 말했다.

"내가 아는 바에 따르면 지구가 태양을 한 바퀴 도는 데 걸리는 시간은 정확히 365일 5시간 48분 46초다. 왜 윤년이 있어야 하느냐 하면, 양력의 계산법대로라면 매년 5시간 남짓이 남기 때문에 양력에서는 4년에 한 번씩 윤년을 둔다. 윤년은 366일이지. 그런데 너도 좀 생각해봐라. 일 년을 365일로 세든, 윤년을 366일로 세든 여기에는 다 오차가 있다. 하지만 이 오차는 허용이 된다. 심지어 이 오차가 없으면 우리는 아무것도 확정하기 어렵다. 이 말의 뜻은 바로 모든 계산에는 오차가 있게 마련이며 이 세상에 절대적으로 정확한 계산은 없다는 것이다."

작은 릴리의 말은 이어졌다.

"이제 너는 양 선생이 산 89년 동안 윤년이 몇 번이었는지, 또 그 윤년의 횟수에 따라 네가 원래 계산한 날짜에 며칠을 더해야 하는지 계산할 수 있다. 그런 다음에는 네가 원래 계산한 총 날짜와 지금 새로 계산한 날짜 사이에 얼마만한 오차가 있는지도 계산할 수 있다. 일반적으로 몇만이 넘는 숫자 계산의 오차 기준은 1000분의 1이다. 오차가 1000분의 1을 넘으면 네 계산이 틀렸다고 할 수 있다. 아니면 합리적인 수준의 오차로 봐야 하고. 지금 당장 계산해보거라. 네 오차가 합리적인 수준인지 아닌지."

양 선생은 윤년에 세상을 떠났으며 향년 89세였다. 그의 평생에서 윤년은 22년으로 많지도 적지도 않았다. 1년에 하루씩 칠때 22년이면 22일인데 이를 89년에 해당되는 3만여 일에 견준다면 그 오차는 분명 1000분의 1 이하다. 사실 작은 릴리가 이렇게 알쏭달쏭한 말을 한참 늘어놓은 것은 진전에게 빠져나갈 구멍을 주어 더 자책을 못하게 하기 위해서였다. 결국 그가 이렇게 으르고 달랜 덕분에 진전은 마음을 놓았다.

나중에 아버지는 양 선생이 진전에게 자기가 산 날짜를 세게 한 사연을 우리에게 이야기해주었어요. 방금 그 애가 울던 광경을 떠올리다가 나는 양 선생에 대한 그 애의 효심에 갑자기 마음이 흔들렸어요. 또 그 애 성격에 조금 집요하면서도 나약한 부분이 있다는 느낌이 들기도 했고요. 그 후 우리는 점차 그 애의 격렬하고 편집증적인 면을 알게 되었어요. 평소에 그 애는 내향적으로 보여서 보통 무슨 일이 있어도 마음에 숨기고 참곤 했답니다. 웬만한 일은 다 그렇듯 아무렇지도 않게 참아내서 보통 사람에게는 없는 인내심을 가진 듯했어요. 하지만 인내심의 한계를 넘거나 마음속 깊은 곳의 뭔가를 건드리는 일이 있으면 쉽게 통제력을 잃기도 했어요. 일단 통제력을 잃으면 격렬하고 극단적인 방식으로 표현을 했고요. 그랬던 예가 꽤 많은데 한번은 우리 어머니를 좋아한 나머지 몰래 피로 이런 글을 쓰기도 했답니다.

아버지가 돌아가신 뒤로 내가 사는 것은 사모님께 보답하기 위해서다.

그 애는 열일곱 살 때 큰 병이 나서 오랫동안 입원한 적이 있었어요. 그 기간에 우리 어머니는 수시로 그 애 방에 드나들며 물건을 꺼내오곤 했지요. 이 글이 적힌 쪽지는 그때 발견되었죠. 일기장

표지 속에 끼어 있었어요. 글씨가 꽤 컸는데 보자마자 손가락으로 직접 쓴 것을 알 수 있었어요. 몇 년 며칠에 썼는지는 안 적혀 있었지만 한두 해 사이에 쓴 게 아닌 것은 확실했어요. 아마도 우리 집에 들어온 첫해나 그다음 해에 쓴 것 같았어요. 종이와 글씨 색깔이 꽤 오래돼 보였거든요.

우리 어머니는 착하고 온화하며 정이 많은 분이셨어요. 만년에 더 그러셨죠. 어머니는 전생에 인연이라도 있었던 것처럼 진전을 대하셨어요. 두 사람은 처음부터 사이가 좋았고 육친처럼 정이 두터웠죠. 어머니가 그러신 건 아마 막내가 죽은 지 얼마 안 됐기 때문이었을 거예요. 내심 진전을 막내가 살아 돌아온 것으로 생각하신 것 같아요. 막내가 죽은 뒤 어머니는 오랫동안 바깥출입을 삼가고 매일 집에서 슬픔에 빠져 악몽과 환각에 시달렸어요. 그러다가 진전이 온 뒤에야 어머니는 슬픔에서 벗어날 수 있었죠. 당신도 아마 진전이 해몽에 능했던 걸 알 거예요. 무슨 꿈이든 마치 무당처럼 척척 풀이하곤 했었죠. 또 그 아이는 기독교를 믿었어요. 매일 영어로 성경을 읽어서 그 안의 이야기를 줄줄 외울 수 있었어요. 어머니의 슬픔이 비교적 무사히, 또 비교적 빨리 사그라진 건 당시 진전이 늘 꿈 풀이와 성경 이야기를 해드린 것과 분명 관계가 있을 거예요. 그건 두 사람 사이의 인연이라 확실하게 말하기는 좀 힘드네요.

어머니는 정말 진전에게 잘해주었어요. 그 애가 무슨 말을 하든,

무슨 행동을 하든 자식처럼 봐주고, 존중하고, 관심을 가져줬죠. 그런데 뜻밖에도 그 애는 너무 심각하게 보답의 마음을 품은 나머지 몰래 그런 혈서를 쓴 거예요. 나는 진전이 과거에 정상적인 사랑을 받아본 적이 없어서 그랬다고 생각해요. 모성애는 말할 것도 없고 어머니가 해주시던 모든 것, 그러니까 하루 세 끼를 차려주고, 옷을 지어주고, 평소에 살뜰히 보살펴주는 것까지 모두 차곡차곡 마음에 쌓아두다가 어느 순간 너무 큰 감동을 받아 어떤 방식으로든 표현하고 싶었던 거죠. 다만 그 애가 선택한 방식이 너무 예사롭지 않았던 것뿐이에요. 한편으로는 그 애의 성격과 맞아떨어지기는 했지만요. 내 생각에 그 애는 요즘 말로 자폐증적인 면이 좀 있었어요.

비슷한 일이 많았지만 나중에 또 얘기하기로 하죠. 이제 그날 저녁의 일로 돌아갈게요. 그 일을 다 말하려면 아직도 한참 남았어요. (계속)

이튿날 저녁, 역시 식사 자리에서 진전은 또 전날의 화제를 끄집어냈다. 양 선생이 평생 스물두 번의 윤년을 맞았으므로 자기가 22일을 적게 계산한 것처럼 보이지만, 계산을 해보니 실제로는 21일이라는 것이었다. 그것은 정말 바보 같은 결론이었다. 윤년이 22번이면 1년에 하루씩 22일인 게 확실한데 어째서 21일이라는 것인가? 처음에는 부인을 비롯해 모두가 진전의 머리에 무슨 문제가 생긴 줄만 알았다. 하지만 진전이 구체적으로 설명한 뒤에는 다들 그의 말에 일리가 없지 않다고 생각했다.

진전의 설명은 이랬다. 작은 릴리가 이미 말한 대로 윤년은 1년이 실제로는 365일보다 5시간 48분 46초가 많고 4년간의 누계가 24시간에 근접해서 설정되었다. 그러나 정확히 24시간은 아니다. 매년 6시간이 많아야 정확히 24시간일 수 있다. 그러면 차이는 어느 정도일까? 매년 11분 14초씩 4년이면 44분 56초다. 다시 말해 한 차례 윤년이 올 때마다 44분 56초의 허수가 발생하는 것이다. 따라서 윤년 혹은 윤일(2월 29일을 뜻함)을 설정함으로써 우리는 사실상 4년마다 인위적으로 44분 56초의 시간을 도둑질하는 것이다. 양 선생은 평생 스물두 번의 윤년을 겪었으므로 44분 56초의 허수를 스물두 번 더하면 도합 16시간 28분 32초가 된다.

그런데 진전은 양 선생이 32232일을 살았지 정확히 88년을 산 것이 아님을 지적했다. 88년하고도 112일을 살았다는 것이다. 우수리인 이 112일은 사실 윤년 계산에 포함되지 않았다. 다시 말해 그 하루하루는 딱 24시간으로 계산되지 않았다는 것인데, 정확히 말하면 24시간보다 1분 가까이 많아서 112일이면 6420초, 즉 1시간 47분이 많았다. 따라서 앞의 계산에서 얻은 16시간 28분 32초에서 1시간 47분을 빼야 했다. 그 결과인 14시간 41분 32초가 바로 양 선생의 일생에 존재한 시간의 허수였다.

그러고서 진전은 또 자기가 알기로는 양 선생은 정오에 태어났고 죽은 시간이 밤 9시쯤이어서 적어도 10시간의 허수가 존재하므로 앞의 14시간 41분 32초에 이 시간을 더하면 하루의 허수가 있는 셈이라고 말했다. 결국 그는 이 윤년 또는 윤일이라는 개념에 정면으로 도전해 큰 승리를 거두었다. 어떤 의미에서 윤년은 그가 양 선생이 산 날짜를 계산할 때 22일의 오차를 저지르게 했지만 지금 그는 다시 윤년을 깊이 연구해 정확하게 하루를 뺀 것이었다.

룽 선생은 그 일로 자신과 자신의 아버지가 너무 놀라서 그 아이의 탐구 정신에 탄복했다고 말했다. 하지만 얼마 후 더 놀라운 일이 벌어졌다. 며칠 뒤 오후, 룽 선생이 막 집에 돌아왔는데 아래층에서 요리를 하던 부인이 그녀에게 말했다.

"아버지가 진전의 방에서 너를 부르신다."

"무슨 일인데요?"

"진전이 무슨 수학 공식을 발명했는데 그게 좀 예사롭지 않은가봐."

앞에서 말한 대로 양 선생의 수명에서 우수리로 남은 112일은 윤년 계산에 포함되지 않아서 하루를 정확히 24시간으로 계산할 때 1시간 47분, 즉 6420초의 잉여 시간이 발생했다. 이를 시간의 허수 개념으로 보면 바로 -6420초다. 그렇다면 첫 번째 윤년이 돌아왔을 때, 시간의 허수는 실질적으로 이미 '-6420+2696'

초다. 여기에서 2696은 각 윤년의 시간의 허수, 즉 44분 56초를 뜻한다. 그러고서 두 번째 윤년이 돌아오면 시간의 허수는 또 '-6420+2×2696'초로 변하며 이에 따라 유추하면 마지막 윤년이 됐을 때는 '-6420+22×2696'초다. 이런 식으로 진전은 양 선생이 산 32232일, 즉 88년하고도 112일 속 시간의 허수를 23항으로 이뤄진 하나의 등차급수로 교묘하게 바꿔놓았다.

-6420

-6420+2696

-6420+2×2696

-6420+3×2696

-6420+4×2696

-6420+5×2696

-6420+6×2696

………

-6420+22×2696

이를 기초로 그는 또 누구의 가르침도 없이 계산 공식까지 만들어냈다.

X=[(첫번째 항의 수치+마지막 항의 수치)×항의 수]/2

(정식으로 표현하면 "$S_n = [(A_1 + A_n) \times n] / 2$"이다.)

바꿔 말해 그는 이 공식을 발명한 것이나 다름없었다.

룽 선생 인터뷰

그 계산 공식은 발명하기 힘든, 아주 심오한 것은 아니었어요. 이론적으로는 누구나 더하기, 빼기, 곱하기, 나누기만 알면 구하고 증명할 수 있는 공식이었죠. 하지만 중요한 건 미지의 상황에서 그 공식의 존재를 생각해내야 한다는 것이죠. 예를 들어 지금 내가 당신을 칠흑 같은 방 안에 가두고 방 안에 어떤 물건이 있는지 정확히 가르쳐준 뒤 찾게 했다고 해봐요. 방 안이 아무리 어두워도 못 찾으리라는 법은 없어요. 머리를 굴리고, 돌아다니고, 손으로 더듬다보면 어떻게든 찾을 수 있거든요. 하지만 미리 방 안에 뭐가 있는지 가르쳐주지 않으면 그 물건을 찾을 가능성은 아주 낮거나 거의 없답니다.

한 걸음 떨어져서 생각해보죠. 만약 그 애가 다룬 등차수열이 앞에서 말한 복잡한 수열이 아니라 "1, 3, 5, 7, 9, 11……"처럼 비교적 간단한 수열이었다면 그 일은 그나마 이해할 여지가 있었을 거예요. 우리도 그렇게 심하게 놀라지 않았을 거고요. 이건 당신이 누구의 가르침도 없이 뚝딱 가구를 만들어내는 것과 똑같아요. 그 가구는 비록 다른 사람이 벌써 만든 적이 있지만 그래도 우리는 당신의 총명함과 재능에 감탄할 거예요. 만약 당신이 사용한 도구와 목재가 그렇게 훌륭한 게 아니라면, 예컨대 녹슨 도구와 가공하지 않은 나무를 사용했다면 당연히 우리는 두 배로 감탄하겠죠. 진전이 해낸 일이 바로 그랬어요. 돌도끼 한 자루로 나무 한 그루를 가구로 탈바꿈시킨 것과 같았죠. 우리가 얼마나 놀랐을지 한번 상상해보세요. 상식적으로 이해가 안 가는, 정말 거짓말 같은 일이었어요!

그 일이 있고서 우리는 그 애가 초등학교에 갈 필요가 전혀 없다는 걸 알았어요. 결국 아버지는 그 애를 N대학 부속중학교에 보내기로 결정했죠. 그런데 부속중학교는 우리 집과 건물 몇 채 거리이긴 해도 그 애를 그곳 기숙사에 보내면 심리적인 충격을 입지 않을까 걱정이 됐어요. 그래서 아버지는 또 집에서 통학을 시키기로 결정을 했죠. 사실 진전은 그해 여름 우리 집에 온 뒤로 한 번도 떠난 적이 없어요. 나중에 일을 시작할 때까지 말이죠. (계속)

아이들은 서로 별명을 지어주기를 좋아해서 반에서 조금이라도 튀는 학생은 거의 별명을 갖고 있게 마련이다. 처음에 같은 반 학생들은 진전의 머리가 유난히 큰 것을 보고 '대두'라는 별명을 지어주었다. 그런데 그들은 점차 그가 매우 괴짜라는 것을 깨달았다. 예를 들어 그는 무리 지어 기어가는 개미들의 숫자를 정신없이 세곤 했고 겨울이면 늘 우스꽝스러운 개꼬리 목도리를 매고 다녔다(그것은 양 선생의 유품이라는 이야기가 있었다). 그리고 수업 시간에 아무렇지도 않게 트림을 하고 방귀를 뀌어 남들을 난처하게 만드는가 하면, 항상 숙제를 각각 영어와 중국어로 써서 두 벌을 제출했다. 이런 점들은 그를 답답하고 바보 같아 보이게 했지만 의외로 성적은 모두가 눈이 휘둥그레질 만큼 뛰어났다. 그래서 누가 그에게 '바보 천재'라는 새 별명을 지어주었다. 이 별명은 수업 안팎에서 그가 보여주는 이미지를 적절히 포착했고 칭찬과 비웃음을 다 아울렀다. 그래서 학생들은 그를 볼 때마다 바보 천재, 바보 천재, 하고 불러댔다.

50년 후, N대학을 방문했을 때 내가 설명하는 진전에 대해 사람들은 전혀 아는 바가 없는 듯했다. 그런데 내가 바보 천재라는 말을 꺼내자마자 그들은 금세 기억을 되살려냈다. 그 별명이 그만큼 인상적이었던 것이다. 한때 진전의 담임교사였던 노인은 내게 이런 추억을 이야기해주었다.

"지금도 생각나는 재미난 일이 있지. 쉬는 시간에 누가 복도에 개미 떼가 기어가는 것을 보고 그 애를 불러 개미가 모두 몇 마리냐고 물은 거야. 내가 직접 봤는데 그 애는 몇 초도 안 돼서 100마리가 넘는 개미의 숫자를 정확히 알아맞혔지. 또 한번은 그 애가 나한테서 책 한 권을 빌려갔어. 『고사성어사전』이었지. 며칠 안 돼서 책을 돌려주었는데 내가 그냥 갖고 써도 된다고 했

더니 그럴 필요가 없다고 했어. 벌써 다 외웠다는 거야. 나중에
보니 그 애는 정말 그 많은 고사성어를 줄줄 외우더군. 감히 말
하는데 나는 수많은 학생을 가르쳤지만 그 애만큼 자질이 뛰어
나고 배우기를 좋아하는 학생은 없었어. 기억력, 상상력, 이해력
그리고 계산, 종합, 판단 등 모든 면에서 그 애의 능력은 상상을
초월했어. 내가 보기에 그 애는 중학교를 다닐 필요가 전혀 없었
어. 곧장 고등학교에 갈 수 있었지. 하지만 교장이 동의하지 않
았어. 룽 선생이 동의하지 않아서 그런다고 했지."

　노인이 말한 룽 선생은 바로 작은 릴리였다.

　작은 릴리는 두 가지 이유에서 동의하지 않았다. 첫째, 과거에
세상과 단절된 곳에서 살았기 때문에 진전은 정상적으로 사회와
접촉하고 같은 나이대의 아이들과 함께 생활해야만 했다. 그러
지 않고 자기보다 나이가 한참 위인 학생들 사이에 껴버리면 지
나치게 내향적인 성격을 고치기가 어려웠다. 그리고 둘째, 그는
진전이 자주 바보 같은 일을 하고 있는 것을 발견했다. 그와 교
사들 뒤에서 남들이 이미 증명한 바 있는 것들을 다시 검증하곤
했다. 아마도 지능이 과잉이어서 그랬을 것이다. 작은 릴리는,
그와 같이 미지의 세계에 대해 강한 탐구 정신을 가진 사람일수
록 천천히 깊게 배우고 넓게 지식을 섭취할 필요가 있다고 생각
했다. 그래야만 나중에 자신의 재능을 이미 밝혀진 영역에 헛되
이 쏟아붓지 않을 수 있다.

하지만 작은 릴리는 진전을 월반시키지 않아 교사들이 너무 고생한다는 사실을 알았다. 그들은 수업 시간마다 그의 갖가지 심오한 질문에 시달렸다. 방법이 없었다. 작은 릴리는 할 수 없이 교사들의 건의에 따라 그를 월반시켰다. 그래서 한 학년 또 한 학년 월반을 해서 결국 자기와 함께 중학교에 들어간 친구들이 막 고등학교에 진학했을 때 그는 이미 고등학교를 졸업했다. 그리고 그해에 N대학 입학시험에 응시하여 성 전체에서 7등을 했다. 물론 수학 점수는 만점이었다. 이렇게 그는 순조롭게 N대학 수학과에 입학했다.

06

N대학 수학과는 줄곧 수학자의 요람으로 명성이 자자했다. 소문에 따르면 15년 전, C시 문예계의 한 명사가 바닷가의 한 도시에서 지역 차별 발언을 들었을 때 놀랍게도 이런 말을 했다고 한다.

"우리 C시는 아무리 몰락해도 최소한 위대한 N대학이 있습니다. N대학이 몰락해도 최소한 수학과가 있고요. 당신들은 세계 정상급의 그 수학과도 조롱할 수 있습니까?"

농담으로 한 말이지만 그래도 N대학 수학과의 높은 명성을 확인할 수 있다.

진전의 입학 첫날, 작은 릴리는 그에게 수첩을 선물하며 속표지에 이런 말을 썼다.

네가 수학자가 되고 싶다면 너는 이미 가장 훌륭한 문에 들어섰다. 네가 수학자가 되고 싶지 않다면 너는 이 문에 들어설 필요가 없다. 네게는 이미 한평생 쓰기에 충분한 수학 지식이 있기 때문이다.

진전의 미라 같은 외모 뒤에 숨겨진 놀라운 수학적 재능을 작은 릴리보다 더 일찍, 그리고 더 깊이 통찰한 사람은 없었다. 그래서 진전이 수학자가 될 것이라는 기대를 작은 릴리보다 더 일찍 마음속에 품은 사람도 없었다. 수첩에 적힌 말은 그 모든 것을 설명하는 강력한 증언이었다. 작은 릴리는 앞으로 많은 사람이 자신의 기대에 속속 동참해 진전과 다른 수학자들 간의 교류를 보게 될 것이라고 믿었다. 하지만 그가 생각하기에 그러려면 지금 당장은 안 되고 적어도 1~2년은 지나야 했다. 그때가 되면 공부가 계속 깊어지면서 진전의 신비한 수학적 재능이 점차 빛을 발할 것이라고 예상했다.

그러나 작은 릴리의 이런 생각은 지나치게 보수적이었던 것으로 밝혀졌다. 외국인 교수 린 시스가 개강 후 겨우 2주 만에 뛸 듯이 기뻐하며 그의 기대에 동참했기 때문이다. 시스는 그에게 이렇게 말했다.

"N대학에서 또 한 명의 수학자가 배출될 것 같아요. 그것도 대수학자가 말이에요. 적어도 N대학 출신 수학자 중에는 최고일 겁니다."

그가 가리킨 사람은 바로 진전이었다.

린 시스는 20세기의 시작과 함께 태어났다. 1901년 폴란드의 유명한 귀족 가문에서 출생했는데 어머니가 유대인이어서 유대인의 전형적인 외모를 물려받았다. 매부리코에 앞이마가 좁고 머리칼이 꼬불꼬불했다. 누구는 그의 두뇌도 유대인의 것이어서 기억력이 비상하고 뱀의 혀처럼 기민하며 아이큐도 보통 사람의 몇 배에 이른다고 말했다. 네 살 때부터 시스는 지능을 겨루는 게임에 심취하기 시작해 세상의 거의 모든 체스 기술을 섭렵했다. 여섯 살이 되어서는 주위 어떤 사람도 그와 체스를 둘 엄두를 내지 못했다. 시스와 체스를 둬본 누군가는 100년에 한 명 나올까 말까 한 천재가 또 신비스러운 유대인들 사이에서 나왔다고 감탄했다.

열네 살 되던 해에 시스는 부모를 따라 어느 명문가의 결혼식에 갔다가 그 피로연에서 당시 세계적으로 유명했던 수학자 슈뢰더 일가와 마주쳤다. 슈뢰더는 당시 케임브리지대 수학연구회 회장이면서 누구나 아는 체스의 대가였다. 시스의 아버지는 그에게 자기 아들이 케임브리지대에 들어가 공부할 수 있기를 바란다고 말했다. 이에 대해 그는 다소 오만하게 답했다.

"두 가지 길이 있습니다. 첫째는 매년 한 번 있는 입학시험에 응시하는 것이고 둘째는 영국 왕립학회가 개최하는 뉴턴수학물

리경진대회에 참가하는 겁니다. 이 대회는 홀수 해에는 수학을, 짝수 해에는 물리를 테마로 삼습니다. 이 대회의 1등부터 5등까지의 입상자들은 시험과 학비를 면제받고 케임브리지대에 들어올 수 있습니다."

이때 시스가 옆에서 말참견을 했다.

"선생님은 아마추어 최고의 체스 대가시라고 들었어요. 저랑 한번 겨루지 않으시겠어요? 만약 제가 이기면 저도 시험을 면제시켜주세요."

슈뢰더는 경고하듯이 말했다.

"물론 나는 너와 겨루고 싶다. 하지만 이 말은 해둬야겠구나. 네가 너 자신을 위해 그렇게 큰 상을 걸었는데 그건 내게는 벌칙에 해당된다. 그러니 나도 똑같이 내게는 큰 상이면서 네게는 벌칙인 것을 정해야 게임이 공평하지 않겠니? 그렇게 하지 않으면 너와 체스를 두기 어렵다."

"그러면 제 벌칙을 말해주세요."

슈뢰더는 말했다.

"네가 지면 앞으로 우리 케임브리지대에 들어오는 걸 금지하겠다."

슈뢰더는 이렇게 하면 시스를 질리게 할 수 있다고 생각했지만 정작 질린 사람은 시스의 아버지뿐이었다. 시스는 아버지의 집요한 설득에 조금 주저하기는 했지만 결국 단호하게 말했다.

"좋아요!"

두 사람은 사람들이 보는 앞에서 대국을 시작했다. 30분도 안되어 슈뢰더는 자리를 털고 일어나 웃으면서 시스의 아버지에게 말했다.

"내년에 아드님을 케임브리지로 보내십시오."

시스의 아버지는 어리둥절했다.

"아직 게임이 안 끝났는데요."

슈뢰더는 말했다.

"설마 제 눈을 못 믿으십니까?"

그러고는 시스를 돌아보며 또 물었다.

"너는 네가 나를 이길 거라고 생각하느냐?"

"지금 제가 이길 확률은 겨우 30퍼센트 정도예요."

슈뢰더는 말했다.

"지금 형세는 확실히 그렇다. 하지만 네가 그 점을 꿰뚫어보고 있다는 건 이 형세가 적어도 60, 70퍼센트 정도는 바뀔 가능성이 있음을 뜻한다. 너는 꽤 훌륭하다. 나중에 케임브리지에 와서 나와 체스를 두자꾸나."

10년 뒤, 시스는 겨우 스물네 살의 나이에 오스트리아 수학학회지에 실린 세계 수학계의 주목할 만한 신인 명단에 이름을 올렸고, 이로 인해 캐나다의 세계적인 수학자 존 찰스 필즈의 눈길을 끌었다. 1924년, 필즈는 자기가 주도한 제7회 세계수학자대회에서 수학자상을 제정해 수학 영역에서 뛰어난 성취를 거둔 인물에게 수여하자고 제안하면서 시스의 이름을 거론했다. 그리고 1932년, 제9회 세계수학자대회에서 정식으로 필즈상이 제정되어 그 캐나다 수학자를 기념했다.

시스의 케임브리지 시절 동창 중에 오스트리아 황족 출신 여성이 있었다. 그녀는 이 젊은 수학 천재에게 흠뻑 빠졌지만 그는 관심이 별로 없어 보였다. 그런데 어느 날, 그녀의 아버지가 돌연 시스 앞에 나타났다. 물론 그는 자기 딸을 대신해 구혼을 하러 온 것이 아니었다.

"나는 줄곧 오스트리아의 과학을 진흥시키기 위해 의미 있는 일을 하고 싶었네. 혹시 내 소망을 이루는 데 협조해주지 않겠나?"

시스가 어떻게 도와주기를 바라느냐고 묻자 그는 말했다.

"내가 자금을 댈 테니 자네는 사람을 모아주게. 함께 과학연구 기관을 세워보도록 하지."

시스가 또 물었다.

"얼마나 자금을 대실 수 있습니까?"

"자네가 원하는 만큼 얼마든지."

시스는 두 주 동안 순전히 수학적인 방식으로 자신의 미래를 놓고 과학적이면서도 정확하게 계산을 진행했다. 결국 케임브리지에 남거나 다른 어떤 형식으로 활동하는 것보다 오스트리아에 가는 것이 더 승산 있다는 결과가 나왔다.

이렇게 해서 그는 오스트리아로 떠났다.

사람들은 그의 이 오스트리아행이 동시에 두 사람의 바람을 만족시킬 것이라고 생각했다. 한 사람은 그를 사랑하는 여성이고 다른 한 사람은 그녀의 아버지였다. 혹은 이 운 좋은 젊은이가 오스트리아에서 영예로운 위업을 이루고 행복한 가정도 얻을 것이라고 생각했다. 그러나 결국 시스는 단지 위업을 이루는 데 그쳤다. 그는 무한정의 자금으로 오스트리아 고등수학연구원을 창립해 재능 있는 수학자들을 대거 유치했고, 자신과의 결혼을 갈망하는 그 황족 여성을 위해 그들 중에서 자신의 대체자를 한 명 찾아냈다. 이 때문에 그는 동성연애자가 아니냐는 소문에 시달려야 했다. 소문에 따르면 몇 가지 사실이 이를 증명한다고 했다. 예를 들어 그가 모은 인재 중에 여성이 한 명도 없으며 심지어 사무실 직원조차 전부 남자라고 했다. 또한 오스트리아 신문에 그의 인터뷰 기사를 쓴 기자들도 전부 남자인데, 사실 그를 찾은 기자들은 남자보다 여자가 훨씬 더 많았다는 것이다. 다만 무슨 이유에선지 그녀들은 늘 빈손으로 돌아가야 했고 이것은 아마도 그의 비밀스러운 콤플렉스 때문인 게 틀림없다고 했다.

룽 선생 인터뷰

분명히 1938년 봄이었을 거예요. 시스는 그때 N대학에 방문학자로 왔죠. 그런데 예상치 못하게 그 며칠 사이 유럽에 큰 변고가 발생했어요. 며칠 뒤 그는 라디오에서 히틀러가 오스트리아를 침공했다는 뉴스를 들었죠. 할 수 없이 한동안 N대학에 발이 묶였어요. 전쟁이 잦아들면 다시 돌아갈 생각이었어요. 그런데 미국 친구가 보내온 편지를 보니 유럽에서 무시무시한 일들이 벌어지고 있다는 거예요. 오스트리아, 체코, 헝가리, 폴란드 등에 독일 나치 깃발이 걸리고 유대인들이 앞다퉈 탈출했으며 탈출하지 못한 유대인들은 집단수용소에 갇혀 있다고 했죠. 그는 졸지에 갈 곳을 잃고 N대학에 남아 수학과 교수를 하면서 미국으로 갈 기회를 엿보게 되었어요. 그런데 그사이 그의 마음에(아마 몸에도) 신비하면서도 이상한 변화가 생겼어요. 하룻밤 사이에 캠퍼스의 아가씨들에게 낯설면서도 강렬한 흥미를 느끼기 시작한 거예요. 그것은 과거의 그에게는 없던 일이었어요. 그는 무슨 특별한 과일나무처럼 다른 땅에서 다른 꽃을 피우고 희한한 열매를 맺었죠. 그래서 미국으로 가려던 생각이 돌연히 나타난 연애의 열정으로 대체되어 2년 뒤, 그는 마흔 살의 나이에 자기보다 열네 살 어린 여교사와 부부가 되었어요. 이렇게 그의 미국행은 미뤄졌고 무려 10년이나 없었던 일이 되고 말았어요.

수학계 사람들은 모두 그를 주목했어요. N대학에 정착한 후, 그의 가장 큰 변화는 갈수록 남자다운 남자가 돼가면서도 갈수록 유능한 수학자답지 못하게 된 것이었어요. 아마도 과거에 그가 보여줬던 놀라운 재능은 그가 남자답지 못한 남자여서 발휘된 것인 듯해요. 이제 남자다운 남자가 되자 그 신비한 재능은 그에게서 떠나버렸죠. 그것을 그 스스로 쫓아버렸는지, 아니면 하느님이 가져갔는지는 그 자신도 잘 몰랐을 거예요. N대학에 오기 전에 그가 국제적으로 영향을 끼친 수학 논문을 27편이나 썼다는 사실을 모르는 수학자는 없었어요. 하지만 그 후로는 한 편도 안 썼죠. 자식만 한 명 그리고 또 한 명을 낳았어요. 과거 그의 재능은 여자의 품속에서 연기처럼 흩어지고 녹아버려 귀여운 아기들로 변한 것 같았어요. 서양인들은 이런 그의 변화를 접하고 동양은 신비한 곳이라는 믿음이 더 강해진 듯했어요. 신비한 인물을 신비하게 바꿔놓았는데도 그 연유가 뭔지 알 수 없었으니까요. 변화의 과정도 크게 눈에 띄지 않았어요. 조금씩 반복되고 심화된 결과였죠.

물론 과거의 재능을 여자의 품속에서 잃어버렸더라도 시스는 강단에서는 여전히 뛰어났어요. 어떤 의미에서는 유능한 수학자로서의 면모를 갈수록 잃어갔기 때문에 역시 갈수록 성실하고 직무에 충실한 교수로 변해갔지요. 시스는 N대학 수학과에서 도합 11년 동안 학생들을 가르쳤어요. 의심할 여지 없이 그것은 학생들에게 엄청난 영광이고 행운이었어요. 실제로 지금 국제적으로 영향력 있는 N대학 출신 학자들은 대부분 그가 재직한 11년간 가르친 제자들이랍니다. 하지만 그의 제자가 되는 건 그리 쉬운 일이 아니었어요. 우선 영어를 할 줄 알아야 했고(나중에 그는 독일어로 말하는 것을 거부했어요) 그다음에는 수업 시간에 필기를 할 수가 없었어요. 그가 못하게 했기 때문이죠. 또한 문제를 반만 가르치거나 때로는 고의로 틀리게 가르치는 그의 교수법에 애를 먹어야 했어요. 그는 틀리게 가르쳐도 정정하지 않았어요. 적어도 그 자리에서는 정정하지 않고 어느 날 생각이 나면 정정하고 생각이 안 나면 그냥 넘어갔죠. 이런 그의 교수법은 거의 야만적인 수준이어서 머리가 보통인 학생들은 대거 중도 포기를 했고 어떤 학생들은 다른 수업으로 옮겨갔어요.

시스의 교육관은 딱 한마디, "틀린 생각 하나가 완벽한 점수보다 더 정확하다"였어요. 알고 보면 그가 고집한 교수법은 학생들이 머리를 쓰고 상상력과 창조력을 계발하게 했어요. 매년 1학기가 시작되어 신입생 앞에 서면 그는 중국어와 영어를 섞어 늘 이런 말로 첫 수업을 시작했죠.

나는 야수지 조련사가 아닙니다. 내 목적은 여러분이 산비탈 위로 죽을힘을 다해 뛰게 쫓아가는 겁니다. 여러분이 빨리 뛰면 나도 빨리 뛸 겁니다. 여러분이 느리게 뛰면 나도 느리게 뛸 겁니다. 어쨌든 여러분은 쉬지 않고 용감하게 뛰어야 합니다. 언제든 여러분이 멈추면 우리 관계는 종료될 겁니다. 또 언제든 여러분이 숲속으로 들어가 내 눈앞에서 사라져도 우리 관계는 끝날 겁니다. 그러나 전자는 내가 끝내는 것이고 후자는 여러분이 끝내는 겁니다. 이제 우리 뛰기로 합시다. 마지막에 누가 끝낼지 보기로 하죠.

학생들이 끝내는 것은 당연히 어려웠어요. 하지만 보기에 쉬운 방법도 있었죠. 매 학기가 시작될 때 첫 수업, 첫 번째 일로 시스는 칠판 오른쪽 상단 귀퉁이에 어렵고 배배 꼬인 문제를 적곤 했어요. 언제 누구라도 그 문제를 풀면 그 학기에 만점의 관문을 통과한 것과 같았고 그 후에는 수업에 가든 안 가든 자기 마음이었어요. 다시 말해 그 학기에 그와의 관계를 끝낸 거였죠. 그러면 그는 칠판의 똑같은 위치에 새로운 난제를 적고 또 다른 학생이 풀기를 기다렸어요. 만일 한 명이 연달아 세 번 난제를 해결하면 시스는 단독으로 그에게 난제를 냈고 그 난제는 사실상 그의 졸업논문이 됐어요. 또 그 난제도 나무랄 데 없이 해결하면 그 시점이 언제든, 설사 개강한 지 며칠 안 되었어도 그는 만점으로 졸업한 것이나 마찬가지였어요. 하지만 10년이 다 돼가는데도 그런 영광을 차지한 사람은 한 명도 없었답니다. 한두 문제를 푸는 사람도 가뭄에 콩 나듯 했죠. (계속)

이제 진전이 시스의 수업에 나타났다. 키가 작았기 때문에(이제 고작 열여섯 살이었다) 맨 앞줄에 앉았는데 누구보다 더 열심히 시스 특유의 옅은 파란색 눈동자에서 뿜어져 나오는 예리하면서도 영리한 눈빛에 주목했다. 시스는 체격이 컸고 강단 위에 서면 더 커 보였다. 그의 시선은 늘 맨 뒷줄에 가 있어서 진전에게 돌아오는 것은 그가 흥분했을 때 튀기는 침과 큰소리로 말할 때 토해내는 입김뿐이었다. 메마르고 추상적인 수학 기호를 열정적으로 강의하고 간혹 팔을 휘두르며 소리를 높이거나 천천히 배회하며 중얼거리는 것이 강단에 선 시스의 모습이었다. 마치 시인 같기도 하고 장군 같기도 했다. 또 수업이 끝나면 그는 두말 않고 훌쩍 강의실을 떠났다. 그날도 역시 훌쩍 강의실을 나가고 있는데 그의 눈빛이 무심결에 맨 앞줄의 마르고 키 작은 학생에게 가닿았다. 그 학생은 마치 시험장에 있는 듯 종이 위에 고개를 박고 정신없이 뭔가를 풀고 있었다. 이틀 뒤, 시스는 두 번째 수업에 와서 강단 위에 오르자마자 모두에게 말했다.

"진전이 누구죠? 손 들어봐요."

시스는 손을 든 사람이 지난 시간에 자신의 눈길을 끌었던 앞줄의 키 작은 학생임을 알아보았다.

시스는 몇 장짜리 숙제 용지를 들어 보이며 물었다.

"이걸 네가 내 문 틈에 넣었느냐?"

진전이 고개를 끄덕이자 그는 말했다.

"이제 네게 알려주지. 이번 학기 내 수업을 안 들어도 돼."

학생들은 놀라서 크게 술렁였다.

시스는 감상이라도 하듯 미소를 띠고 학생들이 조용해질 때까지 기다린 다음, 지난번 낸 문제를 다시 칠판 위에 적었다. 이번에는 오른쪽 상단 귀퉁이가 아니라 왼쪽 상단 귀퉁이에 적었다. 그러고서 모두에게 말했다.

"이제 진전 학생이 어떻게 문제를 풀었는지 살펴보죠. 이건 흥밋거리가 아니라 오늘 수업 내용입니다."

그는 먼저 진전의 문제 풀이를 옮겨 적으면서 강의를 한 뒤, 이어서 새로운 방법으로 똑같은 문제에 대해 세 가지 서로 다른 풀이를 했다. 이런 방식으로 학생들이 비교하는 과정에서 지식을 늘리고 방법은 달라도 결과는 같을 수 있다는 이치를 터득하게 했다. 그날 수업 내용은 이렇게 그 몇 가지 문제 풀이를 통해 전달되었다. 수업을 다 마치고 그는 칠판 오른쪽 상단 귀퉁이에 또 다른 난제를 적으며 말했다.

"다음 강의에서도 누가 나로 하여금 오늘 같은 일을 하게 해주기를 바랍니다. 수업 시간에는 문제를 풀고 수업이 끝나면 문제를 내게 말이죠."

말은 그렇게 했지만 시스는 내심 그런 일이 생길 확률은 대단히 적다고 생각했다. 수학적으로는 소수점을 이용해 표시해야 하고 나아가 사사오입으로 제거될 수준이었다. 극히 적은 확률을 버리는 것은, 무시하고 계산에 넣지 않는 것으로서 있는 것이 없는 것으로 변한다. 반대로 넣는 것은 부풀려 계산하는 것으로서 없는 것이 있는 것으로 변한다. 이것은 땅이 하늘로 변하는 것과 같다. 다시 말하면 마치 하늘과 땅 사이에 틈이 없는 것과 같은데, 털끝만큼만 많아도 땅이 하늘로 바뀌고 역시 털끝만큼만 적어도 하늘이 땅으로 바뀌는 것이다. 시스는 그 미라 같은 과묵한 꼬마가 하늘과 땅에 대한 자신의 개념을 단번에 모호하게 만들 줄은 꿈에도 생각지 못했다. 그는 틀림없이 땅으로 보았는데 결과는 하늘이었다. 요컨대 그 꼬마는 시스가 낸 두 번째 난제를 또 금세 풀어버렸다!

문제가 풀렸으니 당연히 새로운 문제를 내야 했다. 세 번째 난제를 또 칠판 우측 상단 귀퉁이에 적은 뒤, 시스는 몸을 돌려 다른 학생들이 아니라 진전 한 사람에게 말했다.

"이 문제까지 풀면 네게 단독으로 문제를 내겠다."

그가 말한 것은 졸업논문용 문제였다.

그때는 진전이 시스의 세 번째 수업을 겨우 마쳤으며 시간적으로도 일주일이 채 안 된 시점이었다.

세 번째 문제는 진전도 이전 두 문제처럼 수업 시간 안에 해결하기는 어려웠다. 네 번째 수업을 마치고 시스는 특별히 강단에서 내려와 진전에게 말했다.

"네 졸업논문용 문제는 벌써 출제해놓았다. 이 문제를 다 풀고 내게 와서 가져가라."

말을 마치고 그는 성큼성큼 가버렸다.

시스는 결혼 후 학교 근처 싼위안샹三元巷에서 집을 임대해 살 았다. 하지만 평상시에는 독신 시절의 교수 숙소에 머물렀다. 3층에 있는, 화장실이 딸린 방이었다. 그는 거기에서 늘 책을 보고 연구를 했다. 서재로 사용한 것이다. 그날 오후, 시스는 점심 휴식을 마치고 라디오를 듣고 있었다. 그런데 라디오 소리 사이로 계단을 올라오는 발걸음 소리가 끼어들었다. 그 소리는 그의 방문 앞에서 멈췄지만 노크 소리도 없이 스스슥, 뱀이 기어가는 듯한 소리만 들렸다. 시스는 문틈으로 종이 몇 장이 들어와 있는 것을 보고 다가가 주워들었다. 익숙한 필체였다. 진전이 놓고 간 것이다. 시스는 곧장 마지막 장을 펴서 답을 확인했다. 답은 정확했다. 그는 채찍으로 맞은 듯한 느낌이 들어 당장 문을 박차고 나가 진전을 부르려 했다. 하지만 문가까지 가서 잠시 생각하다가 다시 돌아와 소파에 앉아 첫 장부터 보기 시작했다. 그것을 다 보고 시스는 또 채찍으로 맞은 듯한 느낌이 들어 창가로 달려가 진전의 멀어지는 뒷모습을 확인했다. 당장 창문을 열고 큰소리로 진전을 불렀다. 진전이 돌아보니 서양인 교수가 자기를 가리키며 어서 올라오라고 고함을 지르고 있었다.

진전은 서양인 교수 앞에 앉았다.

"너, 누구야?"

"진전인데요."

"아니, 그게 아니고."

시스는 웃었다.

"어떤 사람이냐고 묻는 거야. 어디에서 왔지? 전에 어디에서 학교를 다녔고. 왠지 네 낯이 익은데 부모님은 또 누구시지?"

진전은 망설였다. 뭐라고 대답해야 할지 몰랐다.

돌연 시스가 탄성을 질렀다.

"아! 이제 알겠다. 너는 건물 앞 그 동상의 후손이구나. 그 여자 릴리의 후손, 애버커스 릴리 룽의 후손이었어! 말해봐, 너는 그녀의 후손이 맞지? 아들이야, 손자야?"

진전은 소파 위 종이를 가리키며 동문서답을 했다.

"제가 맞았나요?"

"너는 아직 내 질문에 답을 안 했어. 너는 여자 릴리의 후손이니?"

진전은 긍정도 부정도 않고 무미건조하게 말했다.

"룽 부총장님께 가서 여쭤보세요. 그분이 제 보호자예요. 저는 부모님이 없어요."

진전이 이렇게 말한 것은 밝히기도 어렵고 밝히고 싶지도 않은 자신과 여자 릴리의 관계를 언급하고 싶지 않아서였다. 그런데 이 때문에 시스는 부쩍 의심이 들어 진전을 뚫어지게 보며 물었다.

"아, 그렇다면 네게 좀 물어야겠다. 그 문제들을 너는 혼자서 풀었느냐, 아니면 다른 사람의 도움을 받았느냐?"

진전은 단호하게 말했다.

"저 혼자 풀었어요!"

그날 저녁, 시스는 작은 릴리의 집을 방문했다. 그를 보고 진
전은 자기가 혼자 문제를 풀었다는 사실이 못 미더워 그가 찾아
온 줄 알았다. 하지만 시스는 오후에 누가 도와준 게 아니냐고
진전에게 묻자마자 바로 그 의심을 머릿속에서 지워버렸다. 만
약 제3자가 개입했다면 부총장이든 부총장의 딸이든 그런 식으
로 문제를 풀었을 리가 없기 때문이었다. 진전이 간 후 시스는
다시 그의 문제 풀이를 들춰보면서 그의 접근 방식이 실로 놀랍
고 색다르다고 느꼈다. 다소 유치한 데가 있으면서도 강력한 이
성과 기지가 번뜩였다. 이에 대해 시스는 뭔가 형언할 수 없는
느낌을 받았는데 부총장과 이야기하면서 그것을 표현할 만한 단
서가 떠올랐다.

"그러니까 이런 느낌입니다. 지금 그에게 지하도에 들어가 어
떤 물건을 찾아오게 한다고 칩시다. 그 지하도는 자기 손도 안
보일 만큼 어두운데다 도처에 갈림길과 함정까지 있는데 불을
밝힐 도구가 전혀 없습니다. 다시 말해 지하도에 들어가려면 우
선 불을 밝힐 도구를 준비해야 합니다. 그 도구로는 여러 가지가
있을 수 있겠죠. 손전등도 되고 램프나 횃불도 되고 심지어 성냥
한 갑도 가능합니다. 그런데 그는 어떤 도구들이 있는지 모르고
안다 해도 찾을 수가 없습니다. 그래서 그런 도구들 말고 거울을

쓰게 되죠. 그것을 절묘한 각도로 기울여 칠흑 같은 지하도 속으로 햇빛을 굴절시켜 보내고, 지하도의 모퉁이에서도 또 거울로 빛을 굴절시키죠. 이런 식으로 그는 앞으로 나아가기 시작합니다. 점점 더 약해지는 빛에 의지해 함정들을 피해갑니다. 더 놀라운 것은 갈림길을 만날 때마다 그가 무슨 신비스러운 영감이라도 떠오른 양 직관에 따라 정확히 길을 택해 전진한다는 사실입니다."

함께 10년 가까이 일해오면서 작은 릴리는 시스가 이렇게 누구를 크게 칭찬하는 것을 본 적이 없었다. 수학 분야에서 그에게 인정받는 것은 의심할 여지 없이 무척 어려운 일이었다. 그런데도 지금 그가 서슴없이, 심지어 적잖이 들떠서 진전을 치켜세우는 것을 보고 작은 릴리는 낯설기도 하고 기쁘기도 했다. 그는 자기가 처음으로 진전의 놀라운 수학적 재능을 발견한 사람이고 시스는 두 번째여서 단지 시스는 자신의 혜안을 증명해준 것일 뿐이라고 생각했다. 물론 시스보다 더 확실하게 그것을 증명해줄 사람이 어디 있겠는가? 두 사람은 이야기를 나눌수록 흥미가 고조되었다.

하지만 앞으로 진전을 어떻게 가르쳐야 할 것인지에 대해서는 두 사람의 생각이 엇갈렸다. 시스는 진전의 수학적 능력과 자질이 충분하므로 기초 과정을 다 생략하고 곧장 졸업논문을 쓰게 하자고 건의했다.

이것은 작은 릴리가 원치 않는 바였다.

진전은 남을 대할 때 지나치게 냉담하고 혼자 있는 것을 좋아해서 사교 능력이 크게 부족했다. 이 점은 성격상의 결함이자 그의 운명에 도사리고 있는 함정이었다. 어떤 의미에서 진전은 사교적인 무능함과 타인에 대한 알 수 없는 적의로 인해 자기보다 더 어린 사람들과 함께 지내는 편이 나았다. 그러면 훨씬 편안하게 생활할 수 있을 듯했다. 그러나 지금 그는 강의실에서 가장 어린 학생이었다. 작은 릴리는 지금도 그와 그의 동년배들 사이의 거리가 한참 떨어져 있는데 한층 나이 많은 사람들 사이에 그를 밀어넣을 수는 없다고 생각했다. 그렇게 하면 성격 형성에 더 안 좋은 영향을 끼칠 듯했다. 하지만 작은 릴리는 이를 언급하고 싶지 않았다. 너무 복잡해서 얘기하기 어렵고 진전의 프라이버시를 건드릴 수도 있기 때문이었다. 단지 이렇게 반대 의견을 내놓았다.

"중국에는 백련성강百煉成鋼, 백 번을 담금질해 강철을 만든다는 옛말이 있습니다. 이 아이는 천부적으로 똑똑하긴 하지만 지적인 토대가 부실합니다. 방금 전에 당신도 말씀하셨죠. 불을 밝힐 수 있는 도구가 많고 쉽게 구할 수 있는데도 그 아이는 굳이 쓰지 않고 엉뚱한 방법을 택한다고 말이에요. 나는 그 애가 일부러 그러는 게 아니라고 생각합니다. 부득이해서 임기응변하는 거죠. 거울을 생각해내는 건 물론 훌륭합니다. 하지만 앞으로도 재능을 이쪽으로 써서 실제적인 가치가 없는 도구나 찾아낸다면 사람들의 엽기적인 호기심은 만족시킬지 몰라도 진정한 의미는 그리 크지 않을 겁니다. 따라서 이 아이에게 알맞은 교육을 시켜야 합니다. 나는 진전에게 가장 시급한 것은 이미 알려진 영역을 많이 배우고 이해하는 것이라고 생각합니다. 기지旣知의 사실을 충분히 파악한 뒤에야 진정으로 미지의 사실을 탐구할 수 있습니다. 언젠가 당신이 재작년에 귀국해서 진귀한 책들을 적잖이 가져왔다는 얘기를 듣고 연구실에 찾아간 적이 있었습니다. 한두 권 빌려보고 싶어서였죠. 그런데 책장에 '빌려달라는 말씀은 사양합니다'라는 쪽지가 붙어 있어 마음을 접어야 했죠. 지금 드는 생각인데 혹시 가능하다면 진전을 예외로 해주실 수 있는지요. 그러면 그 애에게 큰 도움이 될 겁니다. 원래 책 속에 보물이 있는 법이니까요."

이것은 또 시스가 원치 않는 바였다.

당시 많은 사람이 수학과에 두 기인이 있다는 설을 알고 있었다. 첫 번째 기인은 여교수 룽인이(룽 선생)였다. 몇 통의 편지를 남편처럼 떠받들며 남자들의 접근을 거부했다. 두 번째 기인은 서양인 교수 시스였다. 그는 몇 궤짝의 책들을 아내처럼 애지중지하며 자기 외에는 누구도 못 건드리게 했다. 따라서 작은 릴리는 그런 제의를 하면서도 시스가 응할 가능성은 거의 없다고 생각했다.

이런 까닭에 어느 날 저녁, 진전이 무심코 식사 자리에서 시스가 이미 책 두 권을 빌려주었으며 앞으로도 무슨 책이든 빌려가라고 했다고 얘기했을 때 작은 릴리는 쿵하고 가슴이 내려앉았다. 한참을 앞서 있는 줄 알았던 자신이 알고 보니 벌써 시스에게 뒤처져 있었다. 이 일로 인해 그는 시스에게 진전이 어떤 존재인지, 얼마나 절대적인 존재인지 알게 되었다. 다시 말해 진전에 대한 시스의 총애와 기대는 이미 작은 릴리를 한참 앞서서 그의 상상과 바람을 초월했다.

07

N대학 수학과의 두 기인 중 룽 선생은 그 비장한 사랑으로 존경을 받았지만 시스는 그까짓 책 좀 빌려주면 좀 어떠냐는 이유로 비난을 샀다. 보통은 비난을 받아야 소문이 더 쉽게 퍼지는 법이어서 시스의 괴벽은 룽 선생의 괴벽보다 더 널리 알려졌다. 그가 책을 안 빌려준다는 사실을 모르는 사람이 없었기 때문에 그가 책을 빌려준 사실도 곧 모르는 사람이 없게 되었다. 그것은 유명세가 낳은 효과였다. 이제 사람들은 궁금해하지 않을 수 없었다. 시스는 왜 진전에게만 이렇게 잘해주는 걸까? 자기 아내 같은 책에 손을 대도 좋다고 허락해주었으니 말이다. 진전에게 기대가 커서 그런다는 것은 수많은 의견 중 하나일 뿐이었고 영향력도 크지 않았다. 가장 유력한 의견은 그 서양인 교수가 진전

의 재능을 훔치려고 그런다는 것이었다.

이에 대해 룽 선생은 인터뷰에서 아래와 같이 말했다.

룽 선생 인터뷰

제2차 세계대전이 끝나고 첫 번째 겨울방학에 시스는 유럽으로 건너갔어요. 그때는 날씨가 추웠고 유럽은 더 추울 것 같아 가족은 놔두고 혼자 건너갔지요. 그가 돌아왔을 때 아버지는 학교에 겨우 한 대 있는 소형 포드 자동차를 동원해 나를 시켜 부두에 마중을 나가게 했어요. 나는 부두에 도착해 시스를 보자마자 그만 멍해졌어요. 그는 나무로 짠 관 두 개 위에 앉아 있었고 거기에는 영어와 중국어로 'N대학 린 시스'와 '책'이라고 글씨가 가득 적혀 있었어요. 그 관들은 너무 무겁고 커서 소형 자동차로는 감당할 수가 없었죠. 결국 나는 임시로 큰 짐수레를 부르고 인부 네 명을 고용해 학교로 싣고 가게 해야 했어요. 도중에 나는 시스에게 이렇게 많은 책을 어떻게 그 먼 곳에서 가져왔느냐고 물었어요. 그는 들뜬 어조로 말했죠.

"새 연구 과제를 가져왔는데 이 책들이 없으면 안 되거든요."

알고 보니 시스는 그때 유럽에 가서 자기가 오랫동안 학술적 업적이 없었던 것에 대해 깊이 후회하고 자극과 깨달음을 얻어 원대한 연구 계획을 갖고서 돌아온 것이었어요. 그는 인간의 대뇌 구조를 연구할 계획이었죠. 지금 우리에게는 인공지능이 전혀 신기한 주제가 아니지만 당시는 인류 최초의 컴퓨터가 탄생한 지도 얼마 되지 않았을 때였어요.(인류 최초의 컴퓨터 ENIAC은 1946년에 제작되었다.) 따라서 당시 그 주제를 민감하게 채택한 것을 보면 그가 얼마나 의식이 앞서 있었는지 알 수 있지요. 원대한 연구 계획과 비교하면 그가 소장한 책은 많다고 할 수 없었어요. 그런 점에서 그가 왜 남에게 책을 안 빌려줬는지 이해할 수 있지요.

문제는 그가 진전에게만 책을 빌려주는 데 대해 사람들이 멋대로 상상하는 것이었어요. 더구나 당시 수학과에서는 진전을 둘러싸고 몇 가지 괴소문이 돌고 있었죠. 개강 2주 만에 4년간의 학업을 인정해줬다느니, 이를 성사시키기 위해 시스가 진땀을 흘렸다느니 하는 이야기였어요. 실정을 모르는 사람들은 서양인 교수가 진전의 재능을 자신의 연구에 이용하려 한다고 떠들어댔어요. 당신도 알 거예요. 이런 소문은 캠퍼스에 퍼지기에 딱 알맞다는 걸. 남의 안 좋은 점을 들추면 얘기하는 사람은 통쾌하고 듣는 사람은 빠져들게 마련이죠. 나는 소문을 듣고 그 애에게 정말이냐고 물었지만 진전은 완강히 부인했어요. 나중에 아버지도 물었죠. 그 애는 역시 사실무근이라고 말했죠.

아버지는 그 애에게 물었어요.

"너, 요즘 오후에 시스의 방에 있다던데 정말이냐?"

"네."

"거기서 뭘 하느냐?"

"책을 보거나 판 게임을 해요."

진전은 분명하게 말했지만 우리는 아니 땐 굴뚝에 연기 날까 싶어 그 애가 사실을 숨긴다고 생각했어요. 어쨌든 그 애는 아직 어려서 복잡한 세상사를 잘 모르니까 남에게 속을 가능성이 없지 않잖아요. 그래서 나는 일부러 핑계거리를 만들어 몇 번 시스의 방에 정탐을 하러 가기도 했어요. 그때마다 두 사람은 정말 판 게임을 하더군요. 체스를 두고 있었어요. 진전은 집에서도 종종 비슷한 게임을 했어요. 아버지와는 바둑을 두었는데 실력이 꽤 좋아서 아버지와 막상막하로 겨뤘지요. 또 어머니와는 다이아몬드 게임을 했는데 그건 순전히 심심풀이였어요. 나는 시스도 심심풀이로 그 애와 체스를 둔다고 생각했죠. 시스가 체스의 권위자인 걸 모르는 사람은 없었으니까요.

알고 보니 사실은 이랬어요.

진전의 말을 들어보니 그 애는 시스와 체스만 둔 게 아니었어요. 바둑도 두고 장기도 두고 군기軍棋(군대 전술을 응용해 만든 게임. 그 시초는 1811년 프로이센의 군사고문 게오르그 폰 라이스비츠가 프리드리히 3세에게 바친 '크리그스필'이라는 게임이며 1908년 프랑스에서 이를 '스트라테고'라는 게임으로 개량했다. 중국에서는 이 스트라테고를 기초로 계급 체제를 해방군 체제에 맞게 바꾸고 철도, 본부 등의 요소를 첨가해 '군기'라는 새로운 게임을 고안했다)까지 둔다고 했죠. 그런데 군기는 이따금 이겨보기도 했지만 다른 판 게임에서는 시스를 이

겨본 적이 없다는 거예요. 아무도 시스의 기술을 따라잡을 수 없다고 그 애는 말했어요. 시스가 이따금 군기에서 진 것도 군기는 꼭 기술이 좋다고 이길 수 있는 게임이 아니기 때문이었어요. 군기의 승부는 적어도 반은 운으로 결정되죠. 이에 비해 다이아몬드 게임은 군기보다 훨씬 간단하긴 하지만 기술은 더 필요하죠. 운이 작용할 가능성이 상대적으로 적기 때문이에요. 엄격히 말하면 군기는 심지어 게임이라고 볼 수도 없다는 게 진전의 생각이었어요.

혹시 이런 의문이 드실지도 모르겠네요. 진전이 자기보다 한참 하수인데도 시스는 왜 그 애와 계속 판 게임을 했는지 말이에요. 그건 이렇답니다. 사실 판 게임은 배우기 어렵지 않아요. 일반적인 기술보다 훨씬 배우기 쉽지요. 어려운 것은 배운 다음이에요. 기술은 차츰 익숙해지고, 익숙해지면 또 정교해지죠. 그런데 판 게임의 솜씨는 갈수록 복잡해진답니다. 왜냐하면 익숙해질수록 아는 전략 패턴이 많아지고 그 패턴들의 변화도 많아지기 때문이에요. 미궁 속을 걷는 것처럼 입구는 단순한데 안으로 들어갈수록 갈림길이 늘어나면서 수많은 선택의 순간에 직면하죠. 이것은 그 복잡함의 일면일 뿐이에요. 다른 면도 존재하죠. 당신이 다른 사람과 서로 싸우면서 미궁 속을 걷는다고 생각해보세요. 당신은 자기 길을 가면서 그 사람의 길을 막으려 하고 그 사람도 똑같이 그런다고 하면 일은 더욱더 복잡해지겠죠. 판 게임이 꼭 그래요.

내가 수를 펼치면 상대가 그 수를 깨고, 나는 또 거기에 대응하죠. 보이는 수와 감춰진 수, 눈앞의 수와 멀리 보는 수가 짙은 안개를 형성해요. 일반적으로는 알고 있는 패턴이 많을수록 변화의 여지가 많고 상대가 진위를 판별하기 어렵게 만들어 승리할 가능성이 높아요. 판 게임을 잘하려면 역시 그런 전략 패턴을 잘 알아야만 하죠. 하지만 단지 그것에만 의존해도 안 돼요. 이미 패턴이 된 이상 그것은 누군가의 전유물이 아니기 때문이에요.

그러면 판 게임에서 패턴이란 뭘까요?

패턴은 들판에서 사람들이 걸어다녀서 생긴 길에 비유할 수 있어요. 한편으로는 어딘가로 통하는 지름길이지만 다른 한편으로는 어느 한 사람의 것이 아니므로 누구나 지나다닐 수 있지요. 바꿔 말해 패턴은 기본 병기에 해당돼요. 혹시나 무기가 없는 사람을 상대하면 신속하게 쓰러뜨릴 수 있지요. 하지만 양쪽 다 똑같이 뛰어난 기본 병기를 갖추고 있으면 이야기가 달라져요. 내가 지뢰를 놓으면 상대는 탐지기를 써서 피해가고, 내가 비행기를 출격시키면 상대는 레이더로 탐지해 공중에서 막아버리죠. 이럴 때는 보통 비밀 무기가 승패를 좌우하죠. 판 게임에서도 마찬가지에요. 비밀 무기가 필요해요.

시스가 굳이 진전과 판 게임을 하려고 한 건 진전에게 비밀 무기가 있었기 때문이에요. 늘 뜬금없이 기상천외한 수를 선보이곤 했죠. 상대는 땅 위를 걷는데 그 애는 땅속에 굴을 파서 반대편으로 건너가 상대를 놀라게 하고 궁지에 몰아넣었어요. 하지만 진전은 판 게임을 한 지가 얼마 안 돼서 경험이 적고 패턴에 대한 이해도 부족해 결국에는 상대의 기본 무기에 치명상을 입죠. 다시 말해 패턴에 익숙지 않은 그 애에게 상대의 몇 가지 패턴은 마치 비밀 무기처럼 작용했던 거예요. 어쨌든 기존 패턴들은 수많은 이의 경험의 산물이어서 그 애의 임기응변보다는 신뢰도와 과학성이 훨씬 높았어요. 그래서 그 애는 마지막에 가서 꼭 패했죠. 언젠가 시스는 내게 진전이 자기에게 지는 건 머리가 모자라서가 아니라 경험과 전략이 모자라서라고 말했어요.

"나는 네 살 때부터 갖가지 판 게임을 했고 시간이 가면서 별의별 전략 패턴들을 손바닥 보듯이 훤히 알게 되었죠. 그래서 진전은 나를 이기기 힘든 겁니다. 사실 내 주변에도 나를 이길 수 있는 사람은 없어요. 이건 전혀 과장이 아닌데, 나는 이쪽 방면에서 타의 추종을 불허하는 천재인데다 오랫동안 갖가지 전술까지 완벽하게 익혔기 때문에 진전이 나를 이기려면 아마 몇 년은 꼼짝 않고 연습을 해야 할 겁니다. 하지만 진전과 겨루다보면 늘 낯설면서도 짜릿한 기분이 들고 나는 또 그런 기분을 좋아해서 계속 그와 게임을 하는 겁니다."

실상은 바로 이랬던 거예요.

판 게임을 하면서 진전과 시스의 우정은 나날이 깊어졌어요. 두 사람은 금세 일반적인 사제관계를 넘어 친구처럼 함께 식사도 하고 산책도 하는 사이가 되었죠. 그리고 판 게임 때문에 진전이 집에 있는 시간은 나날이 줄어들었어요. 그 전까지 그 애는 방학만 되면 바깥출입을 일절 끊어서 어머니한테 나가서 활동을 좀 하라고 잔소리를 듣곤 했죠. 그런데 그해 겨울방학에는 낮에 집에 있는 일이 거의 없었어요. 처음에 우리는 그 애가 시스와 판 게임을 하는 줄 알았는데 나중에 그게 아닌 걸 알았어요. 정확히 말하면 판 게임을 하는 게 아니라 판 게임을 만들고 있었어요!

당신은 상상도 못하겠죠. 그들은 스스로 어떤 판 게임을 발명했어요. 진전은 그걸 '수학게임'이라고 불렀죠. 나는 나중에 그들이 그 게임을 하는 걸 자주 봤어요. 이상하게도 말판이 책상과 거의 맞먹을 정도로 크더군요. 그 위에서 양쪽이 각기 우물 정# 자로 줄 쳐진 네모 칸과 쌀 미* 자로 줄 쳐진 네모 칸, 이 두 진영을 가졌어요. 말은 마작 패로 대신하고 모두 네 세트로 나뉘는데 양쪽이 두 세트씩 갖고서 각기 자기 쪽 우물 정 자 진영과 쌀 미 자 진영에 놓더라고요. 그중 우물 정 자 진영의 말들은 진용이 고정적이고 마치 장기처럼 말들마다 특정한 위치가 있었죠. 그런데 쌀 미 자 진영의 말들은 마음대로 배치할 수 있을뿐더러 꼭 상대방이 배치해야 했어요. 상대방은 자신의 전략적 의도를 충분히 반영해 배치를 하더라고요. 그러니까 그 말들은 게임 시작 전까지는 상대방을 위해 기능하고 게임이 시작된 뒤에야 내 관할 아래 움직이는 거였어요. 말을 움직이는 목적은 당연히 최대한 빨리

'적을 친구로 바꾸는 것'이었죠. 빠르면 빠를수록 좋았어요. 게임 도중 같은 말은 정 자 진영과 미 자 진영을 왔다갔다 드나들 수 있었어요. 어떤 의미에서는 서로 드나드는 통로가 잘 뚫려 있을 수록 이길 가능성이 더 컸어요. 다만 서로 드나들기 위해서는 요구되는 조건이 매우 엄격하고 세심한 계획과 포석이 필요했답니다. 아울러 어떤 말이 일단 다른 진영에 들어가도록 허용되면 그 이동 방법과 능력도 따라서 변경되었어요. 이동 방법에서 가장 큰 차이는, 정 자 진영 안의 말은 대각선으로 못 움직이고 뛰어넘을 수도 없지만 미 자 진영으로 가면 그것이 가능했어요. 또한 다른 보통의 판 게임과 비교했을 때 이 판 게임의 가장 큰 특징은 상대방과 겨루는 동시에 내 쪽도 상대해야 하는 것이었어요. 그러면서 말들의 진용을 잘 조정해 최대한 빨리 '적을 친구로 바꾸고' '서로 드나들게 하는' 목적을 달성해야 했죠. 이 게임은 상대방과 겨루는 한편으로 자기 자신과도 겨룬다고 할 수 있어서 꼭 두 사람이 동시에 두 판의 게임을 진행하는 느낌이었어요. 아니, 따지고 보면 한 판을 더 추가해 세 판이라고 해야겠네요. 두 사람이 각자 자신과 게임을 하면서 또 서로 게임을 했으니까요.

결론적으로 그것은 대단히 복잡하고 괴상한 게임이었어요. 나와 상대방이 전투를 하는데 내 쪽의 병사는 상대방의 것이고 상대방 쪽 병사는 또 내 것이라고 생각해보세요. 각자 적의 군사를 동원해 싸우는 셈이니 얼마나 황당하고 복잡하겠어요? 황당함은 일종의 복잡함이기도 하죠. 그렇게 너무 복잡하기 때문에 보통 사람은 아예 그 게임을 할 수가 없었고 시스는 그것을 수학적 업무의 종사자를 위해 만들었다고 했어요. 수학게임이라는 이름이 괜히 붙여진 게 아니었던 것이죠. 한번은 시스가 저를 붙들고 이렇게 자랑 섞인 말을 하더군요.

"이 게임은 전적으로 순수 수학 연구의 결과입니다. 표면과 내부에 갖춰진 정밀한 수학적 구조와 심오한 복잡성 그리고 미묘하면서도 정교한 순주관적 변환 메커니즘은 아마도 인간 대뇌의 능력과만 비견될 수 있을 겁니다. 따라서 이 게임의 발명과 이 게임을 하는 것은 모두 인간의 뇌에 대한 위대한 도전입니다."

이 말을 듣고 나는 그가 당시 매달리던 연구 과제가 문득 떠올랐어요. 그것은 인간의 대뇌 구조에 관한 연구였지요. 나는 갑자기 조금 불안해졌어요. 그 수학게임이 혹시 그의 연구 과제의 일부가 아닐까 생각이 들었죠. 만약 그렇다면 진전은 그에게 이용당하는 것이 분명했어요. 게임을 한다는 핑계로 그는 자신의 흑심을 숨기고 있는 셈이었죠. 그래서 나는 진전에게 그들이 그 게임을 발명한 동기와 구체적인 과정을 캐물었어요.

진전이 말한 동기는 이랬어요. 두 사람은 계속 게임을 하고 싶기는 했지만 기존의 판 게임은 시스가 워낙 강했기 때문에 그 애는 번번이 지다 못해 나중에는 풀이 죽어 더 이상 그와 게임을 안 하려고 했어요. 그래서 두 사람은 새로운 게임을 만들 궁리를 하기 시작했죠. 그들은 참고할 만한 전략 패턴이 전혀 없는, 전적으로 두뇌만을 겨루는 게임을 고안하기로 했어요. 구체적인 연구 개발 과정에서 진전은 주로 말판의 설계를 맡았다고 해요. 게임 방법은 주로 시스가 완성했죠. 진전은 그 모든 과정에서 자기가 한 역할은 10퍼센트 정도라고 생각했어요. 그것이 정말로 시스의 연구 과제 중 일부라면 적지 않은 비중이었어요. 어떻게 해도 사사오입으로 제거하기는 불가능했으니까요. 나는 시스가 인간의 대뇌 구조를 연구하고 있는 걸 아느냐고 진전에게 물었어요. 그 애는 모른다고, 또 그런 것 같지 않다고 말했죠. 나는 되묻지 않을 수 없었어요.

"왜 그런 것 같지 않다는 거니?"

"나한테 한 번도 그런 말을 한 적이 없거든요."

그것도 참 이상한 일이었어요.

처음에 시스는 나를 보자마자 흥분해서 자신의 연구 계획을 밝혔잖아요. 그런데 지금 거의 매일 진전과 함께 있으면서도 어떻게 일언반구도 내비치지 않았을까요? 여기에는 무슨 비밀이 있다는 생각이 들어서 어느 날 직접 시스에게 그 이유를 물었지요. 그는 조건이 갖춰지지 않아 포기할 수밖에 없었다고 답했어요.

나는 그가 정말 포기한 건지, 아니면 포기한 체하는 건지 미심쩍었죠.

솔직히 그때 나는 매우 곤혹스러웠어요. 만약 포기한 체하는 거면 당연히 문제가 심각한 거잖아요. 뭔가 꿍꿍이속이 있는 게 아니면 그런 연막을 칠 이유가 없으니까요. 또한 정말로 그에게 꿍꿍이속이 있다면 그것은 틀림없이 우리 불쌍한 진전과 관련이 있을 거라고 생각했어요. 결국 나는 과에서 떠돌던 소문 때문에 시스와 진전의 예사롭지 않은 친분관계를 깊이 우려했던 거예요. 혹시 진전이 속고 이용당할까 두려웠던 거죠. 그 애는 복잡한 세상사에 둔감하고 미숙했어요. 보통 사기꾼은 이런 사람을 노리게 마련이죠. 어눌하고, 외롭고, 소심하고, 손해를 봐도 말 한마디 못하는 사람을 말이에요.

다행히 얼마 안 돼서 시스는 누구도 생각지 못한 일을 벌여 내 우려를 말끔히 없애주었어요. (계속)

08

시스와 진전이 수학게임을 발명한 것은 1949년 설날 전의 일이었다. 그리고 설날이 지나고 얼마 안 되어 시스는 미국 『수학이론』지의 초청으로 미국 로스앤젤레스 캘리포니아 주립대학에서 열리는 수학학술대회에 참가하게 되었다. 대회 참가자의 편의를 위해 대회 측은 홍콩에 연락사무실을 만들어 아시아 지역 참가자들이 그곳에 모여 항공편을 이용하게 했다. 그래서 이번에 시스의 여행 기간은 매우 짧았다. 도합 보름밖에 되지 않았다. 이 때문에 대학에 돌아왔을 때 사람들은 그가 정말로 태평양 건너편을 다녀온 것이 맞는지 반신반의했다. 하지만 그 사실을 증명해줄 자료는 꽤 많았다. 그의 고향 폴란드와 오스트리아 그리고 미국의 대학 및 연구 기관에서 그에게 자리를 제안한 초청

서한도 있었고 존 폰 노이만 등의 유명 수학자들과 찍은 기념사
진도 있었다. 또한 그는 그해 미국 '퍼트넘' 수학경시대회의 문
제도 가져왔다.

룽 선생 인터뷰

퍼트넘의 풀네임은 윌리엄 로스웰 퍼트넘이고 미국에서 태어나
1882년에 하버드대를 졸업했어요. 성공한 변호사 겸 은행가였
죠. 1921년, 그는『하버드 동문』잡지에 글을 실어 대학 간 수학
실력을 겨루는 대회를 만들고 싶다고 밝혔어요. 퍼트넘이 사망한
뒤, 그의 미망인은 그의 유지를 이어받아 1927년, '퍼트넘 기념
재단'을 만들었죠. 바로 이 재단의 후원으로 1938년부터 미국 수
학협회와 각 대학이 함께 매년 퍼트넘 수학경시대회를 열기 시작
했어요. 이 대회는 각 대학과 연구 기관 사이에서 상당히 높은 권
위를 지녔고 그들이 수학 인재를 발굴하는 주된 경로였죠. 비록
참가 대상은 학부생에 국한되었지만 문제의 난이도는 수학자를
대상으로 맞춰진 듯했어요.

알려진 바에 따르면 매년 각 대학 수학과의 수많은 우등생이 참
가하는데도 시험 문제가 상상을 초월할 만큼 어려워서 몇 년간
참가자들의 평균 점수가 영점에 가까웠다고 하더라고요. 그리고
매년 30등 안에 든 학생들은 보통 미국이나 다른 나라의 일류 대
학원에 진학하고 하버드대의 경우는 3등 안에 든 학생이 자교 대

학원에 오기만 하면 교내 최고 장학금을 보장했어요. 그해 대회에서는 모두 15개 문제가 출제되었고 총점은 150점, 시험 시간은 45분이었어요. 그런데 최고 점수는 76.5점, 10등까지의 평균 점수는 37.44점이었죠.

시스가 퍼트넘 수학경시대회의 문제를 가져온 건 진전을 테스트하기 위해서였어요. 진전 말고 다른 학생이나 선생들은 괜히 난처하게 만들 것이 뻔해서 테스트 대상에 넣지 않았죠. 진전을 테스트하기 전에 그는 먼저 자기 방에 들어가서 45분간 스스로 문제를 풀고 채점을 했어요. 그 결과, 자기도 최고 점수를 못 넘은 것을 알았죠. 왜냐하면 그는 겨우 여덟 문제를 풀었고 그나마 마지막 한 문제는 완료를 못했기 때문이에요. 물론 시간만 넉넉하다면 그는 거뜬히 그 문제들을 다 풀었을 거예요. 문제는 시간이었어요. 퍼트넘 수학경시대회에서는 다음 두 가지를 특별히 강조했죠.

1. 수학은 과학 중의 과학이다.

2. 수학은 시간 속의 과학이다.

원자폭탄의 아버지로 불리는 미국의 과학자 겸 사업가인 로버트 오펜하이머는 언젠가 이런 말을 했어요. 모든 과학의 진정한 난제는 시간이며 무한한 시간 속에서 인류는 세상의 모든 비밀을 밝혀낼 거라고요. 또 누구는 말했어요. 최초의 원자폭탄이 제때 등장함으로써 조속히 제2차 세계대전을 끝내야 한다는, 당시 온 인류의 가장 큰 난제가 훌륭하게 해결되었다고 말이죠. 한번 생각해보세요. 만약 히틀러가 제일 먼저 원자폭탄을 가졌다면 인류는 또 얼마나 큰 난제에 부딪혔을까요?

진전은 정해진 45분 동안 여섯 문제를 풀었어요. 그중 하나는 증명 문제였는데 시스는 그 애가 개념을 혼동했다고 생각해 점수를 안 줬어요. 또 마지막 하나는 추리 문제였는데 그때는 시간이 1분 30초밖에 안 남아 아예 추리를 할 시간이 없었지요. 그래서 그 애는 펜을 안 들고 그냥 생각만 했죠. 그런데 끝나기 몇 초 전에 정확한 결과를 얻은 거예요. 이 일은 조금 황당하면서도 그 애의 비상한 직관력을 또다시 입증해주었죠. 이 문제는 채점 기준이 꽤 유동적이어서 만점을 줄 수도 있고 낮은 점수를 줄 수도 있었어요. 하지만 아무리 낮춰 잡아도 2.5점보다 낮을 수는 없었죠. 결국 시스는 야박하게도 2.5점을 매겼어요. 하지만 그랬어도 진전의 최종 점수는 42.5점이었어요. 그해 전미 퍼트넘 수학경시대회 상위 10명의 평균 점수 37.44점보다는 높았어요.

이것은 무엇을 의미했을까요? 만약 진전이 그 대회에 참가했다면 상위 10명 안에 들어서 최고 명문대학에 입학해 장학금을 받고 수학계에 처음 이름이 알려졌을 거예요. 하지만 그 애는 대회에 참가하지 않았고 혹시 그 성적을 누구에게 보여줘도 돌아오는 건 차가운 조소뿐이었을 거예요. 대학교 1학년도 못 마친 중국 꼬마가 그렇게 높은 점수를 거뒀다는 것을 믿어줄 사람이 없기 때문이었죠. 시스조차 그 성적 앞에서 자기도 모르게 속은 게 아닐까 착각이 들었다고 해요. 물론 착각일 뿐이었지만 말이에요. 다시 말해 시스만이 그 성적이 진실이라 믿었고, 그래서 역시 시스만이 원래 게임처럼 생각했던 그 일을 어떤 현실적인 이야기의 시작으로 삼았어요. (계속)

시스는 먼저 작은 릴리를 찾아가서 진전에게 퍼트넘 수학경시대회 문제를 풀게 한 일을 상세히 이야기했다. 그러고서 자신이 심사숙고해 정리한 생각을 단도직입적으로 풀어놓았다.

"제가 책임지고 말씀드리죠. 진전은 지금 우리 N대학 수학과 최고의 학생이고 앞으로는 하버드, MIT, 프린스턴, 스탠퍼드 같은 세계 유수의 대학 수학과의 엘리트가 될 겁니다. 그래서 건의드립니다. 그를 유학을 보냅시다. 하버드, MIT, 어디든 좋습니다."

작은 릴리는 잠깐 할 말을 잃었다.

시스는 또 말했다.

"그를 믿고 기회를 줍시다."

작은 릴리는 고개를 저었다.

"안 될 것 같네."

"왜죠?"

시스는 눈을 동그랗게 떴다.

"돈이 없어."

작은 릴리는 딱 잘라 말했다.

"한 학기 학비면 됩니다."

시스는 말했다.

"그는 두 번째 학기부터는 틀림없이 장학금을 받을 겁니다."

작은 릴리는 쓴웃음을 지었다.

"지금 집안 형편으로는 한 학기 학비는 고사하고 여비도 마련하기 힘드네."

시스는 실망해서 돌아갔다.

시스가 실망한 이유 중 반은 계획대로 일이 안 풀렸기 때문이고 나머지 반은 마음속의 의혹 때문이었다. 사실 지금까지 진전을 가르치는 방법과 관련해 두 사람은 의견이 일치한 적이 없었다. 그래서 그는 작은 릴리가 진실을 말한 것인지, 아니면 생각이 달라 그냥 핑계를 댄 것인지 짐작이 가지 않았다. 그가 생각하기에는 후자일 가능성이 높았다. 룽씨 집안 같은 대가문이 경제적으로 어렵다는 것은 믿기 힘들었기 때문이다.

하지만 그것은 사실이었다. 시스는 아직 모르고 있었다. 바로 몇 달 전, 통전에 있던 룽씨 가문의 이미 줄어들 대로 줄어든 재산은 새로 수립된 공산당 정권의 변혁과정에서 반 토막 난 낡은 정원과 빈 집 몇 채뿐이었다. C시에 겨우 남아 있던 여관 하나도 며칠 전 작은 릴리가 유명 애국 인사의 신분으로 C시 인민정부

설립식에 초청되어 갔을 때, 새 인민정부에 대한 지지 의사를 밝히려고 자진해서 기부해버렸다. 하필 식장에서 기부한 것은 아부가 아니냐는 의심을 살 만하지만 실은 그렇지 않았다. 그는 식견 있는 인사들이 속속 인민정부를 지지하는 대열에 합류하기를 바란 것이다. 이처럼 그가 인민정부에 충성을 다해 재산까지 헌납한 것은 그의 객관적인 의식 때문이었으며, 다른 한편으로는 개인적으로 이전 국민당 정부에게서 받은 수모도 한몫했다.

어쨌든 대대로 전해진 룽씨 가문의 재산은 늙은 릴리와 작은 릴리, 이 두 사람의 손에서 기부되거나 훼손되거나 쪼개져 이제는 거의 남은 게 없었다. 작은 릴리의 개인적인 재산도 막내딸의 죽음을 막느라 거의 소모한데다 최근 몇 년간 계속 월급이 줄어서 수시로 떼어 쓰는 바람에 완전히 거덜나버렸다. 지금 진전의 유학에 대해 작은 릴리는 전혀 반대할 생각이 없었다. 단지 도와줄 능력이 없을 따름이었다.

이 점을 시스도 나중에 확실히 믿게 되었다. 그 시점은 한 달여가 지났을 때였고 그때 시스는 스탠퍼드대 수학과 주임교수, 카터 박사의 편지를 받았다. 진전의 장학생 입학을 허가하는 내용이었으며 따로 여비 110달러도 부쳐왔다. 시스는 순전히 개인적인 열정과 매력으로 이 일을 이뤄냈다. 원래 그는 직접 카터 박사에게 긴 편지를 써서 보냈고 지금 그것이 진전의 스탠퍼드대 무료 입학과 여비로 돌아온 것이었다. 이 소식을 작은 릴리에게 전했을 때 시스는 노인의 얼굴에 떠오른 감동의 미소를 주의 깊게 확인했다.

그때 진전의 스탠퍼드대 입학은 코앞에 닥친 일이었다. 그는 N대학에서 마지막 여름방학을 마치고 곧장 출국하기로 했다. 그러나 여름방학 말미에 갑작스럽게 찾아든 병마가 그를 영원히 조국 땅에 묶어놓았다.

룽 선생 인터뷰

신장염이었어요!

진전은 그 병 때문에 하마터면 죽을 뻔했어요!

발병 초기에 의사는 구두로 사망 선고를 하고 그 애가 기껏해야 반년밖에 못 살 거라고 했어요. 그 반년 동안 죽음은 정말 밤낮으로 그 애 곁에서 서성였어요. 우리는 비쩍 마른 그 애가 엄청난 뚱보가 돼가는 것을 지켜봤어요. 하지만 체중은 늘지 않고 줄기만 했죠.

신장염은 진전의 몸을 마치 빵처럼 발효시키고 부풀렸어요. 한동안 그 애의 몸은 솜보다 더 가볍고 부드러워서 손가락으로 찌르기만 하면 터질 것 같았죠. 의사는 그 애가 죽지 않은 게 기적이라고 했지만 사실 한 번 죽은 것이나 다름없었어요. 2년 가까이 그 애에게 병원은 집이었고 소금은 독약이었으며 죽음이 학업이었어요. 또 스탠퍼드로 갈 여비는 치료비의 일부가 됐고 스탠퍼드의 장학금과 학위와 미래는 일찌감치 아득한 꿈이 돼버렸지요. 시스의 노력으로 이뤄진, 원래 진전의 운명을 바꿀 수도 있었던 그 경사는 이제 두 가지 의미밖에 없었죠. 첫째, 나날이 궁색해지던 우리 집 가계에 110달러의 지출을 보태거나 줄여주었어요. 둘째, 시스에 대한 나와 다른 사람들의 안 좋은 추측을 가라앉혀주었어요.

의심할 여지 없이 시스는 행동으로 자신의 결백과 진전에 대한 진실한 사랑을 입증했어요. 시스가 정말로 자기 일에 진전을 이용했다면 그 애를 애써서 스탠퍼드에 보내려고 했을 리가 없잖아요. 세상에는 비밀이 없어요. 시간이 모든 비밀을 밝혀주죠. 시스의 비밀은 바로 그가 누구보다 더 분명하게 진전의 수학적 재질을 꿰뚫어본 것이었어요. 아마도 그는 진전에게서 자신의 과거를 봤을 거예요. 그가 진전을 사랑한 건 자신의 과거를 사랑하는 것처럼 진실하고 사심이 없었어요.

내친김에 한 가지 더 이야기하죠. 만약 시스가 진전에게 뭔가 떳떳치 못한 일을 했다고 한다면 그 일은 훗날 수학게임과 관련해서 벌어졌죠. 그 게임은 나중에 미국을 비롯한 유럽 수학계에 큰 영향을 끼쳤어요. 수많은 수학자가 그 게임에 매료됐죠. 하지만 그 게임은 이미 수학게임이라고 불리지 않았어요. 시스의 이름을 따서 시스게임이라고 불렸죠. 나는 나중에 많은 글에서 시스게임에 대한 사람들의 평가를 봤어요. 모두 높은 평가를 했더군요. 누구는 심지어 20세기 최고의 수학자, 존 폰 노이만이 수립한 게임이론에 견주더라고요. 노이만의 게임이론이 경제학 분야의 중대한 발견이라면 시스게임은 군사학 분야의 중대한 발견이고 이 두 발견은 실제 응용적 가치는 별로 없지만 이론적 가치는 대단히 높다고 했어요. 또 누구는 시스의 수학적 재능이 노이만의 위대한 적수 혹은 형제라고 할 만했다고 극찬했고요. 하지만 N대학에 온 뒤로 그는 수학계에 거의 공헌한 바가 없었어요. 시스게임이 유일한 성과였고 또 그의 남은 생의 유일한 영광이었죠.

하지만 앞에서 말한 대로 시스게임의 이름은 원래 수학게임이었고 시스와 진전이 함께 발명했어요. 적어도 10퍼센트의 권리는 진전에게 있었죠. 그런데 시스는 게임의 이름을 바꾸면서 진전의 권리를 없애고 자기 것으로 만들어버렸어요. 이것을 두고서 우리는 시스가 진전에게 떳떳치 못한 일을 했다고도 할 수 있고, 또 과거에 진전과 진실한 우정을 나눈 것에 대한 보상으로 그가 그랬다고도 할 수 있을 거예요. (계속)

09

1950년 초여름 날이었다. 전날 이른 저녁부터 비가 퍼붓기 시작하더니 쉬지 않고 쏟아졌다. 콩알만 한 빗방울이 기와 위에 떨어지면서 때로는 탁탁, 때로는 툭툭 소리를 냈다. 집 전체가 폭우 속에서 발이 100개 달린 벌레처럼 죽을힘을 다해 질주하는 느낌이었다. 소리가 바뀌는 것은 바람 때문이었다. 바람이 불 때 탁탁 소리가 났고 동시에 창살이 금방이라도 부서질 것 같은 소리도 났다. 이런 소리들 때문에 작은 릴리는 밤새 잠을 설쳤다. 수면 부족으로 머리가 아프고 눈이 부어서 따가웠다. 그는 어둠 속에서 쉴 새 없이 울리는 빗소리와 바람 소리를 들으면서 집도 자신도 이미 늙어버렸다는 생각을 했다. 날이 곧 밝아올 즈음 그는 잠이 들었지만 금세 또 깨고 말았다. 다른 시끄러운 소리 때문이었다. 부인은 자동차 소리라고 말했다.

"차가 밑에 잠깐 멈춰 있었어요."

부인은 말했다.

"하지만 금방 가버렸어요."

다시 잠이 올 리 없다는 것을 알았지만 작은 릴리는 그래도 더 누워 있다가 날이 완전히 밝아서야 그림자처럼 소리 없이 일어났다. 그러고서 화장실에도 안 가고 곧장 아래층으로 내려갔다. 부인이 무슨 일로 내려가느냐고 물었지만 그 자신도 이유를 몰랐다. 무작정 밑으로 내려가 역시 이유 없이 현관문을 열었다. 문은 두 짝이었다. 한 짝은 안으로 열리고 방충용 문인 다른 한 짝은 밖으로 열렸다. 그런데 방충문이 밖에서 뭔가에 막혀 있는지 30도 정도밖에 안 열렸다. 벌써 초여름이라 방충문은 이미 사용 중이었다. 그래서 문에 커튼을 달아놓았고 그것은 딱 시선을 가리는 높이였다. 노인은 무엇이 문을 막고 있는지 볼 수가 없어 하는 수 없이 몸을 돌려 문틈으로 나가보았다. 커다란 종이 상자 두 개가 현관을 다 차지하고 있었다. 안쪽 상자가 문을 막고 있었으며 바깥쪽 상자는 벌써 비바람에 젖어 있었다. 노인은 비를 피할 수 있는 위치로 바깥쪽 상자를 옮겨보려 했지만 꼼짝도 하지 않았다. 바위보다 더 무거운 느낌이었다. 그래서 다시 집으로 들어가 방수포를 찾아와서 그 위에 덮었다. 이때 그는 비로소 안쪽 상자 위에 편지 한 통이 놓여 있는 것을 보았다. 그것은 평소에 집에서 문을 열어놓을 때 받쳐두는 돌판으로 눌려 있었다.

노인은 편지를 집어 살폈다. 시스가 남긴 것이었다.

시스는 이런 내용을 적었다.

친애하는 총장님께

저는 갑니다. 누구도 놀라게 하고 싶지 않아 이렇게 글로 작별 인사를 대신하니 양해해주십시오.

주로 진전에 관해 몇 가지 의견을 말씀드리려 합니다. 우선 그가 하루속히 완쾌하기를 빕니다. 그리고 당신이 그의 미래를 정확히 안배해주시길 바랍니다. 우리, 즉 인류가 그의 천부적인 재능을 충분히 이해하고 활용할 수 있게 말입니다.

솔직히 진전의 자질은, 제 생각에는 순수한 이론 분야의 난제들을 연구하게 하는 것이 가장 맞습니다. 하지만 문제가 없는 것은 아니지요. 세상이 변해서 지금 사람들은 눈앞의 현실적 이익에만 급급하고 순수 이론에는 전혀 관심이 없기 때문입니다. 이것은 대단히 어처구니없는 일입니다. 우리가 신체의 쾌락만 좇고 영혼의 희열은 소홀히 하는 것만큼 어처구니가 없지요. 하지만 우리는 이런 추세를 바꿀 수 없습니다. 우리가 전쟁의 악마를 몰아낼 수 없었던 것처럼 말입니다. 이미 이렇게 된 이상, 저는 그에게 응용과학 분야의 난제를 연구하게 하는 것이 더 현실에 맞고 유익하다는 생각도 해봅니다. 현실에 관심을 갖는 것의 좋은 점은 현실에서 힘을 얻을 수 있다는 겁니다. 누군가 후원을 해주고 갖가지 세속적인 유혹과 만족을 가져다주지요. 반대로 나쁜 점은 큰 성공을 거둔 뒤 개인적인 바람과 방식대로 자기 아이를 가르칠 수 없다는 겁니다. 아이는 장차 이 세상에서 복이 될 수도 있고 화가 될 수도 있습니다. 그런데도 기대를 걸지 못하고 차가운 눈으로 방관할 수밖에 없게 되지요. 지금 로버트 오펜하이머는 자기가 원자폭탄을 발명한 것을 후회하고 그 발명품을 봉인하고 싶어한다더군요. 발명한 기술을 단번에 폐기할 수만 있다면 그는 틀림없이 그것을 원할 것이라고 저는 생각합니다. 하지만 가능할까요? 봉인하는 것도 불가능합니다.

만약 당신이 그에게 응용과학 연구를 시키기로 결정한다면 제게 한 가지 복안이 있습니다. 바로 인간 뇌 구조의 비밀을 찾게 하는 겁니다. 그 비밀을 분명히 알게 되면 우리는 인공두뇌를 만들 수 있고 나아가 새로운 인간, 피와 살이 없는 인간도 만들 수 있습니다. 현재 과학은 이미 인간 신체의 여러 기관을 만들었습니다. 눈, 코, 귀, 심지어 날개까지 만들었지요. 따라서 뇌를 만드는 것도 결코 불가능한 일이 아닙니다. 컴퓨터는 사실 뇌의 일부를 재창조한 산물이지요. 이 일부를 이미 만들어낸 이상 다른 부분도 분명 머지않아 만들 수 있을 겁니다. 그런 다음에는 또 무슨 일이 있을지 생각해보십시오. 우리가 일단 피와 살이 없는 인간, 로봇 혹은 기계인간을 갖게 된다면 그 응용 범위는 무궁무진할 겁니다!

우리 세대의 전쟁에 대한 기억은 이미 너무나도 뚜렷합니다. 반세기도 안 되는 기간에 두 차례의 세계대전을 목격했으니까요. 더구나 저에게는 어떤 예감이 드는데(이미 증거 자료도 있습니다) 우리는 장차 또 한 번의 세계대전을 보게 될 겁니다. 이것은 얼마나 불행한 일입니까! 전쟁에 관해 저는 이런 생각을 갖고 있습니다. 인류는 전쟁을 더 무섭고 과격하며 참혹하게 만들어 더 많은 사람들을 같은 전투, 같은 날, 같은 시각, 같은 폭발음 속에서 죽게 할 능력이 있습니다. 하지만 그런 비극에서 벗어날 능력은 영원히 갖지 못할 겁니다. 물론 벗어나고픈 염원도 계속되겠지만 말입니다. 인류를 죽음에 빠뜨릴 것들은 그 밖에도 많습니다. 강제 노역, 탐험…… 인류는 이런 비극 속에서 스스로 헤어날 수 없을 겁니다.

따라서 제가 생각하기에 과학이 만약 피와 살이 없는 인간, 로봇, 기계인간 같은 인조인간을 만들어 우리 대신 그런 비인간적인 일들(우리의 변태적인 욕망을 만족시키는)을 하게 한다면 틀림없이 인류는 반대하지 않을 겁니다. 다시 말해 이 분야의 과학이 일단 세상에 출현하기만 하면 그 응용적 가치는 어마어마하게 크고 깊을 겁니다. 하지만 지금은 먼저 뇌의 비밀을 밝혀야 합니다. 그래야만 인공두뇌를 만들고 인조인간 제작의 희망을 얻을 수 있습니다. 저는 일찍이 제 남은 생을 이 분야에 걸기로 결심했습니다만 뜻밖에 시작도 해보기 전에 포기해야만 했습니다. 왜 그래야만 했는지는 저의 비밀입니다. 어떤 어려움이나 두려움 때문이 아니라 제 민족(유대인)의 간절한 소망 때문에 그래야만 했습니다. 사실 최근 몇 년간 저는 제 동포들을 위해 대단히 중요하고 비밀스러운 일을 해왔습니다. 그들의 어려움과 소망이 저를 감동시키고 제 이상을 포기하게 한 것이죠. 어쨌든 만약 당신이 이 분야와 관련해 시험해보고픈 흥미를 느낀다면 제가 이렇게 많은 말을 한 보람이 있을 겁니다.

그러나 당신은 꼭 유념하셔야 합니다. 진전이 없으면 당신은 성공할 수 없습니다. 만약 진전이 병을 못 이기고 죽는다면 당신도 포기하십시오. 왜냐하면 이 분야는 당신의 연세로는 손댈 수 없기 때문입니다. 하지만 진전이 있으면 당신은 살아생전에 인류 최대의 비밀을 확인할 수 있을 겁니다. 저를 믿으십시오. 진전은 확실히 그 비밀을 풀 수 있는 가장 이상적인 후보자입니다. 그야말로 하늘이 정해놓은 사람이지요. 우리는 흔히 꿈이야말로 인간 정신에서 가장 신비하고 헤아리기 어려운 부분이라고 말하곤 합니다. 그런데 그는 어린 시절 밤낮으로 꿈과 함께하며 심오한 해몽술을 축적했습니다. 바꿔 말해 그는 사물을 분별하게 된 뒤부터 자기도 모르게 뇌의 비밀을 풀 준비를 했던 겁니다. 그는 이를 위해 태어나고 자란 겁니다!

마지막으로 드리고 싶은 말씀이 있습니다. 만약 하느님과 당신이

기꺼이 진전을 뇌과학에 투신하게 한다면 분명 이 책들이 요긴하게 쓰일 겁니다. 그렇지 않고 하느님이나 당신이 진전에게 다른 선택을 하게 한다면 이 책들을 학교 도서관에 기증하십시오. 제가 귀교에 12년간 머무른 증거와 기념으로 말이죠.

진전이 하루속히 쾌유하길 기원합니다!

이별 전야에 린 시스가

작은 릴리는 종이상자 위에 앉아 단숨에 편지를 다 읽었다. 바람이 편지를 흔들고 바람에 날린 빗줄기가 간간이 편지 위에 떨어졌다. 그래서 꼭 바람과 비도 그 편지를 엿보고 있는 듯했다. 밤에 잠을 설쳤기 때문인지, 아니면 편지 내용이 너무 놀라웠기 때문인지 노인은 편지를 다 읽고도 꼼짝 않고 앉아서 멍하니 허공을 바라보고 있었다. 한참 뒤에야 그는 정신을 차리고 끝없는 비바람을 향해 불쑥 한마디 말을 던졌다.

잘 가시오, 시스.

롱 선생 인터뷰

시스가 떠나기로 결정한 것은 그의 장인이 처벌당한 일과 직접적인 관계가 있어요.

이미 알겠지만 시스에게는 떠날 기회가 숱했어요. 특히 제2차 세계대전이 끝난 뒤에는 서양의 여러 대학과 연구 기관에서 그를 초빙하고 싶어해 그의 책상 위에는 초청장이 꼭 연하장처럼 수북이 쌓여 있었죠. 하지만 나는 많은 일을 통해 그가 떠날 마음이 없다는 걸 확인했어요. 예를 들어 유럽에서 엄청난 양의 책을 갖고 돌아오기도 했고 원래 세 들어 살던 쌴위안샹의 집을 작은 정원과 함께 구입하기도 했어요. 또 중국어 실력도 나날이 늘었고 비록 성사되지는 못했지만 중국 국적까지 신청했답니다. 소문에 따르면 그건 시스의 장인 때문이었어요. 그의 장인은 거인擧人(명나라와 청나라 시대 지방의 향시鄕試에서 합격한 사람)의 후예로 막대한 재산을 가진 지역 최고의 유지였죠. 그는 자기 딸이 서양인과 결혼하는 것을 극구 반대하다가 어쩔 수 없이 허락하기는 했지만 오만가지 가혹한 조건을 내걸었어요. 예를 들면 딸을 데리고 떠나면 안 되고 이혼을 해서도 안 되며 중국어를 능숙한 수준으로 배워야 하고 아이는 엄마의 성을 따라야 한다는 것 등이었죠. 이런 무리한 조건은 어떤 의미에서 그가 깨인 사람이 아니라 고집불통에 자기 권세를 믿고 남을 능멸하는 소인배였음을 말해주죠. 이런 사람이 유지였으니 악행으로 사람들의 원한을 사지 않을 수 없었을 거예요. 게다가 일본 괴뢰정부 기간에 그 지역에서 요직을 맡아 일본인과 수상쩍은 거래까지 했기 때문에 해방 후, 인민정부는 그를 일급 처벌 대상으로 삼고 공개 재판을 통해 사형을 선고했어요. 그는 감옥에 갇혀 총살당할 날만 기다리고 있었죠.

형이 집행되기 전에 시스는 아버지와 나를 비롯해 여러 유명 교수와 학생들을 찾아다니며 정부에 연명으로 진정서를 보내 장인의 목숨을 구해달라고 부탁했어요. 하지만 아무도 호응해주지 않았죠. 이 일로 인해 시스는 상처를 받았겠지만 우리도 방법이 없었어요. 솔직히 우리는 그를 돕고 싶지 않았던 게 아니라 도울 수가 없었어요. 그때 상황은 한두 사람의 호소나 행동으로는 바꿀 수 없었죠. 이 일 때문에 아버지는 시장을 찾아갔지만 돌아온 답은 이랬어요.

"마오쩌둥 주석만이 그를 구할 수 있습니다."

그러니까 누구도 그를 구할 수 없었던 거예요!

그 사람처럼 민중의 공분을 사고 악행이 뚜렷한 악덕 지주는 당시 예외 없이 인민정부의 일급 처벌 대상이었어요. 그것은 시대의 추세이고 국가 정책이어서 아무도 바꿀 수 없었죠. 시스는 그걸 몰랐어요. 그는 너무 순진했죠. 우리는 피치 못하게 그에게 상처를 줄 수밖에 없었어요.

그런데 천만뜻밖에 시스는 마지막에 X국 정부의 힘을 빌려 총살을 눈앞에 둔 장인을 구해냈어요. 그건 정말 불가사의한 일이었죠. 특히나 당시 X국과 우리 나라는 명백히 적대관계였기 때문에 그 일이 얼마나 어려웠을지는 미루어 짐작할 수 있어요. 소문에 따르면 X국은 이 일을 두고 우리 정부와 담판을 벌이기 위해 베이징으로 외교관을 급파했다고 해요. 결국은 정말로 마오쩌둥 주석을 놀라게 했죠. 누구는 저우언라이 총리였다고도 하지만요. 어쨌든 당시 우리 당과 국가의 최고위급 간부를 움직였으니 정말 놀라운 일이었어요!

협상 결과로 그들은 시스의 장인을 데려가게 됐고 우리는 X국에 연금되어 있던 두 명의 우리 과학자를 데려오게 됐어요. 죽어 마땅한 늙은 지주가 그들 X국의 국보라도 된 듯했죠. 물론 그 늙은 지주는 X국에 아무 가치도 없었을 거예요. 그런데도 X국을 움직이게 한 건 틀림없이 시스였죠. 바꿔 말해 시스의 바람을 이뤄주기 위해 X국은 주저 않고 큰 손해를 무릅썼던 거예요. 그렇다면 X국은 왜 그렇게 시스에게 잘해준 걸까요? 단지 그가 세계적으로 유명한 수학자여서 그런 걸까요? 여기에는 분명히 뭔가 특별한 이유가 있었을 거예요. 하지만 그게 대체 뭐였는지는 지금도 알 수가 없네요.

장인을 구한 뒤, 시스는 곧장 처가의 일가친척을 다 데리고 X국으로 떠났어요. (계속)

시스가 떠났을 때 진전은 아직 입원 중이었지만 그래도 위험한 상태에서는 벗어난 듯했다. 병원에서는 나날이 불어나는 의료비를 감안해 환자의 신청에 따라 퇴원 후 집에서 요양하는 데 동의했다. 퇴원할 때 부인은 딸인 룽 선생과 함께 병원으로 마중을 갔다. 두 사람을 맞이한 의사는 당연히 둘 중 한 명이 환자의 어머니라고 생각했다. 그러나 두 사람의 나이를 보니 환자의 어머니라고 하기에 한 사람은 조금 늙은 듯했고 다른 한 사람은 또 조금 젊은 듯해서 무작정 물어보았다.

"어느 분이 환자의 어머니죠?"

룽 선생이 설명을 하려는데 부인이 어느새 나서서 시원스레 말했다.

"나예요."

의사는 부인에게 환자의 상태는 이미 기본적으로 안정되었다고 설명했다. 하지만 완치되려면 적어도 일 년 가까운 시간이 필요하다고 말했다.

"앞으로 일 년간 만삭인 임산부를 다루듯 환자를 보살펴야 합니다. 안 그러면 공든 탑이 무너질 수도 있어요."

의사가 한 가지씩 주의 사항을 말해줄 때 부인은 그의 말이 전혀 과장이 아니라고 생각했다. 구체적으로 말하면 다음 세 가지였다.

첫째, 음식은 엄격하게 금기를 피한다.

둘째, 밤에 정해진 시간마다 환자를 깨워 소변을 보게 한다.

셋째, 매일 정해진 시간에 정해진 양의 약을 환자에게 먹이며 여기에는 주사도 포함된다.

부인은 돋보기를 쓰고서 의사의 설명을 일일이 적고 다시 살펴본 뒤, 이해가 갈 때까지 되풀이해 물었다. 집에 돌아와서는 또 딸에게 학교에서 칠판과 분필을 가져오게 해 의사의 지시 사항을 다 적고 계단 입구에 걸어놓았다. 거기는 매일 계단을 오르내릴 때마다 반드시 보게 되는 곳이었다. 정해진 시간에 진전을 깨워 밤에 소변을 보게 하기 위해 그녀는 심지어 남편과 침대를 따로 썼고 머리맡에 두 개의 자명종을 놓았다. 하나는 밤에 울리게 하고 또 하나는 아침에 울리게 했다. 아침에 진전을 깨워 소변을 보게 하면 진전은 계속 잠을 잤고 부인은 그의 하루 다섯 끼 식사 중 첫 번째 식사를 준비해야 했다. 원래 밥 짓기는 그녀가 가장 잘하는 일이었지만 이제는 그녀가 가장 힘들어하고 자신 없어하는 일이 되었다. 이에 비해 주사 놓기는 바느질에 익숙한 그녀에게는 그리 어려운 일이 아니었다. 처음 하루 이틀만 조금 긴장하고 몇 번 실수를 했을 뿐이다. 그러나 밥을 지을 때는 음식 간을 맞추기가 어려워 그녀는 계속 골치를 썩였다. 이론상으로 정밀하고 복잡한 소금 섭취야말로 그 당시 진전의 생사를 좌우하는 생명선이었다. 많이 섭취하면 공든 탑이 무너질 수도 있고 적게 섭취하면 빨리 쾌유하는 데 불리했다. 의사는 요양 기간에 진전의 소금 섭취는 미량부터 시작해 조금씩 늘려나가야 한다고 당부했다.

물론 하루하루의 소금 섭취량을 정확히 계량해 맞춘다면 이 문제는 해결하기가 그리 어렵지 않다. 단지 정밀한 저울만 있으면 될 것이다. 하지만 확실히 지금 이 문제는 해결하기가 그렇게 쉽지 않았다. 기존의 명확한 기준을 찾을 수 없었기 때문이다. 아무래도 스스로 인내심과 사랑으로 기준을 찾는 수밖에 없을 듯했다. 결국 부인은 간이 다른 요리 몇 가지를 만들어 병원에 찾아가서 의사에게 일일이 맛보게 했다. 그다음에는 각 요리에 들어간 소금의 양을 알갱이 단위로 종이에 기록한 뒤, 의사가 명확히 체크한 요리별 기준대로 하루에 다섯 번씩 돋보기를 쓰고 눈부시게 하얀 소금 알갱이를 마치 약처럼 한 알 한 알 진전의 생명 속에 집어넣었다.

마치 과학 실험처럼 조심스레 집어넣었다.

그렇게 하루 또 하루, 그리고 한 달 또 한 달이 지났다. 그녀의 노력과 인내심은 만삭의 임산부를 보살피는 것에 결코 뒤지지 않았다. 가끔씩 힘들 때마다 그녀는 자기도 모르게 진전이 쓴 혈서를 꺼내 보곤 했다. 그것은 진전의 비밀이었지만 그녀는 우연히 그것을 발견한 뒤 왠지 모르게 자기가 간직했다. 그래서 언제 썼는지 불확실한 그 혈서는 이제 그 두 사람의 비밀이 되었고 동시에 두 사람의 마음이 긴밀하게 이어져 있는 것에 대한 증거와 암시가 되었다. 부인은 매번 그것을 보고 나면 자기가 하고 있는 이 모든 일이 가치 있음을 더 긍정하고, 꿋꿋이 해나가도록 자신을 격려했다. 그래야만 진전이 꼭 건강해질 수 있을 거라 믿었다.

이듬해 설이 지난 뒤, 진전은 오래 떠나 있던 강의실에 다시 나타났다.

10

시스는 몸은 갔어도 마음 한 조각은 남겨둔 듯했다.

진전이 조심조심 요양하는 동안, 시스는 작은 릴리에게 세 번 연락해왔다. 첫 번째는 그가 X국에 간 지 얼마 안 돼서 보낸, 아름다운 풍경이 인쇄된 엽서였다. 내용은 간단한 인사말과 연락처뿐이었고 그 연락처는 집 주소여서 그가 어디에서 일하는지는 알 길이 없었다. 두 번째는 첫 번째 연락이 있고 얼마 후 그가 작은 릴리의 답장을 받자마자 보낸 편지였다. 이 편지에서 그는 진전이 회복 중에 있다는 것을 알게 되어 기쁘다고 했고 또 자기가 어디에서 일하느냐고 한 작은 릴리의 질문에 대해서는 그냥 연구 기관에서 일한다고 얼버무렸다. 어떤 연구 기관인지, 또 거기에서 구체적으로 무슨 일을 하는지는 말하지 않았다. 아마 말하기가 껄끄러운 듯했다. 세 번째 연락은 설 연휴 전에 왔다. 작은 릴리는 시스가 성탄절 밤에 쓴 편지를 받았다. 봉투에 기쁨이 가득한 크리스마스트리가 새겨져 있었다. 시스는 이 편지에서 자신조차 놀라게 한 어떤 정보를 알려주었다. 막 친구에게 전화를 받고 알게 되었는데 프린스턴대에서 몇 명의 과학자가 팀을 이뤄 뇌의 내부 구조를 연구하고 있다는 것이었다. 그 연구팀의 리더는 유명한 경제학자, 폴 새뮤얼슨이라고 했다. 이에 대해 그는 이렇게 적었다.

"이 일은 이 과제의 가치와 매력을 충분히 설명해줍니다. 제 공상이 아니었던 겁니다. (…) 제가 알기로 그 팀은 오늘날 세계에서 유일하게 그 과제를 연구하는 사람들입니다."

그래서 진전이 이미 완쾌되었다는 전제 아래(사실 거의 완쾌된 상태였다) 그는 속히 진전을 프린스턴대로 보내기를 바랐다. 그는 중국에서 뇌 연구가 시작되든 말든 진전은 그곳으로 건너가야 하며 작은 릴리가 눈앞의 이익이나 어려움 때문에 진전의 미국 유학을 취소해서는 안 된다고 했다. 또한 작은 릴리가 직접 뇌 연구를 하려고 진전을 곁에 남겨둘까 걱정스러웠던지 심지어 "칼을 간다고 장작 패는 일이 미뤄지지는 않는다磨刀不誤砍柴工"(사전에 준비를 철저히 하면 일을 빠르고 순조롭게 할 수 있다는 뜻)는 중국 속담까지 인용해 자기 생각을 피력했다.

그는 말하길, "예전이나 지금이나 제가 이렇게 진전의 미국 유학을 추천하는 것은 어쨌든 그곳이 인류 과학의 온상이라고 생각하기 때문입니다. 그곳에 가면 그는 날개를 달게 될 겁니다" 라고 했다.

또 마지막으로 그는 이런 말을 했다.

전에도 말씀드렸지만 진전은 하느님이 이 과제를 연구하라고 세상에 보낸 사람입니다. 과거에 저는 우리가 그에게 마땅히 필요한 환경을 제공해주지 못할까봐 우려했습니다. 하지만 지금은 우리가 이미 그 환경을 찾았다고 믿습니다. 그것은 바로 프린스턴 대입니다. 술을 사는 사람과 그 술을 마시는 사람이 따로 있다는 중국인의 유머처럼 아마도 언젠가 사람들은 폴 새뮤얼슨 등이 지금 온갖 노력을 기울여 해놓은 모든 것이 단지 한 중국인 꼬마에게 갈채를 보내기 위한 것이었음을 알게 될 겁니다.

작은 릴리는 학생들이 쉬는 시간에 이 편지를 뜯어보았다. 그가 편지를 읽는 동안 창밖에서는 "씩씩하고 당당하게 압록강을 건너자"라는 노랫소리가 스피커를 통해 울려 퍼졌고 책상 위에는 그가 방금 다 읽은 신문이 놓여 있었다. 신문 1면을 전부 차지한 톱기사의 커다란 제목은 "미 제국주의는 종이호랑이다"였다. 그는 쩌렁쩌렁한 노랫소리를 들으며 그 시커먼 제목을 바라보았다. 뭔가 시공간이 뒤바뀐 느낌이 들었다. 그는 멀리 있는 그 사람에게 뭐라고 답장을 보내야 할지 몰랐다. 그리고 어떤 신비로운 제3의 눈이 자신의 답장을 보지 않을까 조금 두렵기도 했다. 이때 그의 신분은 N대학의 명실상부한 총장이자 C시의 명예 부시장이었다. 그것은 룽씨 가문이 대대로 과학을 숭상하고 지식과 재산으로 국가에 보답한 데 대한 인민정부의 포상이었다. 결론적으로 지금 룽씨 가문의 8대 자손, 룽샤오라이(작은 릴리)는 한때 조상들이 누린 영광의 세월을 다시 구가하고 있었다. 이때는 그의 인생에서 가장 영광스러운 시간이기도 했다. 비록 그는 영광에 연연하는 부류가 아니었고 그것에 도취된 것 같지도 않았지만 그래도 잃은 지 오래였던 그 영광을 내심 본능적으로 아끼는 마음이 없지 않았다. 단지 과도한 지식인적 태도로 인해 아끼지 않는 것처럼 보일 뿐이었다.

작은 릴리는 결국 시스에게 답장을 쓰지 않았다. 그는 시스의 편지를 인민군과 미군이 한국에서 피를 뒤집어쓰고 싸우는 장면이 가득한 신문 두 장과 함께 진전에게 주었다. 그리고 시스에게 답장을 쓰는 임무까지 넘겼다.

"시스에게 감사하다고 해라. 그리고 알려주렴. 전쟁과 시국이 네 앞길을 막아버렸다고."

작은 릴리는 말했다.

"시스는 틀림없이 안타까워할 거야. 나도 마찬가지고. 하지만 가장 안타까운 사람은 너겠지."

그는 또 말했다.

"내 생각에 이 일에서 하느님은 네 편이 아닌 것 같다."

나중에 진전이 편지를 다 쓰고 한번 살펴봐달라고 했을 때, 노인은 자기가 전에 한 말을 잊은 듯 자기도 안타깝다는 부분을 지우게 했다. 그리고 마지막으로 당부했다.

"신문에서 관련 기사 몇 가지를 오려서 동봉해 보내거라."

그것은 1951년 설 전의 일이었다.

설이 끝난 뒤, 진전은 다시 강의실로 돌아갔다. 물론 스탠퍼드대 강의실도, 프린스턴대 강의실도 아니고 N대학의 강의실이었다. 그러니까 진전이 깔끔하게 옮겨 쓴 편지와 함께 화약 연기가 자욱한 몇 편의 신문 기사를 우체통에 넣었을 때, 그것은 그에게 가능했던 또 다른 미래를 역사의 심연 속에 집어넣은 것과 마찬가지였다. 룽 선생의 말을 빌리자면 어떤 편지는 역사의 기록이며 어떤 편지는 역사를 바꾼다. 그 편지는 한 사람의 역사를 바꿔놓았다.

룽 선생 인터뷰

진전이 복학하기 전, 아버지는 그 애를 원래 학년으로 돌려보낼지, 아니면 한 학년을 유급시킬지 내게 상의했어요. 내 생각에는 비록 진전의 성적이 뛰어나기는 하지만 어쨌든 세 학기나 공부를 쉰 데다 중병이 나은 지 얼마 안 돼서 큰 부담을 견디기는 힘들 것 같았어요. 대학교 3학년 수업으로 돌아가면 그 애가 스트레스를 받을 것 같았죠. 그래서 한 학년 유급시키는 게 좋겠다고 했어요. 하지만 결국에는 유급을 안 시키고 원래 학년으로 돌려보냈어요. 그건 진전의 요구 때문이었죠. 나는 아직까지 그때 그 애가 했던 말이 생각나요. 그 애는 이렇게 말했죠.

"제가 병에 걸린 건 제가 교과서에서 벗어나도록 하느님이 도와주신 거예요. 제가 교과서의 포로가 돼서 연구 정신을 잃고 앞으로 아무 일도 못할까봐 걱정하셨던 거죠."

흥미롭지요? 머리가 어떻게 된 게 아닌가 싶죠?

사실 진전은 줄곧 자신을 과소평가했는데 병이 그 애를 바꿔놓은 듯했어요. 하지만 진짜 그 애를 바꿔놓은 것은 책이었어요. 수많은 비전공 도서였죠. 집에서 요양하는 기간에 그 애는 나와 아버지의 장서를 거의 다 봤어요. 적어도 다 건드려봤어요. 그 애는 책을 빨리, 그리고 이상하게 읽었어요. 어떤 책들은 몇 페이지만 들추고 던져버렸죠. 누구는 그래서 그 애가 코로 책을 본다고 그랬어요. 책을 냄새만 맡는다는 거였죠. 좀 과장된 말이기는 했지만 어쨌든 그 애는 확실히 책을 빨리 읽었어요. 하루를 넘겨 읽는 책이 거의 없었죠. 책을 빨리 읽는 것은 책을 많이 읽는 것과 밀접한 관계가 있어요. 책을 많이 읽으면 견식이 넓어져서 빨리 읽게도 되죠. 그리고 그 애는 비전공 도서를 많이 읽었고 교과서에는 거의 흥미가 없었어요. 그래서 걸핏하면 결강을 했죠. 감히 내 수업까지 말이에요. 복학 후 첫 번째 학기 말에 그 애의 높은 결강률은 그 애의 성적만큼이나 사람들의 주목을 끌었어요. 전 학년에서 일등이었어요. 그것도 이등과 한참 차이 나는 일등. 또 한 가지 한참 차이 나는 일등은 그 애의 도서관 대출 권수였죠. 한 학기 동안 200여 권을 빌렸더라고요. 철학, 문학, 경제, 예술, 군사 등등 정말 온갖 책을 빌려 읽었더군요. 그래서 여름방학이 되었을 때, 아버지는 그 애를 다락방으로 데려가 창고 문을 열고 시스가 남기고 간 두 박스의 책들을 보여줬어요.

"이것들은 교과서가 아니라 시스가 남긴 것이니 앞으로 별일이 없으면 네가 보려무나. 네가 볼 수 있을지 모르겠지만 말이다."

한 학기가 지나고 이듬해 3, 4월 사이에 학생들은 모두 서둘러 졸업논문을 준비하기 시작했어요. 그때 진전에게 전공 과목을 가르치는 선생님 몇 분이 진전의 졸업논문 주제에 조금 문제가 있다면서 내가 나서주기를 바랐어요. 그 애가 주제를 바꾸지 않으면 논문 지도교수가 돼줄 수 없다는 거예요. 무슨 문제냐고 내가 묻자 그들은 정치적 문제라고 말했어요.

알고 보니 진전은 세계적인 수학자, 그렉 베네노의 디지털 소통론을 기초로 논문 주제를 정했더라고요. 학술적으로 보면 디지털 소통론에 대한 모의 증명이었죠. 그런데 베네노는 당시 과학계에서 유명한 반공주의자였어요. 자기 집 문에 '친공산주의자 출입금지'라는 쪽지를 붙여놓았다고 하더라고요. 더구나 포연이 가득한 한국의 전쟁터까지 가서 미군 사병들에게 "압록강으로 진격!"이라고 격려했지요. 물론 과학에는 국경도, 이데올로기도 없기는 하지만, 베네노의 강한 반공주의적 성향은 그의 학술 이론에 정치적 그늘을 드리워서 당시 소련을 비롯한 대부분의 사회주의 국가는 그의 이론을 인정하거나 거론하지 않았어요. 혹시 거론하더라도 비판적인 입장에서 했지요. 따라서 그의 이론을 증명하려는 진전의 시도는 확실히 시류에 역행하고 정치적인 위험이 있었어요.

그런데 아버지는 지식인적인 기질 때문인지, 아니면 진전이 계획서에서 열거한 관점에 매료됐기 때문인지 모두가 우려하며 진전을 설득해주기를 바라는데도 오히려 자청해 논문 지도교수가 돼주면서까지 그 애를 격려했어요.

진전이 확정한 주제는 「상수ϖ의 명료함과 모호함의 한계」였어요. 이미 우리 학과 수업 내용을 훨씬 능가하는, 석사논문에 가까운 주제였어요. 틀림없이 그는 이 주제를 다락방의 그 책들에서 찾아냈을 거예요. (계속)

논문의 초고가 나온 뒤, 작은 릴리는 더 흥분했다. 그는 진전의 날카롭고 논리적인 사유에 푹 빠져버렸다. 단지 몇 가지 증명은 지나치게 복잡해서 조금 손볼 필요가 있어 보였다. 그 작업은 주로 불필요한 부분을 걸러 단순화하고 필요 없는 증명을 잘라내는 것이었다. 또한 수준이 미흡해 번잡해 보이는 몇 가지 증명에 가능한 한 수준 높고 직접적인 증명 수단을 도입할 필요도 있었다. 사실 그것은 학과 커리큘럼 안에는 없는 지식이기도 했다. 논문의 초고는 분량이 2만 자가 넘었지만 몇 차례 손을 본 결과, 1만여 자로 줄었고 나중에 『인민수학』에 발표되어 중국 수학계에 적지 않은 반향을 일으켰다. 하지만 진전이 그것을 혼자 힘으로 완성했다고 믿은 사람은 아무도 없었다. 왜냐하면 몇 차례 손을 보는 와중에 수준이 더 높아져서 그 논문은 학부생의 졸업논문이라기보다는 창의성이 번뜩이는 한 편의 정식 학술논문에 더 가까워졌기 때문이다.

요컨대 진전의 논문은 장점과 단점이 뚜렷했다. 장점은 그것이 원주율에서 출발하여 교묘하게 베네노의 디지털 소통론을 응용해 장차 인공두뇌가 직면할 난점을 순수학적으로 논술한 것이었다. 마치 보이지 않는 바람을 절묘하게 붙잡은 듯한 느낌이었다. 반대로 단점은 글의 기점이 원주율이 상수라는 하나의 가설이라는 것이었다. 놀라운 추론과 논증이 전부 이 가설을 전제로 완성되었기 때문에 다소 사상누각이 아닌가 하는 의문을 피하기 어려웠다. 어떤 의미에서 그 논문의 학술적 가치를 인정하려면 우선 원주율이 상수임을 믿어야만 했던 것이다. 원주율이 상수라는 견해는 이미 오래전에 제기되었지만 아직까지 증명된 바는 없다. 현재 수학계에서도 적어도 절반은 원주율이 상수라고 믿고 있지만 확실한 증명이나 증거가 부재한 상황이므로 혼자 믿을 뿐 남에게 믿으라고 요구할 수는 없다. 마치 뉴턴이 나무에 매달린 사과의 자유 낙하를 발견하기 전까지는 누구든 지구의 인력을 의심할 수 있었던 것처럼.

물론 원주율이 상수임을 의심하는 사람에게는 진전의 논문이 전혀 무가치할 수 있었다. 그것이 그의 논문의 핵심적 토대이기 때문이었다. 반대로 원주율이 상수임을 믿는 사람은 진전의 논문을 척박한 토양에 거대한 건축물을 지은 것으로 받아들이고 마치 쇠로 한 송이 꽃을 빚어낸 것처럼 느낄 수도 있었다. 진전은 논문에서 인간의 대뇌가 수학적인 의미에서 하나의 원주율이며 무궁무진한 소수를 가진, 깊이를 헤아릴 수 없는 숫자라고 지적했다. 이를 기초로 하여 그는 베네노의 디지털 소통론을 통해 인공두뇌 제작의 난점, 즉 인간 대뇌가 갖고 있는 모호한 의식을 훌륭하게 서술했다. 모호한 것은 명료하지 않고 전체가 파악되지 않기 때문에 재현할 방법이 없다. 그래서 그는 기존 방식으로는 향후 인간의 뇌를 철저히 구현하기 힘들고 기껏해야 최대한 접근하는 데 그칠 것이라고 말했다.

사실 그때나 지금이나 학계에는 이와 유사한 관점을 가진 사람이 있었으므로 그의 결론은 아주 새롭거나 특이해 보이지는 않았다. 다만 사람들의 눈길을 끌었던 점은 그가 원주율에 대한 대담한 가설과 디지털 소통론의 교묘한 응용을 통해 그 관점을 순수학적 방법으로 증명하고 서술한 것이었다. 그가 추구한 의

미 역시 사람들에게 그 관점을 실증해주었다. 다만 인용한 자료
(논문의 토대)가 아직 실증된 것이 아니라는 사실이 문제였을 따
름이다.

바꿔 말해 어느 날 누군가 원주율이 상수임을 확실히 증명한
다면 그의 논문은 그 가치를 인정받을 것이다. 하지만 그날은 아
직까지 오지 않았으므로 엄격히 말하면 그의 논문은 아무 의미
도 없다고 말할 수 있다. 유일한 의미가 있다면 그것은 사람들에
게 그 자신의 재능과 식견을 보여준 것이었다. 그러나 그와 작은
릴리와의 관계 때문에, 모르는 사람들은 그가 독립적으로 그 논
문을 완성했다고 믿지 않았다. 당연히 그에게 무슨 재능이 있다
고도 보지 않았다. 따라서 사실상 그 논문은 진전에게 전혀 도움
이 되지 않았고 그의 삶을 전혀 바꿔주지 못했다. 오히려 작은
릴리가 그것을 계기로 자신의 만년의 삶을 바꾸었다.

롱 선생 인터뷰

그 논문은 진전이 혼자 완성한 게 맞아요. 아버지는 진전에게 몇
가지 충고와 참고할 책을 제공하고 논문 앞의 서문을 기초해준
것 말고는 아무것도 해준 게 없다고, 진전이 혼자 모든 것을 했다
고 내게 말씀하셨죠. 나는 아직까지 그 서문을 기억해요. 이런 내
용이었죠.

악마를 상대하는 최고의 방법은 악마에게 도전하고 악마에게 우리 힘을 보여주는 것이다. 베네노는 과학의 성전의 악마로서 오랫동안 전횡을 부려왔고 그 폐해가 막심해 시급히 청산되어야 한다. 이 논문은 베네노의 오류를 청산하기 위한 격문이다. 비록 소리는 미약하지만 여러 고견을 이끌어낼 수 있을 것이다.

이 글은 당시 논문이 불러올 화를 없애는 부적이면서 논문이 세상에 나올 수 있게 만드는 통행증이기도 했어요.

논문이 발표된 지 얼마 안 돼서 아버지는 베이징에 다녀왔어요. 아버지가 무슨 목적으로 베이징에 갔는지 아무도 몰랐죠. 아버지는 갑자기 떠났고 가기 전 누구에게도 왜 가는지 설명해주지 않았어요. 단지 한 달여 뒤 상부의 고관이 세 가지 뜻밖의 결정 사항을 갖고 N대학을 찾아와서야 사람들은 그것이 지난번 아버지의 베이징 방문과 밀접한 관계가 있는 게 틀림없다고 생각했어요. 그 세 가지 결정은 이랬어요.

1. 아버지의 총장직 사퇴에 동의한다.

2. 국가가 해당 자금을 지출해 N대학 수학과에 컴퓨터 연구팀을 조직한다.

3. 연구팀 조직 업무는 아버지가 담당한다.

당시 많은 사람이 이 팀에 들어가 연구를 하고 싶어했지만 전부 아버지에게 퇴짜를 맞고 결국 진전만 행운을 잡았어요. 진전은 그 팀에 첫 번째로 뽑힌 사람이었고 나중에는 유일한 연구원이기도 하다는 사실이 밝혀졌어요. 또 다른 한 명은 일상 업무를 하는 사람이었죠. 이 일로 사람들은 불쾌해했어요. 국가의 연구 프로젝트를 우리 룽씨 가문이 사유화했다고 생각한 거죠. 실제로 누구는 그와 비슷한 소문을 퍼뜨리기도 했어요.

사실 아버지는 공직생활을 하면서 줄곧 평판이 좋았어요. 특히 사람을 쓸 때 친지를 기피하는 것은 거의 매정할 정도였죠. 우리 룽씨 가문은 원래 N대학의 설립자 집안이고 캠퍼스 안에 룽씨 가문의 후손이 젊은 사람, 나이든 사람을 다 합쳐 적어도 두 테이블은 차지할 정도로 많았어요. 할아버지(늙은 릴리)가 살아 계실 때는 그 사람들 모두 많든 적든 보살핌을 받았죠. 행정 일을 하는 사람은 중요한 지위를 가졌으며 가르치는 사람은 자주 외국에 나갈 기회를 잡아 견식을 넓히고 경력을 쌓았어요. 하지만 아버지 대에 와서는 처음에는 직위만 있고 권한은 없어서 마음이 있어도 도와줄 능력이 없었어요. 그리고 나중에 권한이 생긴 뒤에는 도와줄 마음이 싹 사라져버린 듯했죠. 총장으로 있던 몇 년간 아버지는 필요하든 그렇지 않든 룽씨 가문 사람은 일절 기용하지 않았어요. 나만 해도 과에서 몇 번이나 부주임으로 발령을 냈는데도 아버지는 답안지 채점이라도 하듯 X표를 쳐버렸죠. 더 불쾌해한 사람은 오빠였어요. 서양 유학을 마치고 온 물리학 박사여서 원래 당당하게 N대학에 들어올 수 있었는데도 아버지는 다른 좋은 데를 알아보라고 했죠. 한번 생각해보세요. C시에서 N 대학보다 더 좋은 데가 어디 있어요? 결국 한 사범대학에 자리를 잡을 수밖에 없었고 강의와 생활 조건이 다 안 좋아서 일 년 만에 상하이로 옮겨갔어요. 이 일 때문에 어머니는 아버지한테 몹시 화를 냈어요. 아버지 때문에 졸지에 이산가족이 되고 말았다고 하셨죠.

하지만 아버지는 진전을 연구팀에 넣는 일에 관해서는 신중하고 의심을 피하던 그간의 원칙을 무시한 채 아예 어떠한 잡음도 개의치 않고 하고 싶은 대로 하셨어요. 마치 귀신에 썰 것처럼 말이죠. 아버지가 왜 그렇게 변했는지는 아무도 알지 못했어요. 나만 알고 있었죠. 어느 날 아버지는 시스가 남기고 간 편지를 내게 보여주며 이런 말씀을 하셨거든요.

"시스가 내게 유혹을 남기고 가긴 했지만 솔직히 내가 처음으로 유혹을 느낀 건 진전의 졸업논문을 본 뒤였다. 과거에 나는 이 일이 불가능하다고 생각했지만 이제 한번 시험해보기로 결심했다. 젊은 시절 나는 항상 진정으로 과학정신이 담긴 일을 해보고 싶었다. 지금 시작하는 것은 아마도 늦었겠지만 그래도 진전이 내게 용기를 내도록 해주었다. 그래, 시스가 한 말이 옳다. 진전이 없으면 나는 이 일에 손을 대지 말아야 한다. 하지만 지금 내 곁에는 진전이 있지 않느냐? 전에 나는 이 아이의 재능을 늘 낮게 평가했지만 이제는 제대로 높게 평가해볼까 한다." (계속)

실상은 이랬다. 룽 선생은 자기 아버지가 진전을 위해 그 연구 사업을 따냈는데 어떻게 다른 사람을 참여시킬 수 있었겠느냐고 말했다. 또한 진전이 자기 아버지의 만년뿐만 아니라 처세의 일관된 원칙 그리고 삶의 신념까지 바꿔놓았다고 했다. 그 노인이 늘그막에 갑자기 젊은 시절의 꿈을 되살려 학문적 업적을 지향한 것은 그가 이미 지나간 자기 삶을, 공직생활의 부침에 시달린 한평생을 부정한 것이나 다름없었다. 학문에서 시작해 공직생활로 마감하는 것은 중국 지식인들의 결점 중 하나다. 이제 노인이 돌연 자신의 그 결점을 고치고자 하는 것이 기쁨이 될지 슬픔이 될지는 오직 세월의 응답을 기다려봐야 했다.

그 뒤로 몇 년간 두 사람은 바깥세계와의 관계를 단절하고 연구에만 몰두했다. 외부 활동이라고는 몇몇 관련 학술활동에 참가하고 논문 몇 편을 발표한 것이 전부였다. 그들이 공동으로 쓰고 관련 학술 잡지에 게재한 여섯 편의 논문을 통해 사람들은 그들의 연구가 한 걸음 한 걸음 진전되고 있으며 중국 내에서는 분명 최첨단이고 아마 국제적으로도 뒤지지 않는다는 것을 알았다. 그중 두 편의 논문이 중국에서 발표된 뒤, 관련 외국 잡지 세 곳에 전재된 것만 봐도 그들의 연구 성과가 그렇게 무시할 만한 것은 아니었음을 알 수 있다. 더구나 이 때문에 당시 미국『타임』지의 수석평론가, 우튼 키스는 미국 정부를 향해 "차세대 컴퓨터는 한 중국인 청년에 의해 탄생할 것이다"라고 경고했다. 그 바람에 진전의 이름은 한바탕 각 대형 매체로부터 조명을 받았다.

하지만 그것은 과장하기를 좋아하는 언론의 나쁜 습관일 뿐이었는지도 모른다. 왜냐하면 주목받은 그 논문들을 보고 사람들은 차세대 컴퓨터로 나아가는 길목에서 그들이 맞닥뜨린 어려움 역시 그렇게 무시할 만한 것이 아니었음을 쉽게 확인했을 것 같기 때문이다. 물론 그것은 정상적인 일이었다. 어쨌든 인공두뇌를 만드는 일은 인간의 두뇌가 생겨나는 것과는 다르다. 인간의 경우에는 남자와 여자가 눈이 맞아 하룻밤만 자고 나면 누군가의 뇌가 나무처럼 자라나기 시작한다. 그런데 어떤 사람의 뇌는 태어난 뒤 똑똑해지지도 사리에 밝아지지도 못한다. 그런 사람이 바로 우리가 흔히 말하는 바보다. 어떤 의미에서 인공두뇌의 연구개발은 타고난 바보를 똑똑한 사람으로 바꾸는 것과도 같다. 그것은 세상에서 가장 어려운 일이다. 이토록 어려운 일인만큼 몇 차례 좌절하고 방황하더라도 그것은 당연히 불가피하고 전혀 이상할 것이 없었다. 그래서 나중에 작은 릴리가 진전으로 하여금 다른 사람을 따라 N대학을 떠나도록 결정했을 때 아무도 그의 말을 믿지 않았다.

작은 릴리는 그때 이렇게 말했다.

"우리 연구는 큰 난관에 봉착했습니다. 계속하더라도 성공할지 실패할지는 장담하기 어렵습니다. 나는 재능 있는 한 청년이 이 늙은이를 좇아 도박 같은 일을 하느라 미래를 잃게 하고 싶지 않습니다. 차라리 더 확실하고 실행 가능한 일을 하게 하는 것이 낫습니다."

그것은 1956년 여름의 일이었다.

그 여름, N대학 캠퍼스에서 가장 화제가 되었던 인물은 진전을 데려간 그 사람이었다. 사람들은 다 그가 신비로운 인물이라고 말했다. 왜 진전을 보냈는지에 관해 작은 릴리가 말한 미심쩍은 변명도 그의 신비의 일부였다.

그 사람은 절름발이였다.

그것도 그의 신비의 일부였다.

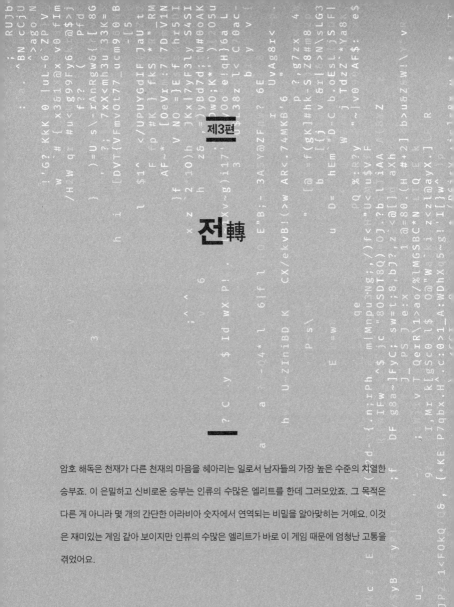

제3편

전轉

암호 해독은 천재가 다른 천재의 마음을 헤아리는 일로서 남자들의 가장 높은 수준의 치열한 승부죠. 이 은밀하고 신비로운 승부는 인류의 수많은 엘리트를 한데 그러모았죠. 그 목적은 다른 게 아니라 몇 개의 간단한 아라비아 숫자에서 연역되는 비밀을 알아맞히는 거예요. 이것은 재미있는 게임 같아 보이지만 인류의 수많은 엘리트가 바로 이 게임 때문에 엄청난 고통을 겪었어요.

01

그 사람의 성은 정鄭이었지만 절름발이였던 탓에 이름은 마치 훈장이나 장신구처럼 공식적인 자리에서나 쓰이고 평상시에는 서류 봉투 안에 숨어 있거나 '절뚝이'라는 말로 대체되었다.

정절뚝!

사람들이 공공연히 이런 호칭으로 그를 불렀던 것은 그가 자신이 다리 저는 것을 대수롭지 않게 생각했음을 설명해준다. 더 들어가보면 거기에는 두 가지 원인이 있었다. 하나는 정절뚝이 다리를 절게 된 것은 종군으로 인해 생긴 영광스러운 상처였기 때문이다. 또 하나는 그가 아주 심하게 다리를 절지는 않기 때문이다. 왼쪽 다리가 오른쪽 다리보다 몇 센티미터 짧았을 뿐이어서 젊은 시절에는 왼쪽 신발에 뒤축을 두 개 더 붙이는 것으로 문제를 거의 해결했고 쉰 살이 넘어서야 지팡이를 짚기 시작했다. 내가 그를 만났을 때, 그는 꽃무늬가 새겨진 검붉은 대추나무 지팡이를 짚고 있었다. 그래서 나는 그에게서 한층 더 노익장의 위엄을 느꼈다. 그것은 1990년대 초의 일이었다.

그 여름, 그러니까 1956년 여름에 정절뚝은 서른 살쯤에 불과했고 기력이 왕성해서 비밀스러운 신발 뒤축을 이용해 자신이 절름발이인 것을 감쪽같이 속일 수 있었다. 그러나 N대학 사람들은 하늘의 도움으로 거의 처음부터 그의 속임수를 간파했다.

그 일은 이랬다. 그날 오후 정절뚝이 N대학에 도착했을 때, 학생들은 마침 강당에 모여 한국전쟁 지원군 용사의 영웅적인 강연을 듣고 있었다. 그래서 캠퍼스는 매우 고요했고 날씨도 매우 좋아서 따가운 여름 햇볕 대신 선선한 바람이 길 양쪽 프랑스 오동나무에 불며 시원한 소리를 냈다. 그 소리로 인해 교정은 더 고요하게 느껴졌다. 그는 그 고요함에 매료되었던지 임시로 불러 타고 온 지프차에서 내린 뒤, 운전기사에게 사흘 뒤 학교 초대소로 자기를 태우러 오라고 지시했다. 그러고는 혼자 교정을 천천히 걷기 시작했다. 15년 전, 그는 이곳에서 3년간 고등학교를, 그리고 1년간 대학을 다녔다. 오랜만에 돌아온 이 모교가 조금 변한 것도 같았지만 옛날과 똑같다는 느낌도 들었다. 교정을 걸으면서 깊이 잠들어 있던 기억이 어둠 속에서 천천히 걸어나오는 듯했다.

강연회가 끝났을 때 그는 마침 강당 앞을 지나고 있었다. 갑자기 학생들이 떼 지어 강당에서 물밀듯이 쏟아져 나와 순식간에 전후좌우로 그를 에워쌌다. 그는 걸음을 늦추고 벗어나보려 했지만 뒤축이 세 개나 되는 탓에 버틸 수가 없어서 그만 인파에 떠밀려가게 되었다. 바짝 긴장해 걸어가며 그는 누가 자기와 부딪칠까 염려했다. 하지만 젊은 학생들은 몸이 민첩해서 그럴 위험은 없어 보였다. 금방 부딪칠 것 같다가도 순간적으로 비껴갔다. 이때 고개를 돌리거나 그를 주목하는 사람은 없었다. 높은 뒤축으로 보완한 그의 걸음걸이에 다들 속아 넘어간 것이다. 이에 안도했기 때문인지 그는 문득 시끄럽게 재잘거리는 그 기운 찬 남녀들이 좋아졌다. 그들은 거센 물결처럼 그를 휩쓸고 앞으로 나아갔다. 마치 15년 전의 어느 날, 어느 시각으로 그를 데리고 가는 듯했다.

운동장에 이르자 인파는 물결이 해안에 닿은 듯 갑자기 흩어졌고 그는 비로소 홀가분해졌다. 그런데 바로 그때, 그는 목에 뭔가가 후드득 떨어지는 것을 느꼈다. 이와 동시에 여기저기서 "비다!" "비가 온다!"라는 소리가 울려 퍼졌다. 처음에는 다들 소리만 지르고 제자리에서 하늘을 바라보고 있었다. 하지만 눈 깜짝할 사이에 천둥이 치면서 마치 물대포를 쏘듯 빗줄기가 땅 위에 내리꽂히기 시작했다. 삽시간에 사람들은 놀란 야수처럼 사방으로 도망쳤다. 누구는 뒤로 돌아갔고 누구는 건물에 들

어갔으며 또 누구는 자전거 보관소 안으로 파고들었다. 다들 어
지럽게 소리치고 날뛰면서 운동장은 한바탕 아수라장이 되었다.
이때 그는 뛸 수도, 안 뛸 수도 없었다. 뛰면 절름발이인 것이 탄
로날 테고 안 뛰면 물에 젖은 생쥐 꼴이 될 것이기 때문이었다.
그는 아마 뛸 마음이 없었을 것이다. 총탄이 비처럼 쏟아지는 전
투도 겪어봤으니 비에 젖는 것쯤은 대수롭지 않았을 것이다. 하
지만 그의 다리는 달랐다. 자극을 받아 제멋대로 달음질치기 시
작했다. 그것은 그의 달음질이자 그의 절뚝이는 두 발의 달음질
이었다. 마치 발바닥에 유리 조각이라도 박힌 것처럼 그는 껑충
껑충 뛰어오르며 달렸다.

처음에는 다들 정신없이 뛰느라고 그를 주목하지 않았다. 나
중에 사람들이 저마다 비를 피할 곳에 몸을 숨겼을 때, 그는 그
제야 운동장 한가운데를 넘어가고 있었다. 빨리 뛰고 싶은 마음
은 굴뚝같았지만 그럴 수가 없었고 신발 뒤축도 무거운데다 손
에 여행가방까지 들고 있었으니 뒤처질 수밖에 없었던 것이다.
결국 커다란 운동장에 그 말고는 아무도 남지 않았다. 그의 모습
은 당연히 고립되고 두드러져 보였다. 이 사실을 알고 그는 좀
더 빨리 운동장에서 벗어나려 했지만 그럴수록 더 심하게 다리
를 절뚝였다. 그 모습은 용감해 보이기도 하고 우스꽝스럽기도
했다. 사람들은 그가 빗속의 한 풍경인 것처럼 바라보고 있었다.
누구는 심지어 힘을 내라고 소리쳤다.

"힘내세요!"

"힘을 내요!"

그 소리가 모든 사람의 시선을 그에게로 집중시켰다. 그는 천근만근 같은 눈빛들에 눌려 땅바닥에 쓰러질 것 같았다. 그래서 아예 걸음을 멈추고 알았다는 듯이 손을 흔들었다. 자기를 응원해준 데 대한 답례인 셈이었다. 그러고서 다시 한 발 한 발 걷기 시작했다. 마치 무대 위를 걷는 것처럼 그는 환한 미소를 짓고 있었다. 이때 사람들은 그의 걸음걸이가 정상이라는 것을 발견했다. 방금 전 껑충껑충 뛰던 것이 마치 연기였던 듯했다. 하지만 어쨌든 이번에는 그가 비밀을 숨기려 한 것이 오히려 비밀을 더 적나라하게 드러낸 꼴이 되었다. 또한 난데없이 내린 비가 그의 비밀을 폭로하는 역할을 맡아 그를 궁지로 몰아넣는 동시에 사람들이 그가 절름발이인 것을, 나아가 조금 웃기면서도 소탈한 절름발이인 것을 알게 해주었다. 사실 15년 전 그는 이곳에 4년을 머물렀는데도 거의 소리 소문 없이 작별을 고했다. 하지만 이날 오후에는 단지 몇 분 만에 전교에서 모르는 사람이 없는 인물이 되었다. 며칠 후 그가 뜬금없이 진전을 데리고 떠났을 때 사람들은 다 빗속에서 춤추던 그 절름발이가 진전을 데려갔다고 말했다.

02

그는 사람을 구하러 온 것이 분명했다.

매년 여름이면 N대학에는 그처럼 사람을 구하는 이들이 종종 찾아오곤 했다. 하지만 그는 좀 달랐다. 기세 좋게 곧장 총장 사무실로 들이닥쳤다. 총장 사무실은 텅 비어 있었으므로 그는 나와서 다시 옆 사무실로 들어갔다. 그곳은 대학 사무실 주임의 방이었고 그때 총장은 그 안에서 주임과 이야기를 나누고 있었다. 그가 들어가서 총장을 찾아왔다고 하자, 주임은 그에게 누구냐고 물었다. 그는 반농담조로 말했다.

"백락伯樂(명마를 잘 골랐던 사람. 인재를 잘 알아보고 고르는 사람을 일컫는다)입니다. 말을 보러 왔습니다."

주임은 말했다.

"그러면 학생처에 가야죠. 일층에 있습니다."

"먼저 총장을 뵈어야 하는데요."

"그건 왜죠?"

"총장께 보여드릴 것이 있어서요."

"먼저 나한테 보여주세요."

"당신이 총장인가요? 총장만 그걸 볼 수 있습니다."

그의 말투는 단호했다. 주임이 돌아보자 총장은 말했다.

"그게 뭔지 보여주시오."

그는 총장이 맞는지 확인한 뒤, 곧장 가방에서 서류 파일 하나를 꺼냈다. 그것은 평범한 갱지로 만든, 학교 선생이라면 누구나 갖고 있는 것이었다. 그는 그 안에서 서류 한 장을 꺼내 총장에게 건네면서 혼자만 보라고 당부했다.

총장은 두 걸음 물러나 그것을 보았다. 주임이 서 있는 각도에서는 서류의 뒷면만 보였다. 주임이 보기에 그것은 특별히 크지도 않고 특별한 장정이 돼 있지도 않았다. 일반적인 소개 편지와 큰 차이가 없었다. 하지만 총장의 반응을 보니 아무래도 차이가 큰 듯했다. 총장은 한번 훑어보다가 아마도 오른쪽 아래에 찍힌 도장을 봤는지 대번에 표정이 엄숙해졌다.

"당신이 정 처장님입니까?"

"맞습니다."

"실례가 많았습니다."

총장은 깍듯한 태도로 그를 자기 사무실로 안내했다.

그것이 대체 어느 기관에서 발급한 서류인데 총장을 그렇게 공손하게 만들었는지 아무도 알지 못했다. 사무실 주임은 원래 자기는 모든 비밀을 알아야 한다고 생각했다. 학교 규정에 따라 밖에서 온 소개 편지는 일괄적으로 사무실에 넘겨 보관해야 하기 때문이다. 나중에 그는 총장이 넘겨야 할 것을 안 넘긴 것을 알고 어느 날 직접 찾아가 달라고 했다. 하지만 총장은 뜻밖에도 벌써 태워버렸다고 말했다.

"그 편지의 첫 번째 문장이 '읽는 즉시 소각하기 바람'이었네."

주임은 감탄하며 말했다.

"정말 비밀스럽군요."

총장은 엄숙한 어조로 당부했다.

"이 일은 잊어버리게. 아무한테도 말해서는 안 돼."

사실 총장 사무실로 돌아왔을 때, 그는 이미 성냥갑을 쥐고 있었다. 총장이 확실히 다 본 것을 확인하자마자 그는 성냥을 그으며 총장에게 말했다.

"태울까요?"

"그러시죠."

그래서 태웠다.

두 사람은 약속이라도 한 듯 입을 다문 채 종이가 재로 변하는 것을 바라보고 있었다.

마침내 총장은 그에게 물었다.

"몇 명을 원합니까?"

그는 손가락 하나를 들었다.

"한 명입니다."

총장은 또 물었다.

"어떤 사람을 원합니까?"

그는 다시 서류 파일을 열어 종이 한 장을 꺼내며 말했다.

"여기에 제가 원하는 사람에 대한 견해와 요구 사항을 적었습니다. 완전하지는 않지만 참고하십시오."

그 종이는 방금 전 태운 종이와 마찬가지로 16절 크기였지만 도장은 없고 글씨도 인쇄되지 않았으며 손으로 쓰였다. 총장은 쓱 보고는 그에게 물었다.

"이것도 보자마자 태워야 합니까?"

"아뇨."

그는 웃었다.

"설마 여기에도 비밀이 있다고 생각하는 건 아니시겠죠?"

"나는 아직 안 봤습니다."

총장은 말했다.

"비밀이 있는지 없는지 모를 수밖에요."

"비밀은 없습니다."

그가 말했다.

"관련자에게 보여주셔도 됩니다. 학생도 괜찮고요. 누구든 자기가 적합하다고 생각하면 직접 저를 찾아와도 됩니다. 저는 이 대학 초대소 302호에 묵고 있고 언제 오든 환영입니다."

그날 저녁, 학교 측은 졸업을 앞둔 수학과 우등생 두 명을 302호로 데려갔다. 그다음에도 계속 여러 사람이 302호에 다녀갔다. 그래서 세 번째 날 오후까지 도합 스물두 명의 학생이 302호에 가서 신비한 그 절름발이와 만났다. 그들은 대부분 수학과였고 그중에는 막 대학원에 진학한 두 기수의 학생 아홉 명 중에서 뽑힌 일곱 명도 포함되어 있었다. 그밖에 몇몇 다른 과 학생들도 모두 수학이 부전공이었다. 결국 수학적 능력이야말로 절름발이가 사람을 뽑는 첫 번째 조건이자 거의 유일한 조건이었다. 그런데 그 방에 다녀간 학생들은 전부 입을 모아 말도 안 되는 면접이었다고, 이 일이 정말 신뢰할 만하고 진지한 것인지 믿을 수가 없다고 말했다. 그 절름발이에 대해서는 심지어 그가 정신병자라고, 절름발이에다 정신병까지 있는 자라고 치를 떨며 욕했다. 그들 중 절반 이상은 방에 들어간 뒤, 절름발이가 아는 체도 하지 않아 그냥 멀뚱멀뚱 서 있거나 앉아 있다가 그가 손을 내저으며 나가라고 해서 쫓겨났다고 했다. 이런 학생들의 말을 듣고 수학과의 관련 교수들은 초대소로 달려가서 절름발이에게 이게 무슨 짓이냐고, 온 사람을 한마디도 묻지 않고 쫓아내는 법이 어디 있느냐고 따졌다. 절름발이는 해야 할 일을 한 것뿐이라고 답했다.

"각자 자신만의 기준이 있지 않습니까. 체육 코치는 머리를 만져보고 운동선수를 뽑는데 내가 원하는 머리는 우선 훌륭한 정신적 소양을 지녀야 합니다. 어떤 학생들은 내가 자기를 무시한다고 어쩔 줄 모르며 안절부절못하고 불안해하더군요. 그런 정신적 소양을 가진 사람을 난 원치 않습니다."

말은 그럴듯했지만 그것이 정말인지 거짓말인지는 그만이 알고 있었다.

셋째 날 오후, 절름발이는 초대소로 총장을 청해 이번 인재 선발에 관해 이야기했다. 아주 좋지는 않았지만 그래도 전혀 수확이 없지는 않았다는 것이 그의 총평이었다. 그는 총장에게 면접을 본 스물두 명 중 다섯 명의 명단을 주면서 그들의 신상 기록을 준비해달라고 했다. 아마도 그 다섯 명 중에 그가 원하는 사람이 있는 듯했다. 총장은 이 일이 거의 마무리되었고 또 그가 다음 날 떠날 것 같다고 이야기한 터라 초대소에 남아 그와 함께 간단히 식사를 했다. 그 자리에서 절름발이는 갑자기 생각이 났는지 전임 총장인 작은 릴리의 안부를 물었다. 총장은 사실대로 알려주었다.

"그분을 보고 싶으시다면 방문해달라고 통지를 하지요."

그는 웃으며 말했다.

"그럴 수는 없지요. 마땅히 제가 가서 뵈어야지요."

그날 저녁, 절름발이는 과연 작은 릴리를 만나러 갔다.

룽 선생 인터뷰

그날 나는 일층으로 내려가 그에게 문을 열어줬어요. 나는 그를 몰랐고, 그가 지난 이틀간 학과에서 소문이 파다했던 그 신비한 인물이라는 것도 몰랐어요. 아버지도 처음에는 몰랐지만 누가 학과에서 마구잡이로 학생들을 데려다 면접을 보고 있다는 이야기는 나한테 들은 적이 있었어요. 그래서 나중에 아버지는 그가 바로 그 신비한 인물이라는 것을 알고서 나를 불러 서로 인사를 시켰죠. 그때 나는 궁금해서 그에게 사람을 뽑아 무슨 일을 시킬 거냐고 물었어요. 그는 구체적인 답은 피하고 그냥 중요한 일을 하게 될 거라고 말했어요. 나는 또 어느 정도로 중요한 일인지, 사람의 생명에 관계된 일인지 국가 발전에 관계된 일인지 물었죠. 그는 국가 안위에 관계된 일이라고 그랬어요. 이번에는 인재 선발의 상황을 묻자, 그는 그리 만족스럽지 않은 듯했어요. 어차피 도토리 키 재기이니 아쉬운 대로 그중에서 그나마 나은 사람을 뽑아 쓸 수밖에 없다고 했죠.

그 전에 그에게서 이야기를 들었던지 아버지는 그가 어떤 사람을 원하는지 잘 아는 듯했어요. 그가 불만족스러워하는 걸 보고 갑자기 농담조로 그에게 말했어요.

"사실 당신의 요구에 딱 맞는 사람이 있기는 하죠."

"그게 누구죠?"

"멀다면 멀고 가깝다면 가까운 곳에 있죠."

그는 아버지가 내 얘기를 하는 줄 알고 곧장 나에 대해 물었지만 아버지는 벽에 걸린 액자 속의 진전을 가리키며 말했어요.

"저 아이입니다."

그가 누구냐고 묻자 아버지는 또 고모(여자 릴리)의 사진을 가리 키며 말했죠.

"잘 보십시오. 두 사람이 닮지 않았나요?"

그는 액자에 다가가 자세히 뜯어보고는 말했다.

"닮았군요."

아버지는 말했다.

"그 애는 그녀의 후손입니다. 그녀의 손자죠."

내 기억에 아버지는 남에게 그렇게 진전을 소개한 적이 없었어 요. 그때가 거의 처음이었죠. 또한 왜 그런 식으로 그에게 말했는 지 잘 모르겠지만 아마도 그가 외지에서 와서 상황을 잘 모를 듯 싶어 편하게 얘기했던 것 같아요. 그는 N대학 출신이라 당연히 고모가 누구인지 잘 알고 있었어요. 그래서 아버지의 말을 듣자 마자 부쩍 흥미를 느껴 진전에 대해 캐물었어요. 아버지도 흥미 진진하게 진전에 대해 많은 이야기를 해주었어요. 모두 진전을 칭찬하는 이야기였죠. 하지만 마지막에 아버지는 그에게 진전을 건드려서는 안 된다고 했어요. 그가 왜 안 되냐고 묻자 아버지는 말했어요.

"그 애는 우리 연구팀의 일원이기 때문입니다."

그는 웃으면서 입을 다물었어요. 가기 전까지도 별말이 없었죠. 이미 진전에 대해서는 잊어버린 듯했어요.

이튿날 아침, 진전은 아침을 먹으러 집에 와서는 전날 밤 누가 찾아오는 바람에 집에 못 왔다고 말했어요. 당시 연구팀은 업무 조건이 꽤 좋아서 진전은 자주 사무실에서 밤을 보내고 집에는 식사만 하러 오곤 했어요. 그 애의 말을 듣고 아버지는 당연히 누가 그 애를 찾아갔는지 알아차렸죠. 껄껄 웃으며 아버지가 말했어요.

"아무래도 그가 포기를 못한 게로군."

진전은 물었어요.

"그가 누군데요?"

"신경 쓰지 마라."

"자기가 일하는 기관에 내가 와줬으면 하는 것 같았어요."

"너는 거기로 가고 싶으냐?"

"그거야 선생님 의견을 따라야지요."

"그러면 신경 쓰지 말거라."

이런 이야기를 나누고 있는데 누가 문을 두드렸어요. 들어온 사람은 바로 그였죠. 아버지는 우선 정중하게 같이 아침을 먹자고 했어요. 그는 벌써 초대소에서 먹었다고 했죠. 그러자 아버지는 위층에 올라가 기다려달라고, 금방 식사를 마치겠다고 했어요. 그러고서 진전을 불러 가보라고 하면서 또 신경 쓰지 말라고 했어요.

진전이 집을 나선 뒤, 나는 아버지를 모시고 위층에 올라갔어요. 그는 응접실에서 담배를 피우고 있었죠. 아버지는 겉으로는 정중해 보였지만 말투는 그렇지 않았어요. 우선 그가 작별 인사를 하러 온 건지, 사람이 필요해서 온 건지 묻고는 이어 말했죠.

"사람이 필요해서 온 거라면 나는 응대하지 않겠습니다. 어제 저녁에 이미 그 애를 계산에 넣지 말아달라고 말씀드렸으니까요. 그래봤자 헛수고라고 말입니다."

그는 이렇게 답했어요.

"그러면 응대해주십시오. 저는 작별 인사를 드리러 왔으니까요."

그래서 아버지는 그를 서재로 안내했어요.

나는 오전에 수업이 있어서 그에게 몇 마디 인사말만 하고 내 방으로 가서 수업 준비를 했어요. 얼마 안 있어 나는 방에서 나와 그에게 작별 인사를 하려 했지만 평소 같지 않게 서재 문이 닫혀 있더군요. 어쩔 수 없이 그냥 수업을 하러 집을 나섰죠. 그런데 수업을 마치고 집에 왔을 때, 어머니가 슬픈 목소리로 나에게 진전이 떠나게 되었다고 말했어요. 내가 어디로 떠난다는 거냐고 묻자, 어머니는 울먹이며 말했어요.

"그 사람하고 간다더구나. 아버지가 동의하셨어." (계속)

문 닫힌 서재에서 절름발이가 작은 릴리에게 무슨 이야기를 했는지는 아무도 모른다. 룽 선생은 자기 아버지가 죽을 때까지 누구도 그때 일을 묻지 못하게 했다고 말했다. 혹시 물어보면 화를 내며 어떤 일은 가슴속에 품고 있을 수밖에 없다고, 만약 입 밖에 내면 화를 부르게 된다고 했다는 것이다. 그러나 한 가지만은 분명했다. 절름발이는 그 비밀 대화를 통해 절대 변할 것 같지 않던 작은 릴리의 마음을 완전히 바꿔놓았다. 그 대화는 겨우 30분에 그쳤는데도 작은 릴리는 서재에서 나오자마자 부인에게 진전의 짐을 꾸리라고 당부했다고 한다.

말할 필요도 없이 그 일을 통해 절름발이의 신비로움은 절정에 달했다. 더구나 그 신비로움은 이후 지속적으로 진전에게 전이되었다.

03

사실 진전은 그날 오후, 그러니까 절름발이와 작은 릴리가 서재에서 밀담을 나눈 그날 오후부터 신비로움을 풍기기 시작했다. 그때 그는 절름발이의 지프차를 타고 갔다가 저녁에야 집으로 돌아왔다. 역시 작은 차가 그를 싣고 데려다주었다. 집에 온 뒤, 그의 눈빛에는 어느새 비밀이 깃들어 있었다. 은근히 캐묻는 가족들의 눈빛 앞에서도 그는 오랫동안 입을 열지 않았다. 절름발이와 어디를 한 번 다녀온 것만으로 이미 그와 가족들 사이에 벽이 생긴 듯했다. 한참 뒤, 작은 릴리가 재촉해 물은 뒤에야 그는 무겁게 한숨을 쉬더니 주저하며 입을 열었다.

"선생님, 저는 가지 말아야 할 곳에 가게 될 것 같아요."

단순하지만 의미심장한 이 한마디에 작은 릴리와 부인과 룽 선생은 동시에 놀라서 할 말을 잃었다. 작은 릴리가 물었다.

"대체 무슨 일인데?"

"저도 뭐라고 말씀드려야 할지 모르겠어요. 지금은 하고 싶은 어떤 말도 해서는 안 되거든요."

이미 긴장한 몇 쌍의 눈빛이 한층 무거워졌다. 부인이 나서서 그를 달랬다.

"가지 말아야 할 곳이면 안 가면 되잖니. 꼭 가야 하는 건 아니잖아."

"그럴 수 없어요."

"세상에 그런 일이 어딨어?"

부인은 작은 릴리를 가리키며 말했다.

"이 사람은 이 사람이고 너는 너야. 이 사람이 동의했다고 해서 너도 동의한 건 아니라고. 제발 내 말을 들으렴. 이 일은 네가 결정해. 가고 싶으면 가고 안 가고 싶으면 가지 마."

"불가능해요."

"왜 불가능하다는 거야?"

"그들이 누구를 찍으면 찍힌 사람은 거부할 권한이 없어요."

"무슨 기관이 그렇게 어마어마해?"

"말할 수 없어요."

"나한테도 말할 수 없어?"

"아무한테도 말하지 않는다고 선서를 했거든요……."

때맞춰 작은 릴리가 세게 손뼉을 치고는 일어나서 결연한 어조로 말했다.

"그래, 그렇다면 아무 말도 하지 말거라. 자, 언제 떠나느냐? 결정했느냐? 우리가 잘 준비해주마."

진전이 말했다.

"날이 밝기 전에 떠나야 해요."

그날 밤, 그들은 잠을 자지 않았다. 다들 분주하게 진전의 짐을 꾸렸다. 새벽 네 시까지 큰 짐은 다 꾸렸다. 주로 책과 겨울옷을 두 개의 종이상자에 담았다. 그리고 소소한 일상용품이 남았는데 진전과 작은 릴리가 가져갈 필요가 없다고, 가서 사면 된다고 하는데도 두 여자는 말을 듣지 않았다. 일층과 이층을 오르락내리락하며 라디오, 담배, 약, 차 따위를 빠르고 세심하게 가죽가방에 꽉 채웠다. 새벽 다섯 시가 거의 다 되었을 때 그들은 아래층으로 내려왔다. 부인은 이미 정서가 불안해져 직접 아침밥을 짓기가 어려웠다. 딸이 대신 부엌에 들어가야 했다. 하지만 부인은 계속 부엌에 앉아 한시도 쉬지 않고 딸에게 이런저런 잔소리를 했다. 룽 선생이 부엌일을 못해서가 아니라 그 식사가 여느 식사가 아닌, 송별의 식사였기 때문이다. 부인이 생각하기에 송별의 식사는 적어도 네 가지 조건을 갖춰야 했다.

첫째, 주식은 반드시 국수여야 했다. 국수에는 장수와 평안의 의미가 있기 때문이다.

둘째, 국수는 또한 반드시 메밀국수여야 했다. 메밀국수는 보통 국수보다 부드럽고 질겨서 외지에 나가는 사람에게 적응을 잘하라며 기원하는 의미가 있다.

셋째, 양념을 할 때는 반드시 식초, 고추, 호두를 넣어야 했다. 맛에는 시고, 맵고, 쓰고, 단맛이 있는데 이 세 가지 재료는 앞의 세 가지 맛을 의미했다. 따라서 이 세 가지 재료가 들어간 음식을 먹고 떠나는 것은 시고, 맵고, 쓴 일은 집에 놔두고 외지에 가서 달디단 일만 맞이한다는 것을 뜻했다.

넷째, 양은 적을지언정 많으면 곤란했다. 물 한 방울 안 남기고 다 먹는 것이 무탈함을 상징하기 때문이다.

그날의 아침 식사는 단지 국수 한 그릇이 아니라 축복과 기대가 가득한 부인의 마음이었다.

깊은 뜻이 담긴 뜨거운 국수를 상 위에 올리고 어서 먹으라고 재촉하면서 부인은 누운 호랑이가 새겨진 옥패를 꺼내 진전의 손에 쥐여주었다. 그리고 그것을 허리띠에 달고 다니면 행운이 있을 것이라고 했다. 바로 그때, 밖에서 차가 멈추는 소리가 들렸고 잠시 후 절름발이가 운전기사를 데리고 들어왔다. 그는 모두에게 인사를 한 뒤, 운전기사에게 차에 짐을 실으라고 지시했다.

진전은 묵묵히 국수를 먹고 있었다. 젓가락을 든 뒤부터 계속 말이 없었다. 가슴속의 수천수만 마디 말을 어떻게 꺼내야 할지 모르는 듯했다. 국물 한 방울까지 다 비운 뒤에도 그는 여전히 말없이 앉아 있었다. 일어날 마음이 없는 듯했다.

절름발이가 다가와 그의 어깨를 툭 쳤다. 진전이 벌써 자기 사람인 것처럼 말했다.

"인사하고 와. 차에서 기다릴 테니."

그러고는 두 노인과 룽 선생에게 작별 인사를 하고 자리를 떴다.

집안은 고요했고 사람들의 눈빛은 모두 착 가라앉아 있었다. 진전은 옥패를 손에 쥔 채 있는 힘껏 그것을 비비고 있었다. 그 것이 그때 집안에서의 유일한 움직임이었다.

부인이 말했다.

"허리띠에 매렴. 네게 행운을 가져다줄 거야."

진전은 옥패에 입을 맞춘 뒤 허리띠에 매려고 했다. 그런데 이 때 작은 릴리가 그의 손에서 옥패를 가져가며 말했다.

"보통 사람이나 남이 행운을 가져다주기를 바라는 법이다. 너 는 천재다. 네 자신이 바로 행운이라는 것을 믿어라."

그러면서 반세기나 몸에 지니고 다녔던 워터맨 만년필을 꺼내 진전의 손에 쥐여주었다.

"이게 더 필요할 게다. 네 생각들을 놓치지 말고 수시로 메모해라. 그러면 누구도 너를 따라올 수 없다는 걸 끊임없이 깨닫게 될 게다."

진전은 방금 전처럼 말없이 만년필에 입을 맞추고 가슴 위에 꽂아 넣었다. 이때 밖에서 자동차 경적이 들렸다. 그 소리는 한 번, 짧게 울렸다. 진전은 못 들은 것처럼 꼼짝 않고 앉아 있었다.

작은 릴리가 말했다.

"나오라고 하는구나. 이제 가야지."

진전은 여전히 꼼짝 않고 앉아 있었다. 작은 릴리가 또 말했다.

"나라를 위해 가는 것이니 기쁘게 가려무나."

진전은 그래도 움직이지 않았다.

"나라가 없으면 집도 없는 법이다. 어서 가거라, 늦지 않게."

진전은 역시 움직이지 않았다. 마치 이별의 슬픔이 걸상 위에 그를 단단히 붙여놓은 듯했다.

밖에서 또 경적이 들렸다. 이번에는 방금 전보다 더 길게 울렸다. 작은 릴리는 아직도 꼼짝 않고 있는 진전을 보고 부인에게 눈짓을 했다.

부인은 다가가서 진전의 어깨 위에 살며시 두 손을 올리고 말했다.

"어쨌든 가야 하지 않니. 네가 편지를 보내주길 기다리마."

진전은 부인의 손길에 잠에서 깬 듯 엉거주춤 일어나 문 쪽으로 걸음을 옮겼다. 하지만 역시 말이 없었고 발걸음도 꿈속을 걷듯 힘이 없었다. 가족들도 힘없이 그의 뒤를 따랐다. 문 앞에 이르자 진전은 돌연 돌아서서 풀썩 바닥에 무릎을 꿇고 두 노인을 향해 머리를 조아렸다. 그는 울음 섞인 목소리로 말했다.

"엄마, 저 가요. 아무리 멀리 떨어져 있어도 저는 두 분의 아들이에요……."

그것은 1956년 6월 11일 새벽 5시경의 일이었다. 바로 이때부터, 한 그루 나무 혹은 전설처럼 N대학 캠퍼스에서 조용하면서도 소란스럽게 10여 년을 보낸 수학 천재 진전은 돌아오지 못할 신비의 길에 발을 디뎠다. 떠나기 전 그는 두 노인에게 자기 이름을 룽진전容金珍으로 고쳐달라고 부탁했다. 그리고 새 이름과 새 신분으로 가족들과 작별하며 눈물 어린 이별을 더 눈물바다로 만들었다. 양쪽 다 그 이별이 범상치 않다는 것을 예감한 듯했다. 실제로 그 후로는 누구도 진전이 어디로 갔는지 알지 못했다. 지프차를 타고 새벽의 어둠 속으로 사라진 그는 마치 거대한 새에 실려 전혀 다른 세계로 사라진 듯했다. 그의 새 이름(혹은 새 신분)은 시커먼 장막처럼 그의 과거와 그 이후를, 그리고 그와 현실세계를 철저히 단절시켰다. 이후 사람들은 단지 그가 어떤 곳에 살아 있다는 사실만 알았다. 그곳의 주소는 'C시 사서함 36호'였다.

주소만 보면 곁에 있는 것처럼 가까운 느낌이었다.

하지만 실제로 그곳이 과연 어디인지는 아무도 몰랐다.

룽 선생 인터뷰

나는 우체국에서 일하던 제자 몇 명에게 물어봤어요. C시 사서함

36호가 어느 기관이고 어디에 있느냐고요. 하지만 전부 모른다는 거예요. 꼭 지구 밖에 있는 주소인 듯했죠. 처음에 우리는 다 그곳이 우리 시에 있는 줄 알았어요. 하지만 진전의 첫 번째 편지를 받았을 때 편지가 오기까지 소요된 시간으로 미루어 그 주소가 단지 사람들의 이목을 피하기 위한 것일 뿐이라는 사실을 알았죠. 그 애가 간 곳은 아마도 굉장히 멀리 있는 지역이었을 거예요. 어쩌면 그 먼 지역의 지하에 있었는지도 몰라요.

그 애의 첫 번째 편지는 떠난 지 사흘 만에 쓴 것이었는데 우리는 열이틀 만에 받았어요. 편지봉투에는 보낸 사람의 주소가 없고 주소를 적는 난에는 마오쩌둥 주석의 "삶의 위대함은 죽음의 영광보다 크다"라는 경구가 적혀 있었어요. 빨간색으로 인쇄된 마오 주석의 친필이었죠. 가장 특이한 것은 편지봉투에 발신지 우체국의 소인이 없고 수신지 우체국의 소인만 있는 것이었어요. 그 후로도 진전의 편지는 다 그랬어요. 똑같은 편지봉투에 똑같이 수신지 우체국 소인만 있었죠. 오는 데 걸린 시간도 비슷하게 8~9일 정도였죠. 마오 주석의 경구는 문화대혁명이 시작된 뒤로 당시 가장 유행하던 노래 이름으로 바뀌었죠. "대해를 건너는 일은 조타수에게 달렸다"로 말이죠. 하지만 다른 건 다 똑같았어요. 그 애의 이런 신비하고 괴상한 편지를 통해 나는 국가 기밀이란 게 뭔지 조금은 알 것 같았죠.

진전이 떠난 그해 겨울, 12월의 어느 날 저녁이었어요. 바깥에 강풍이 불고 온도가 뚝 떨어졌어요. 밥을 먹다가 아버지가 갑자기 머리가 아프다고 하셔서 다들 감기에 걸려 그러신 줄 알았어요. 그래서 아버지는 아스피린 몇 알을 드신 후 일찍 주무시려고 위층에 올라가셨어요. 그런데 몇 시간 안 돼서 어머니가 침대에 갔더니 아버지가 아직 몸은 따뜻한데 숨을 안 쉬시는 거예요. 아버지는 그렇게 세상을 떠나셨어요. 주무시기 전 드신 아스피린 몇 알이 독약이었던 것처럼 말이죠. 혹은 진전이 없으면 연구 프로젝트가 무산되리라는 것을 알고 아예 깔끔하게 당신 자신을 끝내버린 것 같기도 했어요.

물론 실제로는 그렇지 않았어요. 아버지의 생명을 앗아간 건 뇌일혈이었어요.

진전을 불러야 할지 말아야 할지 처음에 우리는 좀 망설였어요. 떠난 지 얼마 안 되기도 했고 그 기관이 대단히 중요하고 신비한 곳인데다 또 멀리 있었기 때문이죠(당시 나는 이미 진전이 C시에 없다고 단정을 내린 상태였어요). 하지만 어머니는 결국 부르기로 했어요. 그 이유에 대해 이런 말씀을 하셨죠.

"그 애의 성이 룽씨가 되었고 나를 엄마라고 부른 이상, 그 애는 우리 아들이다. 아버지가 돌아가셨는데 아들이 안 와서야 되겠니?"

그래서 우리는 장례식에 참석하라고 진전에게 전보를 보냈어요. 그러나 온 사람은 웬 낯선 남자였어요. 진전을 대신해 아버지에게 화환을 바치러 왔죠. 그 화환은 아주 컸어요. 장례식 화환 중에서도 가장 컸죠. 하지만 우리는 그래도 위로가 안 됐어요. 되레 가슴이 아팠죠. 솔직히 우리가 아는 진전은 올 수만 있었으면 꼭 왔을 거예요. 그 애는 고지식해서 해야 할 일은 무슨 방법으로든 했거든요. 소심하게 앞뒤를 재는 사람이 아니었어요. 그 애가 안 와서 우리는 그 이유가 뭔지 당연히 생각을 많이 하게 됐어요. 아마도 온 사람이 남기고 간 말들이 너무 알쏭달쏭했기 때문일 거예요. 앞으로 집에 무슨 일이 생겨도 진전이 올 가능성은 거의 없다질 않나, 자기들은 진전과 형제처럼 가까워서 진전을 대신해 온 것이라고 하질 않나, 또 이건 답해줄 방법이 없고 저건 말할 수 없다는 식으로 나왔죠. 그런 말들을 듣고 생각하다보니 불쑥 진전한테 무슨 사고가 생긴 건 아닌지, 죽은 건 아닌지 의심이 들었어요. 더구나 그 후로 진전의 편지는 갈수록 횟수가 줄고 안의 내용도 간소해졌어요. 해가 갈수록 더 그랬죠. 나중에는 편지를 봐도 누가 썼는지 안 느껴질 정도였어요. 나는 진전이 아직 살아 있다는 것을 점점 더 못 믿게 되었죠. 국가의 안위와 관련 있는, 신비하고 비밀스러운 기관에서는 아마도 사람의 생명이 가장 위대해지기 쉬운 것이지만 동시에 영광스러워지기 쉬운 것이기도 해요. 그리고 죽은 사람의 가족에게 그가 아직 살아 있는 듯한 허상을 심어주죠. 그것은 흔히 영광을 구현하는 방법이자 영광의 일부라고 할 수 있어요. 어쨌든 진전이 매년 돌아오지 않아 그 애를 볼 수 없고 그 애의 목소리도 들을 수 없게 되면서 나는 그 애가 무사히 돌아오리라는 기대를 거의 접어야만 했어요.

그리고 1966년에 문화대혁명이 터졌고 이어서 내 운명 속에 수십 년간 묻혀 있던 폭탄도 터져버렸어요. 한 장의 대자보가 나붙어 내가 줄곧 그 사람(룽 선생의 전 남자친구)을 사랑해왔다고 고발했어요. 그러면서 온갖 대담하고 해괴한 상상과 요사스러운 추측을 공공연히 등장시켰어요. 내가 그때까지 결혼하지 않은 건 그 사람 때문이라는 둥, 그 사람을 사랑하는 건 국민당을 사랑하는 것이라는 둥, 내가 국민당의 정부情婦라는 둥, 또 내가 국민당의 스파이라는 둥 떠들어댔죠. 어쨌든 그 모든 것이 사실이고 당연하며 또 의심의 여지가 없다는 것이었어요.

대자보가 붙은 날 오후, 수십 명의 대학생이 우르르 몰려와 우리 집을 에워쌌어요. 하지만 돌아가신 아버지의 권위가 두려웠던지 그들은 마구 고함만 질러댔어요. 집에 들이닥쳐 나를 끄집어내지는 못했죠. 나중에 총장이 때맞춰 달려와 그들을 설득해 데려갔어요. 그것이 내가 당한 첫 번째 공격이었어요. 다행히 나를 지목하기만 했고 그리 과격한 행동은 없었죠.

두 번째 공격은 한 달여 뒤에 일어났어요. 이번에는 한꺼번에 수백 명이 몰려왔죠. 그들은 총장을 비롯한 학교의 주요 인사들을 억지로 앞에 내세운 채 집에 들어와 나를 끌어내고 '국민당의 정부'라고 적힌 고깔모자를 머리에 씌웠어요. 나는 그들에게 끌려 마치 범인처럼 거리를 돌면서 조리돌림을 당했죠. 그러고서 그들은 사생활이 난잡하다는 소문이 돌던 화학과 여선생과 함께 나를 여자 화장실에 가두고 낮에는 밖으로 끌어내 비판을 하고 밤에는 데리고 돌아와 반성문을 쓰게 했어요. 나중에 우리 둘은 군중 앞에서 머리카락을 반은 삭발하고 반은 남겨두는 수모를 당했어요. 그래서 사람도 아니고 귀신도 아닌 몰골이 돼버렸죠. 그러던 어느 날, 어머니가 비판대회 현장에 왔다가 그런 나를 보고 그 자리에서 까무러쳤어요.

어머니는 병원에 누워 사경을 헤맸어요. 그날은 끓는 기름 솥 안에 들어가 있는 것보다 더 괴로웠죠! 그날 저녁, 나는 몰래 진전에게 전보를 썼어요. 딱 한마디, "살아 있으면 돌아와서 나를 구해줘!"였죠. 보내는 사람 이름은 어머니로 정했어요. 이튿날 나를 불쌍히 여기던 학생 하나가 그 전보를 보내줬고요. 전보를 보낸 후, 나는 여러 가능성을 생각했어요. 가장 큰 가능성은 감감무소식이었어요. 그다음은 아버지가 돌아가셨을 때처럼 낯선 사람이 와주는 거였죠. 진전이 직접 와줄 거라는 생각은 거의 안 했어요. 그 애가 그렇게 빨리 내 앞에 나타나줄 거라는 생각은 더더욱 하지 못했죠. (계속)

그날, 룽 선생은 화학과 여선생과 함께 화학과 강의동 앞에서 비판을 받았다. 두 사람은 고깔모자를 쓰고 가슴에 큰 팻말을 건 채 강의동 출입문 앞 계단 위에 서 있었다. 그때 양옆에는 펄럭이는 붉은 깃발과 표어 따위가 즐비했고, 아래에는 화학과 세 개 클래스의 학생들과 일부 선생이 200명가량 바닥에 앉아 있었다. 그들은 서로 돌아가며 일어나 발언했는데 무척 일사불란한 느낌이었다. 그렇게 오전 열 시부터 폭로와 심판이 이어졌다. 그러다가 정오가 되자 그들은 그 자리에서 밥을 먹었고(누가 가져다주었다) 룽 선생과 화학과 여선생은 마오쩌둥 어록을 외웠다. 오후 네 시가 넘었을 때, 두 사람은 너무 오래 서 있어서 다리가 나무토막처럼 되어 저도 모르게 땅바닥에 꿇어앉았다. 바로 그때, 군대 번호판을 단 지프차 한 대가 갑자기 달려와 강의동 앞에 섰다. 모두가 주목하는 가운데 차에서 세 사람이 내렸다. 키가 큰 두 사람은 왼쪽과 오른쪽에 서고 키 작은 사람은 가운데에 끼어 곧장 비판대회 현장으로 다가왔다. 그들이 계단에 가까워졌을 때, 당직인 홍위병 몇 명이 막아서 뭐하는 사람들이냐고 물었다. 그러자 가운데 키 작은 사람이 거칠게 말했다.

"우리는 룽인이를 데리러 왔다!"

"당신이 누군데?"

"그녀를 데리러 온 사람이다!"

그의 당당한 기세에 한 홍위병이 얼굴을 찡그리며 매섭게 맞받아쳤다.

"그녀는 국민당의 정부다. 못 데려간다!"

키 작은 남자는 험상궂게 그를 노려보더니 콧방귀를 뀌며 욕을 했다.

"개소리! 그녀가 국민당이면 나도 국민당이다! 너, 내가 누군지 알아? 오늘 나는 반드시 그녀를 데려가야 한다. 저리 비켜!"

그는 자기를 막고 있는 사람을 밀어내고 계단 위로 향했다.

이때 누가 소리쳤다.

"저놈이 감히 우리 홍위병에게 욕을 하다니. 포박해라!"

당장 모두가 일어나 우르르 몰려들어 그를 에워싸고 마구 주먹을 휘둘렀다. 이때 보호해주는 사람이 없었다면 그 주먹세례에 그는 목숨을 보전하지 못했을 것이다. 다행히 그와 함께 온 두 사람이 그를 보호해주었다. 건장한 두 사람은 척 봐도 솜씨가 남달랐다. 민첩하게 그를 중심으로 작은 원을 만들고 함께 고함을 질렀다.

"우리는 마오 주석의 사람이다! 우리를 공격하는 자는 마오 주석의 사람이 아니고 홍위병도 아니다! 우리는 마오 주석과 가장 가까운 사람이다! 모두 흩어져라!"

그야말로 일당백의 용기로 두 사람은 마침내 키 작은 사람을 군중 속에서 구해냈다. 한 사람은 그를 보호하며 앞으로 달리고, 또 한 사람은 달리다가 휙 몸을 돌리더니 품에서 권총을 꺼내 허공에 한 방을 쏘며 소리쳤다.

"모두 꼼짝 마라! 나는 마오 주석이 보낸 사람이다!"

갑작스러운 총성과 그의 위엄에 압도당해 모두가 멍하니 그를 바라보았다. 그러나 뒤쪽에서는 여전히 홍위병은 죽음을 무서워하지 않는다는 둥, 저자가 뭐가 무섭냐는 둥, 고함 소리가 간간이 들렸다. 아무래도 상황이 또 바뀔 수도 있을 듯했다. 이때 그가 주머니에서 커다란 국장國章이 새겨진 선명한 붉은색 신분증을 꺼내 안을 펼쳐서 높이 치켜들었다.

"봐라, 우리는 마오 주석의 사람이다! 우리는 마오 주석이 하달한 임무를 집행하고 있다. 누구든 소란을 피우면 마오 주석이 군대를 파견해 체포할 것이다! 우리는 모두 마오 주석의 사람이니 대화로 문제를 풀 수 있다. 이중에서 책임자는 앞으로 나와라. 마오 주석께서 전달한 말씀이 있다."

군중 속에서 책임자 두 명이 나오자 그는 권총을 거두고 잠시 귓속말을 했다. 두 사람은 납득을 했는지 돌아서서 사람들에게 그들이 마오 주석과 가장 친한 이들이 맞으니 이제 원래 자리로 돌아가 앉으라고 말했다. 잠시 후, 현장이 안정을 되찾자 이미 수십 미터 밖으로 도망쳤던 두 사람이 되돌아왔다. 책임자 중한 명은 심지어 멀리 마중을 나가 키 작은 사람과 악수했고 다른 한 명은 사람들에게 그를 마오 주석의 영웅이라고 소개하며 박수로 환영하자고 했다. 박수 소리가 드문드문 울렸다. 그 영웅에 대해 다들 감정이 해소되지 않은 것이다. 또 사고가 생길까 염려스러웠던지 방금 전 총을 쐈던 사람은 영웅을 맞으러 나가 몇 마디 이야기를 하고는 그를 차에 태워 운전기사에게 몰고 가라고 지시한 뒤, 자기는 그 자리에 남았다. 차에 시동이 걸리자 영웅은 차창 밖으로 머리를 내밀고 큰소리로 외쳤다.

"누님, 걱정 마세요! 제가 바로 사람을 보내 구해드릴게요!"

그 사람은 바로 룽진전이었다!

룽진전의 고함 소리가 사람들의 머리 위로 메아리치다가 채 잦아들기도 전이었다. 군대 번호판을 단 또 한 대의 지프차가 쏜살같이 달려오더니 룽진전이 탄 차 앞에 섰다. 이어서 세 명이 차에서 내렸는데 그중 두 명은 인민해방군 간부 복장이었다. 그 두 명은 방금 전 총을 쏜 사람에게 다가가 몇 마디 귀엣말을 한 뒤, 다른 한 명을 그에게 소개했다. 그 사람은 당시 N대학 홍위병 조직의 우두머리로서 보통 양楊 사령관이라 불렸다. 그들은 차 옆에서 낮은 목소리로 잠시 상의했고 이어서 양 사령관이 엄숙한 표정으로 혼자 홍위병들 쪽으로 다가가 두말 않고 주먹을 치켜들며 마오 주석 만세를 외쳤다. 이에 사람들도 따라서 마오 주석 만세를 외쳤다. 천지를 뒤흔드는 듯한 함성이었다. 구호를 마치고 그는 돌아서서 계단을 올라가 룽 선생에게서 고깔모자와 팻말을 떼어내며 사람들에게 말했다.

"나는 마오 주석께 보증합니다. 이분은 국민당의 정부가 아니라 우리 영웅의 누님이고 마오 주석과 가장 가까운 사람이며 우리의 가장 혁명적인 동지입니다."

이어서 그는 또 주먹을 치켜들고 연달아 구호를 외쳤다.

"마오 주석 만세! 홍위병 만세! 동지들 만세!"

그러고서 그는 자신의 홍위병 완장을 벗어 직접 룽 선생의 팔에 끼워주었다. 이때 또 누가 구호를 외치기 시작하더니 계속 멈추지 않았다. 마치 룽 선생이 가는 것을 환영하는 듯했지만 사실은 구호로 사람들의 주의를 분산시켜 그녀가 무사히 가도록 엄호하는 것이었다. 이렇게 룽 선생은 점점 더 높아지는 구호 속에서 수난의 시간을 마쳤다.

룽 선생 인터뷰

솔직히 그때 나는 진전을 알아보지 못했어요. 서로 못 만났던 10년 동안 그 애는 전보다 더 마른데다 병 밑바닥보다 더 두꺼운 구식 안경까지 써서 꼭 애늙은이 같았어요. 그래서 그 애가 누님이라고 부른 뒤에야 나는 그 애를 알아봤어요. 마치 꿈에서 갓 깨어난 것처럼 말이에요. 그런데 그 꿈은 깨어나지지 않는 건가봐요. 지금까지도 그날 일이 꿈이 아니었나 의심이 드니까 말이에요.

전보를 보내고 진전이 오기까지 겨우 하루밖에 안 걸렸어요. 그 애가 그렇게 빨리 온 걸 보고 정말 C시에 있는 게 아닌가 생각이 들었죠. 그리고 돌아와서 그 애가 보여준 갖가지 신비하고 권위적인 행적은 그 애가 정말로 대단히 중요한 인물이 됐다는 인상을 내게 심어주었죠. 그 애가 집에 있는 동안, 총을 쏜 그 사람은 마치 그림자처럼 시종일관 그 애 곁을 떠나지 않았어요. 내 느낌에는 호위병 같기도 하고 간수 같기도 했어요. 답답할 정도로 진전을 관리했죠. 우리에게 무슨 말을 해도 일일이 간섭했어요. 이건 묻지 마라, 저건 말해서는 안 된다는 식으로 말이에요. 저녁 식사도 차로 배달시켰어요. 겉으로는 우리 부담을 덜어주려고 그런다고 했지만 실제로는 우리가 음식에 약을 넣을까봐 그러는 것 같았죠. 식사를 마친 후, 그는 진전에게 그만 가자고 재촉했어요. 어머니와 진전이 거듭 강력하게 요구하니까 결국 하룻밤 자고 가는 것에 동의해줬지요. 그것은 그에게 위험한 결정이었던 것 같아요. 일부러 지프차 두 대를 불러 우리 집 앞뒤에 배치하더라고요. 차 안에는 적어도 일고여덟 명은 있었어요. 군복을 입은 사람도 있고 일상복을 입은 사람도 있었죠. 그 사람은 진전과 같은 방에서 묵었어요. 잠자기 전에는 또 우리 집을 구석구석 돌아봤어요. 이튿날, 진전은 아버지 산소에 들러야 한다고 했지만 그는 완강히 거절했어요.

이렇게 진전은 꿈처럼 왔다가 꿈처럼 하룻밤을 묵고 또 꿈처럼 가버렸어요.

그렇게 만남을 가졌지만 진전은 여전히 우리에게 수수께끼였어요. 오히려 그 수수께끼가 더 깊어졌지요. 우리가 유일하게 알게 된 것이라고는 그 애가 아직 살아 있고 얼마 전에 결혼했다는 것뿐이었어요. 그 애의 아내는 같은 기관에서 일하는 여자라고 하더군요. 그래서 우리는 마찬가지로 그녀가 무슨 일을 하고 어디에 있는지 알 수가 없었죠. 단지 그녀가 북방 사람이고 성이 자이翟씨라는 얘기만 들었어요. 그 애가 가져온 두 장의 사진을 통해 우리는 그녀가 진전보다 키가 크고 야무지게 생겼다는 것을 알았어요. 단지 눈빛이 조금 우울해서 진전처럼 자기표현이 서투른 사람 같았죠. 가기 전에 진전은 어머니에게 두툼한 편지봉투를 찔러주었어요. 아내가 전해주라고 한 것이니 자기가 가고 나서 열어보라고 했지요. 나중에 보니까 안에 200위안과 그녀가 쓴 편지가 들어 있었어요. 편지에는 조직이 허락해주지 않아 진전과 함께 못 와서 죄송하다는 말이 적혀 있었어요. 그녀는 우리 어머니를 친애하는 어머니라고 불렀죠.

진전이 떠나고 그다음 날, 여러 차례 진전이 일하는 기관을 대표해 우리 집에 명절 인사를 하러 왔던 사람이 성 주둔 부대와 성 혁명위원회가 함께 발급한 통지서를 가져왔어요. 그 내용은 진전이 공산당 중앙위원회와 국무원 그리고 중앙군사위원회의 표창을 받은 혁명 영웅이어서 그의 가문은 혁명의 가문, 영광의 가문이므로 어떠한 조직과 개인도 멋대로 침범해서는 안 되며, 또한 어떠한 명의로도 영웅의 가족에게 잘못된 혁명 행위를 가해서는 안 된다는 것이었죠. 그 문건에는 "이를 어기는 자는 반혁명 분자로 처단한다!"라는 문구도 적혀 있었어요. 당시 성 주둔 부대 사령관의 친필 서명도 달려 있었고요. 그 통지서는 마치 황제가 하사한 보검과도 같아서 그 후로 우리 집은 다시는 어려운 일을 당하지 않았어요. 우리 오빠도 그 덕분에 N대학으로 자리를 옮겨왔다가 나중에 출국할 수 있었죠. 오빠는 전공이 초전도체 연구여서 당시 국내에서는 연구가 불가능했어요. 외국으로 나가는 수밖에 없었죠. 하지만 생각해보세요. 당시 외국에 나가는 게 얼마나 어려웠어요? 어떤 의미에서 그 특수한 시대에 진전은 우리에게 이상적인 생활 환경을 제공하고 만들어줬던 거예요.

하지만 진전이 국가에 대체 얼마나 대단한 공헌을 했기에 그렇게 특별하고 신기한 권위로 시대적 환경조차 손쉽게 바꿀 수 있었는지는 줄곧 수수께끼였어요. 나중에, 그러니까 진전이 우리를 구해주러 온 지 얼마 되지 않아 화학과의 누군가가 소문을 퍼뜨리기는 했죠. 진전이 중국의 원자탄 개발에 기여한 일등공신이라고 말이에요. 꽤 그럴듯했죠. 나는 듣자마자 그 소문이 믿을 만하다고 생각했어요. 왜냐하면 시기상 맞아떨어지기 때문이었어요. 중국은 1964년에 첫 원자탄 개발에 성공했는데 마침 진전이 떠난 뒤의 일이었어요. 그리고 전공을 따져봐도 수긍이 갔어요. 원자탄 개발 사업에는 수학자의 참여가 필수니까요. 그 일을 하고 있었기 때문에 그 애가 그렇게 신비하고 중요한 인물이 됐을 것이라는 생각도 들었고요. 하지만 1980년대에 국가에서 원자탄과 수소탄 개발의 공로자들에게 상을 주었을 때, 그 명단에는 그 애

이름이 없었죠. 그 애가 이름을 바꿨는지 아니면 헛소문일 뿐이었는지는 알 수가 없었어요. (계속)

04

룽 선생처럼 정절뚝도 내가 이 이야기를 완성하는 데 도움을 준 중요한 인물이다. 나는 룽 선생을 인터뷰하기 전에 먼저 그를 인터뷰했으며 그와 매우 우호적인 관계를 맺었다. 그때 그는 이미 예순 살이 넘어서 어쩔 수 없이 피부가 쭈글쭈글해졌고 성치 않은 다리 역시 어쩔 수 없이 더 절게 되어 구두 뒤축 한두 개로는 모자라 꼭 지팡이를 짚고 다녀야 했다. 누가 말한 대로 그가 지팡이를 짚은 모습은 꽤 위엄 있어 보였다. 하지만 나는 그의 위엄이 지팡이가 아니라 직함에서 비롯되었다고 생각한다. 나와 만났을 때, 그는 특수 기관 701을 이끄는 국장이었다. 이 정도 지위에 올랐으니 당연히 그를 감히 절뚝이라고 부르는 사람은 없었다. 설사 그가 그렇게 부르라고 해도 감히 그럴 사람은 없었을 것이며 이제 관직도 높고 나이도 있어서 부를 수 있는 호칭도 많았다. 국장, 보스, 라오정老鄭(중국에서는 성 앞에 '라오'를 붙여 나이가 많거나 지위가 높은 사람을 부르곤 한다) 등등.

이제 사람들은 그렇게 다양한 호칭으로 그를 불렀다. 그 자신만 자조적으로 자기를 지팡이 국장이라 불렀다. 솔직히 나는 아직까지도 그의 이름을 모른다. 그의 이름을 대신하는 호칭이 워낙 많았기 때문이다. 속칭, 존칭, 별명이 헤아릴 수 없을 정도여서 이름은 결국 쓸모가 없어졌다. 물론 그의 신분을 고려해 나는 정식으로 그를 높여 불러야 했다. 그 호칭은 바로 정 국장이었다.

지금 나는 정 국장의 비밀을 말하려고 한다. 그에게는 전화가 일곱 대나 있었다. 그의 호칭만큼이나 많은 숫자였다! 그는 내게 그중 두 대의 번호만 가르쳐주었으나 그 정도면 충분했다. 왜냐하면 두 대 중 한 대가 그의 비서의 것이었기 때문이다. 전화를 걸면 언제든지 받았다. 다시 말해 나는 예외 없이 내 목소리를 정 국장에게 들려줄 수 있었다. 물론 내가 그의 목소리를 들으려면 운이 따라야 했다.

룽 선생의 인터뷰를 마친 후 나는 정 국장의 두 전화로 다이얼을 돌렸다. 한 대는 받지 않았고 다른 한 대는 잠시 기다리라고 했다. 역시 운이 따라줘야 했다. 나는 운이 좋아서 정 국장의 목소리를 들었고 그는 무슨 일이냐고 물었다. 나는 N대학 사람들이 진전을 원자탄 개발의 일등공신으로 알고 있다고 말했고 그는 그게 무슨 말이냐고 또 물었다.

"룽진전은 공로가 많기는 하지만 비밀 업무를 한 탓에 실제로는 이름 없는 영웅일 뿐입니다. 그런데 역시 비밀이었던 까닭에 그의 공로가 부풀려져서 원자탄 개발의 일등공신이 돼버렸습니다."

뜻밖에도 전화 저편에서 화난 목소리가 전해졌다.

"내 생각은 다릅니다! 설마 원자탄 하나로 전쟁에서 이길 수 있다고 생각하는 건 아니겠죠? 하지만 룽진전 덕분에 우리는 거의 모든 전쟁에서 이길 수 있었습니다. 원자탄은 우리의 국력을 상징합니다. 그건 꽃을 꽂아 남에게 보여주는 것과 같습니다. 하지만 룽진전이 한 일은 반대로 남을 보는 것이었습니다. 바람 속에서 남의 심장 소리를 듣고 깊이 감춰진 비밀을 살피는 것이었죠. 오직 남을 알고 자신을 알아야 백 번 싸워도 위태로울 일이 없지 않습니까. 그래서 내가 보기에 군사학적 입장에서는 룽진전이 한 일이 원자탄 개발보다 훨씬 더 실제적인 의미가 있습니다."

룽진전이 한 일은 암호 해독이었다.

룽 선생 인터뷰

암호 해독은 천재가 다른 천재의 마음을 헤아리는 일로서 매우 높은 수준의 치열한 승부죠. 이 은밀하고 신비로운 승부는 인류의 수많은 엘리트를 한데 그러모았죠. 그 목적은 다른 게 아니라 몇 개의 간단한 아라비아 숫자에서 연역되는 비밀을 알아맞히는 거예요. 이것은 재미있는 게임 같아 보이지만 인류의 수많은 엘리트가 바로 이 게임 때문에 엄청난 고통을 겪었어요.

암호의 대단함은 바로 여기에 있어요!

암호 해독가의 비애도 여기에 있어요. 인류 역사를 보면 확실히 수많은 천재가 암호 때문에 희생되었어요. 바꿔 말해 그 망할 암호 때문에 수 세대에 걸쳐 천재들이 매장되었죠. 그것은 인류의 숱한 천재를 한데 모아놓고서 그들의 재능을 사용하는 대신, 그들을 산 채로 말려죽이거나 쥐도 새도 모르게 묻어버렸죠. 그래서 사람들이 암호 해독을 세상에서 가장 잔혹한 일이라고 하는 거예요. (계속)

1956년 여름의 그 새벽, 흐릿한 어스름 속에서 차를 타고 N대학을 떠날 때, 룽진전은 옆에 앉아 있는 다소 오만한 태도의 남자가 자신의 일생과 잔혹하면서도 신비로운 암호 해독 업무를 연결시킬 줄은 꿈에도 몰랐다. 또한 빗속에서 춤을 추었다고 N대학 학생들에게 놀림을 당한 그 절름발이가 실은 특수 기관 701의 암호 해독처 처장이라는, 지극히 비밀스러운 직함의 소유자라는 것도 몰랐다. 다시 말해 그는 이제 룽진전의 직속상관이었다! 차가 출발한 후, 상관은 부하에게 말을 걸려고 했다. 아마도 이별의 슬픔을 위로해줄 생각이었을 것이다. 하지만 부하는 한마디도 답하지 않았다. 차는 하얗게 전조등 불빛을 비추며 묵묵히 나아갔다. 은밀하고 불길한 느낌이 들었다.

차는 새벽하늘 아래 시 구역을 벗어나 ××국도를 타고 쏜살같이 달렸다. 룽진전은 갑자기 긴장하여 사방을 살폈다. 속으로 왜 C시를 벗어나 국도를 타는지 의아해했다. 전날 오후, 임명 수속을 밟으러 절름발이를 따라갈 때 차는 일부러 구불구불 운행했고 심지어 10여 분간은 빛을 차단하는 안경을 쓰라고 해서 거의 장님 상태로 앉아 있었다. 하지만 느낌상 C시를 벗어난 것 같지는 않았다. 그런데 지금 차는 탁 트인 국도를 빠르게 달려가고 있었다. 아무래도 먼 곳으로 가려는 듯했다. 그는 답답해서 질문을 했다.

"어디로 가는 거죠?"

"기관으로."

"어디 있는데요?"

"몰라."

"먼가요?"

"몰라."

"어제 갔던 데 가는 게 아닌가요?"

"어제 어디에 갔었는지 아나?"

"C시 안에 있는 곳이었잖아요."

"이봐, 선서한 걸 벌써 어겼군."

"하지만……."

"하지만은 무슨 하지만이야. 선서한 첫 번째 조항을 외워봐!"

"간 곳, 본 것, 들은 것은 다 기밀에 속하므로 누구에게도 발설하지 않는다."

"잘 기억해두라고. 앞으로 자네가 보고 듣는 것은 다 기밀이야."

날이 저물었는데도 차는 계속 달리고 있었다. 앞에서 불빛들이 여기저기 흩어진 채 반짝거렸다. 크지도 작지도 않은 도시가 있는 듯했다. 룽진전은 그곳이 어디인지 유심히 관찰했다. 하지만 절름발이는 또 그에게 차광안경을 쓰게 했고 안경을 벗어도 된다고 했을 때는 이미 구불구불한 산길이었다. 양쪽에는 여느 산길과 다름없이 숲과 산뿐이었다. 이정표나 눈에 띄는 표지물은 전혀 없었다. 산길은 커브가 많고 좁았으며 칠흑처럼 어두웠다. 전조등의 빛이 자주 한데 모여 길을 이루었다. 그것은 탐조등처럼 밝고 집중되어서 마치 차가 엔진의 힘으로 가지 않고 빛에 끌려가는 듯했다. 그렇게 한 시간 넘게 차가 달렸을 때, 룽진전은 멀리 어두운 산비탈에 불빛 몇 개가 모여 있는 것을 발견했다. 바로 그가 내려야 할 곳이었다.

그곳은 문도 간판도 없었다. 수위는 외팔이 노인이었는데 얼굴에 원한이 서린 흉터가 왼쪽 귓불에서 콧마루를 지나 오른쪽

뺨까지 새겨져 있었다. 왠지 모르게 룽진전은 그를 보자마자 서양 소설 속 해적이 떠올랐다. 또한 지하실처럼 음산하고 괴괴한 정원은 서양 종교소설에서 늘 그려지는 중세의 고성을 연상시켰다. 어둠 속에서 유령처럼 두 사람이 튀어나왔다. 그들이 가까이 오고서야 한 명이 여자인 것을 알았다. 그녀는 절름발이와 악수를 했고 남자인 다른 한 명은 차에 들어가 룽진전의 짐을 꺼내 사라졌다.

절름발이는 룽진전을 여자에게 소개했다. 당황해서 룽진전은 그녀의 성이 무엇인지도 듣지 못했다. 그저 무슨 주임이며 이곳의 책임자라는 얘기만 들었다. 절름발이는 그곳이 특수 기관 701의 훈련 기지로서 새로 들어온 사람은 모두 그곳에서 필요한 정치 교육과 업무 교육을 받는다고 그에게 말했다.

"언제든 자네가 훈련을 마치면 사람을 보내 데려갈 테니 하루속히 훈련을 마치고 진정한 701의 일원이 되길 바라네."

말을 마치고 그는 곧장 차를 타고 가버렸다. 마치 보따리장사꾼이 외지에서 물건을 가져와 후딱 팔아버리고 가는 듯 아무 미련도 망설임도 없었다.

석 달 뒤 어느 날 아침, 룽진전은 침대에서 윗몸일으키기를 하다가 밖에서 전해지는 오토바이 소리를 들었다. 그 소리는 그의 방 앞에서 멈췄고 잠시 후 누가 문을 두드렸다. 그가 문을 열자한 젊은이가 다짜고짜 말했다.

"정 처장님의 지시로 당신을 데리러 왔습니다. 갈 준비를 하시죠."

오토바이는 그를 태우고 정문 쪽으로 가지 않았다. 거꾸로 기지 깊숙이 파고들어 산의 은폐된 동굴 속으로 들어갔다. 동굴 속에는 또 다른 동굴들이 미궁처럼 복잡하게 퍼져 있었다. 오토바이는 곧장 10여 분을 달려 아치형의 철문 앞에 도착했고 젊은이는 잠시 그 안으로 들어갔다가 다시 나와 계속 오토바이를 몰았다. 잠시 후 오토바이는 동굴을 벗어났다. 이어서 훈련 기지보다 몇 배는 더 큰 건물 지역이 진전의 시야에 들어왔다. 그곳이 바로 신비하고 은밀한 특수 기관 701의 기지이자 룽진전이 앞으로 살아갈 곳이었다. 그리고 일할 곳은 방금 전 오토바이가 잠시 멈췄던 그 철문 안이었다. 그곳은 보통 북원北院이라 불렸으며 기지는 남원南院이라 불렸다. 남원은 북원의 외관이면서 관문이었고 해자나 도개교와도 비슷했다. 남원에서 가로막힌 사람은 영원히 북원을 볼 수 없었다. 도개교라고는 해도 그에게는 절대로 다리가 들리지 않았다.

오토바이는 어느새 벽에 등나무 넝쿨이 가득한 붉은색 벽돌 건물 앞에 멈췄다. 안에서 음식 냄새가 풍겨나오는 것으로 봐서 식당임이 분명했다. 마침 안에서 식사를 하던 절름발이가 창밖을 보고는 즉시 일어나 밖으로 나왔다. 그의 손에는 먹고 있던 찐빵 반쪽이 들려 있었다. 그는 룽진전을 데리고 안으로 들어갔다. 룽진전은 아직 아침 식사를 안 한 상태였다.

식당 안에는 각양각색의 사람들이 가득했다. 성별을 보면 남자도 여자도 있었고 나이를 보면 청년도 노인도 있었다. 그리고 복장을 보면 군복을 입은 사람도 일상복을 입은 사람도 있었으며 심지어 경찰복을 입은 사람도 있었다. 기지에서 훈련받으면서 룽진전은 줄곧 이곳이 무슨 기관인지, 또 어떤 계통인지에 대해 생각이 많았다. 군대 기관일까, 아니면 지방 기관일까? 그런데 지금 눈앞의 광경을 보니 더 알쏭달쏭했다. 그냥 특수한 기관의 특수한 장소라는 생각만 들었다. 사실 특수 기관이자 비밀 기구인 그곳은 특수함이 곧 외관이고 비밀은 곧 심장이었다.

절름발이는 그를 데리고 홀을 가로질러 칸막이 공간으로 갔다. 그곳 식탁에 이미 아침 식사가 차려져 있었다. 우유, 달걀, 찐빵 그리고 절인 반찬이었다. 절름발이가 말했다.

"앉아서 들게."

그는 앉아서 먹었다. 절름발이가 또 말했다.

"밖을 보게. 다른 사람들이 먹는 건 자네보다 못해. 죽뿐이라고."

그는 고개를 들고 둘러보았다. 다른 사람들은 다 공기를 들고 있는데 자기는 컵이었다. 컵에는 우유가 담겨 있었다. 절름발이가 물었다.

"왜 그런 줄 아나?"

"저를 환영해주시는 건가요?"

"아니. 자네가 더 중요한 일을 해야 하기 때문이야."

그 아침 식사를 마치고 룽진전은 바로 자신이 평생을 바칠 암호 해독 업무를 시작해야 했다. 하지만 그때까지도 그는 자기가 그 신비하고 잔혹한 일을 하게 될지 전혀 모르고 있었다. 이미 훈련 기지에서 특수한 업무 훈련을 받았는데도 그랬다. 교관은 그에게 X국의 역사, 지리, 외교관계, 정계 요인, 군사력, 전략, 심지어 정계와 군대 요인들의 개인 정보까지 숙지하게 했다. 그래서 그는 앞으로 자기가 맡게 될 일에 대해 여러모로 상상해보았다. 처음 떠오른 것은 X국과 관련해 특수한 군사적 목적을 가진 비밀 무기를 제작할 연구원이었다. 그다음에는 어떤 지휘관 휘하의 참모였고 또 그다음에는 군사 분석가였다. 그밖에 자기한테 안 맞아서 하고 싶지 않은 일들도 생각해봤다. 예를 들어 외교활동에 투입되는 군사 교관, 외교 무관, 스파이 등이었다. 어쨌든 그는 여러 가지 중요하면서도 특이한 일을 다 떠올렸으면서도 끝내 암호 해독원은 생각해내지 못했다.

그것은 직업이라기보다는 음모, 그것도 음모 중의 음모였다.

05

A시 교외의 은밀한 산골짜기에 도사리고 있는 701의 사람들은 처음에는 룽진전이 얼마나 원대한 가능성을 가진 인물인지 못 알아봤다. 범위를 그가 했던 일로 좁혀도 역시 그랬다. 암호 해독이라는 그 외롭고도 음침한 일은 지식과 경험, 천재의 정신도 필요로 하지만 머나먼 별들 저편에나 존재하는 행운을 더 필요로 하는 듯했다. 하지만 701 사람들은 별들 저편의 행운은 어쨌든 붙잡을 수 있는 것이며, 여기에 밤낮을 가리지 않는 긴장과 각성 그리고 조상들의 은덕까지 필요하다고 말했다. 처음에 룽진전은 그런 것들을 몰랐다. 아니, 어쩌면 신경 쓰지 않았는지도 모른다. 그저 온종일 알 수 없는 책들만 손에 쥐고 살았다. 예를 들어 영문판 『수학게임백과』와 누렇게 바랜 이름 모를 고서들을

뒤적이며 묵묵히 하루하루를 보냈다. 조금 괴팍해 보이는 것 말고는(건방져 보이지는 않았다) 타고난 총명함이 말에서 드러나지도 않고(그는 말을 거의 안 했다) 숨은 야심과 재질도 엿보이지 않아서 사람들은 그의 재능과 운을 의심하지 않을 수 없었다. 심지어 일에 대한 그의 열의에 대해서도 이런저런 우려가 있었다. 위에서 밝힌 대로 그는 늘 업무와 무관한 심심풀이 책들만 보고 있었기 때문이다.

그것은 아직 시작이었고 단지 그가 일을 열심히 안 한 부분에 대한 예증에 불과했다. 이어서 다른 일도 생겼다. 어느 날 정오, 룽진전은 점심 식사를 마치고 식당에서 나와 여느 때처럼 책 한 권을 들고 숲속으로 향했다. 그는 점심시간에 낮잠을 자는 것도 안 좋아했지만 그 시간에 일을 하지도 않았다. 보통은 조용한 곳에 숨어 책을 보며 시간을 때웠다. 북원은 거의 산비탈에 조성되어 소규모의 자연림이 단지 내에 꽤 많았다. 그가 항상 가는 곳은 소나무 숲이었다. 이쪽에서 그 숲으로 들어가 반대편으로 나가면 바로 그가 출근하는 동굴의 철문이었다. 이밖에도 그가 그 숲을 택한 또 하나의 이유는 송진에서 나는 솔향기를 좋아했기 때문이다. 약용 비누의 냄새와 비슷한 그 향기를 누구는 끔찍하게 싫어했지만 그는 좋아했다. 심지어 그 향기를 맡고 있으면 흡연 욕구가 싹 가실 정도였다.

그날, 그가 숲에 발을 디디자마자 뒤에서 누군가가 그에게 다가왔다. 쉰 살쯤 되는 나이에 겸손해 보이는 남자였다. 그 남자는 실없는 미소를 한껏 지어 보이며 장기를 둘 줄 아느냐고 물었다. 룽진전이 고개를 끄덕이자 남자는 조금 흥분해서 다급히 장기 세트를 꺼내며 한 판 두지 않겠느냐고 또 물었다. 룽진전은 두고 싶지 않고 책을 보고 싶었지만 인정에 끌려 차마 거절을 못하고 고개를 끄덕였다. 비록 판 게임에서 손을 뗀 지 여러 해가 되었지만 시스와 연습하며 쌓은 기초가 있어 보통 사람은 그의 상대가 아니었다. 하지만 그 남자의 실력은 보통이 아니었다. 두 사람은 서로 적수를 만난 느낌이 들었다. 한 치의 양보도 없이 높은 수준의 승부를 겨뤘다. 그 후로 남자는 걸핏하면 그를 찾아와 장기를 두었다. 점심에도 찾아오고 저녁에도 찾아왔다. 때로는 장기를 들고 동굴 입구를 지키고 있거나 식당 앞에서 하염없이 그를 기다렸다. 어떻게 보면 그를 못살게 구는 것이나 다름없었다. 그래서 사람들은 모두 그가 '장기광'과 장기를 둔다는 것을 알게 되었다.

701 안에서 장기광의 사연을 모르는 사람은 없었다. 그는 공산당 정권 수립 전에 중앙대학교 수학과의 수재였고 졸업 후 국민당 군대에 특별 편입되어 인도네시아에 가서 암호 해독 업무를 했다. 그때 일본군의 일급 암호를 풀어 암호 해독계에서 이름이 알려졌다. 그러다가 나중에 장제스가 다시 내전을 일으킨 데 불만을 품고 군대를 떠나 이름을 숨긴 채 상하이의 어느 전기회

사에서 설계사가 되었다. 공산당 정권 수립 후, 701은 백방으로 탐문하여 그를 찾아내 암호 해독 업무를 맡겼는데 그는 X국의 중급 암호 몇 가지를 연이어 해독함으로써 701에서 손꼽히는 공로자가 되었다. 그러나 2년 전, 그는 불행히도 정신분열증에 걸려 하루아침에 모두가 존경하는 영웅에서 모두가 두려워하는 미치광이로 변했다. 사람을 보면 욕을 하고 소란을 피웠으며 때로는 때리기까지 했다.

원래 그런 급성 정신분열증은, 특히나 분열 후 발광하는 증상은 치유율이 꽤 높지만 그가 너무 많은 비밀을 알고 있어서 누구도 책임지고 그를 밖에 내보내 치료시킬 엄두를 내지 못했다. 그래서 어쩔 수 없이 701 안의 병원에 맡겼지만 그의 주치의는 일반 내과의였다. 외부에서 초빙해온 전문의가 임시로 가르쳐준 방법을 몇 가지 써보긴 했지만 결과는 그리 만족스럽지 못했다. 상태가 안정되기는 했지만 안정이 지나쳐 매일 장기만 두려 하고 아무 생각도, 아무 일도 하지 않았다.

사실 장기광은 병이 나기 전에는 장기를 둘 줄 몰랐다. 그런데 병원에서 나왔을 때는 누구보다도 장기를 잘 두게 되었다. 바로 주치의에게 배운 것이었다. 나중에 전문가는 의사가 너무 일찍 그에게 장기를 가르쳐서 치료를 그르쳤다고 진단했다. 배고픈 사람이 너무 서둘러 포식하면 안 되는 것처럼 이런 환자는 회복 초기에 절대 머리 쓰는 일을 시키면 안 된다는 것이었다. 그때 어떤 일에 머리를 쓰면 그 일에 정신이 고착되어 스스로 벗어날 수 없게 된다고 했다. 하지만 원래 내과의일 뿐인 주치의는 그런 사실을 몰랐고 자기도 장기를 좋아해서 늘 그와 장기를 두었다. 어느 날 그가 장기를 이해한다고 느꼈을 때, 주치의는 그것이 회복의 조짐이라고 생각해 그와 장기를 더 자주 두었다. 그럴수록 상태가 좋아지리라 생각한 것이다. 하지만 결국 그런 사달이 나고 말았다. 완쾌될 수 있었던 한 암호 해독 전문가를 장기광으로 만든 것이다.

어떤 의미에서 그것은 의료 사고였지만 뾰족한 수가 있을 리 없었다. 제 딴에는 치료에 도움이 되리라 생각해 한 짓이니 주치의를 탓할 수도 없었다. 탓하려면 장기광의 직업을, 그리고 그가 깊이 간직하고 있는 비밀들을 탓할 수밖에 없었다. 또한 역시 그 비밀들 때문에 그는 어쩌면 그 은밀한 산골짜기에서 평생을 정신장애자로 살아야 할 운명이었다. 누군가는 아직 장기판 위에서는 그의 번뜩이던 지혜를 확인할 수 있기는 하지만 평상시 그의 머리는 똑똑한 강아지만도 못하다고 평했다. 누가 소리 지르면 도망치고 반대로 웃어주면 비굴하게 굽실거린다는 것이었다. 하는 일이 아무것도 없기 때문에 그는 마치 불쌍하고 기괴한 유령처럼 온종일 701 지역 안을 떠돌아다녔다. 지금 그 유령이 룽진전에게 치근덕거리고 있는 것이었다.

룽진전은 다른 사람들처럼 그를 따돌리지 않았다.

사실 그를 따돌리는 것은 어렵지 않았다. 정색을 하고 몇 번 소리만 지르면 그만이었다. 하지만 룽진전은 그런 적이 없었다. 피하지도, 소리 지르지도 않았고 차갑게 쏘아본 적조차 없었다. 그저 다른 사람들을 대하듯 자연스럽고 담담한 태도를 보였다. 그래서 장기광은 언제나 룽진전의 곁을 맴돌았고 맴돌다가 결국 장기판 앞에 앉았다.

룽진전이 그러는 것(미치광이와 장기를 두는 것)이 장기광을 동정해서인지, 아니면 그의 장기 솜씨를 아껴서인지 사람들은 알지 못했다. 하지만 이유야 어떻든 암호 해독원에게는 장기를 둘 시간 같은 것은 없다. 어떤 의미에서 보면 장기광도 암호 해독 업무에 너무 열중해 그 압박감 때문에 미친 것이었다. 그래서 암호 해독원인 룽진전이 장기에 빠진 것을 보고 사람들은 그가 아예 그 일을 할 생각이 없거나, 역시 미치광이여서 그냥 놀고먹어도 성과를 낼 수 있다고 생각한다는 인상을 받았다.

그가 일할 생각이 없다는 추측과 관련해 얼마 후 사람들은 확실한 증거를 얻은 듯했다. 그것은 바로 시스가 보낸 편지였다.

06

7년 전 처가의 일가친척을 다 데리고 황황히 X국으로 가서 정착했을 때, 시스는 어느 날엔가 그들의 시신과 영혼을 다시 돌려보내야 한다는 생각은 절대로 하지 못했을 것이다. 하지만 사실 그것은 반드시 해야만 하는, 타협의 여지가 없는 일이었다. 그의 장모는 원래 매우 건강했지만 낯선 풍토와 나날이 심해지는 향수 때문에 체내 균형이 급속히 무너져 내렸다. 자기가 타향에서 곧 객사하리라는 것을 예감했을 때 그녀는 어떤 중국 노인보다 더 강력하게 고향에 보내달라고 요구했다.

하지만 그녀의 고향은 중국이었다.

그 나라는 당시 X국의 총들 중 반수 이상이 겨누고 있던 곳이었다!

말할 필요도 없이 장모의 요구를 만족시키는 것은 쉬운 일이 아니어서 시스는 거절할 수밖에 없었다. 그러나 위엄이 넘치던 장인이 마치 무뢰배처럼 돌변해 번쩍이는 칼을 자기 목에 대고서 목숨 걸고 아내의 요구를 들어달라고 했을 때, 그는 자기가 이미 고약한 올가미에 걸렸고, 그 올가미에 끌려가는 것 외에는 다른 방법이 없음을 깨달았다. 장인이 그렇게 결연한 태도를 보인 것은 당연히 아내의 그 요구가 자신의 미래의 요구이기도 했기 때문이다. 다시 말해 그는 자기 목에 댄 칼로 사위에게 똑똑히 알린 셈이었다. 지금 목숨을 부지하고자 훗날 객사를 해야 한다면 차라리 그 자리에서 아내와 함께 죽겠다고 말이다.

솔직히 시스는 그 늙은 지주 부부의 신비하고 기괴한 집착이 이해되지 않았다. 하지만 이해된다고 무슨 소용이 있었겠는가? 번쩍이는 칼이 금방이라도 피에 물들지도 모르는 공포 앞에서는 이해가 가든, 안 가든 그것은 큰 의미가 없었다. 중국에 가야만 했다. 이해가 안 가도 가야만 했다. 더욱이 그가 직접 가야만 했다. 왜냐하면 X국의 과장된 여론과 선전의 영향 때문에 아내를 비롯한 다른 친지들은 가서 못 돌아올 것을 염려했기 때문이다. 그래서 그해 봄 시스는 숨이 간들간들한 장모를 끌고 비행기, 기차, 자동차를 이용해 그녀의 고향으로 향했다. 소문에 의하면 장모는 임시로 빌린, 고향 가는 자동차에 태워졌을 때 운전기사의 귀에 익은 고향 사투리를 듣고서 갑자기 흥분해 눈이 휘둥그레졌다가 곧 편안히 마지막 눈을 감았다고 한다. 당시 그녀의 생명은 가는 실 한 올에 매달린 듯 위태로웠는데 운전기사의 고향 사투리는 그 실을 끊는 칼 역할을 했다. 칼이 떨어지자마자 그녀의 생명은 바람을 타고 훌쩍 날아가버렸다.

C시는 시스가 도중에 반드시 거쳐야 하는 곳이었지만 그렇다고 해서 N대학을 다시 방문할 수 있는 것은 아니었다. 이때 그의 여행에는 엄격한 제한이 주어졌다. 중국 측의 제한이었는지, X국 측의 제한이었는지는 모르지만 어쨌든 그가 어디를 가든 두 사람이 그림자처럼 따라붙었다. 한 사람은 중국 측 요원이었고 다른 한 사람은 X국 측 요원이었다. 양측은 두 개의 밧줄처럼 그를 묶고 앞뒤에서 끌며 그가 로봇이라도 되는 양 노선과 속도를 통제했다. 그는 그들에게 비밀스러운 국보나 다름없었다. 사실은 명망 있는 수학자일 뿐인데도 말이다. 적어도 여권에는 그렇게 쓰여 있었다. 이에 대해 룽 선생은 그 시대가 초래한 일이었다고 말했다.

룽 선생 인터뷰

그 시대에 우리 중국과 X국은 서로 적의만 있고 신뢰가 없어서 작은 일에도 서로 경계를 늦추지 않는 상태였죠. 나는 우선 시스가 돌아온 것이 의외였고 그다음에는 그가 C시에 오고서도 N대학에 들를 수 없는 것이 더 의외였어요. 내가 호텔에 가서 그를 만나야만 했죠. 더구나 그 만남은 완전히 감옥에서 죄수를 면회하는 것과 똑같았어요. 우리가 거기서 얘기할 때 두 사람이 왼쪽과 오른쪽에서 듣고 녹음을 했죠. 무슨 말을 해도 네 명이 동시에 듣고 이해해야 했어요. 다행히 그 네 명이 다 중국과 X국의 말로 소통할 수 있었으니 망정이지 안 그랬으면 우리는 입도 떼지 못했을 거예요. 왜냐하면 우리는 다 간첩이나 특수요원일 수 있고 나누는 얘기도 전부 정보일 수 있기 때문이었어요. 그 특수한 시대에는 중국과 X국 사람이 함께 있기만 해도 사람이 악마가 되고 적이 되었죠. 풀과 나무조차 상대국의 것이기만 하면 독을 쏘아서 이쪽을 죽이지나 않을지 의심했어요.

사실 시스가 만나려던 사람은 내가 아니라 진전이었어요. 하지만 당신도 알다시피 그때 진전은 이미 N대학을 떠났고 아무도 그가 어디 있는지 몰랐어요. 시스뿐만 아니라 나도 그 애를 만날 수 없었죠. 그런 사정으로 시스는 나를 만나기로 결정했고 나를 통해 진전의 근황을 알고자 했어요. 나는 우리 측 감시인의 동의를 얻고서 그에게 진전의 근황을 알려주었어요. 사실 매우 간단했죠. 명백한 사실이었고요. 그 애가 이미 뇌 연구를 중단하고 다른 일을 하러 갔다고 했어요. 그의 반응은 나를 놀라게 했어요. 내 말을 듣고 그는 몽둥이에 맞은 듯 망연자실 나를 바라보며 한마디도 못했어요. 한참이 지나서야 거칠게 "황당하군!"이라고 내뱉었죠. 그는 화가 나서 얼굴이 시뻘게졌어요. 그리고 그냥 앉아 있기가 어려워 방 안을 배회하면서 이미 진전이 뇌 연구 분야에서 거둔 놀랄 만한 성과와 향후 기대되는 중대한 발견에 관해 역설했어요.

"나는 그들이 공저한 논문들을 봤습니다. 감히 말하는데 그들의 연구는 이 분야에서 벌써 국제적인 수준에 도달했어요. 그런데 이렇게 중도 포기를 하다니 정말 안타깝기 그지없군요!"

나는 말했어요.

"사람의 의지로 안 되는 일도 있잖아요."

"설마 당신네 정부의 중요 기관에서 진전을 데려갔나요?"

"비슷해요."

"무슨 일을 하고 있죠?"

"몰라요."

그는 거듭 캐물었지만 나는 거듭 모른다고 했어요. 마지막으로 그가 물었죠.

"내 추측이 틀리지 않다면 진전은 지금 비밀 보안 업무를 하고 있겠죠?"

나는 역시 모른다고 말했어요. 사실이 그랬어요. 나는 정말 아무것도 몰랐어요.

솔직히 나는 지금도 진전이 대체 어떤 부서에 속했는지, 어디에 있었는지, 무슨 일을 했는지 몰라요. 당신은 알지도 모르지만 내게 알려줄 거라고 기대하지는 않아요. 그것은 진전의 비밀이었지만 우선은 우리 국가의 비밀이었다고 믿어요. 비밀 무기, 비밀 요원 등등 이루 다 헤아릴 수 없는 비밀들이 있잖아요. 만약 비밀이 없다면 국가가 어떤 방식으로 존재하겠어요? 아마 존재하지 못할 거예요. 빙산을 봐도 그렇잖아요. 물속에 숨겨진 부분이 없으면 어떻게 빙산이 존재할 수 있겠어요?

가끔씩 나는, 어떤 비밀을 자기 가족에게도 수십 년, 아니 한평생을 숨겨야 한다는 것은 불공평한 일이 아닌가 생각이 들었어요. 하지만 그렇게 하지 않을 시에 국가가 존재하지 못할 가능성이 있다고 한다면, 적어도 그럴 위험이 있다고 한다면 불공평해도 어쩔 수 없겠죠. 오랫동안 나는 그렇게 생각해왔어요. 그렇게 생각해야만 진전을 이해할 수 있어서 그랬는지도 모르죠. 안 그러면 진전은 꿈, 백일몽, 꿈속의 꿈일 뿐이니까요. 꿈풀이를 잘하는 그 애조차 그 길고 기이한 꿈을 이해하기 어려웠을 것 같아요.

(완결)

시스는 룽 선생에게, 가능하면 모든 유혹을 거절하고 돌아와서 뇌 연구를 계속하라는 말을 진전에게 전해달라고 여러 번 당부했다. 그런데 헤어진 후 룽 선생의 멀어지는 뒷모습을 보고 있는데 갑자기 진전에게 직접 편지를 써야겠다는 생각이 들었다. 그래서 급히 룽 선생을 불러 진전의 연락처를 달라고 했다. 룽 선생은 감시인에게 그래도 되냐고 물었고 감시인이 승낙하자 시스에게 연락처를 알려주었다. 그날 밤 시스는 진전에게 편지를 쓴 뒤, 양쪽 감시인의 검사를 받고서 그것을 우체통에 넣었다.

편지는 별일 없이 701에 도착했다. 그러나 룽진전에게 전달되느냐 안 되느냐는 편지 내용에 달려 있었다. 특수 기관으로서 개인 우편물을 검열하는 것은 그 특수함의 한 증거일 뿐이었다. 우편검열팀의 직원들은 시스의 편지를 뜯어보고 어리둥절했다. 편지가 영어로 쓰였기 때문이다. 그 점은 그들의 경각심을 자극하기에 충분했다. 그들은 즉시 상관에게 보고했고 상관은 관련 직원을 시켜 그 편지를 번역하게 했다.

영문 편지는 글이 빽빽했지만 중국어로 번역하고 나니 분량이 많지 않았다.

친애하는 진전에게

잘 지내나 모르겠군.

장모님 일을 처리하러 돌아왔다가 C시에 잠깐 들렀는데 네가 이미 N대학을 떠나 다른 일을 하고 있다는 이야기를 들었다. 네가 구체적으로 무슨 일을 하는지는 모르겠지만 네 주소를 포함해 여러 가지 비밀스러운 단서를 봐서는 틀림없이 너희 나라 기밀 부서에서 중요한 비밀 업무를 하고 있는 것 같군. 20년 전의 나처럼 말이야. 20년 전 나는 동족에 대한 사랑과 동정심 때문에 어떤 나라(시스는 유대인이었으므로 이 나라는 아마도 이스라엘이었을 것이다)의 중요한 임무를 잘못 받아들였다. 그 결과, 내 후반생은 아주 불쌍하고 무시무시해졌지. 내 경험과 너에 대한 애정 때문에 나는 지금 네 상황이 무척 염려스럽다. 너는 마음이 여리고 예민해서 억압과 구속을 잘 견디지 못해. 사실 너는 뇌 연구 분야에서 이미 주목할 만한 성과를 거뒀다. 계속 연구한다면 어떠한 명예와 이익도 다 얻을 수 있을 테니 다른 모색을 할 필요가 없다. 따라서 가능하면 내 충고에 따라 돌아가서 원래 하던 일을 하도록 해!

린 시스
1957년 3월 13일, C시 여우이友誼 호텔에서

확실히 이 편지의 내용은 당시 룽진전의 평상시 태도와 밀접한 관련이 있었다. 그때 사람들은(적어도 관련 상관들은) 룽진전이 왜 그렇게 불량한 태도로 일관하는지 알 것 같았다. 왜냐하면 룽진전 곁에 그 사람이, 돌아와서 하던 일을 하라고 애써 충고하는 서양인, 린 시스가 있었기 때문이다!

07

그 편지는 불건전한 내용 때문에 룽진전에게 전달되지 못했다. 묻지 말아야 할 것은 묻지 말고 말하지 말아야 할 것은 말하지 말며 알지 말아야 할 것은 알지 않는 것, 이것은 701의 가장 기본적인 원칙이었다. 그래서 그런 편지를 몰수한 것은 701에서는 매우 당연한 일이었다. 조직 입장에서는 그런 편지는 적으면 적을수록 좋았다. 원칙을 자주 적용하면 조직과 개인 사이에 너무 많은 비밀이 생기기 때문이었다.

그러나 룽진전의 경우에는 그런 비밀을 근절할 수 없었다. 한 달 뒤, 우편검열팀은 뜻밖에도 X국의 누군가가 그에게 보낸 편지 한 통을 받았다. X국이라니, 너무나 민감한 편지였다! 열어보니 또 영어로 쓰여 있었고 서명을 보니 역시 린 시스였다. 그 편지는 꽤 길었다. 그 편지에서 시스는 룽진전에게 돌아가 하던 일을 하라고 권했던 자신의 생각을 남김없이 토로했다. 더 구체적으로 말하면 우선 얼마 전 모 학술지에서 본 뇌 연구의 최신 성과에 관해 언급한 다음, 본론을 이야기하기 시작했다.

어떤 꿈 때문에 네게 이 편지를 쓰기로 결심했다. 솔직히 말해요 며칠 나는 네가 대체 무슨 일을 하고 있는지, 어떤 유혹과 압력 때문에 그런 놀라운 선택을 했는지 생각이 많았다. 어젯밤 꿈속에서 나는 네가 하는 말을 들었다. 너는 지금 중국 정보부서에서 암호 해독 업무를 하고 있다고 내게 말했지. 나는 왜 그런 꿈을 꾸었을까? 너처럼 꿈속의 일을 현실과 연관시켜 해석할 줄도 모르는 데 말이야. 아마 그저 꿈일 수도 있겠지. 아무런 필연적인 암시도 없는 단순한 꿈. 나는 제발 그렇기를, 그냥 꿈이기를 바란다! 하지만 내 생각에 그 꿈에는 너에 대한 내 염려와 바람이 담긴 듯하다. 말하자면 지금 네 재능이 다른 사람에 의해 그 일을 하는 데 쓰이고 있을지도 모른다는 것과, 또한 너는 절대로 그 일을 하면 안 된다는 것이다. 내가 왜 이런 소리를 하는 걸까? 지금 두 가지 이유가 생각난다.

첫째, 암호의 본질 때문이다.

현재 암호업계에는 과학자들이 운집해 있다. 누구는 암호도 과학이라고 인정하고 적지 않은 훌륭한 과학자들이 암호 개발에 헌신

하고 있지. 하지만 그렇다고 암호의 본질이 바뀌지는 않는다. 내 경험과 지식에 비춰보면 암호를 만들든 해독하든 암호의 본질은 과학과 문명에 반한다. 그것은 인류가 과학과 과학자를 독살하는 음모이자 함정이다. 물론 암호에는 지혜가 들어 있지만 그것은 악마의 지혜여서 인류를 더 간교하고 사악하게 만들 뿐이다. 암호에는 도전 정신이 가득하지만 그것은 쓸모없는 도전 정신이어서 인류의 진보와는 전혀 무관하다.

둘째, 너의 성격 때문이다.

전에 나는 네 성격이 대단히 여리고 예민하다고 말한 바 있다. 게다가 영민하고 고집스럽기까지 하지. 이것은 전형적인 과학자의 성격이어서 그런 비밀 업무에는 어울리지 않는다. 왜냐하면 비밀은 억압과 자기를 포기하는 것을 뜻하기 때문이다. 너는 괜찮다고 생각하느냐? 아니, 너는 괜찮지 않을 것이다. 너는 너무 여리고 고집스러우며 융통성이 떨어져서 자칫하면 영문도 모르고 파멸할 것이다! 너도 분명히 알고 있을 것이다. 사람은 어떤 상황에서 사색하기가 가장 좋은지. 자유롭고 여유로우며 목적의식이 뚜렷하지 않은 상황에서 그렇다. 하지만 일단 네가 암호 해독 업무에 손을 대면 국가 기밀과 이익에 구속되고 억압을 받게 된다. 관건은 네 나라가 무엇을 의미하느냐는 것이다. 나는 늘 자문하곤 했다. 도대체 내 나라는 어디일까? 폴란드? 이스라엘? 아니면 영국? 스웨덴? 그것도 아니면 중국? X국?

이제 나는 알고 있다. 국가란 우리 곁의 가족, 친구, 언어, 강, 숲, 다리, 길, 바람, 매미 소리, 반딧불이 같은 것들이다. 특정한 영토도 아니고 어떤 권위 있는 인물이나 당파의 의지와 신념도 아니다. 솔직히 나는 네가 지금 살고 있는 나라 즉 중국을 존경한다. 내 인생에서 가장 아름다운 10여 년을 그곳에서 보냈으니까. 나는 중국어를 할 줄 알며 그곳의 땅 위와 땅 밑에는 다 내 친구들이 있다. 살아 있거나 이미 죽은 내 친구들이. 또한 그곳에는 나의 끝없는 상념과 추억이 깃들어 있기도 하지. 어떤 의미에서 네 나라, 중국은 나의 나라이기도 하다. 하지만 이런 말을 한다고 해서 내가 내 자신을 속이고, 나아가 너를 속이려 한다고 생각하지는 말기를. 만약 내가 네게 위의 이야기를 하지 않고, 네가 지금 처한 곤경과 다가올지도 모를 위험을 지적하지 않는다면 그것이야말로 너를 속이는 것이다. ……

시스는 터져나오는 말을 걷잡을 수 없는 듯했다. 한 달도 되지 않아 또 세 번째 편지가 왔다. 이번에 그는 첫 문장부터 대뜸 룽진전에게 화를 냈다. 왜 답장을 보내지 않느냐는 질책이었다. 하지만 룽진전이 왜 답장을 안 보내는지 그는 이미 짐작하고 있는 듯했다.

네게서 답장이 없는 것은 곧 네가 그 일(암호 해독)을 하고 있음을 뜻한다!

사람들이 보통 말하는, 침묵은 곧 긍정이라는 판단이었다.
이어서 그는 애써 감정을 억누르며 간곡한 어조로 글을 써나
갔다.

왜 그런지는 잘 모르겠지만 너만 생각하면 나는 가슴이 조여들고
온몸에 힘이 빠진다. 누구나 살면서 한번쯤은 액운을 만나게 마
련인데 내 삶의 액운은 바로 너인 것 같다. 친애하는 진전, 너와
나 사이에 대체 무슨 일이 있었기에 나는 이렇게 너를 포기하지
못하는지 모르겠다. 친애하는 진전, 제발 내게 말해다오. 내가 꿈
에서 걱정한 것처럼 네가 암호 해독 일을 하고 있지는 않다고. 하
지만 네 재능과 연구 과제 그리고 너의 오랜 침묵 때문에 점점 더
내 불행한 꿈이 맞다는 심증이 굳어지고 있다. 아, 암호, 이 빌어
먹을 암호 같으니! 너는 언제나 후각이 예민해서 네가 원하는 사
람을 바라는 대로 품에 끌어안았다. 하지만 상대에게 그건 감옥
에 갇히고 함정에 빠지는 것이었어! 아, 진전, 친애하는 진전, 네
상황이 정말로 그렇다면 너는 내 말을 들어야 한다. 가능한 한 꼭
돌아가라. 눈곱만치라도 여지가 있다면 주저하지 말고 즉시 돌아
가라! 만약 정말로 돌아갈 방법이 없다면 친애하는 진전, 무조건
내 말을 기억해라. 너희 나라가 해독하려는 암호들 중에서 너는

무엇이든 택해도 되지만 X국의 퍼플코드만은 절대로 택하면 안
된다!

퍼플코드는 당시 701 앞에 놓인 최고 난이도의 암호였다. 일
설에 따르면 어떤 종교 단체가 거금과 함께 불법적인 수단까지
동원해 한 과학자를 유인하고 협박해서 퍼플코드를 개발하게 했
다고 한다. 그런데 퍼플코드는 그 안에 속임수가 너무 많고 복잡
한데다 난이도가 너무 높았던 탓에 그 종교 단체는 그것을 사용
하는 것이 아예 불가능했다. 그래서 결국 X국에 팔아넘겼고 퍼
플코드는 현재 X국의 최고 군사 암호이자 701이 가장 해독하고
자 열망하는 암호가 되었다. 지난 몇 년간 701 암호 해독처의 인
재들은 줄곧 그것을 해독하기 위해 온갖 사투를 벌여왔다. 하지
만 결과적으로는 점점 더 그것을 두려워하고 감히 건드리지 못
하게 되었다. 사실 장기광은 퍼플코드를 풀다가 미치고 말았다.
다시 말하면 퍼플코드를 만든 그 이름 모를 과학자에 의해 미친
것이다. 하지만 미치지 않은 사람들도 정신력이 강해서 미치지
않은 것은 아니었다. 단지 겁이 많고 영리해서 그것을 건드리지
않았을 뿐이다. 그들은 영리해서 그것을 건드리면 그 결과가 어
떨지 예견했고 그래서 그것을 건드리지 않음으로써 재차 자신들
의 영리함을 증명했다. 그것은 함정이고 블랙홀이어서 영리한
사람은 피했고 용감한 사람은 미쳤다. 그리고 미친 이는 사람들

이 더더욱 그것을 경외하고 회피하게 만들었다. 이것이 바로 그때 701의 퍼플코드 해독의 현황이었다. 그들은 초조했지만 속수무책이었다.

지금 시스가 룽진전에게 퍼플코드에 손대지 말라고 경고한 것은 한편으로는 퍼플코드가 해독하기 어려워서 손을 대도 좋은 결과를 얻을 수 없을 것이라는 우려를 뜻했다. 그런데 다른 한편으로 그것은 그가 퍼플코드에 대해 어느 정도 알고 있음을 암시하는 듯했다. 지난 몇 통의 편지를 보면 룽진전에 대한 그의 감정이 매우 남달라서 그것을 적절히 이용하면 그에게서 퍼플코드 해독에 관한 약간의 영감을 얻을 수 있을지도 몰랐다. 그래서 룽진전의 이름으로 시스에게 쓰인 편지 한 통이 은밀히 발송되었다.

그 편지는 타자기로 쓰였고 서명과 날짜만 육필이었다. 그리고 필적은 룽진전의 것이긴 했지만 그의 친필은 아니었다. 듣기안 좋은 소리이기는 하지만 이 일에서 룽진전은 조직에 이용되는 영광을 누린 셈이었다. 왜냐하면 시스에게 편지를 보내는 것은 퍼플코드의 해독을 위해서였는데 그것은 온종일 심심풀이 책만 읽고 미치광이와 장기나 두는 자와는 의심의 여지 없이 전혀 무관한 일이었기 때문이다. 그래서 그에게 사정을 알려줄 필요조차 없었다. 또한 그에게 직접 편지를 쓰게 한다고 해서 꼭 좋은 효과가 있으리라는 법도 없었다. 결국 다섯 명의 전문가가 기초하고 세 명의 간부가 점검해 편지가 완성되었고 그 안에서 가

상의 룽진전은 존경하는 시스를 향해 절실하면서도 교묘한 질문을 던졌다. 왜 자기는 퍼플코드를 해독할 수 없느냐고.

그 질문이 정말 절실해 보였던지 시스는 금세 답장을 보내왔다. 그의 어조에는 체념과 진실함이 가득했다. 그는 먼저 룽진전의 상황과 자신의 꿈이 들어맞은 것에 대해 길게 탄식했다. 거기에는 룽진전 본인의 무지에 대한 질책도 있었고 무정하고 불공평한 운명에 대한 원망도 있었다. 이어서 그는 이렇게 말했다.

왠지 나는 지금 네게 내 비밀을 말하고픈 충동을 느낀다. 아마 이 편지를 다 쓰고 부치고 나면 두고두고 후회가 되겠지만. 일찍이 나는 이번 생에는 그 누구에게도 이 비밀을 공개하지 않겠다고 맹세했었다. 하지만 너를 위해서 말하지 않을 수 없을 것 같다. ……

그것은 어떤 비밀이었을까?

편지에서 시스는 그해 겨울 자기가 두 개의 관에 담긴 책들을 갖고 N대학으로 돌아온 것은 원래 인공두뇌 연구를 준비하기 위해서였지만 이듬해 봄, 이스라엘의 주요 인사가 자기를 찾아왔다고 말했다. 그 사람은 그에게 이런 말을 했다.

"나라를 갖는 것이야말로 우리 유대인 모두의 꿈이지만 지금 그 꿈이 거대한 위기에 직면해 있습니다. 당신은 당신의 동포들이 계속 죽어가는 것을 보고 싶지는 않겠지요?"

시스는 당연히 보고 싶지 않다고 답했다. 그 사람은 또 말했다.

"그렇다면 수많은 동포를 위해 한 가지 일을 해주십시오."

그것은 어떤 일이었을까?

시스는 편지에서 그것이 동포들을 위해 인접국들의 군사 암호를 해독하는 일이었다고 말했다. 그 일을 몇 년간 계속했다. 이에 관해 그는 일가친척을 데리고 X국으로 가기 전, 작은 릴리에게 남긴 편지에서 "제 민족의 간절한 소망 때문에 저는 제 동포들을 위해 대단히 중요하고 비밀스러운 일을 해왔습니다. 그들의 어려움과 소망이 저를 감동시키고 제 이상을 포기하게 만들었습니다"라고 언급한 적이 있었다. 이어서 시스는 자기는 운이 좋았다고 말했다. 그들에게 고용된 후 순조롭게 그들의 인접국들이 보유한 여러 상급 암호를 차례로 해독해, 자기가 수학계에서 누렸던 것만큼이나 높은 명성을 암호 해독계에서도 금세 얻었다고 했다.

그 후의 일들은 짐작하기 어렵지 않았다. 예컨대 나중에 X국이 그렇게 많은 인력을 동원해 그를 돕고 보물처럼 모셔간 것은 그의 암호 해독 기술을 이용하기 위해서였다. 그런데 X국에 가서 시스는 예상치 못한 상황에 부딪혔다.

뜻밖에도 X국은 적국의 암호를 풀게 하려고 나를 부른 것이 아니었다. 그들은 나에게 퍼플코드를 풀게 했다! 말할 필요도 없이 내가 해독에 성공하면 퍼플코드는 폐기될 것이다. 다시 말해 내 일의 의의는 퍼플코드를 유지할 것인가, 포기할 것인가를 결정하게 하는 데 있다. 나는 적국의 퍼플코드 해독을 X국이 가늠하게 하는 풍향계가 된 것이다. 어쩌면 나는 영광스러워해야 마땅하다. 내가 퍼플코드를 못 풀면 아무도 못 풀 것이라고 다들 생각하기 때문이다. 그런데 지금 내가 맡은 역할이 싫어서인지, 아니면 퍼플코드는 절대 풀 수 없다는 탄성들이 못마땅해서인지 나는 이 퍼플코드를 꼭 풀고 싶다. 하지만 아직까지 해독의 실마리조차 못 잡고 있다. 이것이 바로 내가 네게 퍼플코드를 건드리지 말라고 하는 이유다. ……

사람들은 이 편지의 발신지와 필적이 그 전의 편지들과는 다르다는 데 주목했다. 시스는 이 편지의 내용이 위험하다는 것을 인지한 것이다. 매국노로 몰릴 위험을 무릅쓰면서까지 편지를 보낸 것을 보면 룽진전에 대한 그의 감정이 얼마나 깊고 진실한지 알 수 있었다. 그 감정은 이용당할 가능성이 다분했다. 그래서 룽진전의 이름으로 시스에게 쓰인 또 한 통의 편지가 X국으로 부쳐졌다. 그 편지에서 가짜 룽진전은 사제 간의 두터운 정을 이용해 스승을 수렁에 빠뜨리려는 의도를 명백히 드러냈다.

저는 지금 선택권이 없습니다. 제가 자유를 되찾는 유일한 방법은 퍼플코드를 푸는 것뿐입니다. (…) 선생님은 여러 해 퍼플코드를 연구하셨으니 틀림없이 제게 어떤 가르침을 주실 수 있으리라 생각합니다. (…) 경험이 부족한 제게는 작은 가르침도 큰 힘이 될 수 있습니다. (…) 친애하는 선생님, 저를 때리고, 욕하고, 제게 침을 뱉으십시오. 저는 유다가 되고 말았습니다. ……

이런 편지를 직접 시스에게 부치는 것은 당연히 불가능했다. 결국 X국에 있는, 중국 측과 밀접한 인사를 통해 전달하기로 했다. 그런데 편지를 시스에게 안전하게 전달하는 것은 믿을 만했지만 과연 시스가 답장을 보낼지에 대해서는 701 사람들은 거의 확신이 없었다. 어쨌든 지금 룽진전(가짜 룽진전)은 유다와 다를 바가 없어서 보통의 스승이라면 그런 제자를 거들떠보지도 않을 듯했다. 바꿔 말해, 지금 불쌍하면서도 괘씸한 가짜 룽진전에 대하여 시스가 미움을 버리고 동정을 택하게 하는 것은 퍼플코드를 푸는 일 자체보다 더 어려울 듯싶었다. 어떤 의미에서 보면 이 일은 당시 701이 퍼플코드의 해독과 관련해 어떤 상황이었는지 말해준다. 그야말로 초조한 나머지 온갖 수단을 다 동원하는 상황이었다.

그런데 기적이 일어났다! 시스가 답장을 보내온 것이다!

그 후 반년 이상 시스는 여러 차례 목숨을 걸고 중국 측 인사와 접촉하여 퍼플코드에 관한 갖가지 기밀 자료와 해독의 힌트를 친애하는 룽진전에게 미친 듯이 제공했다. 이로 인해 701 본부는 임시로 퍼플코드 해독팀을 조직했는데 그들 중 다수는 본부가 지정해 파견한 이들이었다. 그들은 이 기회를 틈타 그동안 철통같이 닫혀 있던 퍼플코드의 문을 일거에 열 참이었다. 사실 일 년 가까이 시스가 지치지도 않고 보내온 편지들을 룽진전은 한 통도 받지 못했을 뿐만 아니라 그 편지들의 존재조차 몰랐다. 다시 말해 그 편지들은 룽진전에게는 아무 의미도 없었다. 만약 어떤 의미가 있었다고 한다면 그것은 뱀을 구멍에서 유인해내는 역할을 그 자신도 모르게 그에게 부여한 것이었다. 그래서 나중에 상관들은 룽진전의 상태가 더 심해져서 업무 태만으로 처벌될 지경에 이르렀는데도 조직 차원에서 계속 그를 감싸고 눈감아주었다. 그는 퍼플코드를 풀기 위한 미끼였기 때문이다.

룽진전의 상태가 더 심해졌다는 것은 그가 심심풀이 책을 읽고 장기를 둔 것 외에도 나중에 사람들의 꿈풀이를 해주기 시작한 것을 뜻한다. 그가 해몽을 할 줄 안다는 사실이 우연히 알려진 뒤부터 필연적으로 호기심 많은 사람들이 몰려들었다. 그들은 걸핏하면 몰래 그를 찾아와 전날 밤 꿈 이야기를 하고 무슨 뜻인지 물어보았다. 장기와 마찬가지로 룽진전은 그 일을 그리 좋아하지는 않았지만 정에 끌려서인지, 뭐라고 거절할지 몰라서인지 언제나 질문에 응해주었다. 그들의 허무맹랑한 상상을 조리 있고 분명하게 풀어주었다.

매주 목요일 오후는 전체 실무 요원들의 정치활동 시간이었다. 활동 내용은 지시 전달일 때도 있었고, 신문 낭독일 때도 있었고, 자유 토론일 때도 있었다. 자유 토론일 때면 진전은 늘 남들에게 한쪽으로 끌려가 몰래 '해몽활동'을 했다. 그런데 한번은 그가 막 다른 사람의 꿈을 풀어주고 있는데 때마침 정치활동 상황을 점검하러 내려온, 조직의 사상 교육을 주관하는 부국장의 눈에 딱 걸렸다. 부국장은 사람이 조금 편벽돼서 문제를 확대하고 곧이곧대로 비판하기를 좋아했다. 그는 룽진전이 봉건적인 미신을 퍼뜨린다고 생각해 따끔하게 질책하는 한편, 자기에게 반성문을 써서 내라고 요구했다.

부국장은 아랫사람들에게 평판이 안 좋았다. 특히 실무 요원들은 전부 그를 귀찮아했다. 그들은 룽진전에게 그를 무시하라고 권했다. 아니면 몇 마디 해명을 적어내 일을 끝내라고 했다. 룽진전은 후자를 택했다. 하지만 그가 생각한 해명은 일반적인 해명과 완전히 달랐다. 반성문의 내용은 딱 한마디, "암호를 비롯해 세상의 모든 비밀은 꿈속에 숨겨져 있습니다"였다.

이건 해명이 아니라 항변이었다. 자기가 사람들에게 해몽을 해주는 것이 암호 해독 업무와 관계있다고 말하는 듯했다. 부국장은 암호 해독이 뭔지는 전혀 몰랐지만 꿈이라는 유심주의의 산물은 철저히 혐오했다. 그는 그 반성문에서 눈을 떼지 못했다.

그 위에 적힌 글자들이 자기에게 혀를 내밀고, 자기를 조소하고, 자기를 경멸하고, 발광을 하고, 계란으로 바위를 치고 있는 듯했다. 정말 참으려야 참을 수가 없었다! 그는 벌떡 일어나 그 반성문을 움켜쥐고 노기등등해서 사무실을 뛰쳐나갔다. 그러고서 오토바이를 타고 동굴로 달려가 암호 해독처의 육중한 철문을 박차고 들어가서 그곳 요원들을 앞에 둔 채 충동적으로 귀에 거슬리는 말을 내뱉었다. 그는 룽진전을 가리키며 이렇게 말했다.

"네가 나한테 한마디를 선물했으니 나도 한마디를 선물해주마. 두꺼비들은 다 자기가 백조 고기를 먹을 거라고 생각해!"(자기 분수를 모르고 능력도 안 되는 것을 욕심낸다는 뜻)

부국장은 이 말 때문에 자기가 무거운 대가를 치르고 결국 수치스럽게 701을 떠나게 될 줄은 꿈에도 몰랐다. 사실 부국장의 말은 조금 충동적이기는 했지만 암호 해독 업무의 본질에 비춰보면 그리 틀린 말은 아니었다. 왜냐하면 앞에서 말한 대로 그 외롭고 잔혹하며 음침한 일은 지식과 경험, 천재 정신도 필요하지만 머나먼 별들 저편에나 존재하는 행운이 더 필요한 것처럼 보이기 때문이다. 더구나 룽진전은 사람들이 보기에 타고난 총명함이 말에서 드러나지도 않고 숨은 야심과 재질도 엿보이지 않았다.

하지만 중국에는 사람들의 이런 편견에 반박하는 속담이 있다. 그것은 "바닷물은 말斗로 잴 수 없고 사람은 외모로 판단할 수 없다"라는 말이다.

물론 가장 강력한 반격은 의심의 여지 없이 일 년 뒤 룽진전이 퍼플코드를 푸는 쾌거를 이룬 것이었다.

겨우 일 년 만에 퍼플코드를 풀었다!

많은 사람이 퍼플코드를 두려워해 이리저리 몸을 피할 때, 누구도 예상치 못하게 한 마리 두꺼비가 은밀히 그것을 주시하고 있었던 것이다! 만일 그가 퍼플코드를 풀고 있다는 사실이 미리 알려졌다면 사람들은 틀림없이 그를 웃음거리로 삼고 하룻강아지 범 무서운 줄 모른다며 혀를 찼을 것이다. 하지만 이제 증명되었다. 그 머리 큰 두꺼비가 천재의 재능뿐만 아니라 천재의 행운, 별들 저편에나 존재하는 행운까지 갖고 있다는 것이.

룽진전의 행운은 확실히 바랄 수도, 상상할 수도 없는 것이었다. 누구는 그가 꿈에서(아니면 다른 사람의 꿈에서) 퍼플코드를 풀었다고 했고, 누구는 그가 장기광과 장기를 두면서 영감을 얻었다고 했으며, 또 누구는 그가 심심풀이 책에서 천기를 간파했다고 말했다. 어쨌든 그는 거의 티 나지 않게 조용히 혼자 퍼플코드를 풀어냈다. 이 사건은 정말 사람들을 질투와 흥분의 도가니로 몰아넣었다. 대부분의 사람은 흥분했지만 아마도 본부에서 파견된 전문가 몇 명은 질투를 했을 것이다. 그들은 멀리 있는 시스의 가르침 아래 자신들이 퍼플코드를 해독할 것이라고 생각했기 때문이다.

그것은 1957년 겨울, 즉 룽진전이 701에 들어간 지 일 년여
만의 일이었다.

08

25년 뒤, 지팡이를 짚고 다니는 정씨 성의 국장은 자신의 소박한 응접실에서 나에게 말했다. 부국장을 비롯한 대다수 사람이 룽진전이라는 바닷물을 작은 말로 재고 있었을 때, 자신은 룽진전에게 큰 기대를 걸던 몇 안 되는 이들 중 하나였다고. 그의 말이 과연 진실인지 사후 변명인지는 잘 모르겠지만 어쨌든 그는 아래와 같이 말했다.

정 국장 인터뷰

솔직히 평생을 암호 해독계에서 보냈지만 룽진전만큼 암호에 관해 비상한 감각을 지닌 사람은 보지 못했습니다. 그는 암호와 정신적으로 연결되어 있는 듯했죠. 아들과 엄마의 혈연관계처럼 많은 부분에서 자연스럽게 통했습니다. 이것이 그의 대단한 점이었고 또 한 가지 더 대단한 점은 강하고 사심 없는 성격과 지극히 냉정한 지성이었습니다. 절망적인 일에 부딪혀도 괘념치 않고 오히려 더 전의를 불태웠죠. 그는 야성과 지성이 다 보통 사람보다 두 배는 강했으며 그 두 가지가 동등하게 결합해 힘을 발휘하곤 했습니다. 만약 당신이 그의 장대하면서도 평온한 정신을 들여다보았다면 아마 흥분과 무력감을 동시에 느꼈을 겁니다.

지금도 똑똑히 기억납니다. 그가 암호 해독처에 들어온 지 얼마 안 되어 나는 Y국에 석 달 동안 출장을 갔습니다. 퍼플코드의 해독과 관련된 출장이었지요. 당시 Y국도 X국의 퍼플코드를 해독 중이었는데 우리보다 진전이 빨랐습니다. 그래서 본부에서는 특별히 나를 보내 그들의 경험을 배워오게 했죠. 나와 우리 부서의 암호 해독원 그리고 본부에서 우리 암호 해독 업무를 관리하는 부국장, 이렇게 세 명이 함께 갔습니다.

돌아온 뒤 나는 상관과 주변 사람들로부터 룽진전에 대한 비난을 들었습니다. 그가 일을 등한시하고 연구에 의욕이 없다고들 했죠. 나는 당연히 난처했습니다. 그 공을 들여 무능력자나 데려왔다는 소리를 들을 것 같아 그랬죠. 이튿날 저녁, 나는 숙소로 그를 찾아갔습니다. 문이 반쯤 열려 있더군요. 노크를 했지만 답이 없어서 곧바로 안으로 들어갔습니다. 거실에 사람이 없어서 또 안쪽 침실을 들여다보았습니다. 어둠 속에서 누가 침대 위에서 웅크리고 자고 있더군요. 나는 인사를 하고 침실로 들어가 전등을 켰습니다. 그런데 불이 켜지자마자 나는 경악을 금치 못했습니다. 네 벽에 각종 도표가 빽빽이 걸려 있었습니다. 어떤 것은 함수표 같더군요. 구불구불한 선이 가득했습니다. 또 어떤 것은 통계표였어요. 알록달록한 숫자들이 햇빛에 비친 물방울처럼 꿈틀거리면서 방 안을 비현실적인 분위기로 만들었습니다.

각 도표에 적힌 간단한 설명을 통해 나는 금세 그 도표들이『세계암호사』를 정리한 것임을 알았습니다. 하지만 그 설명들이 없었다면 도저히 알아보지 못했을 겁니다.『세계암호사』는 무려 열권이 넘습니다. 그런 대작을 그가 그런 특수한 수열로 간단히 정리해낸 것에 나는 우선 놀랐습니다. 인체를 예로 들면 살과 피부를 제거하고 그 골격으로 전체를 제시하는 것만 해도 천재적인 성과입니다. 그런데 그는 골격도 필요 없이 단지 손가락뼈 한 마디만을 취했습니다. 생각해보십시오. 그 손가락뼈 한 마디로 인체를 고스란히 펼쳐 보인 겁니다. 그 얼마나 놀라운 능력입니까!

룽진전은 확실히 천재였습니다. 그에게는 우리가 상상도 할 수 없는 능력이 있었죠. 그는 몇 개월, 심지어 일 년 동안 누구와도 말하지 않고 침묵하며 살 수 있었습니다. 하지만 그가 입을 열면 단 한마디로 다른 사람이 평생 동안 하는 말을 다 할 수 있었습니다. 또한 그는 무슨 일을 해도 과정이 없고 결과만 있는 듯했습니다. 게다가 그 결과는 언제나 한 치의 오차도 없이 놀랄 만큼 정확했습니다. 그에게는 사물의 본질을 포착하는 본능이 있었으며 그 포착 방식은 언제나 특별하고 기괴하며 보통 사람의 생각을 초월했습니다. 『세계암호사』를 그렇게 희한하게 자기 방 안에 옮겨놓는 것을 누가 상상이나 해봤겠습니까? 예를 하나 들어보죠. 암호를 산에 비유한다면 암호 해독은 그 산의 비밀을 찾는 것이겠죠. 보통 사람은 우선 그 산을 올라갈 길을 찾은 다음, 그 길을 올라가 비밀을 탐색합니다. 하지만 그는 그렇게 하지 않았습니다. 그 옆의 다른 산에 올라간 뒤, 탐조등으로 비추면서 망원경으로 세밀하게 비밀을 관찰했죠. 그는 이렇게 희한하고 신비한 인물이었습니다.

의심의 여지 없이 그는 그렇게 희한하게 『세계암호사』를 자기 방안에 옮겨놓은 뒤부터 자나 깨나 자신의 생각과 일거수일투족을 암호사와 긴밀히 연관시켰습니다. 그렇게 시간이 지나면서 암호사 전체가 산소처럼 그의 폐부에 흡입되어 피로 변하고 머릿속에서 약동하기 시작했죠.

(…)

내가 방금 경악했다고 한 것은 그의 방에 걸린 도표를 보고 그런 것이죠. 그런데 나는 곧이어 또 한 번 경악하게 됩니다. 이번에는 그의 말을 듣고 그랬죠. 나는 그에게 왜 역사에 정력을 소비하느냐고 물었습니다. 암호 해독가는 사학자가 아니며 암호 해독가가 역사에 접근하는 것은 황당무계하고 위험한 일이라고 생각했기 때문입니다. 그런데 그가 뭐라고 말했는지 아십니까? 대강 이런 이야기를 했습니다.

"저는 이 세상의 암호가 생명처럼 살아 있으며 한 시대의 암호는 다른 시대의 암호와 어떤 형태로든 연관성이 있다고 믿습니다. 같은 시대의 암호들도 알게 모르게 상응하는 면이 있고요. 따라서 우리가 오늘날의 어떤 암호를 풀려고 한다면 그 답은 과거의 어떤 암호 속에 숨겨져 있을 가능성이 큽니다."

나는 그의 말을 반박했습니다.

"암호 개발자의 원칙은 과거의 전철을 밟지 않도록 역사를 무시하는 걸세."

"역사와 단절되려는 그런 공통된 바람이 바로 연관성입니다."

그의 이 한마디에 나는 엄청난 정신적 충격을 받았습니다! 그는 이어서 또 말했습니다.

"암호의 변천은 인간 얼굴의 변천과 마찬가지로 그 전체적인 추세가 진화의 양상을 보입니다. 다른 점이 있다면 인간의 얼굴은 일관되게 그 기본 형태를 기초로 변화합니다. 아무리 변해도 역시 인간의 얼굴을 벗어나지는 않죠. 하지만 암호는 정반대입니다. 오늘 인간의 얼굴이었으면 내일은 그 형태에서 벗어나 말의 얼굴, 개의 얼굴 등으로 변화하려 합니다. 따라서 그것은 기본 형태가 없는 변화입니다. 하지만 어떻게 변하든 그 눈, 코, 귀, 입은 갈수록 뚜렷하고, 정교하며, 완벽해집니다. 이런 진화의 추세는 결코 변하지 않습니다. 다른 얼굴로 변하려는 것도 필연이고, 나날이 완벽해지는 것도 필연입니다. 이 두 가지 필연은 두 줄기 선과도 같으며 이 선들의 교차점이 바로 새 시대 암호들의 심장입니다. 만약 암호의 역사 속에서 이 두 줄기 선을 정리해낸다면 지금 우리의 암호 해독에 도움이 될 겁니다."

이런 말을 하면서 그는 한편으로 벽에 걸린 숫자들을 가리켰습니다. 그의 손가락이 절도 있게 멈췄다 건너뛰었다 하며 한 무리의 심장들 사이를 헤집고 다니는 듯했습니다.

그의 '두 줄기 선 이론'은 정말로 나를 충격에 빠뜨렸습니다. 나는 그 두 줄기 선이 이론적으로는 확실히 존재하지만 실제로는 존재하지 않는다고 알고 있었습니다. 왜냐하면 그 선들을 볼 수 있는 사람이 없었기 때문입니다. 혹시 그런 사람이 있더라도 그 선들을 끌어내 움직이려 한다면 결국 그 선들에 감기고 옥죄어 죽을 수밖에 없다고 생각했습니다.

(…)

네, 설명이 더 필요하겠군요. 자, 당신은 난로에 가까이 가면 어떤 느낌이 듭니까?

그렇죠. 덥고 뜨거워지는 걸 느끼고 그다음에는 더 가까이 가지 못한 채 일정한 거리를 유지하지요. 화상을 안 입도록 말입니다. 어떤 사람에게 접근하는 것도 이와 같습니다. 어떻게든 그에게서 영향을 받게 마련인데 그 영향의 많고 적음은 그의 매력, 인격,

에너지에 달려 있죠. 이와 관련해 얘기한다면 장담컨대 암호업계에서 활동하는 사람은 제작자든 해독가든 모두 엘리트로서 매력이 무궁무진하며 블랙홀처럼 깊은 정신세계를 갖고 있습니다. 그들은 한결같이 남에게 강력한 영향력을 발휘하죠. 그러니 만약 당신이 암호의 역사 속에 발을 디딘다고 생각해보십시오. 그건 곳곳에 함정이 설치된 밀림 속에 들어가는 것과 마찬가지입니다. 언제 어떤 함정 속에 굴러떨어져 옴짝달싹 못하게 될지 모릅니다. 그래서 개발자나 해독가는 보통 암호의 역사에 감히 접근하지 못합니다. 그 역사 속의 어떤 정신, 어떤 사상이 자석처럼 자기를 끌어당겨 녹여버릴지 모르기 때문이죠. 누구의 정신이든 역사 속 어느 정신에 동화돼버리면 그는 암호업계에서 아무 쓸모없는 존재가 되고 맙니다. 암호의 역사에서는 비슷한 두 가지 정신을 허용하지 않으니까요. 하나를 통해 다른 하나를 이해하는 일이 없도록 말이죠. 비슷한 정신은 암호업계에서 쓰레기일 뿐입니다. 암호는 이렇게 무정하고 신비합니다.

자, 이제 당신은 그때 내가 왜 경악했는지 이해했을 겁니다. 룽진전은 그 두 줄기 선을 탐색함으로써 사실 암호 해독의 중요한 금기를 어겼습니다. 모르고 그랬는지, 알면서도 그랬는지 잘 모르겠지만 첫 번째로 나를 경악시킨 일에 비춰볼 때 알면서도 의도적으로 그런 것 같습니다. 암호의 역사를 표로 만들어 내걸 수 있었던 것은 이미 그가 결코 예사로운 사람이 아님을 은연중에 암시했지요. 이런 사람이 금기를 어겼으니 그것은 우매하거나 서툴러서 그런 것이 아니고 용기와 실력으로 그런 것이 분명했습니다.

그래서 그의 '두 줄기 선 이론'을 들은 뒤에도 나는 그를 힐난하지 못하고 묵묵히 감탄하기만 했습니다. 약간 질투심도 나더군요. 그는 확실히 나보다 앞서 있었기 때문입니다.

당시 그는 우리 암호 해독처에 들어온 지 반년도 채 안 됐을 때였죠. 하지만 나는 동시에 그가 걱정되었습니다. 그가 큰 재난을 앞두고 있는 것 같아서였죠. 그게 뭔지는 지금 당신도 짐작이 갈 겁니다. 룽진전이 두 줄기 선을 끌어내려 하는 건 바로 암호사 속에 도사리고 있는 각각의 정신을 일일이 선 위의 점으로 나타내 치밀하게 연구하고 경험해보는 것을 뜻했습니다. 그 점들 즉 그 정신들은 저마다 끝없는 마력이 있어서 모두 강력한 손으로 변해 그를 꽉 움켜쥠으로써 한낱 쓰레기로 만들 수도 있었습니다. 그래서 오랫동안 암호 해독계에서는 "역사를 버려라!"라는 불문율이 통했던 겁니다. 역사 속에 갖가지 계기와 암시가 묻혀 있어서 그것들로부터 깨달음을 얻을 수 있다는 것을 누구나 알고 있는데도 말입니다. 거기에 들어가면 다시 나올 수 없다는 공포가 들어가려는 생각을 지우고 그 안의 모든 것을 덮어버렸죠.

주저 없이 말할 수 있는 것은, 다양한 역사 중에서도 암호사야말로 틀림없이 가장 묵묵하고 냉정한 역사라는 사실입니다. 그 안에는 감히 물어보는 사람이 없습니다. 암호 해독가의 비애는 바로 이 때문에 생깁니다. 그들은 역사라는 거울도 없고 동업자들의 성과에서 자양분을 섭취할 기회도 없습니다. 그들의 과업은 힘들고 심오한데도 그들의 정신은 외롭고 고독합니다. 선배들의 성과는 그들이 딛고 올라설 계단이 되어야 마땅한데도 오히려 굳게 닫힌 문이나 사람을 집어삼키는 함정이 되어 그들을 멀리 돌아가게 하고 따로 좁은 길을 개척하게 강요하지요. 내가 보기에는 세상에 암호만큼 역사에 반하고 역사를 떼어놓는 일은 없습니다. 역사가 뒤에 오는 자에게 부담과 장애가 되다니, 이 얼마나 잔혹하고 무정한 일입니까. 그래서 암호업계는 흔히 과학계에서 가장 많은 천재가 희생되는 곳입니다!

(…)

좋습니다. 제가 간단히 소개하지요. 일반적으로 암호 해독은 사실에 입각해 문제를 푸는 식으로 이뤄집니다. 우선 정보원이 관련 자료를 수집해오면 암호 해독원은 그 자료에 근거해 갖가지 추리를 합니다. 마치 무수한 열쇠로 역시 무수한 문을 여는 느낌인데요, 문과 열쇠는 다 그 스스로 설계하고 만들어내며 문과 열쇠의 숫자는 자료의 많고 적음과, 또한 암호에 대한 그의 감각에 달려 있습니다. 확실히 이것은 아주 원시적이고 미련한 방법입니다만 역시 가장 안전하고 효과적인 방법이기도 합니다. 특히나 고급 암호를 풀 때는 그 성공률이 다른 방법들보다 높아서 지금까지 답습돼왔지요.

그런데 룽진전은, 당신도 알다시피 이미 그 세습적인 방법에서 떨어져 나와 대담하게 금지구역으로 뛰어들었습니다. 그리고 역사 속으로 손을 뻗어 선배들의 어깨 위에 얹었지요. 원래 그 결과는 내가 방금 말한 대로 위험하고 무시무시했습니다. 물론 성공한다면, 그러니까 선배들에게 정신을 빼앗기지 않는다면 확실히 대단한 일을 기대할 수 있었습니다. 적어도 암호의 비밀을 찾는 범위를 대폭 축소할 수 있었지요. 예컨대 우리 앞에 작은 공식들의 만 갈래 갈림길이 있다고 한다면 그에게는 절반이나 그 이하로 줄어들 수 있었습니다. 그 줄어드는 정도는 그가 얼마나 성공했는지, 그 두 줄기 선을 얼마나 완벽히 파악했는지에 달려 있었습니다. 하지만 사실 그 성공 확률은 지극히 낮아서 시험해본 사람이 거의 없었습니다. 그러니 성공한 사람은 더욱 드물었죠. 암호 해독계에서는 단지 두 종류의 사람만이 그런 큰 모험을 감행합니다. 첫 번째는 진정한 천재, 두 번째는 미치광이죠. 미치광이가 두려움이 없는 것은 뭐가 무서운지 모르기 때문입니다. 하지만 천재가 두려움이 없는 것은 훌륭한 이와 끈질긴 정신을 가졌기 때문입니다. 아무리 무서운 것도 날카로운 이로 물어뜯어버리거나 끈질긴 정신으로 몰아내지요.

솔직히 그때 나는 룽진전이 천재인지 미치광이인지 분간하기 힘들었습니다. 다만 한 가지는 확신했지요. 룽진전이 앞으로 큰일을 해내든 비극을 당하든 나는 놀랄 일이 없으리라는 것을 말입니다. 그래서 나중에 그가 쥐도 새도 모르게 퍼플코드를 풀었을 때, 나는 전혀 이상하게 생각하지 않았습니다. 다만 그를 위해 안도의 숨을 쉬고 마음속으로 그를 향해 순순히 무릎을 꿇었죠.

또한 룽진전이 퍼플코드를 푼 뒤, 우리는 시스가 이쪽에 제공한 퍼플코드 해독의 아이디어가 완전히 잘못됐다는 것을 알았습니다. 다시 말해 그때 다행히 퍼플코드 해독팀이 은밀히 룽진전을 배제했으니 망정이지 안 그랬으면 그는 잘못된 길로 들어서서 퍼플코드를 못 풀었을 수도 있었던 것이죠. 세상일은 이처럼 오묘합니다. 원래 그를 배제한 것은 그에게 불공평한 일이었지만 결과적으로 그에게 도움이 되었으니 이를 새옹지마라고 할 수 있겠네요. 시스의 아이디어가 왜 틀렸는지는 두 가지 가능성이 있습니다. 하나는 우리를 교란하려고 그가 고의로 그런 것이고, 또 하나는 특별한 의도 없이 그 자신이 해독과정에서 오류를 범한 겁니다. 당시 상황으로 보면 후자였을 가능성이 더 큽니다. 그는 처음에 퍼플코드를 풀 수 없다고 말한 적이 있으니까요. (계속)

룽진전이 퍼플코드를 풀었다!

두말할 필요 없이 그 후로 이 신비한 젊은이는 연이어 굵직굵직한 성과를 거뒀다. 비록 그는 여전히 괴팍하게 생활하고 괴팍하게 일했지만. 손에서 책을 놓지 않고, 다른 사람과 장기를 두고, 남에게 꿈풀이를 해주고, 하루에 몇 마디도 하지 않고, 매사에 뜨뜻미지근하고, 영욕에 전혀 신경 쓰지 않는 등 과거와 전혀 달라진 것이 없었다. 하지만 사람들의 인식은 하늘과 땅처럼 달라졌다. 그들은 그것이 바로 그의 신비함이고 매력이며 운이라고 믿었다. 701에서 그를 모르거나 존경하지 않는 남자 혹은 여자는 단 한 명도 없었다. 그도 그럴 것이 늘 혼자서 왔다 갔다 하니 개들조차 그를 모를 수가 없었기 때문이다. 사람들은 하늘의 별이 떨어질 일은 있어도 그가 추락할 일은 없다고 믿었다. 그 정도로 그가 얻은 영예는 다른 사람이 한평생을 누려도 모자랄 만큼 대단했다.

한 해 또 한 해가 가면서 사람들은 그가 한 단계, 한 단계 지위가 높아지는 것을 보았다. 팀장, 계장, 과장, 부처장…… 그는 언제나 똑같이 평온하게 그 모든 것을 받아들였다. 우쭐대지도 않고 겸손을 떨지도 않았다. 그의 모든 감정은 물이 물속으로 사라지는 것과 같았다. 사람들의 감정도 마찬가지였다. 부러워했지만 질투하지 않았고 감탄했지만 기가 죽지는 않았다. 그가 워낙 유별난 존재여서 자기들과 비교될 수 없다는 것을 인정했기 때문이다. 10년 후(1966) 그가 다른 사람의 절반, 아니 그보다 짧은 기간에 처장의 위치에 올랐을 때, 사람들은 그렇게 될 줄 알았다는 듯이 전혀 놀라지 않았다. 심지어 그들은 어느 날엔가 701이 룽진전의 천하가 될 것이며 국장이라는 직함도 지금 그 말없는 젊은이의 몫으로 준비되어 있다고 확신했다.

사람들의 그런 생각 또는 바람은 원래 사실이 될 가능성이 컸다. 701이라는 특수하고 신비한 기관에서는 거의 예외 없이 특출한 업무 요원이 리더가 되었기 때문이다. 더구나 룽진전의 바위처럼 냉정하고 과묵한 성격은 그런 비밀 조직의 수뇌가 되기에 대단히 적합한 듯했다.

그러나 1969년 연말의 며칠 동안 지금도 많은 사람이 기억하는 사건이 일어났다. 그 사건의 전후 경과에 대한 기술이 제4편의 이야기다.

제4편

또 다른 전轉

어떤 의미에서 한 사람의 지적 범위가 한정될수록 어떤 분야에서의 그의 지능은 무한대에 가까워집니다. 바꿔 말해 천재가 천재인 것은 그들이 어떤 분야에서 자신을 무한대로 늘이기 때문입니다. 그렇게 고무줄처럼 늘이고 늘이다보면 결국에는 거미줄처럼 가늘고 투명해져서 충격에 약해집니다. 그래서 무릇 천재는 다 새싹처럼 여립니다. 세상의 모든 진귀한 보물과 마찬가지로.

01

그 사건의 발단은 블랙코드 연구회의였다.

블랙코드는 그 이름으로 미루어보면 퍼플코드의 자매 격이긴 하지만 검은색이 보라색보다 더 무겁고 심각하듯이 퍼플코드보다 더 발전된 고급 암호였다. 룽진전은 3년 전의 그날을 결코 잊지 못할 것이다. 1966년 9월 1일(즉 그가 N대학으로 돌아가 룽 선생을 구한 지 얼마 안 돼서), 블랙코드의 흔적이 처음으로 퍼플코드의 영역에서 은밀히 모습을 드러냈다. 새가 바람 속에서 폭설이 곧 산을 봉쇄하리라는 것을 깨닫듯이 룽진전은 블랙코드의 그 첫 번째 단서에서 자기가 정복한 산이 붕괴될 위험에 처했음을 예감했다.

그 후로 벌어진 일들을 보면 과연 그랬다. 블랙코드의 흔적이 퍼플코드의 산 위에 계속 퍼지고 확대되었다. 마치 어두운 그림자가 저무는 햇빛을 끊임없이 잠식해 완전히 가려버리는 것 같았다. 이때부터 701에는 10년 전 그 암흑의 세월이 재현되었고 사람들은 광명을 되찾으려는 바람을 오로지 룽진전이라는 거대한 별에 걸었다. 3년 동안 그는 밤낮없이 광명을 찾아 헤맸다. 하지만 광명은 언제나 어둠 속에, 머나먼 산골짜기 저편에 숨어 있었다. 이런 상황에서 701과 본부는 블랙코드 연구회의를 소집했다. 그 회의는 은밀하지만 대대적인 규모로 개최될 예정이었다.

회의 장소는 본부였다.

다른 본부들처럼 701의 본부는 수도 베이징에 있었다. A시에서 출발하면 기차로 2박3일을 가야 했다. 비행기도 있긴 했지만 탈 수 없었다. 비행기는 납치될 위험이 있기 때문이었다. 현실적으로 비행기가 납치될 확률은 매우 낮지만 비행기에 701 암호해독처의 요원이 탔다면 그 확률은 열 배, 심지어 백 배로 올라갔다. 더욱이 그 요원이 과거에 퍼플코드를 풀었고 지금은 블랙코드를 풀고 있는 룽진전이라면 그 확률은 거의 무한대로 올라갔다. 따라서 X국의 정보 기관이 어떤 비행기에 룽진전이 탑승한다는 정보를 입수하기만 하면 그 비행기는 아예 띄우지 않는 편이 옳았다. 아마도 그 비행기에는 벌써 X국의 특공대가 잠입해, 파렴치한 작전을 펼칠 수 있게 비행기가 이륙하기만을 초조하게 기다리고 있을 가능성이 크기 때문이었다. 이것은 농담이 아니었다. 이미 선례도 있었다. 701 사람들은 모두 1958년 봄에 일어난 사건을 알고 있었다. 룽진전이 퍼플코드를 해독한 지 얼마 안 된 그때, Y국 암호 해독 부서의 조금 알려진 인물이 그렇게 X국 특공대에 납치되었다. 정절뚝은 Y국에 출장을 갔을 때 그와 몇 번 식사를 한 적이 있어서 당연히 그를 알고 있었다. 하지만 지금은 누구도 그가 어디에 있는지, 살았는지 죽었는지 몰랐다. 이것 역시 암호 해독이라는 일의 잔혹한 일면이다.

상대적으로 땅 위를 달리는 기차와 자동차가 훨씬 믿음직하고 안전했다. 혹시 뜻밖의 사고가 생길 수도 있지만 보완 대책도 있고 빠져나갈 여지도 있어서 결코 남에게 속수무책으로 납치당할 위험은 없었다. 한편 그 긴 여정을 소화하는 데 자동차를 타는 것은 당연히 무리였다. 룽진전은 기차를 타는 것밖에 다른 방법이 없었다. 신분이 특수하고 비밀문서를 지녔기 때문에 규정상 일등석을 탈 수 있었다. 그런데 임시로 탑승한 기차의 일등석 침대칸이 출발 역에서부터 어떤 경찰 간부들에게 독점되어 자리가 없었다. 이런 일은 보기 드물었으므로 룽진전은 왠지 안 좋은 징조로 여겨졌다.

룽진전을 수행한 사람은 표정이 엄숙하고 큰 키에 얼굴이 까맸으며 입이 크고 세모눈이었다. 턱에 짧게 수염을 길렀는데 돼지털처럼 빳빳해서 철사 같은 느낌을 주었다. 턱에 그런 철사가 빽빽하게 꽂혀 있으니 당연히 분위기가 살벌했다. 따라서 그의 얼굴은 살기 가득한 흉상이라고 해도 전혀 과하지 않았다. 사실 701에서 그 엄숙한 인물은 줄곧 힘을 상징하는 존재였다. 룽진 전이 지혜를 상징하는 존재인 것과는 대조적이었다. 그는 또한 다른 사람은 못 누리는 영광을 누렸다. 701의 몇몇 상관은 밖에 나갈 때 그를 데리고 다니는 것을 좋아했다. 그래서 701 사람들은 모두 그를 바실리라고 불렀다. 바실리는 레닌의 경호원으로서 「1918년의 레닌」(미하일 롬 감독의 1939년 작 흑백영화)이라는 소련 영화에도 등장했다. 그는 701의 바실리였다.

사람들의 기억 속에서 바실리는 언제나 유행하는 바람막이 재킷을 입고 두 손을 비스듬히 재킷 호주머니에 꽂은 채 늠름하게 성큼성큼 걸어가는 모습이었다. 정확히 경호원에 어울리는 분위기였다. 701의 젊은이들은 하나같이 그에게 선망과 존경의 마음을 품고 모였다 하면 그의 멋진 분위기와 그가 세웠을 법한 영웅적인 업적을 이야기하는 데 열을 올렸다. 심지어 그의 재킷 호주머니까지 흥미진진한 이야깃거리가 되었다. 그의 오른쪽 호주머니에는 독일제 B7 소형 권총이 숨겨져 있어 언제든 꺼낼 수 있고 꺼내서 쐈다 하면 백발백중이라고들 했다. 또한 왼쪽 주머니에는 본부의 최고 수장(유명한 장군이었다)이 친필 서명한 특별 증서가 있어서 꺼내기만 하면 어디든 출입할 수 있으며 황제조차 그를 막을 수 없다고들 했다.

어떤 젊은이는 또 그의 왼쪽 겨드랑이에도 권총이 있다고 했지만 그것을 본 사람은 아무도 없었다. 그러나 본 사람이 없다고 해서 꼭 없다고도 할 수 없었다. 어쨌든 누구도 그의 옆구리를 들여다볼 수는 없기 때문이었다. 혹시 진짜 보고 없는 것을 확인하더라도 그 젊은이는 승복할 리가 없었다. 임무 수행을 하러 밖에 나갈 때만 갖고 다닌다고 당당히 말할 것이다.

물론 그것도 가능한 일이었다.

경호를 담당하는 인물이 몸에 총이나 비밀 무기를 하나 더 간직하는 것은 룽진전이 몸에 연필 한 자루나 책 한 권을 더 지참하는 것처럼 크게 이상한 일이 아니었다. 사람이 일을 하려면 밥을 먹어야 하듯 지극히 정상적인 일이었다.

이런 대단한 인물이 옆에 있는데도 룽진전은 이상하게 마음이 놓이지 않았다. 기차가 출발하자 알 수 없는 불안감이 찾아들었다. 누가 자기를 훔쳐보고 있는 것 같아 계속 안절부절못했다. 마치 사람들이 자기만 보고 있는 것 같기도 하고 자기만 벌거벗고 있는 것 같기도 했다. 그래서 거북하고, 긴장되고, 불안하고, 부자유스러웠다. 그는 자기가 왜 이런지, 어떻게 해야 안정을 찾을 수 있을지 몰랐다. 사실 그런 불길한 느낌은 그가 너무 자신에게 신경을 쓰고 또 이번 여행의 특별함을 너무 잘 알고 있는데서 비롯되었다.

정 국장 인터뷰

내가 이미 말씀드린, X국 특공대에게 비행기 납치를 당한 Y국의 그 사람은 그리 중요한 인물이 아니었습니다. 룽진전과는 상대도 되지 않았죠. 사실 우리가 과민했던 것도 아니고 룽진전이 지레 겁을 먹은 것도 아니었습니다. 그때 그는 확실히 납치당할 위험이 있었습니다. 왜냐하면 룽진전이 혼자 조용히 퍼플코드를 풀었고 그 후 비밀 유지를 했는데도 불구하고 X국이 그 사실을 알았기 때문입니다. 그들이 어떻게 그럴 수 있었는지, 이 점을 우리는 계속 의아해했습니다. 물론 퍼플코드를 해독한 것 자체는 조만간 그들에게 알려질 수밖에 없었습니다. 여러 일을 통해 노출될 테니까요. 우리가 그들의 정보를 빼내지 않는 경우만 제외하고 말이죠. 하지만 당시 그들은 룽진전이 해독한 것뿐만 아니라 룽진전의 개인적인 정보까지 샅샅이 다 알고 있었습니다. 이에 대해 관련 부서가 조사를 벌인 결과, 몇 가지 혐의의 실마리가 잡혔습니다. 그중에는 시스가 끼어 있었죠. 그것은 시스의 정체에 대한 우리의 첫 번째 의심이었습니다. 하지만 당시에는 그냥 의심일 뿐이었고 확증은 없었죠. 그러다가 일 년 뒤, 우리는 우연히 어떤 정보를 얻었습니다. 시스와, 당시 반공주의 과학자로 악명이 자자했던 베네노가 사실은 동일 인물이라는 정보였습니다. 그제야 우리는 시스의 추악한 얼굴을 똑똑히 확인했습니다.

시스가 왜 과학자로서 극단적인 반공주의자의 길로 들어섰고 또 왜 그렇게 우회적으로(성과 이름을 바꿔) 공산주의를 반대했는지는 잘 모르겠습니다. 하지만 어쨌든 베네노와의 연관성이 밝혀지자 그가 일전에 우리를 상대로 음모를 벌였다는 것이 확실해졌습니다. 아마도 시스보다 룽진전의 천재성을 잘 아는 사람은 없었을 겁니다. 또한 그 자신도 암호 해독을 한 적이 있고 당시 모의로 퍼플코드를 풀고 있었으므로 만약 룽진전이 이 분야에 손을 대면 틀림없이 대가가 되고 퍼플코드도 온전하지 못하리라는 걸 알았을 겁니다. 그래서 그는 룽진전이 암호업계에 들어오는 것을 적극적으로 말렸고 이미 퍼플코드를 풀고 있다는 것을 안 뒤에는 고의로 이런저런 정보를 주며 연막전술을 편 겁니다. 나는 그가 이런 짓을 한 데에는 정치적인 요인과 함께 개인적인 사정도 있었다고 생각합니다. 당신도 한번 생각해보십시오. 룽진전이 먼저 퍼플코드를 푸는 것은 그에게 대단히 창피스러운 일이었을 겁니다. 물건을 도둑맞았는데 경보기가 울리지 않은 것과 마찬가지일이죠. 당시 그의 역할은 바로 퍼플코드의 경보기나 다름없었으니까요. 그리고 또 생각해보십시오. 나중에 X국이 퍼플코드를 푼 사람이 룽진전이라는 사실을 안 건 십중팔구 시스의 추측 덕분이었을 겁니다. 네, 그의 추측은 아주 정확했습니다! 하지만 한 가지는 그도 생각지 못했을 겁니다. 그가 고심해서 펼친 연막전술이 룽진전에게는 전혀 효과가 없었다는 것을 말이죠. 그 일에 있어서 신은 룽진전의 편이었다고 말할 수 있겠습니다.

그리고 당시 X국의 JOG 방송국에서 송출하던 선전 방송은 거의 매일 우리 쪽을 향해 사탕발림을 늘어놓고 있었습니다. 우리 쪽 암호 해독원을 거액으로 매수하려고 누구에게 얼마라는 식으로 가격까지 정확히 밝혔죠. 나는 똑똑히 기억합니다. 당시 그들이 룽진전에게 붙인 가격이 얼마였는지. 무려 100만 위안이었습니다!

룽진전은 그 숫자가 자신을 지옥에서 겨우 한 발자국 떨어진 곳까지 밀어놓았다고 느꼈습니다. 자기가 그렇게 값진 존재라면 자기를 해치려는 자가 있을 테고 그런 자가 많아지면 막을 수 없을 것이라고 생각했죠. 사실 그건 그가 잘못 생각한 겁니다. 우리가 그를 위해 마련한 보안 조치는 그에게 생길지도 모르는 위험을 미연에 방지하기에 충분했습니다. 예를 들어 이번 여행에서도 바실리를 경호원으로 붙인 것 외에 기차에 사복 요원들을 다수 배치했으며 철로 주변의 부대들을 2급 경계 상태에 들어가게 해서 만일의 사태에 대비했습니다. 이런 사항을 그는 몰랐습니다. 그리고 객차 안에서 승객들이 왔다 갔다 이동하면서 그를 더 긴장하게 만들었죠.

결론적으로 룽진전은 성격상 사소해 보이는 것에 집착하는 경향이 있었습니다. 그의 천재성도 절대 포기라는 것을 모르는 그런 집착증의 산물이었는지도 모르죠. 그리고 이제는 그 집착증이 알 수 없는 경계심으로 발현된 겁니다. 천재 룽진전은 바로 이런 사람이었습니다. 수많은 책을 읽었고 학문이 깊었으며 기상천외한 아이디어를 쏟아냈지만 실생활에서는 무지하고 어리바리했습니다. 그 때문에 또 소심하고 미련하며 황당하기까지 했습니다. 지난 세월 그가 701 밖으로 나간 것은 딱 한 번밖에 없었습니다. 자기 누이(룽 선생)를 구하러 고향에 다녀왔죠. 그때도 당일에 가서 이튿날 곧장 돌아왔습니다. 사실 그는 퍼플코드를 푼 뒤로는 업무상 스트레스가 그리 많지 않아서 고향에 다녀오려고 하면 언제든 다녀올 수 있었습니다. 또한 그가 간다고만 했으면 조직에서는 최선을 다해 협조했을 겁니다. 차나 경호원을 붙여주는 것쯤은 문제가 되지 않았죠. 하지만 그는 번번이 거절하더군요. 겉으로는 돌아가서 경호원에게 죄인처럼 감시당하는 게 싫다고 하더군요. 하고 싶은 말도 마음대로 할 수 없고 가고 싶은 곳도 마음대로 갈 수 없어서 재미가 없다고 했죠. 하지만 사실 그는 사고가 날까봐 무서웠던 겁니다. 사람들이 집에 갇혀 혼자 있는 것을 무서워하듯이 그는 밖에 나가 낯선 사람을 만나는 걸 무서워했습니다. 명예와 직업이 그를 유리처럼 투명하고 깨지기 쉬운 사람으로 만든 겁니다. 그것은 어쩔 수 없는 일이었습니다. 그런 느낌을 그 스스로 끝없이 확대하고 심화시킨 것은 더더욱 어쩔 수 없는 일이었습니다. (계속)

이처럼 자신의 직업과, 혹시 있을지도 모르는 사고를 지나치게 경계하고 두려워하는 심리가 룽진전을 계속 그 은밀한 산골짜기에 묶어두었다. 수많은 낮과 밤이 흘러갔지만 그는 시종일관 우리 속의 짐승처럼 한곳에 처박혀 누구나 다 아는 자신만의 태도로 틀에 박힌 생활을 하면서 공허한 상상으로 시간을 보내는 데 만족했다. 그러던 그가 지금 회의에 참가하러 본부로 가고 있었다. 그것은 701에 들어간 이후 그의 두 번째이자 마지막 외출이었다.

평소와 마찬가지로 바실리는 그날 베이지색 재킷 차림이었다. 풍채가 당당했고 깃을 세워서 조금 신비로워 보이기도 했다. 그날 그의 왼손은 평소와 달리 재킷 호주머니 속에 있지 않았다. 가죽가방을 들어야 했기 때문이다. 그 갈색의 단단한 소가죽 가방은 크지도 작지도 않은 보통 여행가방이었다. 그 안에는 블랙코드에 관한 자료와 함께 언제든 터뜨릴 수 있는 소이탄이 들어 있었다. 또한 그의 오른손은 마치 상처라도 입은 듯 줄곧 재킷 호주머니 속에 숨겨져 있었다. 하지만 그 손에 상처 따위는 없고 권총 한 자루가 쥐어져 있음을 룽진전은 알고 있었다. 그는 이미 무심코 그 권총을 봤고 바실리에 관해 떠도는 무성한 소문도 들은 적이 있었다. 그래서 조금 혐오스러워하며 바실리가 계속 권총을 쥐고 있는 것은 습관과 필요 때문이라고 생각했다. 그 생각이 한 걸음 더 나아가고 깊어지면서 그는 적의와 공포를 느꼈다. 왜냐하면 총은 꼭 적을 향해서만 발포되는 물건이 아니기 때문이었다.

지금 자기 옆에 한 자루의 총이, 아니 어쩌면 두 자루의 총이 도사리고 있다는 것이 그는 두려웠다.

'만약 총이 사용된다면 그건 우리가 성가신 일에 부딪혔다는 걸 뜻하겠지. 총이 그 일을 말끔히 해결할 수도 있을 거야. 물이 불을 끌 수 있듯이. 하지만 해결 못할지도 몰라. 때로는 물도 불을 못 끌 때가 있으니까. 만약 그렇게 된다면······.'

그는 더 생각을 이어가지 못했다. 한 발의 총성이 아련하게 그의 귓전을 스치고 지나갔다.

실제로 룽진전은 확신했다. 정말 그런 일이 일어나고 중과부적의 위험이 닥치면 바실리는 소이탄을 터뜨리는 동시에 주저하지 않고 그를 향해 방아쇠를 당길 것이다.

'살인멸구殺人滅口!'

룽진전은 속으로 이 말을 중얼거렸다. 방금 사라진 총소리가 또 바람처럼 그의 귓가를 스쳤다.

이와 같은 낭패감과, 재난이 임박한 듯한 두려움이 여행 내내 룽진전을 괴롭혔다. 그는 이에 저항하고 끈질기게 인내하면서 여정이 왜 이렇게 길고 기차는 또 왜 이렇게 느린지 수도 없이 생각했다. 마침내 안전하게 본부에 도착하고서야 그는 긴장을 풀고 편안해졌다. 그리고 굳게 마음먹었다. 앞으로는 (현실적으로, 돌아가는 길에는) 무슨 일이 있어도 스스로를 위협하지 않겠다고.

"무슨 일이 생긴다는 거야? 아무 일도 생기지 않아. 아무도 너를 모르잖아. 아무도 네가 비밀문서를 가진 걸 모른단 말이야."

그는 이렇게 혼잣말을 했다. 오는 내내 안절부절못한 자기 자신에 대한 조소와 비판인 셈이었다.

02

회의는 이튿날 오전에 열렸다.

회의는 성대하게 개막되었다. 본부에서 네 명의 부장, 부부장이 모두 개막식에 참석했다. 또한 머리가 온통 하얗게 센 노인이 회의의 사회를 봤다. 소개에 따르면 그는 본부의 제1연구실 주임이라고 했지만 동시에 거물급 정치인의 비서 겸 군사고문이라는 소리도 돌았다. 이에 대해 룽진전은 아무 관심이 없었다. 관심 있었던 것은 그 사람이 회의에서 거듭 강조한, "우리는 블랙 코드를 해독해야 합니다. 이 일은 국가 안전을 위해 필요합니다"라는 몇 마디뿐이었다.

그는 이렇게 말했다.

"똑같은 암호 해독이라고 해도 암호 해독마다 그 의미와 요구는 서로 다릅니다. 어떤 암호들은 실제 전쟁에서 이기기 위해, 어떤 암호들은 군비 경쟁을 위해, 어떤 암호들은 국가 지도자의 안전을 위해 해독합니다. 또 어떤 암호들은 외교를 위해, 어떤 암호들은 심지어 업무나 직업적인 필요로 해독을 하지요. 그밖에도 수많은 경우가 있습니다. 하지만 그 어떤 경우도 국가 안전을 위한 암호 해독만큼 중요하지는 않습니다. 여러분에게 솔직히 말하는데, X국의 고급 비밀을 볼 수 없다면 우리의 국가 안전에 큰 위협이 될 것이며 그 위협에서 벗어나는 방법은 단 한 가지, 가능한 한 빨리 블랙코드를 푸는 것밖에 없습니다. 누군가 자기에게 지렛대 하나만 있으면 지구를 들어올릴 수 있다고 말한 적이 있지요. 블랙코드를 푸는 것이야말로 우리가 지구를 들어올릴 수 있는 지렛대입니다. 만약 우리의 국가 안전이 강하고 피치 못할 위협에 처해 있다면 블랙코드를 푸는 것이야말로 우리가 곤경에서 탈출해 주도권을 쟁취할 수 있는 지렛대입니다."

개막식은 이 엄숙한 노인의 장엄하고 격앙된 호소를 통해 쥐 죽은 듯 고요한 절정에 이르렀다. 그가 한창 흥분했을 때, 희디흰 그의 머리칼이 떨리듯 반짝였다. 그래서 마치 그 머리칼이 이야기를 하고 있는 듯했다.

오후는 전문가 발표 시간이어서 룽진전이 먼저 한 시간 넘게 보고를 했다. 주로 블랙코드 해독의 진전 상황에 관한 소개였는데 어려움 속에서도 그가 개인적으로 생각해낸 아이디어들이 제

시되었다. 그중 몇 가지는 대단히 신선해서 나중에 그는 회의에서 그렇게 공개적으로 발표한 것을 후회했다.

그 후로 며칠 동안 룽진전은 열 몇 시간에 걸쳐 동료 아홉 명의 의견과 지도자 두 명의 폐막 강연을 들었다. 결론적으로 그는 그 회의 전체가 토론회처럼 가볍고 빈약하다는 생각이 들었다. 사람들은 상투적이고 번드르르한 말과 표어식의 구어를 남발할 뿐, 격한 논쟁도 없고 냉정한 사유도 부족했다. 회의는 줄곧 잔잔한 수면 위에 뜬 채로 가끔씩 몇 개의 거품이 떠오를 뿐이었다. 그 거품조차 룽진전이 답답한 나머지 토해낸 것이었다. 너무 조용하고 단조로워 그는 숨이 막혔다.

아마 룽진전은 적어도 그 회의가 폐막될 즈음에는 그 회의와, 회의에 참석한 사람들을 혐오하게 되었을 것이다. 하지만 그는 나중에 그런 혐오가 불필요하다는 것을, 심지어 뜬금없는 것임을 깨달았다. 왜냐하면 그가 생각하기에 블랙코드는 그의 몸속을 떠도는 심각한 암과도 같아서 몇 년이나 온갖 궁리를 다했는데도 아무 단서 없이 그에게 죽음의 위협을 느끼게 했기 때문이다. 국외자인 타인들은 천재도 아니고 성인도 아니어서 그저 근거 없는 소리나 지껄일 뿐이었다. 따라서 그런 사람들이 정확한 고견을 발표해 구세주가 돼주길 바라는 것은 확실히 황당하고 터무니없는 기대였다.

정 국장 인터뷰

외롭고 지친 룽진전은 낮에는 늘 생각과 환상에 빠져 있었고 밤이면 밤마다 꿈을 꾸었습니다. 내가 알기로 그는 한동안 자발적으로 매일 밤 꿈을 꾸려고 애썼습니다. 과거에 꿈에서 도움을 얻은 적이 있기도 했고(어떤 사람은 그가 꿈속에서 퍼플코드를 풀었다고 말했습니다), 블랙코드를 만든 자가 악마여서 보통 사람과는 다른 이성과 사유를 가졌기 때문에 꿈속에서만 그자에게 접근할 수 있을지도 모른다고 생각했기 때문입니다.

그런 노력은 처음에는 그에게 힘을 북돋워주었습니다. 마치 막막한 어둠 속에서 살길을 찾은 것 같았죠. 그는 매일 밤 자신에게 꿈을 꾸라고 명령했다고 합니다. 한동안은 꿈을 꾸는 것이 그의 주요 임무였지요. 하지만 그런 과장되고 왜곡된 행위는 결국 그의 정신을 수시로 붕괴 상태로 내몰았습니다. 눈만 감으면 형형색색의 꿈이 몰려들어 아무리 쫓으려 해도 사라지지 않았습니다. 그 꿈들은 그저 어지럽기만 해서 어떠한 아이디어도 제공해주지 못했습니다. 그의 정상적인 수면을 방해한 것이 유일한 결과였지요. 수면을 취하기 위해 그는 거꾸로 매일 자신을 괴롭히는 그 꿈들을 제거해야만 했습니다. 그래서 잠자기 전 소설을 읽고 산책하는 습관을 들였죠. 이 두 가지 중 전자는 낮에 지나치게 긴장했던 그의 두뇌를 이완시켜주고 후자는 그를 피곤하게 만들어, 결국 그의 수면을 촉진시켜주는 작용을 했습니다. 그의 말을 빌려

애기하면 소설과 산책은 그의 편안한 수면을 보장하는 두 알의 수면제였습니다.

다시 돌아와 이야기하면 그는 그토록 많은 꿈을 꾸면서 현실의 모든 것을 꿈속에서 겪고, 체험하고, 맛보았습니다. 그래서 그에게는 두 가지 세계가 생겼습니다. 현실 세계와 꿈속 세계 말입니다. 사람들은 이런 말을 하곤 하죠. 육지에 있는 것은 바다에 전부 있지만 바다에 있는 것은 육지에 꼭 있지는 않다고. 룽진전의 상황도 그랬습니다. 꿈속 세계에 있는 것은 현실 세계에 꼭 있지는 않았지만 무릇 현실 세계에 있는 것은 그의 꿈속 세계에 꼭 있었습니다. 다시 말해 현실 세계의 모든 것은 룽진전의 머릿속에서 두 가지 양식으로 존재했습니다. 하나는 생생한 현실의 것이고 다른 하나는 혼란하고 거짓된 꿈속의 것이었죠. 황당무계라는 말을 예로 들면 우리에게는 그것이 하나밖에 없지만 룽진전에게는 두 개가 있었습니다. 일반적인 한 개 외에 그만의 유일무이한 꿈속의 것이 있었죠. 말할 필요도 없이 그 꿈속의 것은 현실의 것보다 훨씬 더 허무맹랑했습니다. (계속)

이제 냉정을 찾은 룽진전은 사람들이 블랙코드에 관한 고견을 발표하고 자신의 잘못을 지적해주기를 바라는 것이 더없이 황당하고 터무니없는 기대임을 알았다. 그래서 그는 이렇게 자신을 위로했다.

"저들에게 기대하지 마라, 기대하지 마. 너를 지적해주는 것은 불가능하니까, 불가능하니까⋯⋯."

아마 이렇게 되뇌고 있으면 고통이 잊히지 않을까 생각했을지도 모른다.

하지만 이번 여행에서 룽진전이 아무 성과도 못 얻은 것은 아니었다. 최소한 네 가지 성과를 얻었다.

첫째, 이번 회의를 통해 룽진전은 본부의 최고 수장이 블랙코드 해독의 현황과 전망에 관해 지대한 관심을 지녔음을 확인했다. 이것은 그에게 부담이자 격려로 작용해서 그는 다소 힘이 생기는 것을 느꼈다.

둘째, 회의에서 동료들은 말과 몸으로 그의 환심을 사려 했다.(열렬히 악수하고, 고개를 숙이고, 허리를 굽히고, 은근히 미소를 보내는 것 등이 다 몸으로 환심을 사려는 것에 속한다.) 룽진전은 비밀스러운 암호 해독계에서 자신이 꽤 유명하며 관심을 받고 있음을 확인했다. 이 점을 그전까지는 잘 몰랐다가 이제야 알고서 어쨌든 그는 기분이 좋았다.

셋째, 회의 기간의 어느 술자리에서 그 권위 있는 백발노인이 연산 속도가 초당 40만 회인 컴퓨터를 주겠다고 즉흥적으로 룽진전에게 약속했다. 룽진전에게 그것은 세계 일류의 협력자를 한 명 붙여주는 것이나 다름없었다!

넷째, 떠나기 전에 룽진전은 '작일서옥昨日書屋'에서 꿈에 그리던 두 권의 책을 구입했다. 그중 한 권은 『하늘의 책』(나중에 『신이 쓴 문자』라고 번역되었다)으로서 유명한 암호학 전문가 칼 요하네스 박사의 저작이었다.

이런 성과들을 얻었기에 룽진전은 유쾌하게 돌아갈 수 있었다. 돌아가는 열차에는 경찰이나 다른 분야의 단체 승객들이 없어서 바실리는 쉽게 두 장의 일등석 침대칸 표를 구했다. 근사한 일등석 차량에 올랐을 때 룽진전은 지난 엿새간의 출장 기간에는 못 느껴본 편안함을 맛보았다.

그는 확실히 유쾌하게 수도 베이징을 떠났다. 그가 유쾌했던 데에는 한 가지 이유가 더 있었다. 그날 베이징의 밤하늘에 그해 겨울의 첫눈이 흩날렸기 때문이다. 눈을 보기 힘든 남쪽 사람인 그를 위해 특별히 준비하기라도 한 것처럼 말이다. 눈은 점점 더 많이 내려 곧 대지를 뒤덮고 어둠 속에서 은은히 빛을 발했다. 룽진전은 그 설경 속에서 기차가 출발하기를 기다리고 있었다. 소리 없이 떨어지는 눈이 그의 마음속에 고요하고 아름다운 상상을 불러일으켰다.

귀로의 시작은 이처럼 흠잡을 데 없이 만족스러워서 룽진전은 편안한 여행이 될 것이라고 믿었다.

올 때와는 달랐다.

03

　올 때와 달리 돌아갈 때는 2박3일이 아니라 3박3일이 걸렸다. 이제 2박1일이 지나고 두 번째 낮이 지나가고 있었다. 기차에서 룽진전은 자는 시간 외에는 거의 모든 시간을 새로 산 책을 읽는 데 썼다. 이번 여정에서 룽진전은 두려움에 떨던 지난번의 불길한 느낌을 떨쳐버렸다. 잘 자고 독서를 할 수 있었던 것이 그 증거였다. 돌아가는 길에 그들은 일등석 침대칸 표를 산 덕분에 성냥갑처럼 독립적이고 외부와 단절되어 안전한 공간을 확보하기도 했다. 룽진전은 그 안에서 매우 적절한 만족감과 즐거움을 누렸다.

　겁 많고 예민하며 냉담한 사람에게 독립성이라는 것이 얼마나 중요하고 절박한지 모르는 이는 없을 것이다. 701에서 룽진전이 침묵과 고독으로 가능한 한 세속적인 생활을 생략한 것은 남들과 거리를 유지하고 무리 속에서 독립적이기 위해서였다. 그가 아무 거리낌 없이 장기광을 받아들인 데에도 어떤 의미에서는 남들과 멀리 떨어져 있으려는 의도가 없지 않았다. 바꿔 말해 장기광과 어울리는 것은 다른 사람과의 관계를 끊는 가장 좋은 방법이었다. 그는 친구가 없었으며 그를 친구로 생각하는 사람도 없었다. 사람들은 그를 존경하고 숭배했지만 친해지려 하지는 않았다. 그는 혼자 외롭게 생활했다.(나중에 장기광은 알고 있던 비밀들의 중요도가 세월이 흐르면서 점차 떨어져, 결국 701을 떠날 수 있었다.) 사람들은 그가 일반인과 다르고 전혀 변화가 없으며 외롭고 우울해 보인다고 말했다. 하지만 외로움과 우울함은 그에게 문제가 되지 않았다. 남들의 다양하기 짝이 없는 습관을 참아내야 하는 것이 그는 더 고통스러웠다. 이런 의미에서 암호 해독처 처장이라는 호칭을 그는 좋아하지 않았다. 남편이라는 호칭 역시 좋아하지 않았다.

정 국장 인터뷰

룽진전은 1966년 8월 1일에 결혼했습니다. 성이 자이인 그의 아내는 고아로서 일찍부터 기밀 업무에 종사했습니다. 처음에는 본부에서 전화 교환원을 하다가 1964년 간부가 된 후 우리 암호 해독처에 와서 비밀 관리직을 맡았습니다. 그녀는 북쪽 출신이고 룽진전보다 키가 10센티미터 이상 컸습니다. 눈도 아주 컸지요. 표준어를 매우 능숙하게 구사했지만 말수가 적고 목소리도 작았습니다. 아마 오랫동안 기밀 업무에 종사했기 때문일 겁니다.

룽진전의 결혼에 관해 이야기할 때마다 나는 의아한 느낌이 듭니다. 운명이 그를 갖고 논 것이 아닌가 싶어요. 제가 이런 말을 하는 까닭은 그 전에 많은 여자가 그의 결혼에 관심을 갖고 또 그에게 시집을 가 그의 영광을 나눠 갖고 싶어했던 걸 알기 때문입니다. 하지만 내키지 않았는지, 아니면 망설여졌는지, 그것도 아니면 다른 이유에서인지 그는 모두 거부했습니다. 결혼에 대해 전혀 흥미가 없는 듯했죠. 그런데 나중에 어쩌된 일인지 갑자기 소리 소문 없이 그 자이라는 여자와 결혼한 겁니다.

그때 그는 이미 서른네 살이었죠. 물론 그것은 별 문제가 아니었습니다. 서른네 살이면 조금 많은 나이이기는 했지만 그에게 시집오려는 사람이 있는데 그게 무슨 문제였겠습니까? 문제는 그가 결혼한 지 얼마 안 되어 블랙코드가 출현한 것이었습니다. 말할 필요도 없이 그때 자이와 결혼하지 않았다면 그는 평생 결혼할 일이 없었을 겁니다. 블랙코드가 그의 결혼을 막는 장벽이 되었을 테니까요. 그 결혼은 마치 창문을 닫기 전에 불쑥 날아든 한 마리 새 같은 느낌이었습니다. 조금 이상하기도 하고 운명적이기도 했지요. 좋았는지 나빴는지, 혹은 옳았는지 틀렸는지 뭐라 말하기가 어렵군요.

솔직히 룽진전에게는 남편 자격이 없었습니다. 허구한 날 집에 들어오지 않았고 집에 들어와도 자이에게 거의 말 한마디 하지 않았습니다. 밥을 해주면 먹자마자 나갔고 잠을 자도 깨자마자 나갔습니다. 이런 식이어도 자이는 그와 함께 살았습니다. 그와 눈이 마주치는 일도 적었으니 다른 것은 더 말할 필요도 없었죠. 행정 간부인 처장으로서도 그는 자격이 없었습니다. 날마다 하루 업무가 끝나기 한 시간 전에야 처장실에 나타나곤 했지요. 나머지 시간에는 줄곧 암호해독실에 처박혀 있었습니다. 전화기 코드도 빼놓고 말이죠. 이처럼 그는 처장과 남편으로서의 갖가지 고민과 괴로움을 뒤로한 채 자신이 좋아하고 자신에게 익숙한 생활 방식만을 고집했습니다. 혼자 있고, 생활하고, 일하면서 누구의 도움과 방해도 원치 않았습니다. 더욱이 이런 성향은 블랙코드의 출현 이후 더 심해졌습니다. 그는 마치 남에게서 숨어야만 블랙코드의 숨겨진 비밀을 더 잘 파헤칠 수 있다고 생각하는 듯했습니다. (계속)

지금 룽진전은 아늑한 침대 위에 누워 있었다. 이번에는 그리 나쁘지 않은 은신처를 찾은 듯했다. 바실리가 어렵지 않게 구한 그 두 개의 침대 자리는 확실히 근사했고 같은 칸의 승객은 퇴직한 교수와 그의 열아홉 살 먹은 손녀였다. 예순쯤 돼 보이는 그 교수는 한때 G대학에서 부총장을 지냈으며 눈병 때문에 얼마 전

강단을 떠났다. 그는 다소 권위적인 분위기를 풍겼고 술을 좋아했으며 비마飛馬표 담배를 피웠다. 가는 내내 술과 담배로 시간을 때웠다. 그리고 가수가 되는 것이 꿈인 그의 손녀는 열차 안이 무대라도 되는 양 반복해서 노래를 불렀다. 이렇게 그 두 사람은 언제 또 울렁거릴지 모를 룽진전의 마음을 진정제를 먹은 듯 편안하게 해주었다. 다시 말해 아무런 적의도, 나아가 적의를 생각할 여지도 없이 단순한 그 좁은 공간에서 룽진전은 자신의 소심함도 잊고 눈앞의 가장 현실적이며 의미 있는 두 가지 일에 시간을 쏟아부었다. 그것은 수면과 독서였다. 수면은 여정의 기나긴 밤을 꿈꾸는 시간으로 압축시켜주었으며 독서는 낮의 무료함을 달래주었다. 때로는 어둠 속에 누운 채 자지도, 책을 보지도 않고 잠생각을 하는 데 시간을 썼다. 이처럼 수면과 독서와 잠생각으로 그는 돌아가는 시간을 보냈다. 한 시간 또 한 시간, 지금 그의 가장 절박한 바람에 점점 가까워졌다. 그 바람은 바로 여행을 마치고 701로 돌아가는 것이었다.

이제 두 번째 낮이 곧 지나갈 참이었다. 기차는 마침 드넓은 들판을 빠르게 지나가고 있었다. 들판 저편에서 저물녘의 태양이 벌써 불그레한 빛을 뿜어내고 있었다. 그 광경이 무척 아름답고 자애로워 보였다. 석양에 비친 들판은 따사롭고 평온해서 마치 꿈결 같기도 하고 따뜻한 색조의 풍경화 같기도 했다.

저녁 식사를 할 때 교수와 바실리가 한가롭게 이야기를 나눴다. 룽진전은 그 옆에서 듣는 둥 마는 둥 하다가 문득 교수가 부럽다는 듯이 이런 말을 하는 것을 들었다.

"아, 기차가 벌써 G성에 들어섰군요. 내일 아침이면 두 분은 집에 도착하시겠네요."

이 말이 무척 친근하게 들려 룽진전은 유쾌한 어조로 대화에 끼어들었다.

"두 분은 언제 도착하시는데요?"

"내일 오후 세 시입니다."

그것은 기차가 종점에 도착하는 시간이었다. 룽진전은 유머러스하게 말했다.

"두 분은 이 기차의 가장 충실한 승객이로군요. 처음부터 끝까지 이 기차와 함께하니 말입니다."

"그러면 당신은 탈주병이로군요."

교수가 껄껄 웃었다.

교수는 그 객차에 이야기할 사람이 한 명 더 늘어 기분이 좋아진 듯했다. 하지만 그것은 오산이었다. 룽진전은 억지로 조금 웃고는 다시 칼 요하네스의 『하늘의 책』을 들고서 그 위에 고개를 처박았다. 교수는 이상하다는 듯이 그를 뚫어지게 쳐다보았다. 정신병이 아닌지 의심하는 듯했다.

정신병 같은 것은 없었다. 그는 원래 그런 사람이었다. 밑도 끝도 없이 말을 뚝 끊곤 했다. 예고도, 해명도, 예의도 없었다.

말을 하면 하는 것이고 안 해도 그만이었다. 그것은 마치 잠꼬대와도 같아서 그가 계속 꿈을 꾸고 있는 것이 아닌지 의심하게 만들었다.

『하늘의 책』에 대해 말하자면 이 책은 중화인민공화국 수립 전, 영국 국적의 한쑤인韓素音 여사가 번역했다. 대단히 얄팍해서 책이 아니라 꼭 팸플릿 같은데 그 속표지에는 다음과 같은 말이 적혀 있었다.

천재는 인간 세상의 빼어난 존재로서 드물고도 뛰어나며 뛰어나면서도 귀하고 귀하면서도 보배롭다. 세상의 모든 진귀한 보물과 마찬가지로 무릇 천재는 다 새싹처럼 여려서 부딪치면 꺾이고 꺾이면 파멸한다.

이 말은 마치 총알처럼 그의 가슴에 박혔다.

정 국장 인터뷰

천재는 꺾이기 쉽다는 것은 룽진전에게는 그리 낯선 주제가 아니었습니다. 그는 여러 차례 내게 그 주제에 관해 이야기한 적이 있었죠. 그가 말하길, 천재가 천재인 것은 그들이 어떤 분야에서 자신을 무한대로 늘이기 때문이라더군요. 그렇게 고무줄처럼 늘이고 늘이다보면 결국에는 거미줄처럼 가늘고 투명해져서 충격에 약해진다는 겁니다. 어떤 의미에서 한 사람의 지적 범위가 한정될수록 어떤 분야에서의 그의 지능은 무한대에 가까워집니다. 혹은 그들이 넓이를 희생하고 깊이를 얻는다고도 말할 수 있습니다. 그래서 무릇 천재들은 어떤 분야에서는 놀랍도록 영민하고 재주가 남다르지만 다른 분야에서는 놀랍도록 멍청하고 사리에 어두워서 일반인만도 못합니다. 그 가장 전형적인 예가 칼 요하네스 박사입니다. 그는 암호 해독계의 전설적인 인물이자 룽진전의 마음속 영웅이었죠.『하늘의 책』도 그가 쓴 책입니다.

암호 해독계에서 칼 요하네스가 감히 올려다보기도 힘들 정도로 신성한 인물임을 부정하는 사람은 없습니다. 그는 신적인 존재였습니다. 세상의 어떤 암호도 그를 불안하게 하지는 못했죠. 암호의 비밀을 훤히 꿰뚫어보는 신이었습니다! 하지만 그는 일상생활에서는 완벽한 바보, 집에 돌아가는 길조차 모르는 바보였습니다. 집 밖에 나설 때면 그는 애완동물처럼 누군가에게 끌려다녔습니다. 안 그러면 못 돌아올 수도 있으니까요. 듣기에 칼 요하네스는 죽을 때까지 결혼을 안 했고 그의 어머니가 아들을 잃어버릴까봐 평생 뒤를 쫓아다니며 외출을 시키고 집에 데려다주었다고 합니다.

말할 필요도 없이 어머니에게 그는 가장 골치 아픈 자식이었을 겁니다.

그런데 50년 전 독일의 파시스트 병영에서 바로 이 사람이, 어머니의 마음을 아프게 한 이 골치 아픈 자식이 일약 파시스트의 저 승사자가 되어 히틀러를 혼비백산하게 만들었습니다. 사실 칼 요하네스는 히틀러의 동향인이라고 할 수 있습니다. '타르스'라는 섬에서 태어났지요. 만약 한 사람에게 반드시 하나의 조국만 있어야 한다면 독일이 바로 그의 조국이었고 히틀러는 당시 그의 조국의 총통이었습니다. 이런 의미에서 그는 마땅히 독일과 히틀러를 위해 일했어야 했습니다. 하지만 그러지 않았거나 계속 그러지는 않았습니다(한때 그런 적이 있었죠). 왜냐하면 그는 어느 나라나 어느 인물의 적이 아니고 단지 암호의 적이었기 때문입니다. 일정한 기간에 어느 나라, 어느 인물의 적이 되었다가 그다음에는 또 다른 나라, 다른 인물의 적이 되곤 했습니다. 이 모든 것은 전부 어느 나라, 어느 인물이 세계 최고 등급의 암호를 만들고 사용하느냐에 달려 있었죠. 그런 암호를 보유한 나라나 인물이 바로 그의 적이었습니다!

1940년대 초, 히틀러의 책상 위에 호크코드가 더 강화되었다는 문서가 올라온 뒤, 칼 요하네스는 조국을 배반하고 독일군 진영을 나와 연합군에 가담했습니다. 배반의 원인은 믿음도 돈도 아니었습니다. 단지 호크코드로 인해 당시의 모든 암호 해독가가 절망하고 있었기 때문입니다.

일설에 의하면 호크코드는 아일랜드의 한 천재 수학자가 베를린의 어느 유대인 회당에서 신의 도움으로 만드는 데 성공했다더군요. 그 보안지수가 30년에 달했는데 이는 여타 고급 암호들의 보안지수보다 열 배쯤이나 높았습니다. 다시 말하면 30년간 아무도 그 암호를 못 푼 것이죠. 그사이에는 풀지 못한 것이 정상이고 풀었다면 오히려 비정상이었던 겁니다.

그것은 세계의 모든 암호 해독가가 처한 공동 운명입니다. 즉, 그들이 쫓는 것은 정상적인 상황에서 영원히 먼 곳에, 유리의 다른 쪽 편에 존재합니다. 바꿔 말해 그들이 쫓는 것은 비정상적인 것이죠. 마치 바다 속의 모래 한 알이 육지의 모래 한 알과 부딪치는 것과 마찬가지입니다. 부딪칠 가능성은 1억 분의 1에 불과하므로 부딪치지 않는 것이 정상이지요. 하지만 그들은 그 1억 분의 1을, 그 말도 안 되는 비정상을 쫓고 있습니다! 암호의 사용 과정에서 불가피하게 나타나곤 하는 의외의 실수, 그것은 사람들의 본능적인 재채기와도 같은데 바로 그것이 1억 분의 1의 시작일 수 있습니다. 그러나 자신의 희망이 남들의 실수나 착오에 달려 있다보니 어쩔 수 없이 뭔가를 느끼지 않을 수 없습니다. 그것은 황당하기도 하고, 슬프기도 하고, 황당함과 슬픔이 겹쳐 만들어지기도 하는 암호 해독가의 운명입니다. 많은 사람이, 모두 엘리트인데도 불구하고 그렇게 묵묵히 참담하고 비장한 일생을 보냈죠.

하지만 천재여서인지 운이 좋았던지 칼 요하네스 박사는 일곱 달 만에 호크코드의 문을 두드려 열었습니다. 그것은 암호 해독의 역사에서 전무후무한 일이었습니다. 그 놀라운 정도가 마치 태양이 서쪽에서 뜨거나 떨어지는 빗방울이 다시 공중으로 솟구치는 것과 맞먹었죠. (계속)

그런 생각이 들 때마다 룽진전은 맹목적인 부끄러움과 비현실적인 감정을 느꼈다. 그는 늘 칼 요하네스의 사진과 책을 앞에 두고 이렇게 혼잣말을 했다.

"누구나 자신만의 영웅이 있죠. 나의 영웅은 당신입니다. 내 모든 지혜와 힘은 당신의 깨우침과 격려에서 나왔습니다. 당신은 나의 태양입니다. 내 빛은 밝게 비쳐주는 당신을 떠날 수 없습니다……."

그의 이런 자기비하는 자신에 대한 불만이 아니라 칼 요하네스 박사에 대한 존경에서 나왔다. 사실상 칼 요하네스를 제외하고 룽진전의 마음속에는 오로지 자기 자신밖에 없었다. 그는 701에서 자기 말고 또 누가 블랙코드를 풀 수 있다고 믿지 않았다. 그런데 그가 이렇게 동료들을 못 믿고 자기만 믿은 이유는 아주 간단했다. 칼 요하네스 박사에 대한 그들의 태도에 경건함과 존경심이 부족했기 때문이다. 기차의 덜컹거리는 소음 속에서 룽진전은 자신의 영웅을 향해 이렇게 분명히 말했다.

"그들은 당신의 광채를 못 봅니다. 보더라도 두려워하고 영광이 아니라 수치로 알지요. 이것이 바로 내가 그들을 믿지 못하는 이유입니다. 최고의 아름다움을 맛보려면 용기와 재능이 필요합니다. 그런 용기와 재능이 없으면 최고의 아름다움은 사람들을 두렵게 할 뿐입니다."

그래서 룽진전은, 천재만이 천재의 가치를 알아보며 평범한 사람의 눈에 천재는 괴물이나 바보로 보일 뿐이라고 믿었다. 천재들은 사람들의 무리에서 너무 멀리 앞서 있어 보통 사람들은 그들을 보지 못하고 오히려 그들이 대열 뒤편에 처져 있다고 생각한다. 이것이 바로 보통 사람들의 일반적인 생각이다. 혹시라도 천재가 침묵을 지키고 있으면 보통 사람들은 그가 형편없다고, 놀라서 어쩔 줄 모른다고 생각한다. 침묵이 두려움에서 나온다고 여길 뿐, 경멸에서 나온다고는 생각하지 못하는 것이다.

지금 룽진전은 자신이 칼 요하네스 박사를 높이 평가하고 존경하는 점에서 자신과 동료들이 구별된다고 생각했다. 그는 거인의 밝은 광채 아래 유리처럼 빛날 수 있었다. 하지만 동료들은 그러지 못했다. 마치 돌멩이처럼 빛이 투과하지 못했다.

이어서 그는 또 천재와 보통 사람을 각기 유리와 돌멩이에 비유하는 것이 의심의 여지 없이 정확하다고 생각했다. 천재는 확실히 유리의 성질을 지녔다. 돌멩이와는 달리 투명하고 여리며 충격을 받으면 쉽게 깨진다. 돌멩이는 깨지더라도 유리처럼 산산이 부서지지 않고 기껏해야 모서리나 한 면이 떨어져나갈 뿐이다. 그래서 깨진 뒤에도 계속 돌멩이인 상태로 쓰이곤 한다.

그러나 유리는 그런 타협이 불가능하다. 유리의 본성은 약할 뿐만 아니라 극단적이어서 한번 깨지면 산산조각 나며 그런 뒤에는 아무 가치도 없이 쓰레기가 되고 만다. 생각해보면 천재가 바로 그렇다. 그에게 어떤 충격을 가하는 것은 마치 지렛대를 부러뜨리는 것과 같다. 지렛대가 부러지면 지렛목만으로 무엇을 할 수 있겠는가? 칼 요하네스 박사만 해도 그렇다. 룽진전은 만약 세상에 암호가 없었다면 자신의 그 영웅이 무슨 쓸모가 있었을까 생각했다. 아마도 한 명의 폐인에 불과했을 것이다!

차창 밖에서는 어둠이 점차 깊어지고 있었다.

04

그 후에 벌어진 일은 너무 사실적이어서 오히려 사실적이지 않다.

어떤 일이 너무 사실적이면 간혹 사실적으로 보이지 않아 사람들의 신뢰를 얻기 힘들다. 누가 어느 산간벽지에서 바늘 하나를 소 한 마리, 심지어 은으로 만든 칼과 맞바꿨다고 하면 믿을 수 없는 것처럼 말이다. 12년 전 룽진전이 '멘델레예프의 꿈'(멘델레예프는 꿈속에서 원소주기율표를 발견했다)에서 퍼플코드의 비밀을 찾은 것이 신기한 이야기임을 부인하는 사람은 없었다. 하지만 그것도 앞으로 서술할 이야기보다는 그리 신기하지 않다.

한밤중에 룽진전은 기차가 역에 들어서며 덜컹거리는 소리에 잠이 깼다. 그는 깨자마자 습관적으로 손을 뻗어 침대 밑의 소형 금고를 더듬었다. 그것은 쇠사슬로 차탁 다리에 묶여 있었다.

있다!

그는 안도하며 다시 몸을 눕히고 몽롱한 상태에서 플랫폼에 흩어지는 발자국 소리와 기차역의 방송을 들었다.

방송에서 기차가 벌써 B시에 도착했다고 알려주었다.

그것은 다음 역이 A시라는 것을 뜻했다.

'아직 세 시간 남았군…….'

'곧 집이로구나…….'

'집에 다 왔네…….'

'겨우 180분 남았네…….'

'한잠 더 자면 집이다…….'

이런 생각을 하며 룽진전은 다시 어렴풋이 잠에 빠져들었다.

얼마 지나지 않아 기차가 역을 빠져나가는 소음이 다시 그를 깨웠다. 이어서 기차의 덜컹거리는 소리가 마치 행진곡처럼 이어져 그에게서 잠을 다 빼앗아갔다. 원래 그는 그리 깊게 잠든 것이 아니었기 때문에 그런 소란을 견딜 수가 없었다. 그 덜컹거리는 소리에 그만 정신이 말짱해졌다. 달빛이 차창으로 들어와 그의 침대를 비추면서 그림자가 아래위로 흔들리며 그의 거슴츠레한 눈을 잡아끌었다. 이때 그는 눈앞의 물건 중에 뭔지 하나가 안 보인다는 느낌이 들었다. 그래서 내키지 않아 하며 훑어보다가 결국 나무 벽에 걸어둔 검은색 가죽서류철이 사라진 것을 발견했다. 그는 즉시 일어나 앉아 우선 침대 위를 뒤졌지만 보이지 않았다. 그다음에는 마루 위, 차탁 위, 베개 밑을 살폈지만 역시 보이지 않았다!

그가 바실리를 불러 깨우고 그 소리에 교수까지 깨어났을 때, 교수는 한 시간 전 화장실에 갔다가(한 시간 전이라는 사실을 기억해둬야 한다) 군복 차림의 젊은이를 보았다고 알려주었다. 그 젊은이는 객차 연결 부분에서 문틀에 기댄 채 담배를 피우고 있었는데 얼마 후 화장실에서 나온 교수는 멀어지는 그의 뒷모습을 보았다고 했다.

"그는 방금 당신이 말한 그 서류철을 손에 들고 있었어요. 그때 나는 별 생각이 없었어요. 그게 그 사람 것이라고 생각했으니까요. 그가 거기 서서 담배를 피울 때는 손에 뭘 들고 있는지 전혀 신경 쓰지 않았거든요. 그리고 계속 서서 꼼짝도 안 하기에 담배를 다 피우면 갈 것이라고 생각했죠. 지금 돌아보니…… 아, 그때 조금 더 신경을 썼어야 했는데."

교수는 무척 안타까워하며 설명했다.

룽진전은 서류철이 십중팔구 그 군복 차림의 젊은이에게 도둑맞았다는 것을 알았다. 그가 거기 서 있었던 것은 사실 사냥감을 기다리던 것이었는데 마침 교수가 밖으로 나가 단서를 제공했다. 그는 마치 눈밭에서 짐승의 발자국을 발견하고 그 발자국을 따라 깊숙이 동굴로 찾아 들어가듯 움직였다. 교수가 화장실에 있던 짧은 시간이 젊은이가 범죄를 저지른 시간이었다.

'그 틈을 이용하다니.'

룽진전은 이런 생각을 하며 쓴웃음을 지었다.

정 국장 인터뷰

사실 암호 해독이야말로 아주 미세한 틈을 찾아 이용하는 일입니다.

암호는 물샐틈없이 잘 짜인 그물과도 같아서 뚫고 들어가기 힘듭니다. 그러나 어떤 암호를 투입해 사용하다보면 예컨대 누가 불가피하게 입을 잘못 놀려 단서가 새어나가곤 합니다. 그렇게 새어나간 단서가 바로 흘러나온 피, 갈라진 틈 그리고 한 가닥 희망입니다. 마치 번개가 하늘을 갈라 만들어진 듯한 그 틈을 영민한 두뇌가 파고들어, 갖가지 비밀스러운 미로를 통해 때로 천국에 발을 들이게 되죠. 그 몇 년 동안 룽진전은 엄청난 인내심을 갖고 자신의 하늘에 틈이 만들어지기를 기다렸습니다. 그런데 벌써 천 번이 넘게 낮과 밤을 보내며 기다렸는데 아무 단서도 찾지 못했습니다.

그것은 비정상적인 일이었습니다. 매우 비정상적이었습니다.

그 이유로 우리는 두 가지를 생각해냈습니다.

첫째, 퍼플코드를 해독당한 일로 인해 상대편은 단 한마디의 말도 새어나가지 않도록 철저히 보안을 유지해 우리에게 전혀 허점을 노출하지 않았을 겁니다.

둘째, 단서가 있는데도 룽진전의 눈에 띄지 않고 그의 손가락 틈새로 빠져나갔을 수도 있습니다. 아마도 이랬을 가능성이 매우 큽니다. 왜 그런지 한번 생각해보십시오. 시스는 룽진전을 잘 알고 있으므로 틀림없이 블랙코드의 제작자들에게 그의 특성을 알려주고 그를 전문적으로 상대하는 장치들을 설치했을 겁니다. 사실 두 사람은 아버지와 아들처럼 정이 두터웠지만 이제는 신분과 믿음의 문제로 인해 물리적 거리만큼이나 심리적 거리도 멀어지고 말았습니다. 나는 아직도 기억하고 있습니다. 시스가 바로 베네노라는 것을 알고 조직에서 그 사실과, 시스가 우리에게 교란책을 폈던 것을 룽진전에게 상세히 설명해준 적이 있습니다. 물론 경각심을 심어주기 위해서였죠. 그러자 그가 뭐라고 한 줄 아십니까? "과학의 성전의 악마(작은 릴리가 진전의 논문 서문에서 반공주의 과학자 베네노를 가리켜 사용한 말)가 되었군요"라고 했습니다.

그리고 상대편이 신중하고 허점이 적을수록 우리는 더 소홀해졌습니다. 또 그 반대이기도 했죠. 우리의 소홀함으로 인해 상대편의 허점이 더 적어 보이기도 했습니다. 양쪽은 이렇게 함께 맞물리는 요철처럼 호응하고 어울려, 결국 접합면이 아예 사라질 정도로 서로 딱 맞아떨어졌습니다. 흠잡을 데 없이 완벽했죠. 그런데 이런 완벽함은 실로 낯설고 무서워서 룽진전은 밤낮으로 그

앞에서 오한과 공포를 느꼈습니다. 이 사실은 다른 사람은 몰라도 아내인 자이는 알고 있었습니다. 남편이 잠꼬대를 통해 수도 없이 그녀에게 알려주었기 때문입니다. 블랙코드를 푸는 과정에서 그는 이미 망을 보는 데 지쳤으며 그의 신념과 평정심도 이미 절망과 권태에 시달리고 있다고 말이죠. (계속)

지금 좀도둑에게 서류철을 도둑맞은 것에서 자신의 절망적인 상황이 연상되어 룽진전은 다소 자조적인 생각이 떠올랐다.

'나는 블랙코드의 제작자와 사용자에게 뭔가를 얻어내는 것이 이렇게 힘든데 그 좀도둑은 겨우 담배 한 대 피울 시간에 감쪽같이 내 물건을 훔쳐갔군.'

그의 차가운 얼굴에 다시 쓴웃음이 떠올랐다.

사실 이때까지만 해도 룽진전은 서류철을 잃어버린 것을 별로 대수롭지 않게 여겼다. 처음에는 서류철 안에 왕복 기차표와 숙박증 그리고 200위안 상당의 식권과 증명서 따위만 들어 있다고 생각했기 때문이다. 지난밤 자기 전에 칼 요하네스의 『하늘의 책』도 그 안에 넣기는 했다. 그 점이 조금 마음 아프기는 했지만 그래도 침대 밑의 소형 금고는 무사했기 때문에 그래도 운이 좋다고 생각했다. 심지어 천만다행이라는 느낌마저 들었다.

만약 소형 금고를 도둑맞았다면 어땠을지 상상만 해도 두려웠다. 그래서 지금 그는 아깝기는 하지만 두렵지는 않았다.

10분 뒤, 객차 안은 다시 조용해졌다. 바실리와 교수의 위로 덕분에 룽진전도 흐트러졌던 마음이 점차 안정되었다. 하지만 다시 어둠 속에 묻혔을 때, 그의 마음은 덜컹거리는 기차 바퀴 소리에 재차 요동치며 잃어버린 물건들에 대한 아쉬움과 기억에 빠져들었다.

　아쉬움은 느낌일 뿐이지만 기억은 머리를 움직이게 한다.

　서류철에 다른 물건은 없었을까?

　룽진전은 생각에 잠겼다.

　머릿속에 서류철의 모양을 떠올리고 상상력으로 그 지퍼를 열려 했다. 처음에는 아쉬움 때문에 집중이 되지 않아, 눈앞에 장방형의 흐릿한 검은색 물체만 아른거렸다. 그것은 서류철의 외관일 뿐 내부가 아니었다. 그러다가 차츰 아쉬움이 엷어지면서 생각이 또렷해졌고 마침내 지퍼가 확 열렸다. 순간 흐릿한 파란색이 룽진전의 눈앞을 스치고 지나갔다. 이때 그것이 마치 살인자의 손이라도 되는 것처럼 그는 벌떡 몸을 일으키며 소리를 질렀다.

　"바실리, 큰일 났어!"

　"무슨 일이죠?"

　바실리는 침대에서 뛰어내렸다. 어둠 속에서 룽진전이 부들부들 떨고 있는 모습이 보였다.

　"수첩! 내 수첩!"

외로움과, 죽음처럼 깊은 사유에 익숙했던 룽진전은 자주 이상한 소리를 듣곤 했습니다. 그 소리들은 머나먼 세상 밖에서 들려오는 것 같기도 했고 영혼 깊은 곳에서 들려오는 것 같기도 했습니다. 기다리거나 부르지 않는데도 때로는 꿈속이나 꿈속의 꿈속에서 나타났고, 때로는 심심풀이 책의 글자나 문장 사이에서 튀어나왔습니다. 내가 보기에 그 소리들은 자연의 소리이면서 동시에 룽진전 자신에게서 나온 소리이기도 했습니다. 그의 영혼의 사정 射精이면서 그의 정신이 반짝이며 나오는 것이기에 그는 수시로 기록해야 했습니다. 안 그러면 흔적도 없이 순식간에 사라지기 때문이었죠. 그래서 룽진전은 언제든 어디를 가든 수첩을 휴대하는 버릇을 들였습니다.

그것은 파란색 표지의 64절 수첩으로서 속표지에 '기밀'이라는 글자와 그의 코드 번호가 적혀 있었습니다. 안에는 당시 몇 년 동안 그가 블랙코드에 관해 생각해낸 갖가지 아이디어가 적혀 있었죠. 평소에 룽진전은 상의 왼쪽 아래 호주머니에 그 수첩을 넣고 다녔는데 그 여행에서는 다른 증서들도 지참해야 해서 아예 따로 서류철을 준비해 수첩도 그 안에 옮겨 담았습니다. 그 가죽 서류철은 우리 국장이 언젠가 외국 여행에서 가져와 그에게 선물한 것이었습니다. 품질 좋은 송아지 가죽 재질에 크기가 작고 가벼우며 달려 있는 줄을 손목에 감고 다니면 호주머니나 다름없이 간편했습니다. 그래서 수첩을 그 안에 넣었어도 룽진전은 전혀 불편하지 않고 잃어버릴까봐 불안하지도 않았을 겁니다. (계속)

지난 며칠 동안 룽진전은 그 수첩을 두 번 사용했다.

첫 번째는 나흘 전 오후였다. 당시 그는 막 회의를 마치고 자기 방에 돌아와 있었다. 누가 회의에서 무식하고 거친 발표를 한 탓에 화가 나서 씩씩대며 침대에 누워 창문을 마주보고 있었다. 처음에 그는 저물어가는 하늘에 눈길이 쏠렸다. 누워 있는 위치 때문에 하늘이 삐딱하게 보였다. 눈을 깜박일 때면 핑그르르 돌기도 했다. 나중에는 점점 눈앞이 흐릿해지면서 창과 하늘과 도시와 석양이 모두 희미해지고 그 대신 꿈틀대는 공기와 석양이 하늘을 불태우는 소리가 다가왔다. 그는 정말로 무형의 공기와 공기가 꿈틀대는 모습을 보았다. 그것은 불길처럼 꿈틀대면서 금방이라도 세상 밖으로 넘쳐흐를 것 같았다. 그런 꿈틀대는 공기와 석양이 불타는 소리가 마치 어둠처럼 조금씩 번지며 그를 휘감았다. 그러다가 어느 순간 그는 자기 몸이 어떤 익숙한 전류와 이어져 빛을 발하며 가벼워지는 것을 느꼈다. 마치 온몸이 한줄기 기체로 변해 불꽃처럼 타오르다 증발하여 머나먼 세상 밖으로 날아가는 듯했다. 그리고 이와 동시에 어떤 맑고 깨끗한 소리가 나비처럼 훨훨 다가왔다. 그것은 바로 그의 운명의 소리이자 빛이고 불꽃이며 정령이어서 그는 즉시 수첩을 꺼내 적어야 했다.

그때 여행 후 첫 번째로 수첩을 사용했다. 그 일이 있은 뒤 그는 조금 자랑스러워하며 생각했다. 분노가 자신을 태우고 영감을 가져다주었다고. 이어서 두 번째로 수첩을 사용한 것은 전날 새벽녘이었다. 그는 요동치는 기차 안에서 행복하게도 칼 요하네스 박사를 꿈에서 만나 오랫동안 깊은 대화를 나눴다. 그리고 꿈에서 깨자마자 어둠 속에서 그 대화 내용을 기록했다.

암호 해독의 여정에서, 그리고 천재로 통하는 좁은 길에서 룽진전은 누구에게 도움을 요청한 적도, 간곡히 기도한 적도 없었다. 그저 시종일관 두 개의 지팡이, 즉 고독과 근면에 의지했을 뿐이다. 고독은 그를 강하고 심오하게 만들었으며 근면은 아마도 그에게 얻기 힘든 행운을 가져다주었을 것이다. 행운은 알 수 없는 것이어서 보이지도 않고, 만져지지도 않고, 설명할 수도 없고, 기다릴 수도 없는, 인간 세상에서 가장 신비로운 것이다. 그러나 룽진전의 행운은 결코 신비롭지 않았다. 심지어 지극히 현실적이었다. 그것은 수첩의 글자와 행간 속에 깊이 숨어 있었다.

그런데 지금 그 수첩이 온데간데없이 사라져버린 것이다!

사건 발생 후, 바실리는 꽁무니에 불이 붙은 듯 바쁘게 움직이기 시작했다. 먼저 기차의 철도 경찰 책임자를 찾아가 철도 경찰 전원을 시켜 누구도 기차에서 뛰어내리지 못하게 했다. 그다음에는 기차의 무선 송수신기로 사건의 정황을 701에 낱낱이 보고 했다.(A시 기차역에서 송신을 중계했다.) 이에 701은 또 본부에, 본부는 또 상부에 보고하여 마지막에는 최고 지도자에게까지 보고가 올라갔다. 최고 지도자는 즉시 다음과 같이 지시했다.

"이번 분실 사건은 국가의 안위와 관계있으므로 관련 부서들은 모두 최선을 다해 협조하여 최대한 빨리 회수하도록!"

실제로 룽진전의 수첩은 잃어버리면 안 되는 물건이었다. 우선 그것은 701의 기밀과 관련 있었고 블랙코드의 해독과도 직접적인 연관성이 있었다. 왜냐하면 그 수첩은 룽진전의 아이디어 창고로서 블랙코드 해독에 관한 귀중한 생각과 계기를 다 담고 있었기 때문이다.

이런 물건을 어떻게 잃어버리겠는가?

반드시 찾아야만 했다!

이제 기차는 최대한 빨리 다음 역에 도착하기 위해 속도를 높였다.

다음 역은 바로 701이 있는 A시였다. 이는 바로 룽진전이 자기 집 앞에서 화를 입었음을 뜻했다. 그래서 이 사건은 마치 오래전에 계획된 것처럼, 어쩌면 운명으로 정해져 있었던 것처럼 보였다. 그렇게 많은 날이 지났어도 아무 일도 일어나지 않았는데 하필 이제 와서, 그것도 집 앞에서 사건이 벌어졌다. 더욱이 지금 상황으로 보면 범인은 어떤 무시무시한 적일 리가 없고 그저 얄미운 좀도둑일 가능성이 컸다. 이 모든 것이 꿈처럼 느껴져서 룽진전은 머리가 어지러웠다. 불쌍하고 허무한, 미로 같은 운명이 그를 치근대며 괴롭히고 있었다. 이런 느낌은 기차가 앞으로 나아갈수록 심해져서 지금 기차가 가고 있는 곳이 마치 A시가 아니라 지옥인 듯했다.

기차는 A시에 도착하자마자 봉쇄되었다. B시는 벌써 한 시간 전에 시 전체가 비밀 관제에 들어갔다.

상식적으로 좀도둑은 범죄를 저지르자마자 기차에서 내렸을 가능성이 매우 컸다. 그곳은 바로 B시였다.

나뭇잎을 숨기기에 가장 좋은 곳은 숲이고 사람을 숨기기에 가장 좋은 곳은 도시임을 모르는 사람은 없다. 그래서 이런 사건을 수사하는 것은 매우 어려우며 그 세세한 사정을 밝히는 것도 마찬가지로 어렵다. 그래도 몇 가지 데이터를 살펴보면 전체 수사 과정이 대강이나마 머릿속에 그려질 것이다.

당시 '특별수사전담반'의 기록에 따르면 직간접적으로 그 사건의 수사에 관여한 부서들은 다음과 같다.

1. 701(직접 관련 부서)

2. A시 공안 부서

3. A시 군사 부서

4. A시 철도국

5. A시 모 부대의 한 중대

6. B시 공안 부서

7. B시 군사 부서

8. B시 철도국

9. B시 환경위생국

10. B시 도시관리국

11. B시 도시건설국

12. B시 교통국

13. B시 신문사

14. B시 우체국

15. B시 모 부서의 팀

이밖에도 헤아릴 수 없이 많은 소규모 부서가 관련되었다.

그래서 수색된 곳들은 아래와 같다.

1. A시 기차역

2. B시 기차역

3. A시부터 B시까지의 220킬로미터 철도 노선

4. B시의 여관과 초대소 72곳

5. B시의 쓰레기통 637개

6. B시의 공중화장실 56곳

7. B시의 43킬로미터 하수도

8. B시의 폐품처리장 9곳

9. B시의 무수한 주택

직접 사건 수사에 뛰어든 인원은 3700여 명이었고 여기에는 룽진전과 바실리도 포함되었다.

직접 검문을 받은 인원은 승객 2141명, 열차 승무원 43명 그리고 군복을 착용한 B시의 젊은이 600여 명이었다.

기차는 이로 인해 운행이 5시간 30분간 지연되었다.

사람들은 그것이 G성 역사상 가장 거대하고 신비로운 사건이라고 말했다. 그로 인해 몇만 명이 놀라고 몇 개 도시가 벌벌 떨었으니 그 규모와 정도는 실로 전례 없는 것이었다!

05

다시 룽진전에게로 돌아가보자. 그의 이야기는 벌써 한참을 지나왔는데도 마치 갓 시작된 것만 같다.

기차에서 내려 A시 기차역 플랫폼에 모습을 드러냈을 때, 룽진전은 자기를 향해 덮쳐오는 한 무리의 사람들을 알아보았다. 그들의 우두머리는 바로 701의 최고 책임자인 국장 나리였다.(정 국장의 전임의 전임이었다.) 그의 벌겋게 부푼 말상 얼굴이 매우 공포스러웠다. 적어도 룽진전의 눈에는 그랬다. 룽진전 앞으로 다가온 그는 화가 나서 룽진전에 대한 평소의 존경심을 잃은 채 차가운 눈초리로 쏘아보았다.

룽진전은 무서워서 그 눈초리를 피했지만 목소리까지 피할 수는 없었다.

"왜 비밀문서를 금고 안에 두지 않았나!"

이때 그 자리에 있던 사람들은 룽진전의 눈이 순간 반짝하고는 곧 타버린 필라멘트처럼 빛을 잃는 것을 보았다. 동시에 그는 온몸이 경직되어 뻣뻣한 자세로 바닥에 쓰러졌다.

새벽의 서광이 창문틀에 비칠 때 룽진전은 깨어났다. 그의 몽롱한 눈에 아내의 얼굴이 들어왔다. 그 순간 그는 행복하게도 모든 것을 잊고 자신이 집의 침대 위에 누워 있으며 아내는 막 자신의 꿈속 외침에 놀라 깨어나서 불안하게 자신을 보고 있다고 (그의 아내는 자주 그렇게 꿈꾸는 남편 곁을 지켰을 것이다) 생각했다. 하지만 백색의 방과 방 안의 약 냄새가 룽진전이 빨리 정신을 차리고 자기가 병원에 있다는 것을 깨닫게 했다. 그래서 그에게 쇼크를 준 기억이 돌아왔고 그는 다시 국장의 위엄 있는 목소리를 들었다.

"왜 비밀문서를 금고 안에 두지 않았나!"

"왜!"

"왜?"

"왜……."

정 국장 인터뷰

그 여행에서 룽진전은 결코 적의나, 적의로 인한 경계심이 부족하지 않았습니다. 따라서 그 사건이 그의 부주의나 경솔함 혹은 직무 태만 때문에 일어났다고 한다면 그것은 옳지 않습니다. 하지만 수첩을 금고에 넣지 않은 것은 룽진전이 신중하지 못했고 경계심이 별로 철저하지 못했음을 의미합니다.

나는 아직도 똑똑히 기억납니다. 그들이 701을 떠날 때 나와 바실리는 거듭 그에게 요구하고 당부했습니다. 모든 비밀문서는, 그의 신분을 증명해주는 것까지 모두 소형 금고에 넣어야 한다고 말이죠. 그는 확실히 그렇게 했습니다. 바실리의 말에 따르면 돌아올 때도 그는 역시 세심하게 모든 비밀문서를 일일이 소형 금고에 넣었다고 합니다. 본부의 최고 수장이 회의 기간에 그에게 선물한 격언집(그 수장이 직접 창작한 것이었다)도 거기에 두었습니다. 그냥 서점용 책이어서 비밀과는 무관했는데도 말입니다. 룽진전은 속표지에 그 수장의 서명이 있는 것이 생각나 그의 신분이 새나갈까봐 그 책을 비밀문서로 분류해 금고에 넣은 겁니다. 이처럼 그는 비밀에 속하는 것은 거의 전부 금고에 넣었습니다. 오직 수첩만 빠뜨리고 말이죠. 나중에 생각해보니 처음에 그가 왜 수첩을 빠뜨렸는지는 그야말로 심오하고 오래된 수수께끼 같았습니다. 늘 쓰는 물건이어서 일부러 남겨놓았을 리는 없습니다. 절대로 그랬을 리는 없습니다. 그는 그런 모험을 할 사람이 아니었습니다. 그런 모험을 할 용기도 배짱도 없었죠. 그가 수첩을 남겨놓은 데에는 아무 이유도 없었던 것 같습니다. 사후에라도 그가 어떤 이유를 생각해내려 했을지 상상이 안 가는군요.

이상한 것은 사건 발생 전, 그가 그 수첩의 존재를 전혀 의식하지 못한 겁니다.(사건 발생 후에도 즉시 생각해내지 못했습니다.) 그것은 마치 부인들의 소매에 꽂힌 바늘과도 같았습니다. 그것이 필요할 때나, 그것에 찔렸을 때를 제외하고 평소에는 생각나는 일이 없지요.

하지만 룽진전에게 그 수첩은 결코 무가치해서 기억해둘 필요가 없는, 부인들의 그런 바늘 같은 존재였을 리가 없습니다. 그는 틀림없이 그것을 단단히 기억하고 마음속 깊이 새겨두려 했을 겁니다. 왜냐하면 그것은 그의 가장 소중한 물건이었기 때문입니다. 그의 말에 따르면 영혼의 그릇이었습니다.

그렇게 소중한 자신의 보물을 그는 왜 소홀히 다뤘을까요?

그것은 확실히 거대한 수수께끼입니다. (계속)

지금 룽진전은 깊이 후회하는 동시에 어떻게든 신비의 미궁으로 들어가 자신이 왜 수첩을 소홀히 했는지 그 답을 찾으려 했다. 처음에 그는 그 안의 끝도 없는 어둠에 현기증이 났지만 점점 적응이 되면서 어둠은 오히려 그가 빛을 발견하는 데 도움이 되었다. 그래서 그는 다음과 같은 생각에 접근했다.

'아마도 내가 너무 소중히 여겨서, 너무 깊게 마음속 깊숙이 숨겨놓아서 나 자신도 그것을 못 보게 된 게 아닐까. 아마도 내 잠재의식 속에서 그 수첩은 이미 독립적으로 존재하는 구체적

물체가 아니었나보다. 마치 내가 끼는 안경처럼……. 그런 물건들은 내게 너무나 필요해서 떼놓을 수가 없다. 진작부터 내 생명에 새겨지고 내 생명의 피, 신체의 기관이 되었다. 나는 그것들을 느낄 수 없다. 인간이 보통 자신의 심장과 혈액을 느끼지 못하듯. 인간은 병이 생겨야 비로소 자기 몸을 느끼고 안경은 끼지 않아야 비로소 생각이 나며 수첩은 오직 잃어버려야만…….'

수첩을 잃어버린 일이 떠오르자마자 룽진전은 감전이라도 된 듯 침대에서 벌떡 일어나 옷을 챙겨 입으며 서둘러 병실을 뛰쳐나갔다. 너무 다급해 보여서 흡사 도망치는 듯했다. 그의 아내인 자이는, 그보다 키가 크고 젊은 그 여인은 남편의 그런 모습을 본 적이 없어 소스라치게 놀랐다. 하지만 그냥 멍하니 있지 않고 밖으로 그를 쫓아갔다.

복도의 어둠이 눈에 익지 않은데다 걸음이 너무 빨라서 그는 계단을 내려가다가 그만 넘어져 안경을 떨어뜨렸다. 비록 안경이 깨지지는 않았지만 시간이 지체되어 그사이 아내가 쫓아왔다. 그녀는 방금 701에서 달려왔다. 오기 전에 누가 그녀에게 룽진전이 여행 중 과로로 갑자기 병원에 입원했으니 가서 돌봐주라고 통보했다. 그녀는 그래서 왔고 실제로 무슨 일이 일어났는지는 전혀 몰랐다. 그녀는 남편에게 돌아가 쉬라고 했지만 매몰차게 거절당했다.

건물을 나왔을 때 룽진전은 뜻밖에도 자신의 지프차가 세워져 있는 것을 발견했다. 다가가서 보니 운전기사가 핸들 위에 엎드려 잠을 자고 있었다. 그의 아내를 데려다주러 온 그 차는 지금 룽진전이 써도 괜찮은 듯했다. 차에 오르기 전, 그는 아내에게 '진실한 거짓말'을 했다. 기차역에서 서류철을 잃어버려 잠시 다녀오겠다고 했다.

하지만 그는 기차역에 가지 않고 곧장 B시로 갔다.

룽진전은 지금 좀도둑이 가 있을 곳은 두 군데밖에 없다고 생각했다. 한 군데는 기차이고 다른 한 군데는 B시였다. 만약 기차에 있다면 도망갈 방도가 없었다. 기차는 이미 봉쇄되었기 때문이다. 그래서 룽진전은 급히 B시에 가야 했다. A시는 그가 필요치 않았지만 B시는 시민 전체를 다 동원해도 모자랄 듯했다!

세 시간 뒤, 작은 지프차가 B시의 경비구역으로 들어갔다. 거기서 룽진전은 자신이 어디에 가야 하는지 알아냈다. 그곳은 바로 특별수사전담팀이었다. 특별수사전담팀은 경비구역 내 초대소 안에 설치되어 있었고 팀장은 본부의 부부장이었으며 그 밑에 있는 다섯 명의 부팀장은 각기 A시와 B시 소재 군사지역의 관련 부서 간부들이었다. 그리고 그중 한 명은 바로 훗날의 정 국장이었다.(그때는 701의 제7부국장이었다.) 당시 그는 초대소 안에 있었다. 룽진전이 그곳에 들이닥쳤을 때, 정 부국장은 그에게 한 가지 나쁜 소식을 전했다. A시의 봉쇄된 기차를 샅샅이 수색했지만 좀도둑은 발견되지 않았다고 했다.

그것은 좀도둑이 이미 B시에서 하차했음을 의미했다!

그래서 각 부서의 수사 요원들이 끊임없이 B시로 몰려들었다. 그날 오후에는 바실리도 B시로 갔다. 그가 B시에 간 것은 룽진전을 병원에 데려가라는 국장의 명령 때문이었다. 그런데 국장은 자신의 명령을 룽진전이 안 들을 것 같다고 생각했던지 명령을 내리자마자 거기에 예외 조항을 한 가지 달았다. 만약 그가 명령에 응하지 않으면 바실리가 곁에서 그의 안전을 보호해야 한다고 했다.

결국 바실리가 이행한 것은 명령이 아니라 예외 조항이었다.

바실리의 그 작은 타협이 701에 큰 화를 불러올 줄은 아무도 예상치 못했다.

06

그 후로 며칠간 룽진전은 낮에는 유령처럼 B시의 크고 작은 거리와 구석구석을 헤맸고 또 미칠 것처럼 기나긴 밤에는 잃어 버린 그 수첩에 대한 상념 속에서 시간을 보냈다. 지나친 희망으로 인해 그는 극도의 실망을 느꼈으며 따라서 그 밤들은 그가 형벌을 받는 시간이 되었다. 매일 밤 그는 자신의 가련한 운명에 시달렸고 불면의 견딜 수 없는 각성 상태가 그를 압박하고 피를 말렸다. 그는 현재의 낮과 밤들을 갖은 애를 쓰며 돌아보면서 자신을 심판하고 자신의 과오를 똑똑히 인식했다. 그러나 현실의 모든 것은 꿈같고 환상 같기만 했다. 그런 끝도 없는 혼란 속에서 슬픔과 분노의 뜨거운 눈물이 그의 두 눈을 손상시켰고 심각한 괴로움은 그를 꽃잎이 떨어지는 시든 꽃처럼 만들어버렸다.

사건 발생 후 엿새째 밤이 되었다. 그 서글픈 밤은 한바탕 큰 비로 시작되었다. 룽진전과 바실리 둘 다 비에 흠뻑 젖었고 또 룽진전이 줄기차게 기침을 하는 바람에 그들은 평소보다 조금 일찍 숙소로 돌아왔다. 두 사람은 침대에 누웠다. 그들은 피곤함을 참기 전에 창밖에서 줄기차게 들리는 빗소리를 참는 것만으로도 충분히 괴로웠다.

끝없이 떨어지는 빗방울이 룽진전에게 한 가지 무시무시한 문제를 상기시켰다.

정 국장 인터뷰

당사자로서 룽진전은 수사 업무와 관련해 여러 독특한 견해를 제시했습니다. 예컨대 좀도둑의 목적은 돈이므로 돈만 취하고 다른 물건은 버렸을 가능성이 매우 커서 그의 귀중한 수첩도 폐지 취급했을 것이라고 했지요. 이 견해는 일리가 없지 않아서 초기 특별수사전담팀은 이를 중시했습니다. 그래서 매일 많은 인원을 동원해 B시의 쓰레기통과 쓰레기더미를 수색하게 했죠. 룽진전은 당연히 그 일원이자 중심인물이었습니다. 가장 꼼꼼하게 힘들여 일했지요. 남들이 한번 수색한 뒤에도 마음이 안 놓여 직접 뒤지곤 했습니다.

그런데 사건 발생 후 엿새째 저물녘에 큰비가 내리기 시작해 그칠 줄 몰랐습니다. 쏟아지는 빗물이 땅 위에 넘쳐 순식간에 B시

곳곳을 물바다로 만들었습니다. 이 때문에 룽진전을 비롯한 우리 701 사람들은 혹시 수첩을 찾더라도 그 안의 갖가지 소중한 아이디어들이 무정한 빗물에 번져 못 알아보게 돼 있을지도 모른다고 걱정했습니다. 게다가 불어난 빗물에 수첩이 휩쓸려가면 찾기가 더 어려워질 듯했습니다. 그래서 그 비는 우리를 고통과 절망에 빠뜨렸습니다. 틀림없이 룽진전은 더 고통스럽고 절망스러웠을 겁니다. 사실 그 비는 한편으로는 평범하고 악의가 없어서 좀도둑의 행위와 아무 관련도 없었습니다. 그러나 다른 한편으로는 좀도둑의 행위와 암묵적으로 결탁된 악의의 연속이자 발전으로서 우리가 당한 불행을 더욱 심화시켰습니다.

그 비는 룽진전의 겨우 남은 한 가닥 희망마저 물속에 빠뜨렸습니다. (계속)

확실히 그 비는 룽진전의 겨우 남은 한 가닥 희망마저 물속에 빠뜨렸다!

그 빗속에서 룽진전은 쉬우면서도 직접적으로, 그리고 한층 분명하면서도 강렬하게 불행이 자신에게 닥친 과정을 다시 목격했다. 마치 어떤 신비로운 외부 힘이 조종하고 있는 것처럼 그가 생각지도 못한 모든 두려운 일이 차례로 벌어졌다. 게다가 대단히 공교롭고도 혐오스러운 방식으로.

그 빗속에서 룽진전은 12년 전의 어떤 유사한 신비와 비밀도 목격했다. 12년 전, 그는 '멘델레예프의 꿈' 속에서 퍼플코드의 내부로 진입해 하루아침에 빛나는 존재가 되었다. 그는 당시 그런 하늘의 의지를 다시는 접하지 못할 것이라고 생각했다. 왜냐하면 그것은 감히 다시 바라지 못할 만큼 신비로웠기 때문이다. 그런데 지금 그는 그 신비로운 하늘의 의지가 또다시 자신에게 재현되었다고 느꼈다. 과거와 비교하면 단지 형식만 달랐다. 빛이 있으면 어둠이 있고 무지개가 있으면 먹구름이 있는 것처럼 그것에도 밝은 면과 어두운 면이 있다. 지금까지 오랫동안 그는 그것의 주변을 맴돌며 살아왔다. 그런데 줄곧 밝은 면에만 처해 있었으니 이제는 필연적으로 어두운 면에 처할 차례인 것이다.

그렇다면 그것은 대체 무엇일까?

어린 시절 양 선생의 가르침으로 인해 마음속에 기독교 신앙을 품은 룽진전에게 그것은 아마도 전지전능의 신이었을 것이다. 오직 신만이 그런 복잡성과 완전성을 띠면서 아름다운 면과 추악한 면, 그리고 선한 면과 두려운 면을 동시에 가질 수 있다. 또한 신만이 그런 거대한 에너지와 힘으로 인간들이 자기 주변을 영원히 돌게 하면서 그들에게 모든 것을 보여준다. 모든 즐거움, 모든 고난, 모든 희망, 모든 절망, 모든 천국, 모든 지옥, 모든 성공, 모든 파멸, 모든 영광, 모든 치욕, 모든 기쁨, 모든 슬픔, 모든 선, 모든 악, 모든 낮, 모든 밤, 모든 빛, 모든 어둠, 모든 긍정, 모든 부정, 모든 상부, 모든 하부, 모든 내부, 모든 외부, 모든 이것들, 모든 저것들, 모든 것의 모든 것을……

  신 개념이 장엄하게 등장하면서 룽진전은 마음이 한결 편해지
고 분명해졌다. 그는 생각했다. 이 모든 것이 신의 뜻이라면 내
가 왜 저항해야 하지? 저항해봤자 헛수고일 텐데. 신의 법은 공
평해. 신은 누군가의 바람 때문에 자신의 법을 고치지는 않아.
신은 반드시 모두에게 자신의 모든 것을 보여주지. 신은 퍼플코
드와 블랙코드를 통해 나에게 모든 것을 보여주었어.

  모든 즐거움

  모든 고난

  모든 희망

  모든 절망

  모든 천국

  모든 지옥

  모든 성공

  모든 파멸

  모든 영광

  모든 치욕

  모든 기쁨

  모든 슬픔

  모든 선

  모든 악

모든 낮

모든 밤

모든 빛

모든 어둠

모든 긍정

모든 부정

모든 상부

모든 하부

모든 내부

모든 외부

모든 이것들

모든 저것들

모든 것의 모든 것을……

마음속에서 이런 일련의 외침들이 메아리치는 것을 듣고 룽진전은 편안해진 시선을 창밖으로부터 거둬들였다. 비가 내리든 안 내리든 자신과는 무관한 것처럼. 빗소리가 더는 자신을 괴롭히지 않는 것처럼. 그가 침대에 누웠을 때 그 빗소리는 심지어 친근하게 들렸다. 너무나 순수하고 온화하며 리드미컬해서 룽진전은 그 소리에 이끌려 녹아들 것 같았다. 그는 잠이 들었고 또 꿈을 꾸었다. 꿈속에서 어떤 아득한 목소리가 그에게 말을 걸어왔다.

"어떤 신도 함부로 믿어서는 안 돼."

"신을 믿는 것은 나약함의 표현이야."

"신은 칼 요하네스에게 완벽한 삶을 주지 않았어."

"신의 법이 반드시 공평하지는 않아."

"신의 법은 결코 공평하지 않아."

마지막 한마디가 계속 반복되면서 소리가 점점 더 커졌다. 급기야 천둥소리처럼 귀청을 울려 룽진전을 깨어나게 했다. 깨어난 뒤에도 그는 여전히 그 소리가 귓전에서 맴도는 것을 느꼈다.

"공평하지 않아…… 공평하지 않아…… 공평하지 않아……."

누구의 목소리인지 그는 몰랐다. 그 신비한 목소리가 왜 자신에게 그런 말을, 신의 법이 결코 공평하지 않다는 말을 하는지도 몰랐다. 그래, 공평하지 않다고 치자. 그러면 무엇이 공평하지 않다는 거지? 그는 무작정 생각하기 시작했다. 두통 때문인지, 아니면 의심이나 두려움 탓인지 처음에는 영 갈피가 잡히지 않았다. 갖가지 생각이 한꺼번에 떠올라 솥에서 끓는 물처럼 아우성쳤는데 들여다보면 전혀 실질적인 것이 없었다. 나중에야 끓는 느낌이 사라지고 솥에서 음식이 나오듯 기차, 좀도둑, 서류철, 빗물 등의 영상이 차례로 머릿속에 펼쳐져 그에게 다시 현재의 불행을 상기시켰다. 하지만 왠지 꼭 음식이 설익은 듯한 느낌이 들었고 그는 그것이 무엇을 의미하는지 아직 잘 몰랐다. 그 영상들은 나중에 또 서로 밀치며 아우성치기 시작했다. 다시 물이 점점 뜨거워지고 천천히 끓어올랐다. 하지만 처음처럼 막연하게 끓지는 않았다. 그것은 대해를 항해하던 선원이 멀리 육지를 보았을 때의 첫 느낌이었다. 기운을 내서 목표를 향해 다가가다가 룽진전은 마침내 그 신비한 목소리가 자신에게 건네는 소리를 또 들었다.

"이런 난데없는 불행으로 너를 쓰러뜨렸는데 설마 이게 공평하다는 거야?"

"아니!"

룽진전은 절규하며 문을 박차고 나가 퍼붓는 빗속으로 뛰어들었다. 그리고 컴컴한 하늘을 향해 큰소리로 외쳤다.

"하느님, 당신은 내게 공평하지 않아요!"

"하느님, 차라리 난 블랙코드에게 지겠어요!"

"블랙코드가 나를 이기는 것만이 공평해요!"

"하느님, 사악한 인간이나 이런 일을 당해야 하잖아요!"

"하느님, 사악한 신이나 내게 이런 벌을 주겠죠!"

"사악한 신이여, 너는 이래서는 안 된다!"

"사악한 신이여, 나는 너와 싸우겠다!"

한동안 고함을 지르고 나서 그는 갑자기 차가운 빗물이 불길처럼 자신을 태우는 것을 느꼈다. 그의 온몸의 피가 바쁘게 흘러 움직이기 시작했고 이어서 빗물도 그러는 것 같았다. 이 느낌이 머릿속을 스치자마자 그는 자신의 몸 전체도 따라서 흘러 움직이며 천지와 서로 이어지고 녹아들어 꿈처럼 안개처럼 변화하는 듯했다. 이렇게 그는 또다시 머나먼 세상 밖의 소리를 들었다. 그 소리는 마치 그 고난의 수첩에서 들려오는 듯했다. 그 수첩은 더러운 구정물 속에서 떠올랐다 잠겼다 했으므로 소리도 끊어졌다 이어졌다 했다.

"룽진전, 너는 들어라. (…) 빗물이 흘러 움직이며 대지도 움직이게 할 것이다. (…) 빗물이 네 수첩을 휩쓸어갔다면 다시 그것을 휩쓸어올지도 모른다. (…) 세상에 불가능한 일은 없다. (…) 빗물이 네 수첩을 휩쓸어갔다면 다시 그것을 휩쓸어 올지도 모른다. (…) 휩쓸어올지도 모른다. (…) 휩쓸어올지도 모른다……."

그것은 룽진전에게 마지막으로 떠오른 기묘한 상상이었다.

그때는 신기하고도 사악한 밤이었다.

창밖에서는 빗소리가 굴하지 않고 끝도 없이 이어졌다.

07

이 부분의 이야기는 사람들을 기쁘게도 슬프게도 할 것 같다. 기쁜 것은 수첩을 결국 찾았기 때문이고 슬픈 것은 룽진전이 갑자기 실종되었기 때문이다. 이 모든 것, 모든 것의 모든 것은 룽진전이 말한 대로였다. 신은 우리에게 기쁨도 주고 슬픔도 준다. 신은 우리에게 모든 것을 보여준다.

룽진전은 그 기나긴 비 오는 밤에 실종의 첫걸음을 내디뎠다. 누구도 룽진전이 언제 방을 떠났는지 몰랐다. 밤인지 새벽인지, 아니면 비가 올 때인지 비가 멈춘 다음인지. 하지만 룽진전이 그 후로 다시는 돌아오지 않으리라는 것은 모두가 알고 있었다. 그는 마치 한 마리 새가 영원히 둥지를 떠나고 떨어지는 별이 영원히 궤도를 벗어난 것과 같았다.

룽진전의 실종은 사건을 더 어둡고 복잡하게 만들었다. 그 어둠은 아마 동틀 무렵의 어둠이었을 것이다. 누군가 룽진전의 실종이 수첩 사건의 연속이 아닌지, 한 작전의 두 번째 단계가 아닌지 지적했다. 정말로 그렇다면 좀도둑은 더 신비하고 적대적인 인물일 것이다. 하지만 대부분의 사람은 룽진전의 실종이 절망 때문이라고, 견디기 힘든 공포와 고통 때문이라고 생각했다. 다들 암호가 룽진전의 목숨이며 그 수첩은 그의 목숨 중의 목숨임을 알고 있었다. 그런데 지금 수첩을 찾을 희망이 갈수록 줄어드는데다 찾더라도 글씨가 빗물에 번져 전혀 무가치해졌을 가능성이 컸다. 따라서 그가 이를 비관해 자살을 택하는 것도 불가능한 일은 아닌 듯했다.

그 후의 일은 사람들의 이런 우려를 입증하는 듯 보였다. 어느 날 오후, 어떤 사람이 B시에서 동쪽으로 10여 킬로미터 떨어진 강변에서(부근에 정유공장이 있다) 구두 한 짝을 주웠다. 바실리는 한눈에 그것이 룽진전의 구두임을 알아보았다. 그 구두는 입구가 형편없이 헤벌리며 벌어져 있었는데 룽진전이 피곤하게 온 사방을 헤매고 다니느라 생긴 자국이었다.

이때 바실리는 이미 자신이 게도 구럭도 다 잃는 지경에 처하리라고 믿었다. 수첩은 못 찾고 대신 룽진전의 시체를 찾을 것이라고 우울하게 예상했다. 그 시체는 아마 더러운 강물 속에서 떠오를 것이다.

이럴 줄 알았으면 처음부터 그를 데리고 돌아가는 것이 나았으리라고 바실리는 생각했다. 그랬다면 이번 사건도 그저 불가사의한 일로만 룽진전의 머릿속에 남았을 것이다.

"에이, 빌어먹을!"

그는 들고 있던 그 구두를 냅다 던져버렸다. 마치 이 재수 없는 일들을 떨쳐버리려는 듯이.

그것은 사건 발생 후 아흐레째의 일이었고 수첩의 행방은 여전히 묘연해서 절망의 어두운 그림자가 사람들 마음속에 짙게 드리워지고 있었다. 그래서 본부에서는 수사 업무를 확대하고 일부는 공개하기로 결정했다. 그 전까지는 수사를 일절 비밀에 부친 채 진행해왔다.

이튿날 『B시일보』에 눈에 띄는 글씨로 분실물을 찾는다는 광고가 게재되었다. 분실물의 주인은 한 과학 연구원이며 분실물인 수첩은 국가의 새로운 기술 개발과 관련 있는 것으로 설정되었다.

그것은 어쩔 수 없이 택한, 모험적인 조치였다. 이로 인해 좀도둑이 수첩을 더 깊숙이 감추거나 훼손하여 수사 업무를 완전히 끝장낼 수도 있었기 때문이다. 하지만 믿기 힘든 일이 벌어졌다. 당일 밤 10시 3분, 특별수사전담팀이 좀도둑을 위해 준비해놓은 전화가 경보기처럼 울렸다. 세 개의 손이 동시에 움직였지만 원래 민첩한 바실리가 먼저 수화기를 낚아챘다.

"여보세요, 특별수사전담팀입니다. 말씀해주십시오."

"……."

"여보세요, 여보세요, 어디십니까? 말씀해주세요."

"뚜뚜뚜……."

전화가 끊어졌다.

바실리는 풀이 죽어 수화기를 내려놓았다. 꼭 그림자에 대고 이야기한 듯했다.

1분 뒤, 전화기가 또 울렸다.

바실리가 또 수화기를 붙잡고 입을 열려는데 전화기 저편에서 떨리는 목소리가 다급히 전해졌다.

"수, 수첩은 우체통에 있어요……."

"어느 우체통이죠? 여보세요, 어디 있는 우체통인가요?"

"뚜뚜뚜……."

전화가 또 끊어졌다.

얄밉지만 약간 귀엽기도 한 그 도둑은 당황한 나머지 미처 어느 우체통인지도 못 밝히고 전화를 끊었다. 하지만 그 정도면 됐다. 더할 나위 없이 충분했다. B시에는 수십 개에서 100개 정도의 우체통이 있겠지만 그것이 뭐 대수인가? 더구나 행운은 연거푸 오는 법이어서 바실리는 무심코 연 첫 번째 우체통에서 단번에 그 수첩을 발견했다.

깊은 밤, 별빛 아래에서 수첩이 파란색 광채를 발산하고 있었다. 깊디깊은 정적이 다소 으스스했다. 하지만 그 정적은 거의 완벽하고 환상적이어서 마치 축소된 바다, 진귀한 사파이어 같았다.

수첩은 기본적으로 멀쩡했다. 단지 맨 뒤의 백지 두 장이 찢어졌을 따름이었다. 그래서 본부의 한 간부는 전화로 농담을 했다.

"아마 좀도둑이 그걸로 뒤를 닦았나보군."

나중에 본부의 다른 간부도 그 말을 이어 또 농담을 했다.

"혹시 그놈을 잡을 수 있으면 휴지를 선물해주라고. 당신네 701에는 종이가 지천이잖아."

하지만 아무도 그 도둑을 찾지 않았다.

그는 매국노는 아니었기 때문이다.

그리고 아직 룽진전을 못 찾았기 때문이다.

이튿날 『B시일보』 1면에 룽진전을 찾는 광고가 실렸다. 그 내용은 아래와 같았다.

룽진전. 남자. 37세. 키는 165센티미터로 마르고 피부가 하얀 편이다. 갈색의 고도근시 안경을 끼었고 짙은 남색 인민복과 옅은 회색 바지 차림이며 가슴에는 외국산 만년필을 꽂고 손목에는 중산鍾山표 시계를 찼다. 표준어와 영어를 구사할 줄 알며 장기와 체스를 좋아하고 행동이 느린 편이다. 맨발일 가능성이 크다.

첫째 날에는 아무 소식이 없었다.

둘째 날에도 아무 소식이 없었다.

셋째 날에는 『G성일보』에도 룽진전을 찾는 광고가 실렸고 이날도 아무 소식이 없었다.

바실리가 보기에는 아무 소식이 없는 것이 정상이었다. 시체에게서 소식이 오기를 바라는 것은 무리이기 때문이다. 그는 룽진전을 산 채로 701로 데려가는 것(그것이 그의 임무였다)은 이미 어려운 일이라고 예상했다.

그런데 이튿날 정오, 특별수사전담팀이 그에게 통보를 해왔다. M현성縣城(성 밑의 행정구역인 현의 정부 소재지)의 누가 전화를 걸어와 그곳에 룽진전과 닮은 사람이 있다고 했으니 빨리 가서 확인하라는 것이었다.

룽진전과 닮은 사람이라고? 바실리는 즉시 자신의 예상이 사실로 입증되었다고 생각했다. 오직 시체만이 그런 소식을 전해올 수 있기 때문이었다. 아직 길을 나서지도 않았는데 사납고 강인하기로 이름난 바실리는 나약하게도 뜨거운 눈물을 줄줄 흘렸다.

M현성은 B시에서 북쪽으로 100킬로미터 떨어진 곳에 있었다. 룽진전이 왜 그곳까지 가서 수첩을 찾았는지 실로 이상한 노릇이었다. 가는 길에 바실리는 꿈을 꾸는 듯한 눈으로 이미 지나간 갖가지 불행과 곧 닥쳐올 고통을 헤아렸다. 마음속에 달랠 길 없는 실의와 비통함이 가득했다.

M현성에 도착해서 바실리는 전화를 건 그 사람을 찾아가다가, 마침 지나치던 제지공장 입구의 폐지 더미 위에서 누군가를 보았다. 그 사람은 확실히 남들의 눈길을 끌었다. 바실리는 보자마자 뭔가 문제가 있는, 비정상적인 사람이라는 것을 알았다. 그는 온몸이 더러운 진흙투성이였으며 발은 맨발이었고(이미 검푸르게 얼어 있었다) 피 묻은 두 손으로 쉴 새 없이 폐지 더미를 뒤지고 있었다. 그리고 낡은 책이든 찢어진 공책이든 가리지 않고 마치 무슨 보물이라도 되는 것처럼 하나하나 자세히 살폈다. 흐리멍덩한 눈빛을 하고 입으로는 뭔가 주문을 외우는 듯한 그의 모습은 흡사 재난을 당한 승려가 사원의 폐허 속에서 비장하게 불경을 찾고 있는 듯했다.

그때는 맑은 겨울날 오후였다. 밝은 햇빛이 그 불쌍한 사람의 몸 위에 떨어졌다. 그리고 피 묻은 손 위에, 꿇어앉은 무릎 위에, 구부정한 허리 위에, 일그러진 뺨 위에, 입 위에, 코 위에, 안경 위에, 눈빛 속에 떨어졌다.

이렇게 바실리의 눈빛이 짐승의 두 발처럼 벌벌 떠는 그의 손 위에서 조금씩 옮겨지고 확장되었고 동시에 두 발은 한 걸음씩 그를 향해 다가가 마침내 그가 룽진전임을 알아보았다!

그 사람은 바로 룽진전이었다!

그것은 사건 발생 후 16일째의 일이었고 시간은 1970년 1월 13일 오후 4시였다.

그리고 1970년 1월 14일 룽진전은 몸과 마음의 상처와 영원한 비밀을 가진 채 바실리에게 이끌려 다시 으슥하고 거대한 701 지역으로 돌아갔다. 이번 장의 이야기는 이렇게 마무리된다.

제5편

합습

01

끝은 또 다른 시작이다.

나는 룽진전의 기존 이야기에 약간의 보충 설명과 추적 보도를 덧붙이려 했다. 이것이 바로 제5편 '합合'이다.

앞의 네 편과 비교하면 이번 편은 내 생각에 몸통인 앞의 네 편에 두 손을 붙인 것과 같다. 한 손은 이야기의 과거를, 다른 한 손은 이야기의 미래를 더듬는다. 이 두 손은 무척 애를 써서 매우 먼 곳까지 뻗어가 운 좋게도 대단히 사실적인 것들을 건드린다. 어떤 것들은 수수께끼의 답처럼 심오해서 사람을 흥분시킨다. 실제로 앞의 네 편에서 숨겨졌던 모든 신비와 비밀, 심지어 빠진 부분까지 이번 편에서 잇달아 정체를 드러낼 것이다.

이밖에 앞의 네 편과 비교해 이번 편에서 나는 내용, 문체, 감정 모든 면에서 일부러 통일을 기하지 않았다. 심지어 일부러 변화를 주고 치우치게 쓰기까지 했다. 마치 전통적이고 정상적인 소설에 도전하고 있는 듯하지만 사실은 그저 룽진전과 그의 이야기에 투항한 것일 뿐이다. 그런데 이상하게도 투항하기로 결정한 뒤, 나는 갑자기 마음이 편하고 흡족해졌다. 흡사 그 무엇과 싸워 이긴 듯한 느낌이었다.

투항은 포기와는 다르다! 이번 편을 다 읽는다면 누구나 이것이 블랙코드의 제작자가 내게 준 아이디어임을 알게 될 것이다. 아, 이야기가 샛길로 빠졌다. 하지만 정말로 이번 편은 계속 중구난방으로 이야기를 늘어놓을 것이다. 룽진전이 미친 것을 보고 나도 미친 것처럼 말이다.

본론으로 들어가겠다.

무엇보다도 누가 이 이야기가 거짓이 아닌지 의문을 제기하는 바람에 나는 이번 편을 쓰기로 마음먹었다.

언젠가 나는, 어떤 이야기가 사람들에게 진실로 받아들여지는 것은 결코 근본적이거나 포기해서는 안 되는 목적이 아니라고 생각한 적이 있다. 하지만 이 이야기는 예외다. 왜냐하면 이 이야기는 분명히 의심의 여지가 없는 진실이기 때문이다. 이야기의 원형을 유지하기 위해 나는 거의 모험을 무릅썼다. 예컨대 한두 가지 에피소드 정도는 상상에 의지해 더 정교하고 합리적으로 배치해 서술의 편의를 도모할 수 있었는데도 그렇게 하지 않왔다. 원형을 유지하려는 강한 욕망과 열정 때문이었다. 따라서 만약 이 이야기에 어떤 결함이 존재한다면 그 원인은 서술자인 내게 있지 않고 인물이나 삶 자체의 메커니즘 안에 있다. 그것은 결코 불가능한 일이 아니다. 인간이라면 누구든 논리나 경험에 어긋나는 결함을 갖고 있다. 그것은 어쩔 수 없는 일이다.

이 한 가지는 강조하고 넘어가야겠다. 이 이야기는 역사이지 상상이 아니다. 내가 기록한 것은 과거의 메아리로서 나는 그저 이해 가능하게(그래서 용인할 수 있게) 약간의 문학적 수식과 필요한 구성을 덧붙였을 따름이다. 요컨대 인명, 지명, 당시 하늘의 색깔 같은 상상을 예로 들 수 있겠다. 몇 가지 구체적인 시간은 착오가 있을 수 있고 몇 가지 지금까지도 비밀을 지켜야 하는 것은 당연히 삭제했으며 또 몇 가지 심리 묘사는 사족일 수도 있다. 그러나 이것 역시 어쩔 수 없는 일이다. 룽진전은 환상에 탐닉한 인물로서 한평생 눈에 띄는 일을 한 적이 없고 유일하게 한 것이라고는 암호 해독뿐이어서 역시 비밀스럽고 표현하기가 어렵기 때문이다.

이밖에도 마지막에 룽진전을 찾은 곳이 M현의 제지공장인지 인쇄소인지 정확하지 않으며 그날 룽진전을 데리고 돌아간 인물도 사실은 바실리가 아니라 701의 최고 책임자인 국장이었다. 국장이 직접 그 일을 했다. 그 며칠 사이 바실리는 과로와 충격 때문에 병으로 쓰러져 운신할 수가 없었다. 그 국장은 이미 10년 전 세상을 떠났는데 생전에 그날 일에 관해 한마디도 언급한 적이 없다고 한다. 마치 언급하면 룽진전에게 미안하기라도 한 듯 말이다. 누군가는 룽진전이 미친 것에 대해 국장이 줄곧 괴로워했으며 죽기 전까지도 자책에서 벗어나지 못했다고 말했다. 나는 그가 마땅히 자책을 했어야 했는지는 잘 모르겠다. 다만 그의 자책 때문에 룽진전의 결말에 대해 한층 더 유감을 느끼게 된 것 같다.

다시 본론으로 돌아오면 그날 국장의 운전기사도 국장을 따라 M현으로 룽진전을 데리러 갔다. 그는 차를 잘 몰기는 했지만 일자무식이어서 '인쇄소'인지 '제지공장'인지 헷갈리게 된 원인을 제공했다. 인쇄소와 제지공장은 확실히 외관상 유사한 데가 있어서 일자무식인 사람에게는, 특히나 한번 쓱 보고 넘어갔다면 혼동되는 것이 정상이다. 나는 그 운전기사와 이야기를 나누면서 인쇄소와 제지공장에 서로 확연히 다른 점들이 있다는 것을 납득시키려고 꽤 노력했다. 예를 들어 제지공장은 일반적으로 높은 굴뚝이 있는데 인쇄소는 없으며, 또한 냄새도 인쇄소에서는 잉크 냄새가 나는데 제지공장에서는 그리 자극적인 냄새는 나지 않는다. 하지만 그는 여전히 명확한 견해를 못 내놓고 우물거리기만 했다. 나는 그것이 배운 사람과 못 배운 사람의 차이가 아닌가 생각했다. 못 배운 사람은 일의 진위와 시비를 판단할 때 좀더 어려움에 부딪히곤 한다. 게다가 수십 년이 흘러서 그는 이미 거동조차 불편한 늙은이가 되었으며 기억력도 과도한 음주로 인해 놀랄 만큼 퇴화되었다. 심지어 그 사건이 1969년이 아니라 1967년에 일어났다고 내게 자신 있게 얘기했을 정도다. 이를 듣고 나는 그가 제공한 모든 자료에 대해 신뢰를 잃었다. 그래서 이야기 말미에 인물의 등장을 줄이기 위해 잘못인 줄 알면서도 바실리가 국장과 운전기사 대신 M현을 다녀오게 만들었다.

이 점은 분명히 얘기해둘 필요가 있었다.

이 점은 이 이야기에서 가장 사실과 다른 부분이기도 하다.

이에 대해 나는 이따금 유감을 느끼곤 한다.

어떤 사람은 룽진전의 훗날의 삶과 처지에 관해 지대한 관심을 나타냈다. 이것이 나로 하여금 이번 편을 취재해 쓰게 만든 두 번째 계기다.

이는 동시에 내가 어떻게 룽진전의 이야기를 알게 되었는지 밝히도록 만든다.

나는 기꺼이 밝힐 용의가 있다.

사실 내가 그 이야기를 접할 수 있었던 것은 아버지의 불행 때문이다. 1990년 봄, 일흔다섯 살이었던 내 아버지는 중풍으로 입원했고 치료해도 차도가 없어 링산靈山 요양원으로 자리를 옮겼다. 그곳은 일종의 호스피스 병동이었던 것 같다. 병자들이 조용히 죽음을 기다리는 곳이었다.

어느 겨울날, 나는 요양원에 가서 아버지를 뵈었다. 일 년 넘게 병환에 시달린 아버지는 자상하고 친절하게 변해 있었다. 또한 전보다 말수도 늘었다. 마치 끊임없는 수다로 나에 대한 사랑과 친절을 전하려는 듯했다. 하지만 그것은 불필요한 일이었다. 아버지나 나나 둘 다 알고 있었다. 내가 아버지의 사랑을 가장 필요로 했을 때 그는 지금 같은 일을 예상치 못했거나, 아니면 다른 이유로 나를 제대로 사랑해주지 못했다. 하지만 그렇다고 해서 그가 지금 내게 어떤 보상을 해주려는 것은 아니었다. 그래도 나는 어쨌든 내가 아버지의 과거에 대해 어떤 안 좋은 생각이나 감정이 생겨 그에게 마땅히 베풀어야 할 사랑과 효심을 거둘 것이라고는 생각지 않았다. 솔직히 처음에 나는 그가 요양원에 들어가는 것을 적극적 반대했다. 단지 그의 뜻이 너무 완강해 꺾지 못했을 뿐이다. 나는 아버지가 왜 군이 요양원에 들어가려 했는지 알고 있었다. 그는 나와 아내가 오랜 간호로 싫증을 내서 자기를 난처하게 할까봐 두려웠던 것이다. 물론 그랬을 가능성도 있다. 긴 병에 효자는 없는 법이니까. 하지만 나는 다른 가능성도 없지는 않았다고 생각한다. 그의 고통을 보면서 우리의 동정심과 효심이 더 커졌을 수도 있다.

솔직히 나는 자신의 부끄럽고 아쉬운 과거에 대한 아버지의 끝없는 수다를 다 들어주기가 힘들었다. 하지만 병원과 환자들에 대한 시시콜콜한 이야기는 오히려 들어줄 만했다. 특히 룽진 전의 이야기는 그야말로 나를 매료시켰다. 그때 아버지는 이미 룽진전에 관해 상당히 많은 것을 알고 있었다. 두 사람은 같은 환자이면서 벽 하나를 사이에 둔 이웃이었기 때문이다.

아버지는 내게 룽진전이 벌써 십수 년간 그곳에 있었기 때문에 그곳에서는 그를 모르는 사람은 없다고 말했다. 그리고 새로 들어오는 환자마다 맨 처음 그의 이야기를 선물로 받으며 그의 갖가지 영광과 불행에 관해 정보를 공유하는 것이 그곳의 유행이 되었다고 했다. 사람들이 그에 관해 이야기하기를 좋아하는 것은 그가 특별하기 때문이기도 했고 그를 존경하기 때문이기도 했다. 나는 그곳 사람들이 룽진전을 무척이나 존중하고 있다는 것을 금세 알아차렸다. 그가 나타나는 곳마다, 그곳이 어디든 사람들은 그를 보기만 하면 알아서 걸음을 멈추고 목례를 했다. 때로는 그에게 길을 양보하고 미소를 지어 보이기도 했다. 설령 그가 아무것도 못 알아볼지라도 말이다. 의사와 간호사도 그와 함께 있을 때면 늘 웃는 얼굴로 사근사근하게 말하고 조심스레 그를 보호하며 계단을 오르내렸다. 그래서 누가 봐도 그들이 그를 자신들의 부모나 아이, 혹은 높은 상관처럼 모신다고 생각했을 것이다. 장애를 가진 것이 분명한 사람을 이토록 존중하는 것을 나는 일찍이 본 적이 없었다. 단지 텔레비전에서 딱 한 번 본 적이 있기는 한데, 그 사람은 바로 휠체어의 아인슈타인이라 불리는 영국의 과학자 스티븐 호킹이다.

나는 병원에서 사흘간 머물렀다. 그때 여러 환자가 낮에 어떻게 시간을 보내는지 알게 되었다. 그들은 삼삼오오 무리를 지어 바둑을 두거나, 마작을 하거나, 산책을 하거나, 수다를 떨었다. 병실에 검사나 투약을 하러 온 의사와 간호사들은 늘 호각을 불어야 겨우 그들을 돌아오게 할 수 있었다. 그런데 유독 룽진전은 언제나 홀로 조용히 병실에만 머물렀다. 산책과 식사 시간에도 꼭 다른 사람이 그를 부르러 와야 했다. 안 그러면 그는 병실에서 한 발자국도 움직이지 않을 게 뻔했다. 과거 암호 해독실에서 그랬던 것처럼. 이 때문에 요양원 측에서는 특별히 당직 간호사들에게 한 가지 임무를 더 부과했다. 그것은 바로 하루에 세 번 룽진전을 식당에 데려가 밥을 먹이고 식후 30분씩 산책을 시키는 것이었다. 아버지 말로는, 맨 처음에는 다들 그의 과거를 몰랐고 몇몇 간호사가 귀찮아서 임무를 등한시하는 바람에 툭하면 그가 끼니를 거르게 했다고 한다. 그런데 나중에 어떤 고관이 그곳에 요양을 왔다가 우연히 그 문제를 알고서 의사와 간호사를 전원 소집해 이런 이야기를 했다.

"만약 여러분의 집에 어른이 있다면 그 어른을 대하듯 그를 대하시오. 또한 어른이 없고 아이만 있다면 그 아이를 대하듯 그를 대하시오. 만약 어른도 없고 아이도 없다면 나를 대하듯 그를 대해야 하오."

그 후 룽진전의 영광과 불행의 이야기가 점점 그곳에 퍼지면서 그는 그곳에서 보물 같은 존재가 되었다. 누구도 감히 함부로 그를 대하지 못하고 극진히 관심을 쏟았다. 아버지는 그가 맡았던 업무의 성격이 특수하지만 않았다면 아마도 그는 진즉에 영웅적인 인물이 되어 누구나 대대로 그의 신기하고 영예로운 업적을 칭송했을 것이라고 말했다.

"왜 전담자를 배치해 그를 돌보지 않죠? 그는 그런 대우를 받아야 마땅할 텐데요."

내 질문에 아버지는 말했다.

"그랬었지. 하지만 그의 탁월한 공적이 알려져 다들 그를 존경하고 아끼게 되면서 전담자가 소용없어졌어. 그래서 취소되었지."

모두가 애써 돌봐주기는 했지만 그의 삶은 그래도 힘들어 보였다. 나는 몇 번인가 창문 너머로 그가 멍하니 소파에 앉아 있는 모습을 보았다. 초점 없는 눈빛을 하고 동상처럼 앉아서 어떤 자극을 받은 것처럼 쉴 새 없이 두 손을 떨고 있었다. 저녁에는 희고 적막한 벽 너머에서 늙은 그의 기침 소리가 들려왔다. 마치 뭔가가 계속 그를 세게 두드리고 있는 듯했다. 그리고 조용한 밤에는 때때로 피리 소리 같은 울음소리가 전해졌다. 아버지는 그가 꿈속에서 우는 소리라고 말했다.

어느 날 저녁, 병원 식당에서 나는 우연히 룽진전과 맞닥뜨렸다. 그는 내 반대편에 구부정한 자세로 꼼짝도 않고 앉아 있었다. 그 모습은 마치 수북이 쌓인 옷더미 같았다. 그는 조금 처량해 보였다. 얼굴 표정 하나하나가 흘러간 세월의 혐오스러운 상징이었다. 나는 묵묵히 그를 훔쳐보며 아버지의 말을 떠올렸다. 이 사람도 한때는 젊었고 젊어서는 특수 기관 701의 최고 공신으로서 701의 사업에 막대한 공헌을 했다. 하지만 지금은 늙고 심각한 정신장애까지 있었다. 무정한 세월은 그를 쪼그라뜨려 한 움큼의 뼈로 만들어버렸다.(그는 피골이 상접한 상태였다.) 그는 마치 흐르는 물에 닳고 닳은 돌멩이나, 조상 대대로 다듬어져온 속담 같았다. 어둑어둑한 실내에서 그는 보기만 해도 몸서리쳐질 정도로 늙어 보였다. 언제 세상을 떠나도 이상할 것 같지 않은 백 세 노인의 분위기를 풍겼다.

처음에 그는 줄곧 고개를 숙인 채 내가 훔쳐보는 것을 전혀 눈치 채지 못했다. 나중에 밥을 다 먹고 일어나 자리를 뜨려고 할 때에야 무심코 나와 눈길이 부딪쳤다. 순간, 나는 그의 눈이 반짝 빛나면서 갑자기 활기를 띠는 것을 보았다. 그는 로봇처럼 나를 향해 성큼성큼 걸어왔다. 슬픔의 그늘이 겹겹이 드리워진 그의 표정은 마치 뭔가를 간절히 바라는 듯했다. 내 앞까지 와서 그는 금붕어 같은 눈으로 나를 뚫어지게 바라보면서 걸인처럼 두 손을 내밀었다. 떨리는 그의 입술에서 어렵사리 일련의 소리들이 흘러나왔다.

"수첩, 수첩, 수첩……."

나는 이 뜻밖의 상황에 놀라 어찌할 바를 몰랐다. 다행히 당직 간호사가 제때 와서 나를 구해주었다. 그녀의 위로와 부축을 받으며 그는 그녀와 나를 번갈아 힐끔거리면서 문 쪽으로 가더니 곧 어둠 속으로 사라졌다.

나중에 아버지는, 누가 됐든 그를 보다가 발각되기만 하면 그의 추궁을 받게 된다고 알려주었다. 마치 그 사람의 눈 속에 그가 오래전에 잃어버린 그 수첩이 숨겨져 있는 것처럼 말이다.

"그는 아직도 수첩을 찾고 있나요?"

내 물음에 아버지는 말했다.

"그래. 아직도 찾고 있다."

"그 수첩은 벌써 찾았다고 하지 않았어요?"

"찾기야 했지."

아버지는 말했다.

"하지만 그가 어떻게 그걸 알겠니?"

그날 나는 경탄했다!

나는 정신병자인 그가 의심할 여지 없이 기억력을 잃었다고 생각했다. 그런데 희한하게도 수첩을 잃어버린 일만은 마음속 깊이 새긴 채 잊지 못하고 있었다. 그는 수첩을 이미 찾은 것도, 무정한 세월이 흘러가버린 것도 몰랐다. 그에게는 아무것도 남아 있지 않았다. 뼈만 남은 육체와 그 마지막 기억뿐이었다. 겨울 그리고 또 겨울을 그는 특유의 강한 인내심으로 수첩을 찾고 또 찾았다. 그렇게 25년을 보낸 것이다.

그것이 바로 룽진전의 훗날과 지금의 상황이다.

그러면 앞으로는 어떻게 될 것인가?

기적이 일어날 수 있을까?

나는 우울한 심정으로 아마 그럴 수도 있을 것이라고 생각했다.

혹시 신비주의를 추종하는 독자라면 이쯤에서 글을 끝내기를 바랄 것이다. 하지만 더 많은, 대부분의 성실한 독자는 모든 것을 꼬치꼬치 따져 알아내고 싶어한다. 그들은 블랙코드의 운명에 대해서도 궁금증을 거두지 못할 것이다. 이것이 내게 이번 편을 쓰게 만든 세 번째 계기다.

이런 사연으로 인해 나는 이듬해 여름 일부러 A시에 가서 701을 방문했다.

02

시간은 701 정문의 붉은 칠을 얼룩덜룩하게 만든 동시에 701의 신비와 위엄 그리고 평온함까지 잠식했다. 나는 701의 정문을 통과하기가 무척 번거롭고 복잡할 것이라고 생각했다. 그런데 보초병은 내 증명서(신분증과 기자증)만 보고 내게 모서리가 말린 공책에 등록하게 하더니 곧장 통과시켰다. 너무 간단해서 오히려 이상했다. 보초병이 임무를 소홀히 하는 듯했다. 하지만 안으로 들어가면서 그런 의심은 사라졌다. 단지 안에서 채소를 파는 노점상과 한가로운 일꾼들이 보였기 때문이다. 그들은 무인지경에 들어온 듯이 건들건들 그곳을 활개 치며 다녔다.

나는 전해 들은 701의 모습도 싫었지만 이렇게 변모한 701의 모습도 싫었다. 뭔가 심하게 헛디딘 느낌이 들었기 때문이다. 하지만 나중에 나는 701의 단지 내에는 또 다른 단지가 있고 내가 들어간 곳은 일반 생활구역일 뿐이라는 것을 알게 되었다. 그 단지 내의 단지는 동굴 속의 동굴과도 같아서 눈에 잘 띄지 않을 뿐만 아니라 외부인 출입을 금지했다. 그곳 보초병들은 늘 유령처럼 소리 없이 방문자 앞에 나타나 얼음조각 같은 냉기를 발산했다. 그들은 상대가 자신에게 접근하는 것을 불허했다. 마치 상대의 체온에 자신이 녹아들까 두려워하는 모습이었다.

나는 701에서 열흘 넘게 머물렀다. 아마 짐작이 가겠지만 바실리를 만났다. 그의 본명은 자오치룽趙棋榮이었다. 룽진전의 이미 젊지 않은 아내도 만났다. 그녀의 온전한 이름은 자이리翟莉였고 아직도 자신의 오랜 업무를 수행하고 있었다. 그녀의 큰 체격은 세월의 침식으로 쪼그라들기 시작했지만 그래도 아직까지는 일반인보다 훨씬 커 보였다. 자식도 없고 부모도 없는 그녀는 룽진전이 바로 자신의 자식이자 부모라고 말했다. 그리고 지금 자신의 가장 큰 고민은 업무의 성격 때문에 조기 퇴직이 불가능한 것이라고 했다. 생각 같아서는 빨리 퇴직해 링산 요양원으로 가서 남편과 하루하루를 보내고 싶은데 지금은 고작 일 년에 한두 달뿐인 휴가 기간에만 남편 곁에 머무를 수 있다는 것이었다. 오랫동안 비밀보안 업무에 종사했기 때문인지, 아니면 독신생활이 너무 길었기 때문인지 그녀의 인상은 소문 속의 룽진전보다 더 차갑고 과묵해 보였다. 솔직히 바실리든 룽진전의 아내든 별로 내게 도움이 된 것은 없었다. 그들은 701의 다른 사람들과 마찬가지로 룽진전의 슬픈 과거에 대해 다시 언급하기를 꺼렸으며 언급하더라도 모순점이 많았다. 슬픔이 그들에게 마땅히 남아 있어야 할 기억을 앗아간 듯했다. 그들은 말하고 싶지도 말할 방법도 없었으며 말할 방법이 없다는 이유로 말하고 싶지 않다는 목적을 달성했다. 그것은 아마도 가장 강력하면서도 정당한 이유였을 것이다.

나는 저녁 때 룽진전의 아내를 방문했고 얘깃거리가 별로 없어서 일찍 초대소로 돌아왔다. 초대소로 돌아와서는 바로 필기를 하고 있는데(룽진전의 아내를 만난 일을 기록하고 있었다) 서른 살 정도 되는 낯선 남자가 불쑥 방으로 들이닥쳤다. 그는 자기가 701 보위처의 간사幹事로 성이 린林씨라고 소개한 뒤 계속 나를 저울질했다. 솔직히 그는 내게 그리 우호적이지 않았다. 심지어 멋대로 내 방과 짐을 뒤지기까지 했다. 나는 그가 뒤지고 나서는 나의 말을, 그러니까 그들의 영웅인 룽진전을 찬양하려 한다는 것을 믿게 되리라 여겼다. 그래서 그의 무리한 수사를 별로 개의치 않았다. 그러나 문제가 발생했다. 그는 여전히 내가 못 미더워 심문하고 몰아붙이다가 결국에는 나의 네 가지 증명서를 전부 가져가겠다고 했다. 그것들은 신분증, 기자증, 업무증, 작가협회 회원증이었다. 게다가 그때 내가 기록하고 있던 수첩까지 가져가 나에 대해 더 심층 조사를 하겠다고 했다. 내가 언제 돌려주느냐고 묻자 그는 조사 결과에 달려 있다고 말했다.

나는 불면의 밤을 보냈다.

그리고 이튿날 오전, 그 린 간사라는 자가 또 나를 찾아왔다. 그런데 웬일로 태도가 확 바뀌어 있었다. 나를 보자마자 전날 저녁의 결례에 대해 깍듯이 사과하고 네 가지 증명서와 수첩을 모두 돌려주었다. 분명히 조사 결과가 썩 만족스러운 듯했다. 그런데 뜻밖에도 그가 대단히 좋은 소식을 내게 전해주었다. 그들의 국장이 나를 만나고 싶어한다는 것이었다.

그의 호위 아래 나는 어깨를 으쓱거리며 검문소 세 곳을 통과해 단지 안의 단지로 깊숙이 들어갔다.

첫 번째 검문소는 무장경찰 두 명이 지키고 있었는데 어깨에 권총을 메고 허리띠에는 곤봉을 매달고 있었다. 두 번째 검문소는 군인 관할이었다. 역시 두 명이 새까만 반자동 소총을 등에 메고 있었다. 철조망으로 에워싸인 검문소 정문에는 돌로 만든 토치카가 있었고 안에는 전화도 있었으며 기관총 같은 것도 설치된 듯했다. 세 번째 검문소에서는 평상복 차림의 남자 한 명만 왔다 갔다 하고 있었다. 그의 수중에는 무기가 없고 무전기 한 대뿐이었다.

솔직히 나는 지금까지도 701이 대체 어떤 기관인지 잘 모른다. 군대 소속인지, 경찰 소속인지, 아니면 지방 소속인지도 확실치 않다. 내가 관찰해보니 그곳의 업무요원 대부분은 평상복 차림이었고 소수만 군복 차림이었다. 안에 세워진 차들도 비슷했다. 지방 번호판도 있고 군대 번호판도 있었지만 군대 번호판이 지방 번호판보다 적었다. 직접 탐문해보기도 했지만 그곳 사람들의 대답은 모두 일치했다. 우선 그런 걸 물어보면 안 된다고 내게 주의를 준 뒤, 자기들도 잘 모른다면서 군대 소속이든 지방 소속이든 상관없이 어쨌든 국가의 비밀 기관이라고 했다. 하긴 군대든 지방이든 다 국가에 속하니 그런 식으로 말하면 할 말이 뭐가 있겠는가? 말할 이유가 없고 말해봤자 아무 소용이 없다. 어쨌든 국가의 중요한 기관인 것이다. 한 나라에는 언제나 이런 기관이 있게 마련이다. 마치 집집마다 어느 정도는 안전 대책을 갖고 있듯이. 이것은 당연한 일이다. 전혀 이상할 것이 없다. 이런 기관이 없으면 오히려 그게 더 이상하다.

검문소를 다 지나자 쭉 뻗은 오솔길이 나타났다. 양쪽의 나무들이 높고 가지와 잎이 무성했다. 나무 위에서 새들이 폴짝폴짝 뛰며 지저귀는 것으로 봐서는 둥지가 많은 듯했다. 인적이 무척 드물어 보이는 그곳을 계속 파고 들어가다보니 도저히 사람을 만날 수 있을 것 같지 않았다. 하지만 금세 나는 앞에 아름다운 건물 한 채가 솟아 있는 것을 보았다. 외벽에 갈색 타일이 붙어 있는 그 6층짜리 건물은 튼튼하고 장엄해 보였으며 건물 앞에는 축구장 반 개 정도 넓이의 공터가 있었다. 또 그 공터 양쪽에는 각기 직사각형의 잔디밭이 있고 가운데에는 꽃으로 가득한 정사각형의 좌대가 있는데 꽃 속에 석재 조각상이 웅크리고 있었다. 모양이나 빛깔로 봐서는 로댕의 '생각하는 사람'의 모사품인 듯했다. 그런데 가까이 가서 보니 그 조각상은 안경을 끼고 있고 밑받침에 깊숙이 '혼魂'이라는 글씨가 새겨져 있었다. 그렇다면 '생각하는 사람'일 리는 없었다. 나중에 더 자세히 뜯어보고서 나는 그 조각상이 왠지 조금 눈에 익다는 느낌이 들었지만 구체적으로 누구인지는 생각나지 않았다. 결국 옆에 있던 린 간사에게 물어보고 나서야 그것이 룽진전이라는 것을 알았다.

나는 조각상 앞에서 한참 동안 단정히 서 있었다. 햇빛 아래, 룽진전은 한손으로 편안히 턱을 받친 채 빛나는 두 눈으로 나를 응시했다. 링산 요양원의 룽진전과는 비슷하면서도 달랐다. 그의 장년기와 노년기를 함께 표현한 듯했다.

룽진전에게 작별을 고한 뒤, 린 간사는 예상과는 달리 그 큰 건물로 나를 데려가지 않았다. 대신 그 건물 뒤편의, 파란 벽돌을 쌓아 흰 줄눈시멘트로 마감한 서양식 이층 건물로 갔다. 더 정확히 말하면 그 이층 건물 일층의 텅 빈 접견실로 들어갔다. 린 간사는 나를 접견실에 앉힌 뒤 밖으로 나갔고 잠시 후 나는 복도에서 무슨 쇠붙이가 바닥을 탕탕 찍는 소리를 들었다. 이윽고 지팡이를 짚은 노인 한 명이 절뚝절뚝 안으로 들어오더니 나를 보자마자 쾌활하게 인사했다.

"아, 안녕하시오, 기자 동지. 우리 악수나 먼저 합시다!"

나는 얼른 일어나 그와 악수를 하고 그를 소파로 데려가 앉게 했다.

그가 앉으면서 말을 꺼냈다.

"원래는 내가 가서 뵈었어야 하는데 말입니다. 내가 뵙자고 했으니까 말이죠. 하지만 보시다시피 내가 거동이 좀 불편해서 이곳으로 모셨습니다."

"제 추측이 틀리지 않는다면 당신은 맨 처음 N대학에 가서 룽 진전을 데려온, 성이 정씨인 그분이 맞죠?"

그는 껄껄 웃더니 지팡이로 자신의 불편한 다리를 가리키며 말했다.

"이걸 보고 알았나보군요. 역시 기자라서 다르네요. 아, 그래요, 맞습니다. 내가 바로 그 사람이에요. 그러면 이번에는 당신이 누구인지 말씀해주시죠."

그는 이미 나의 네 가지 증명서를 다 훑어보았을 텐데 왜 또 이런 말을 시키는지 나는 의아했다.

하지만 그를 존중하는 의미에서 나는 간단히 나를 소개했다.

내 소개를 다 듣고서 그는 손에 들고 있던 서류를 흔들며 내게 물었다.

"이건 어떻게 알고 작성한 겁니까?"

그 서류는 뜻밖에도 내 수첩의 복사본이었다!

"제 동의도 없이 마음대로 복사하신 겁니까?"

내 항의에 그가 말했다.

"아, 너무 나무라지는 말아주세요. 어쩔 수 없이 이런 것이니까요. 우리는 다섯 명이 동시에 수첩 내용을 검사해야 했는데 서로 돌려보려면 며칠이 지나도 수첩을 돌려드릴 가망이 없었습니다. 이제 됐습니다. 다섯 명이 다 봤고 별 문제가 없더군요. 기밀 관련 내용은 전혀 없었습니다. 따라서 수첩은 당신 겁니다. 안 그랬으면 제 것이 됐겠죠."

그는 웃으면서 또 말했다.

"지금 내가 궁금한 건 이런 정보를 당신이 어떻게 알았느냐는 겁니다. 어제 저녁부터 지금까지 쭉 생각해봤는데 잘 모르겠군요. 혹시 내게 알려주실 수 있습니까, 기자 동지?"

나는 링산 요양원에서 내가 겪은 일과 전해 들은 사연을 그에게 간단히 이야기해주었다.

그는 그제야 납득이 가는지 웃으며 말했다.

"아, 말씀을 듣고 보니 당신은 우리 계통 사람의 자제 분이로군요."

"그럴 리가요. 제 아버님은 건축 설계를 하셨습니다."

"그러면 아버님이 누구신지 말씀해주세요. 아마 내가 아는 분일 겁니다."

나는 아버지의 이름을 알려준 뒤 그에게 물었다.

"아시는 분인가요?"

"모릅니다."

"그것 보십시오. 제 아버님은 그런 분이 아닙니다."

"하지만 링산 요양원에 들어갈 수 있는 사람은 전부 우리 계통 사람입니다."

실로 내게는 청천벽력 같은 한마디였다. 아버지의 죽음이 임박할 때까지도 우리는 아버지가 어떤 사람인지 모르고 있었던 것이다. 만약 우연히 이런 얘기가 나오지 않았다면 나는 영원히 아버지의 진실을 몰랐을 것이다. 마치 룽 선생이 지금까지도 룽진전이 어떤 사람인지 모르고 있는 것처럼. 그리고 그제야 나는 아버지가 과거에 왜 나와 어머니에게 충분한 사랑을 주지 못했고 급기야 어머니와 헤어져야 했는지 그 이유를 알게 되었다. 어머니는 아버지를 원망한 것 같지만 문제는 거기에 있지 않았다. 문제는 아버지가 차라리 원망을 살지언정 해명을 하지 않은 데 있었다. 이런 태도를 뭐라고 해야 할까? 고지식하다고 해야 할까, 존경스럽다고 해야 할까, 아니면 가엾다고 해야 할까? 반년 뒤, 룽 선생을 만나 이에 대한 그녀의 생각을 들은 뒤에야 나는 어느 정도 납득하고 그것이 가엾다기보다는 존경스러운 태도임을 믿게 되었다.

룽 선생은 어떤 비밀을 자기 가족에게도 수십 년, 아니 한평생을 숨겨야 한다는 것은 불공평하다고 말했다. 하지만 그렇게 하지 않을 시에 국가가 존재하지 못한다고 한다면, 적어도 그럴 위험이 있다고 한다면 불공평해도 어쩔 수 없다고 했다.

룽 선생의 이 말을 듣고 나는 자기도 모르게 아버지에 대한 존경심이 커졌다.

어쨌든 내 수첩에 대한 국장의 첫 번째 평가, 즉 어떤 기밀의 누설과는 무관하다는 평가는 내 걱정을 한결 덜어주었다. 안 그랬으면 내 수첩을 빼앗겼을 것이기 때문이다. 그러나 바로 이어진 그의 두 번째 평가는 내게 찬물을 끼얹었다.

"내 생각에 당신이 확보한 자료는 대부분 근거 없는 소문일 뿐입니다. 그래서 무척 아쉽군요."

"설마 그 이야기들이 전부 사실이 아니라는 건가요?"

나는 급히 캐물었다.

"그건 아니에요."

그는 고개를 흔들며 말했다.

"모두 사실이긴 한데…… 음, 뭐라고 말해야 하나…… 룽진전에 대한 당신의 이해가 너무 부족하다는 거예요, 너무 부족해요."

여기까지 말하고서 그는 담배에 불을 붙인 뒤 한 모금을 빨았다. 그러고서 잠시 생각하더니 고개를 들고 내게 진지한 표정으로 말했다.

"당신의 수첩을 보니 너무 단편적이고 태반이 뜬소문이긴 하지만 룽진전의 과거사에 대한 내 기억들을 불러일으키는군요.

나는 그를 가장 잘 아는 사람입니다. 최소한 그를 가장 잘 아는 사람 중 하나죠. 혹시 내게서 룽진전에 대한 이야기를 듣고 싶나요?"

맙소사, 이런 행운이 생기다니. 그야말로 내가 간절히 바라던 일이 아닌가!

이렇게 해서 얼떨결에 수천 자의 귀중한 기록이 생겼다.

701에 있는 동안 나는 국장과 여러 차례 마주앉아 룽진전의 역사를 깊숙이 파고들었다. 기존의 〈정 국장 인터뷰〉가 바로 그 결과물이다. 물론 이 일의 의미는 단지 그 결과물에 그치지 않는다. 어떤 의미에서 국장을 알기 전까지 룽진전은 내게 현실과 동떨어진 전설에 불과했다. 그런데 이제 의심의 여지 없는 역사가 되었다. 사실 국장은 룽진전의 삶을 바꾸고 새로운 일과 연결시켜준 주요 인물이었다. 그는 내게 싫증 한번 내지 않고 자신의 기억 속 룽진전에 대해 이야기해줬을 뿐만 아니라 수많은 사람의 명단까지 제공해주었다. 그들은 모두 룽진전의 어느 삶의 단계를 잘 아는 이들이었다. 다만 그들 중 상당수는 이미 세상을 떠난 상태였다.

지금 내가 가장 유감스럽게 생각하는 일은 701을 떠나기 전까지 국장이나 간부 같은 호칭으로 그를 부르다가 그만 그의 이름을 묻는 일을 잊어버린 것이다. 그래서 지금까지도 나는 그의 이름을 모른다. 사실 비밀 기관의 간부에게 이름은 전혀 쓸모가 없다. 늘 각양각색의 코드 번호나 직책명에 가려지기 때문이다. 그의 경우는 영광스러운 과거의 전리품인 불구의 다리 때문에 더 철저히 가려졌다. 그러나 가려졌다고 해서 이름이 없는 것은 아니다. 만약 그때 내가 콕 집어 물어보기만 했으면 그가 틀림없이 알려주었을 것이라고 나는 믿는다. 단지 내가 그의 겉모습에 정신이 팔려 물어보는 것을 잊어버렸을 뿐이다. 사실 그와 관련된 호칭은 무척 어지러웠다. 절뚝이, 정절뚝, 정 처장, 지팡이 국장, 정 국장 등이었다. N대학 사람들은 보통 그를 절뚝이나 정 처장으로 불렀고 그는 보통 자신을 지팡이 국장이라고 불렀다. 나는 대부분 그를 정 국장이라고 불렀다.

03

정 국장은 내게 이런 이야기를 해주었다.

그와 룽씨 집안의 관계는 그의 외조부 때부터 시작되었다. 신해혁명이 일어나고 그 이듬해, 그의 외조부는 전통극 공연장에서 늙은 릴리를 처음 만났고 그 후로 막역한 사이가 되었다. 그는 어려서부터 외조부 집에서 자랐다. 따라서 어려서부터 늙은 릴리를 알고 지낸 것이다. 나중에 늙은 릴리가 죽었을 때, 그의 외조부는 그를 데리고 N대학에서 열린 늙은 릴리의 장례식에 참석했다. 이때 그는 작은 릴리도 알게 되었다. 그해에 열네 살로 중학교 2학년이었던 그는 N대학의 아름다운 캠퍼스를 보고 강한 인상을 받았다. 그래서 나중에 중학교를 졸업하자마자 직접 성적표를 들고 작은 릴리를 찾아가 N대학 부속고등학교에 다니게 해달라고 청했다. 이런 연유로 그는 N대학 부속고등학교에 입학했고 공산당원이었던 국어 선생의 감화를 받았다. 그러다가 중일전쟁이 발발하자 그와 국어 선생은 함께 학교를 떠나 옌안으로 가서 기나긴 혁명의 길에 올랐다.

그가 N대학에 발을 디뎠을 때부터 그와 룽진전 사이에는 미래에 만날 인연이 시작되었다고 봐도 무방하다.

그러나 국장의 말에 따르면 그 인연은 일찍 이뤄지지 못했다. 무려 15년 뒤 701을 대표해 N대학에 암호 해독 요원을 뽑으러 간 그는, 내친김에 전임 총장인 작은 릴리에게 문안 인사를 갔고, 또 내친김에 자기가 어떤 인재를 원하는지 말했다. 그때 작은 릴리는 농담조로 룽진전을 추천했다.

국장은 내게 말했다.

"총장에게 내가 원하는 사람이 무슨 일을 하게 될지는 말할 수 없었지만 내가 원하는 사람이 어떤 장점이 있어야 하는지는 그때 똑똑히 말할 수 있었죠. 그래서 총장에게 그 말을 듣고 나는 마음이 움직였습니다. 총장의 눈을 믿었기 때문이죠. 총장은 농담을 즐기는 사람이 아니었습니다. 그가 내게 그 농담을 한 것 자체가 룽진전이 내가 가장 필요로 하는 사람일 가능성이 크다는 것을 뜻했죠."

그것은 사실이었다. 그는 룽진전을 한 번 보자마자 거의 그 자리에서 그를 데려가기로 마음먹었다.

"생각해보세요. 한 수학 천재가 어려서부터 꿈의 세계에 정통하고 중국과 서양의 지식을 섭렵했으며 또 새롭게 뇌의 비밀까지 연구하고 있었습니다. 그야말로 하늘이 내린 암호 해독의 인재인데 어떻게 내 마음이 흔들리지 않을 수 있었겠습니까?"

그러면 룽진전을 데려가는 것에 관해 어떻게 작은 릴리의 동의를 얻을 수 있었을까? 이것은 자신과 작은 릴리 사이의 비밀이기 때문에 누구에게도 발설할 수 없다고 그는 말했다. 내 생각에 그는 당시 절박한 마음에 어쩔 수 없이 조직의 규칙을 어기고 작은 릴리에게 사실을 털어놓은 것이 분명한 듯했다. 안 그랬으면 왜 지금까지도 비밀을 숨기겠는가?

나와 이야기를 나누면서 그는 룽진전을 찾아낸 것이 자기가 701의 사업을 위해 세운 가장 큰 공헌이라고 몇 번이나 강조했다. 단지 룽진전이 마지막에 그렇게 불행한 결말을 맞을 줄은 누구도 예상하지 못했다고 말했다. 이 이야기를 할 때마다 그는 고통스러운 듯 체머리를 흔들면서 한숨을 쉬며 연신 룽진전의 이름을 불러댔다.

룽진전!

룽진전!

정 국장 인터뷰

퍼플코드를 풀기 전까지 내게 룽진전의 이미지는 다소 모호했습니다. 천재와 미치광이 사이에서 오락가락했지요. 그러나 퍼플코드를 푼 뒤로 그 이미지는 점차 분명해졌고 마치 입을 다문 호랑이처럼 아름답고 무시무시해졌습니다. 솔직히 나는 그를 좋아하고 존경했지만 감히 가까이하지는 못했습니다. 그에게 데어 상처를 입거나 기절초풍을 할까봐 두려웠기 때문이죠. 그 느낌은 호랑이를 대하는 것과 거의 흡사했습니다. 감히 말하는데 그의 영혼은 한 마리 호랑이였습니다! 호랑이가 고기와 뼈를 그렇게 하듯 집요하면서도 맛있게 난제들을 썹어 삼켰습니다. 또한 호랑이가 조용히 있다가도 사납게 사냥감을 덮치듯이 이를 악물고 때를 기다리다가 매섭게 난제들에 타격을 가했지요.

한 마리의 호랑이! 백수의 왕! 암호 해독계의 제왕이었습니다!

사실 나이로 보면 내가 그의 선배였고 경력으로도 나는 암호 해독처의 원로로서 그가 처음 왔을 때 이미 그곳의 책임자였지만, 나는 줄곧 마음속으로 그를 내 선배로 생각해 무슨 일을 하든 그의 의견에 따랐습니다. 그를 이해하고 그와 가까워질수록 나는 그의 정신적인 노예가 되어 그의 발밑에 무릎을 꿇었습니다. 그러면서도 전혀 불만이 없었죠.

앞에서 말한 대로 암호업계에서는 서로 비슷한 두 가지 정신을 허용하지 않습니다. 비슷한 정신은 쓰레기일 뿐입니다. 그래서 암호업계에는 그야말로 철의 규율이라 할 수 있는 한 가지 불문율이 존재합니다. 한 사람은 한 가지 암호만 제작하거나 해독할 수 있습니다! 왜냐하면 어떤 암호를 제작하거나 해독한 사람은 그 경험에 정신을 빼앗기는데, 그렇게 되면 그의 정신은 폐기된 것이나 다름없기 때문입니다. 따라서 원칙적으로 룽진전은 훗날 블랙코드를 해독하는 임무를 맡을 수 없었습니다. 그의 정신은 이미 퍼플코드에 속해 있으므로 블랙코드의 해독은 그가 스스로 정신을 분해하여 재조립하지 않는 한 불가능하기 때문이었습니다.

그러나 우리는 룽진전이라는 이 인물과 관련해서는 기존의 객관적 법칙을 믿지 않았습니다. 그보다는 그의 천재성을 더 믿었죠. 바꿔 말해 우리는 정신을 분해하여 재조립하는 것이 룽진전에게는 불가능한 일이 아니라고 믿었던 겁니다. 우리는 자기 자신과 객관적 법칙은 믿지 않을 수 있어도 룽진전은 믿지 않을 수 없었습니다. 그는 그 자체로 우리가 상식적으로 못 믿는 수많은 것들로 이뤄진 존재였습니다. 우리가 못 믿는 것이 그에게서는 생생한 현실로 바뀌곤 했습니다. 이런 까닭에 블랙코드의 해독이라는 중책은 결국 그의 몫으로 돌아갔습니다.

이는 그가 다시 금단의 구역으로 들어가야 한다는 것을 의미했습니다.

그는 지난번과는 달리 이번에는 다른 사람에 의해, 그리고 그 자신의 뛰어난 명성에 의해 그 금단 구역에 던져졌습니다. 지난번에 암호사의 영역을 깊이 파고든 것은 그 스스로 택한 결과였지요.

그래서 어떤 사람이 지나치게 출중한 것은 좋은 일만은 아닙니다. 명예가 주어지기도 하지만 동시에 불행이 닥치기도 하니까요.

나는 블랙코드의 일을 맡고 그가 어떤 심정이었는지는 아직까지 생각해본 적이 없지만, 그가 그 일 때문에 겪은 고통과 불공평함에 대해서는 아주 잘 알고 있습니다. 그는 과거에 퍼플코드를 해독할 때는 전혀 스트레스를 안 받고 가뿐하게 정시 출근, 정시 퇴근을 반복했습니다. 주변 사람들은 그가 놀고 있는 것 같다고 말했죠. 그런데 블랙코드를 해독할 때는 그런 느낌이 전혀 없었습니다. 그는 사람들의 기대 어린 눈길을 한 몸에 받는 바람에 숨이 막힐 지경이었습니다! 그 시절, 나는 룽진전의 까맣던 머리칼이 조금씩 바래는 것을 직접 보았습니다. 몸도 조금씩 쪼그라들더군요. 마치 그래야 블랙코드의 미궁을 비집고 들어가기가 더 편한 것처럼 말이죠. 이 정도면 룽진전이 블랙코드 때문에 치른 대가가 얼마나 컸을지 상상이 갈 겁니다. 그는 블랙코드를 씹어 삼키려고 자기 영혼까지 씹어 삼켜야 했습니다. 고뇌와 고통이 악마의 두 손처럼 그의 어깨를 짓눌렀죠. 원래 블랙코드와는 무관했어야 할(퍼플코드를 해독했기 때문에) 사람이 지금 블랙코드와 관련된 모든 스트레스를 혼자 감당하고 있었습니다. 이것이 바로 룽진전의 곤혹이자 비애였습니다. 심지어 701의 비애이기도 했죠.

솔직히 그때까지 나는 룽진전의 천재성과 성실함을 의심해본 적이 없기는 했습니다. 하지만 그가 다시 기적을 일으켜 블랙코드를 깨뜨림으로써 한 사람이 한 가지 암호만 해독할 수 있다는, 암호 해독계의 철의 규율을 무너뜨릴 수 있을지는 확신하기 어려웠습니다. 천재도 사람이니만큼 정신이 흐트러져 실수를 저지를 수 있는데다, 천재가 일단 실수를 저지르면 그 실수는 틀림없이 놀랄 만큼 중대하다는 것도 감안해야 했습니다. 사실 현재 암호업계에서는 블랙코드가 엄격한 의미에서의 고급 암호는 아니었다는 데에 의견이 일치되고 있습니다. 단지 암호 설치 과정에서 세상을 우롱할 만한 기상천외한 방식이 사용되었죠. 바로 이 때문에 훗날 우리 동료 중 한 명이 금세 블랙코드를 풀어버렸죠. 그 사람은 재능 면에서 룽진전과는 비교조차 안 되는 인물이었습니다. 그런데도 블랙코드 해독 업무를 인계받은 뒤, 과거에 룽진전이 퍼플코드를 푼 것처럼 겨우 석 달 만에 쉽사리 블랙코드를 무너뜨렸습니다. (완결)

그렇다. 블랙코드는 다른 사람에 의해 해독되었다!

그 사람은 누구일까?

그 혹은 그녀는 아직도 살아 있을까?

정 국장은 내게 그 사람의 이름은 옌스嚴實이고 아직도 살아 있다면서 그 사람도 찾아가 인터뷰를 해보라고 권했다. 그리고 인터뷰를 마치면 다시 자기를 찾아오라고 했다. 내게 줄 자료가 또 있다는 것이었다. 이틀 뒤, 나를 또 만났을 때 국장은 대뜸 이런 질문을 던졌다.

"그 늙은이가 마음에 들던가요?"

그가 늙은이라고 부른 사람은 바로 블랙코드를 해독한 옌스였다. 그의 이런 난데없는 질문에 나는 잠시 말문이 막혔다.

그가 또 말했다.

"언짢게 생각하지는 말아요. 솔직히 이곳 사람들은 옌스를 별로 안 좋아한답니다."

"그건 왜죠?"

나는 궁금해서 물었다.

"그가 얻은 게 너무 많기 때문이죠."

"블랙코드를 풀었는데 당연히 얻은 게 많을 수밖에요."

"하지만 사람들은 그가 룽진전이 남긴 수첩에서 블랙코드 해독의 영감을 얻었다고 생각합니다."

"맞아요. 그도 그렇게 말했습니다."

"그럴 리가? 그가 그런 말을 했을 리가 없는데."

"왜 그런 말을 했을 리가 없다는 거죠? 제 귀로 직접 들었습니다."

"그가 뭐라고 했죠?"

그가 물었다.

"사실은 룽진전이 블랙코드를 풀었는데 자기가 공연히 명성을 얻었다고 했습니다."

"아, 이건 빅뉴스로군."

그는 놀라서 나를 뚫어지게 쳐다보며 말했다.

"지금까지 그는 줄곧 룽진전에 대해 얘기하는 걸 피했습니다. 어째서 당신 앞에서는 피하지 않았을까요? 아마 당신이 외부인이어서 그런 것 같군요."

잠깐 뜸을 들이다가 그는 또 말했다.

"그가 룽진전을 언급하지 않은 건 자기를 높이고 사람들에게 자기 혼자 힘으로 블랙코드를 풀었다는 인상을 주기 위해서였죠. 하지만 그게 어디 가능한 일인가요? 다들 수십 년간 같이 지내면서 서로 모르는 것이 없는데 그가 하룻밤 사이에 대천재가 됐다고 누가 믿겠습니까? 아무도 믿지 않았죠. 그래서 결국 그가 혼자 블랙코드 해독의 명예를 독차지한 것에 대해 이곳 사람들은 승복하지 않았습니다. 뒷말이 많았고 다들 룽진전을 대신해 억울해했죠."

나는 깊은 생각에 빠졌다. 옌스가 내게 해준 이야기를 밝힐지 말지 고민했다. 사실 옌스는 자신의 이야기를 밝히면 안 된다고 하지는 않았다. 하지만 밝혀도 된다고 암시하지도 않았다.

잠시 후 국장은 나를 보더니 또 이어서 말했다.

"사실 그가 룽진전이 남긴 수첩에서 블랙코드 해독의 영감을 얻었다는 것은 의심의 여지가 없습니다. 사람들도 그렇게 추측했고 당신도 방금 그가 인정했다고 했으니까요. 그런데 그가 왜 우리 앞에서 인정하지 않았는지는 내가 방금 말씀드렸죠. 자기를 높이기 위해서였다고 말이에요. 그것도 다들 추측하던 바였습니다. 그런데도 그는 아니라고 억지를 부려 사람들에게 반감을 사고 신뢰를 잃었지요. 나도 그래서 그가 머리를 잘 못 굴린다고 생각했고요. 하지만 이건 다른 문제이니 잠깐 논의를 미루겠습니다. 지금 내가 묻고 싶은 것은, 왜 그는 룽진전의 수첩에서 영감을 얻었는데 룽진전 자신은 못 그랬느냐는 겁니다. 이치대로라면 그가 얻은 것을 룽진전은 그 전에 벌써 얻었어야 마땅합니다. 어쨌든 그 수첩은 룽진전의 것이었으니까요. 예를 들자면 이렇습니다. 그 수첩을 방이라고 하고 그 안에 블랙코드를 풀열쇠가 숨겨져 있었다고 생각해봅시다. 그런데 주인은 아무리찾아도 그 열쇠를 못 찾았는데 한 외부인이 쓱 둘러보고 그걸 찾은 겁니다. 생각해보십시오. 정말 이상하지 않습니까?"

그의 비유는 매우 성공적이었다. 그가 마음속으로 이해한 사실을 고스란히 눈앞에 펼쳐 보였다. 하지만 나는 그것이 진정한사실이 아니라고 말해주고 싶었다. 바꿔 말해 그의 비유에는 문제가 없지만 그가 이해한 사실은 문제가 있었다. 심지어 그 순간나는 옌스가 내게 해준 이야기를 그에게 밝히기로 마음을 굳혔다. 그것이야말로 진정한 사실이었다. 하지만 그는 내게 끼어들기회를 안 주고 연달아 이야기했다.

"바로 이 부분에서 나는 룽진전이 블랙코드를 푸는 과정에서 천재의 대실수를 범한 것이 틀림없다고 더 믿게 되었죠. 그런 실수를 하고 나면 천재는 바보가 되고 맙니다. 그런 실수를 하게 된 배경에는 한 사람이 한 가지 암호만 제작하거나 해독할 수 있다는 철의 규율이 있습니다. 그가 퍼플코드를 풀고 난 뒤 생긴 후유증이 남모르게 작용한 거죠."

여기까지 말하고서 국장은 오랫동안 침묵을 지켰다. 비통한 기분에 잠긴 듯했고 다시 입을 열었을 때는 틀림없이 내게 작별 인사를 할 것 같았다. 그렇게 되면 나는 말할 기회를 잃을 게 뻔했다. 나는 그래도 괜찮다고 생각했다. 원래 옌스의 이야기를 그에게 전해줘야 할지 망설이고 있었기 때문이다. 기회가 없어 못 말하는 편이 가장 나았다. 말한 뒤에 생길 부담감을 생각한다면.

헤어지기 직전, 나는 잊지 않고 그에게 물었다.

"제게 줄 자료가 있다고 하지 않으셨나요?"

그는 아, 탄성을 지르고는 철제 서류함에 다가가 서랍을 열고 서류 봉투 하나를 꺼내며 내게 물었다.

"룽진전이 대학에 다닐 때 린 시스라는 서양인 교수가 있었다는 얘기를 들어봤나요?"

"아뇨."

"그 사람은 룽진전의 퍼플코드 해독을 막으려고 기도한 적이 있습니다. 이 편지들이 그 증거죠. 가져가서 살펴보세요. 필요하면 복사본을 가져가도 됩니다."

그것이 나의, 시스와의 첫 접촉이었다.

국장은 자기가 시스를 잘 모르며 조금 아는 것도 전해 들은 것이라고 말했다. 그리고 이런 이야기를 해주었다.

"시스가 이쪽에 연락을 취해왔을 때 나는 Y국에 출장을 가 있었고 돌아와서도 접촉이 허용되지 않았습니다. 주로 퍼플코드 해독팀이 접촉을 진행했죠. 당시에는 본부가 직접 감독을 했고요. 그들은 내게 공을 빼앗길까봐 두려웠던지 줄곧 우리에게 비밀을 지켰습니다. 이 편지들은 내가 나중에 본부의 간부를 찾아가 달라고 한 겁니다. 원본은 영어지만 전부 중국어로 번역돼 있죠."

이때 국장은 갑자기 생각이 났는지 내게 영어 원본은 놓고 가야 한다고 했다. 그래서 나는 그 자리에서 서류 봉투를 열었다. 제일 먼저 내 눈에 띈 것은 '첸쭝난錢宗男 통화 기록'이라는 서류였다. 그 맨 앞 페이지에는 마치 서문처럼 짧은 몇 문장이 적혀 있었다.

시스는 X국 군부에 고용된 고급 군사관측가로서 나는 그를 네 번 만났다. 마지막으로 만난 것은 1970년 여름이었으며 나중에 그가 판리리范麗麗와 함께 PP기지에 연금되었다는 소식을 들었다. 그 원인은 확실치 않다. 1978년 시스는 PP기지에서 사망했다. 1981년 X국 군부는 판리리의 연금을 해제했다. 1983년 판리리

는 홍콩으로 나를 찾아와 귀국 업무를 도와달라고 했지만 나는
거절했다. 1986년 나는 신문에서 판리리가 고향인 C시 린수이臨
水 현의 초등학교 설립에 성금을 기탁했다는 기사를 보았다. 그녀
는 현재 린수이 현에 정착했다고 한다.

국장은 그 첸쭝난이라는 사람이 당시 X국에서 시스의 편지를
중국으로 중계한 우리 측 요원이라고 말했다. 원래 내게 시스에
관해 말해줄 최적임자인데 유감스럽게도 지난해에 죽었다고도
했다. 하지만 기록에 나오는 판리리라는 여자는 바로 시스의 중
국인 부인이었다. 의심할 여지 없이 그녀야말로 시스를 이해하
는 데 도움을 줄 유일무이한 사람이었다.

판리리의 출현에 나는 놀라고 기뻐 어쩔 줄 몰랐다.

04

정확한 주소가 없어서 나는 판리리 여사를 찾으려면 꽤 애를 먹을 줄 알았다. 그런데 린수이 현 교육국에 가서 물어보니 그 건물에서 그녀를 모르는 사람은 하나도 없는 듯했다. 알고 보니 그녀는 그 몇 년 사이 린수이 현 산간지역에 초등학교 세 곳을 지었을 뿐만 아니라 중학교 몇 곳에 수십만 위안어치의 도서를 기증하기도 했다. 그래서 린수이 현 교육계에서는 그녀를 모르 거나 존경하지 않는 사람이 없었다.

그러나 C시 진허金和병원으로 그녀를 찾아갔을 때 나는 그만 가슴이 서늘해졌다. 그녀가 이미 절개한 목에 붕대를 머리 굵기 만큼이나 칭칭 감고 있어서 마치 머리가 두 개인 것 같았기 때문 이다. 그녀는 후두암 환자였다. 의사는 말하길, 수술이 잘되기는 했지만 폐로 발성하는 것을 연습하지 않는 한 그녀는 말을 못하게 되었다고 했다.

수술한 지 얼마 되지 않아서 그녀는 나와 인터뷰할 몸 상태가 아니었다. 그래서 나는 별다른 말도 못한 채 린수이 현에서 찾아온 다른 여러 학부모처럼 꽃다발과 위로의 말만 남기고 자리를 떴다. 그 후로 나는 열흘 남짓 동안 그녀를 세 번 더 찾아갔으며 여기에 세 번이 더해졌을 때 그녀는 내게 연필로 몇천 자의 메모를 적어주었다. 그 메모는 내게 한 글자 한 글자가 다 충격이었다!

정말로 그 몇천 자가 아니었다면 나는 영원히 시스의 진정한 진실과 신분, 처지, 바람, 곤혹, 고난, 슬픔을 몰랐을 것이다. 어떤 의미에서 시스는 X국에 간 후로 마땅히 가져야 할 모든 것을 잃었다. 그의 모든 것이 어그러져버렸다.

정말로 그 몇천 자를 우리는 인내심을 갖고 음미할 필요가 있다.

따라서 여기에 그것을 옮겨 적어본다.

첫 번째 메모

1. 시스는 암호 해독가가 아니었어요.

2. 당신은 이미 시스가 연막책으로 그 편지들을 썼다는 것을 알면서도 왜 그가 한 말을 믿으려고 하지요? 그건 다 거짓말이었어

요. 그는 암호 해독가가 아니라 암호 제작자였어요. 암호 해독가들의 원수였다고요.

3. 퍼플코드는 바로 그가 만든 암호예요.

4. 그것은 이야기하자면 끝이 없어요. 1946년 봄, 누가 그를 찾아왔어요. 케임브리지대 동기였고 당시 건국을 꾀하던 이스라엘에서 중요한 임무를 맡고 있었죠. 그는 시스를 교회에 데려가 하느님 앞에서 수천만 유대인 동포의 명의로 이스라엘을 위해 암호를 만들어달라고 요구했어요. 시스는 여섯 달 넘게 시간을 들여 암호를 만들어주었고 상대방은 마음에 들어했죠. 일은 원래 그렇게 마무리됐어요. 하지만 그는 늘 자신의 암호가 남에게 해독될까봐 걱정을 했어요. 그는 어려서부터 명예롭게 자라서 자존심이 너무나 강했어요. 스스로 실패를 용납하지 않았죠. 그 암호는 촉박하게 만들었기 때문에 나중에 그는 결함이 많다고 느꼈어요. 그래서 개인적으로 또 하나를 만들어 대체하기로 결심했죠.

이번에 그는 완전히 몰입했고 몰입할수록 더 빠져들어 결국 3년 가까운 시간을 들여 비로소 스스로 만족스러운 암호를 만들어냈어요. 그것이 바로 훗날의 퍼플코드였죠. 그는 이스라엘에 퍼플코드로 그가 이전에 만든 암호를 대체하라고 요구했지만 결과적으로 실험(사용)이 증명해주었죠. 그것(퍼플코드)이 너무 어려워서 다른 사람은 아예 사용할 수가 없다는 것을 말이죠.

그때는 저명한 암호 해독가 칼 요하네스가 아직 살아 있을 때였는데 그는 퍼플코드를 사용해 보내진 비밀 전보를 보고서 이런 말을 했다고 해요. 해독을 하려면 그런 비밀 전보가 3000통은 있어야 하는데 당시 상황(제2차 세계대전이 종료되어 국제적으로 대규모 전쟁이 없을 때여서 비밀 전보의 수량이 많지 않았어요)에서 자기로서는 1000통을 볼 시간밖에 허용되지 않을 것 같다고 말이죠. 그 말은 그 역시 생전에는 그것을 해독할 수 없다는 뜻이었어요.

X국은 그 소식을 접하자마자 퍼플코드를 사려고 했어요. 하지만 당시 우리는 N대학을 떠날 계획이 없었고 X국과 중국의 긴장관계가 마음에 걸려 응낙하지 않았죠. 나중에야 당신이 아는 상황에 부딪혀 우리 아버지를 구하기 위해 퍼플코드로 X국과 거래를 했어요.

5. 맞아요. 시스는 진전이 조만간 퍼플코드를 해독해낼 것이라고 생각해 적극적으로 그를 저지하려고 했어요.

6. 세상에서 그가 인정한 사람은 진전뿐이었어요. 그는 진전이 동서양의 지혜를 겸비한, 100년에 한 명 나올까 말까 한 인재라고 생각했죠.

7. 피곤하군요. 다음에 또 이야기하죠.

두 번째 메모

1. 그것(그가 군사관측가라는 견해)은 대외적인 선전이었어요. 사실 그(시스)는 계속 암호를 연구·제작했어요.

2. 고급 암호는 연극의 주연처럼 대체물이 필요해요. 고급 암호를 연구·제작할 때는 보통 두 벌을 마련하지요. 한 벌은 실제로 사용하고 다른 한 벌은 예비용이랍니다. 그런데 퍼플코드는 순전히 그(시스)의 개인적인 작품이어서 혼자 동시에 두 벌의 암호를 만드는 것이 불가능했어요. 게다가 그는 그것이 고급 암호로 쓰일지는 예상치 못했기 때문에 마치 하나의 언어를 만들듯이 그것을 만들 때 그 자체의 정밀함만 염두에 두었죠. X국은 그것을 고급 암호로 사용하기로 하면서 동시에 퍼플코드의 예비 암호도 서둘러 제작하기로 결정했어요. 그것이 바로 훗날의 블랙코드랍니다.

3. 맞아요. 그는 X국에 가자마자 블랙코드 제작 업무에 참여했어요. 정확히 말하면 제작 업무를 옆에서 살펴봤지요.

4. 엄밀히 말하면 한 사람은 하나의 고급 암호밖에 만들 수 없어요. 한 사람이 여러 가지를 만들면 결국 처음 암호에서 간파된 힌트로 다른 암호들도 풀리게 마련이니까요. 그는 블랙코드 제작에 참여하긴 했지만 직접 실무에 관여한 건 아니에요. 단지 실무자들에게 퍼플코드의 특징과 방향을 일러주었지요. 퍼플코드와 비슷하거나 교차되는 부분이 없도록 그들을 인도하는 역할을 한 것이죠. 예를 들어 퍼플코드가 하늘로 날아가는 것이었다면 블랙코드는 땅으로 파고드는 것이 돼야 한다고 그는 요구했어요. 어떻게 땅으로 파고들지는 실무자들에게 맡겼죠.

5. 진전이 퍼플코드를 해독하고 있다는 것을 알기 전에 블랙코드

제작 업무는 이미 기본적으로 끝난 상태였어요. 그 난이도는 퍼플코드와 거의 막상막하였죠. 난이도로 승부하는 것은 모든 고급 암호 제작의 법칙이에요. 암호업계에 그토록 많은 두뇌가 몰려드는 이유는 그들 모두에게 높은 난이도로 상대를 쓰러뜨리려는 성향이 있기 때문이죠. 그런데 진전이 퍼플코드를 풀고 있다는 것을 안 뒤, 그는 블랙코드를 고쳐야 한다고 끈질기게 요구했어요. 진전이 퍼플코드를 풀 것이 분명하고 아울러 블랙코드까지 풀 가능성이 있다고 예감한 것이죠. 시스는 진전의 보기 드문 재능과 특이한 성격을 누구보다 잘 알고 있었기 때문에 오로지 난이도만 추구한다면 그의 신비한 재능만 더 자극할 뿐 궁지에 빠뜨릴 수는 없다고 생각했어요. 오로지 그를 현혹시키고 기발한 방법으로 이성을 어지럽혀야만 그를 이길 수 있다고 했죠. 그래서 블랙코드는 나중에 아주 희한하게 변경되었다고 해요. 한편으로는 어려우면서도 한편으로는 쉽게, 이도 저도 아닌 방식으로 말이에요. 시스는 그러더군요. 아주 말끔하게 차려입은 사람이 안에는 팬티와 양말도 착용 안 한 꼴이라고 말이에요.

6. 당신이 말한 그 견해는 옳아요. 확실히 암호업계에는 그런 불문율이 있긴 하지요. 한 사람은 한 가지 암호만 제작하거나 해독할 수 있다는 것 말이에요. 어떤 암호를 제작하거나 해독한 사람은 그 경험에 정신을 빼앗겨 정신이 폐기된 것이나 다름없게 된다는 설명도 틀리지 않아요. 하지만 진전은 시스를 너무나 잘 알

앞기 때문에 그가 퍼플코드를 푼 것은 시스와 체스를 둔 것과 같았어요. 시스에게 정신을 빼앗기는 것은 불가능했죠. 정신을 빼앗기지 않았으니 그는 다른 사람의 암호도 풀 가능성이 있었어요. 블랙코드는 훗날 일반적인 방식대로 해독된 것이 아니었죠.

7. 처음에 나는, 결국 블랙코드가 진전이 아닌 다른 사람에 의해 해독되었다는 당신의 말을 의심했어요. 그러고 나서는 그 사람이 자신의 힘이 아니라 진전이 남긴 수첩에 의지해 블랙코드를 풀었다고 믿게 되었죠.

8. 가능하다면 진전에게 구체적으로 무슨 일이 있었는지 이야기해주겠어요?

9. 그렇다면 시스의 말이 맞았네요.

10. 시스는 말했어요. 우리 일생은 진전에 의해 파괴되었지만 마지막에 그는 스스로 자신을 파괴할 것이라고요.

11. 진전 같은 사람은 보통 자신만이 자신을 파괴할 수 있어요. 다른 사람은 그를 파괴할 수 없죠. 사실 시스와 진전 둘 다 운명에 의해 파괴되었어요. 다른 점이 있다면 진전은 시스의 운명의 일부였지만 진전에게 시스는 무척이나 그를 마음에 들어한 스승일 뿐이었죠.

12. 다음에 이야기해요. 오실 때 시스가 진전에게 보낸 편지를 가져와 보여주셨으면 해요.

세 번째 메모

1. 그래요, 베네노는 시스였어요.

2. 그건 피할 수 없는 일이었어요. 그는 당시 비밀 기관의 비밀 요원이었는데 어떻게 실명으로 수학자로 활동할 수 있었겠어요? 수학자는 공적인 인물이므로 직업 성격상 허용되지 않았어요. 직업 윤리로도 허용될 수 없었죠. 그들에게 높은 급료를 받으면서도 사적인 일을 한 셈인데 어떤 기관이 허용해줬겠어요?

3. 당시 시스는 블랙코드 제작 업무를 옆에서 지켜보기만 했기 때문에 연구할 시간과 정력이 충분했어요. 사실 그는 줄곧 인공지능 연구의 발전을 꿈꿨어요. 그가 제기한 디지털 소통론은 훗날 컴퓨터가 장족의 발전을 하는 데 중요한 역할을 했다고 봐요. 진전의 유학을 위해 그가 그토록 애쓴 것도 솔직히 개인적인 목적이 있었어요. 진전을 해외에 머물게 하면서 함께 인공지능 연구를 하고 싶어했죠.

4. 훗날 시스가 왜 극단적인 정치 노선을 걸었느냐는 질문에는 대답할 수 없군요. 스스로 생각해보세요. 어쨌든 시스는 수학자일 뿐 정치적으로는 순진했어요. 그래서 상처받기도 쉽고 이용당하기도 쉬웠죠. 하지만 그가 적극적으로 반공 행위를 했다는 이야기는 조작된 거예요. 그런 일은 없었다고 감히 말할 수 있어요!

5. 나중에 우리 부부가 X국에서 연금을 당한 것도 피할 수 없는 일이었어요. 생각해보세요. 퍼플코드와 블랙코드가 연이어 해독

을 당했어요. 하나는 그가 직접 제작한 것이었고 다른 하나는 그가 제작에 참여한 것이었죠. 그리고 해독한 사람은 그의 제자였고요. 게다가 나는 또 이쪽 출신 사람이었고 그는 그렇게 많은 편지를 써 보냈죠. 비록 표면적으로는 연막책으로 편지를 썼다고는 하지만 사실 그 안에 무슨 기밀을 숨겨놓았을지 누가 알겠어요? 고급 암호가 해독될 확률은 지극히 낮은데 지금 한 사람이 연달아 두 가지를, 그것도 무척이나 빨리 해독한 거였죠. 그건 정상적으로는 불가능한 일이었어요. 유일한 가능성은 기밀 누설이었죠. 그러면 누가 기밀을 누설했을까요? 가장 유력한 혐의자는 시스였어요.

6. 본격적으로 연금을 당한 것은 블랙코드가 해독된 뒤였어요. 정확히 말하면 1970년 하반기였죠. 하지만 그 전에도(퍼플코드가 해독된 이후) 우리는 수시로 미행을 당하고 전화와 우편물을 감시받았어요. 그밖에도 제한이 많았죠. 사실상 이미 반쯤 연금된 상태였어요.

7. 시스는 1979년에 죽었어요. 병 때문이었죠.

8. 그래요. 연금 기간에 우리는 매일 함께 있었고 매일 화젯거리를 찾아 이야기를 나눴죠. 내가 이렇게 많은 일을 알고 있는 것도 그 기간에 그에게서 얘기를 들었기 때문이에요. 그 전에는 하나도 몰랐어요.

9. 지금 드는 생각인데, 하느님이 내가 이런 병에 걸리게 한 건 아

마도 내가 너무 많은 비밀을 알고 있기 때문인 것 같아요. 사실 입이 없어도 똑같이 말할 수 있는데 말이죠. 사실 입이 있을 때도 나는 말한 적이 없는데.

10. 나는 이렇게 많은 비밀을 갖고서 가고 싶지 않아요. 그냥 홀 가분하게 가고 싶어요. 그리고 다음 생에는 평범한 사람으로 태어나고 싶어요. 명예도 원치 않고 비밀도 원치 않아요. 친구도 적도 원치 않아요.

11. 나를 속이지 마세요. 나는 내 병을 알아요. 암세포가 벌써 전이됐다는 것도요. 아마 몇 개월쯤 더 살 수 있겠죠.

12. 곧 죽을 사람한테 다시 보자는 말은 삼가주세요. 나쁜 운을 부르니까요. 그만 가세요. 평생 평안하기를 바라요!

몇 달 뒤, 나는 그녀가 이번에는 뇌수술을 했다는 소식을 들었다. 그리고 또 몇 달 뒤에는 그녀가 이미 죽었다는 소식을 들었다. 전해 들은 말로는 그녀가 유언에서 특별히 나를 언급하며 책에서 자신들의 실명을 쓰지 말아달라고 부탁했다고 한다. 왜냐하면 그녀와 그녀의 남편은 안식을 취하고 싶다는 것이었다. 지금 이 책에 나오는 판리리와 시스라는 이름은 모두 가명이다. 이것은 내가 이 책을 쓰는 원칙에 어긋나는 일이기는 하지만 내게 달리 무슨 방법이 있겠는가? 불행하게 살았으면서도 깊은 사랑을 간직했던 한 노인이 생전에 자신들은 안식을 취하지 못했다고, 그래서 이제는 안식을 취하고 싶다는 유언을 남겼으니 말이다.

05

엔스의 상황을 이야기해야만 하겠다.

룽진전의 공을 빼앗았다는 혐의로 701 사람들과 거리감이 생겼기 때문인지 엔스는 퇴직 후 G성의 성 소재지에 가서 딸과 함께 살았다. 이미 평탄한 고속도로가 G성의 성 소재지와 A시 사이에 개통되어 있어서 나는 701을 출발한 지 겨우 세 시간 만에 별탈 없이 엔스의 딸 집에 도착해 그 노인을 만났다.

내가 상상했던 대로 엔스는 고도근시 안경을 썼으며 나이는 벌써 일흔을 넘어 여든에 가까워져 머리가 온통 백발이었다. 그의 눈빛은 다소 교활하고 비밀스러워서 노인 특유의 자상함과 우아함은 부족해 보였다. 내가 급작스럽게 방문했을 때 그는 마침 바둑판 앞에 구부정하게 앉아 오른손으로는 황금색 지압구

두 개를 만지작거리고 왼손에는 흰 바둑알 하나를 쥔 채 생각에 잠겨 있었다. 하지만 그 앞에는 상대가 없었다. 자기 자신과 바둑을 두고 있는 것이었다. 그렇게 자기 자신과 바둑을 두는 것은 마치 자기 자신과 이야기를 나누는 것과 같아서 흡사 뜻을 못 이룬 노인의 비장함과 외로움이 느껴졌다. 열다섯 살의 고교생인 그의 외손녀는 자기 할아버지가 퇴직 후 매일 바둑을 두고 바둑책을 보며 시간을 보내왔다고 했다. 그런데 실력이 너무 높아져 지금은 주변에서 적수를 찾기 어려운 관계로 어쩔 수 없이 바둑책과 대국을 벌이는 것이 습관이 되었다는 것이다.

사실 자기 자신과 바둑을 두는 것은 곧 고수와 바둑을 두는 것이라는 말이 있기는 하다.

우리 이야기도 탁자 위에 가득 펼쳐져 있던 바둑에서 시작되었다. 노인은 무척 자랑스러워하며 내게 말했다.

"바둑은 참 좋은 겁니다. 외로움을 없애주고 머리를 훈련시켜주죠. 정신 수양과 수명 연장에도 도움이 되고 말이에요."

그렇게 바둑의 좋은 점을 잔뜩 늘어놓은 뒤, 노인은 사실 바둑을 좋아하는 것은 자신의 직업병이라고 결론지었다.

"암호 해독 업무에 종사하는 사람들은 바둑류의 게임과 일종의 운명적인 관계가 있습니다. 특히 평범한 사람일수록 더 그렇죠. 거의 예외 없이 바둑에 빠집니다. 해적이나 마약 조직의 두목이 만년에 자선사업에 손을 대는 것과 비슷하지요."

노인은 이렇게 설명했다.

그의 비유는 나를 어떤 진실에 다가가게 했다. 나는 그에게 물었다.

"왜 군이 평범한 사람들을 강조하시는 겁니까?"

노인은 잠시 생각한 뒤에 다시 말했다.

"천재 암호 해독가들의 경우는 직무를 통해 열정과 지혜를 발휘할 수 있습니다. 바꿔 말해 그들의 재능은 언제나 활용됩니다. 자기 자신에 의해서든 직업에 의해서든 다 활용되지요. 그 과정에서 그들의 정신은 더 안정되고 깊어집니다. 스트레스로 인한 고통도, 재능이 고갈될 염려도 없어요. 스트레스가 없으니 당연히 해소할 일도 없고 재능이 고갈되지 않으니 새로운 것에 대한 욕망도 있을 리 없습니다. 그래서 보통 천재들은 지난 일을 정리하고 추억하면서 만년을 보냅니다. 자기 내면의 아름다운 반향에 가만히 귀를 기울이지요. 그런데 나같이 평범한 사람들은 그러지 못하죠. 우리 업계에서는 우리 같은 사람들을 반쪼가리 천재라고 부르지요. 그게 무슨 뜻이냐 하면, 천재성은 조금 있는데 천재가 하는 일은 전혀 해본 적이 없고 수십 년간 헤매며 스트레스만 받으면서 제대로 재능을 빛내본 적이 없다는 겁니다. 이런 사람들은 만년이 돼도 정리할 것도, 추억할 것도 없습니다. 그러면 그들은 만년에 뭘 하며 지낼까요? 역시 분주하게 헤매면서 무의식적으로 자기 재능을 쓸데를 찾고 필사적인 노력을 기울입니다. 바둑 따위에 매달리는 것도 바로 그렇기 때문입니다. 이것이 첫 번째 이유죠."

노인은 말을 이어갔다.

"둘째, 다른 각도에서 말하면 천재들은 오랫동안 공들여 힘들게 연구하면서 좁디좁은 외길에 깊숙이 발을 들여놓고 있습니다. 다른 생각이 들거나 다른 일을 하고 싶어도 이미 머리가 한 방향으로만 쏠려 있어서 도저히 발을 뺄 수가 없죠. 그들은 정신과 사유의 칼을 멋지게 휘두를 수가 없습니다. 그저 침처럼 곧고 깊게 찌를 수 있을 뿐이죠. 혹시 정신병자의 병인病因을 압니까? 천재가 실성하는 것은 정신병자와 원인이 같습니다. 모두 지나친 집착 때문이죠. 그들이 만년에 이르렀을 때 바둑을 두게 하는 게 가능할 것 같나요? 불가능합니다. 절대로 못 둡니다!"

잠시 숨을 돌리고서 그는 또 말했다.

"나는 줄곧 천재와 정신병자가 고도로 대립되는 존재라고 생각해왔죠. 천재와 정신병자는 인간의 오른손, 왼손과 같습니다. 우리 인체에서 바깥으로 뻗어나온 이 두 부분은 서로 방향이 다를 뿐이죠. 또한 수학에서 양의 무한대와 음의 무한대라는 개념이 있는데 어떤 의미에서 천재는 양의 무한대이고 정신병자나 백치는 음의 무한대입니다. 그런데 수학에서는 양의 무한대와 음의 무한대를 종종 하나로, 같은 무한원점으로 간주하지요. 그래서 나는 늘 생각하곤 합니다. 어느 날엔가 우리 인류가 일정

지점까지 발전하면 정신병자를 마치 천재처럼 인정하고 활용해 놀랄 만한 업적을 이룩할 수도 있다고 말이죠. 다른 건 제쳐두고 암호만 해도 그렇습니다. 우리가 정신병자의 사고방식대로(즉 사고방식 자체를 무시하고) 암호를 만들 수 있다면 그 암호는 분명 누구도 풀지 못할 겁니다. 사실 암호 제작은 정신병자에 가까워지는 일입니다. 정신병자에 가까워질수록 천재에 가까워지지요. 그 반대도 마찬가지입니다. 역시 천재에 가까워질수록 정신병자에 가까워지지요. 천재와 정신병자는 이처럼 구조적으로 상응합니다. 정말 놀라운 일이죠. 그래서 나는 지금껏 정신병자를 무시한 적이 없습니다. 그들에게 보물이 숨겨져 있을지도 모른다고, 단지 우리가 발견하지 못했을 뿐이라고 생각하지요. 그들은 비밀의 광산과도 같아서 우리 인류가 채굴해주길 기다리고 있습니다."

노인의 이야기를 들으면서 나는 계속 정신이 깨끗이 씻겨나가는 느낌이 들었다. 마치 내 정신 깊숙한 곳에 두텁게 먼지가 쌓여 있었는데 그의 한마디 한마디가 거센 물결이 되어 그 먼지를 휘몰아감으로써 내 어두웠던 정신이 빛을 발하는 듯했다. 너무나 가뿐하면서도 통쾌했다! 나는 귀를 기울이고, 음미하고, 심취하고, 거의 넋을 잃었다. 그러다가 문득 탁자 위의 바둑알에 눈길이 닿고서야 물어볼 말이 생각났다.

"그러면 선생님은 어떻게 바둑에 빠질 수 있었나요?"

노인은 등나무 의자에 깊숙이 몸을 묻고는 밝으면서도 자조적인 말투로 말했다.

"나는 그 평범한 사람들에 속하기 때문이죠."

"아닙니다."

나는 반박했다.

"선생님은 블랙코드를 풀었는데 어떻게 평범한 사람일 수 있습니까?"

노인의 눈빛이 갑자기 무거워졌다. 몸도 따라서 묵직해진 듯 의자에서 삐걱삐걱 소리가 났다. 마치 생각이 그의 체중을 증가시킨 듯했다. 잠시 침묵을 지키고 있다가 노인은 눈을 들어 나를 보면서 진지하게 물었다.

"내가 어떻게 블랙코드를 풀 수 있었는지 압니까?"

나는 진중하게 고개를 흔들었다.

"알고 싶나요?"

"당연하죠."

"그러면 알려드리죠. 룽진전이 내가 블랙코드를 풀 수 있게 도와주었습니다!"

노인은 마치 호소를 하고 있는 듯했다.

"아, 아니지. 아닙니다. 룽진전이 블랙코드를 풀고 나는 아무 일도 안 했다고 말하는 게 옳겠군요."

"룽진전은……."

나는 깜짝 놀랐다.

"그는…… 일이 생기지 않았습니까?"

나는 그가 미쳤다고 말하지 않았다.

"맞아요. 일이 생겼지요. 그는 미쳤어요."

노인은 말했다.

"하지만 당신은 모를 겁니다. 나는 그에게 생긴 일에서, 그의 불행에서 블랙코드에 감춰진 비밀을 봤어요."

"그게 무슨 말씀이십니까?"

나는 가슴이 터져나가는 듯한 긴장을 느꼈다.

"아, 이야기를 하자면 길어요."

노인은 한숨을 쉬었다. 그의 눈빛이 흐릿해졌다. 추억에 깊이 빠져들고 있었다.

06

옌스 인터뷰

정확한 연도는 잘 모르겠어요. 1969년 아니면 1970년이었을 겁니다. 어쨌든 겨울이었고 룽진전은 그 일을 당했죠. 그 전에 룽진전은 우리 암호 해독처의 처장이었으며 나는 부처장이었습니다. 우리 암호 해독처는 큰 부서여서 전성기에는 인원이 ○○명이 넘었습니다. 지금은 줄었죠. 훨씬 많이 줄었습니다. 그 전의 처장은 정씨였는데 지금도 그곳에 있습니다. 듣자 하니 국장이 됐다더군요. 그도 대단한 사람이었죠. 종아리에 탄알을 맞아 절룩거리며 다니기는 했지만 그가 엘리트 대열에 끼는 데는 전혀 영향이 없었습니다. 룽진전은 바로 그가 데려온 사람이었습니다. 두 사람 다 N대학 수학과 출신이었죠. 두 사람은 줄곧 사이가 좋았습니다. 서로 개인적인 연고도 있다고 들었습니다. 그 사람 전에도 처장이 있었는데 우리 공산당 정권 수립 전, 중앙대학교의 수재 출신으로서 제2차 세계대전 때 일본군의 고급 암호를 풀었을 뿐만 아니라 정권 수립 후 701에 들어와서도 여러 차례 큰 공을 세웠습니다. 안타깝게도 나중에 퍼플코드 때문에 미쳐버렸죠. 우리 암호 해독처는 다행히 그 세 명 덕분에 찬란한 성과를 거둘 수 있었습니다. 내가 찬란하다고 말하는 건 결코 과장이 아닙니다. 물론 룽진전에게 그 일이 생기지 않았다면 감히 단언하건대 우리는 더 찬란한 성과를 거둘 수 있었을 겁니다. 하지만 뜻밖에도……

아, 사람의 일이란 정말 뜻밖의 것이 많지요.

다시 돌아와 이야기하자면 룽진전에게 일이 생긴 뒤, 상부에서는 나에게 처장직을 이어받게 했습니다. 동시에 블랙코드 해독의 중책도 내 몫으로 떨어졌지요. 그 수첩, 룽진전의 그 수첩은 블랙코드 해독을 위한 소중한 자료로서 당연히 제 수중에 들어왔습니다. 당신은 잘 모를 겁니다. 그 수첩은 룽진전의 사색의 도구이자 그가 블랙코드를 사유한 두뇌로서 그 안의 내용 전체가 블랙코드에 관한 그의 갖가지 심사숙고와 희한한 아이디어였습니다. 그 수첩을 한 글자, 한 글자, 한 문장, 한 문장을 다 세심히 읽고 나서 나는 그 안의 어느 한 글자도 귀중하고 놀랍지 않은 것이 없으며, 또 특별한 분위기로 강하게 나를 자극하지 않는 것이 없음을 직감했습니다. 내게는 발견의 재능은 없지만 감식의 능력은 있답니다. 수첩은 내게 알려주었습니다. 블랙코드 해독의 여정에서 룽진전은 이미 아흔아홉 걸음을 갔고 이제 마지막 한 걸음만 남겨놓았다는 것을 말이죠.

그 마지막 한 걸음은 가장 중요한 한 걸음이기도 했는데 바로 비밀 자물쇠를 찾는 것이었습니다.

비밀 자물쇠라는 개념은 바로 이렇습니다. 예를 들어 블랙코드가 태워야 할 집이라고 가정해봅시다. 집을 태우려면 우선 충분히 말린 땔감을 쌓아 불을 붙일 준비를 해야 합니다. 그때 룽진전은 이미 집을 다 덮을 정도로 산처럼 땔감을 쌓고서 불붙이는 것만 남겨둔 상태였지요. 비밀 자물쇠를 찾는 것은 바로 이 불을 붙이는 행위였습니다.

수첩에는 비밀 자물쇠를 찾는 그 마지막 한 걸음이 언급되어 있었습니다. 룽진전은 일 년 전에 그 걸음을 걷기 시작했더군요. 다시 말해 이전의 아흔아홉 걸음은 겨우 2년 동안 다 걸어놓고서 마지막 한 걸음만 좀처럼 걷지 못하는 형국이었습니다. 그것은 불가사의한 일이었습니다. 2년 동안 아흔아홉 걸음을 걸을 수 있었던 사람이, 마지막 한 걸음이 아무리 걷기 어렵다 해도 무려 일 년 동안이나 못 걷고 있는 셈이었으니까요.

불가사의한 일은 그것뿐만이 아니었습니다. 이해하실지 잘 모르겠습니다만 블랙코드라는 그 고급 암호는 당시 적에 의해 3년이나 계속 쓰이고 있었는데도 단 한 번의 실수조차 포착되지 않았습니다. 이것은 정상인 사람이 정신병자의 미친 소리를 흉내 내면서 3년 동안 완벽하게 허점을 드러내지 않는 것과 마찬가지였습니다. 이것은 암호의 역사에서 대단히 보기 드문 현상이었죠. 이에 대해 룽진전은 일찍부터 우리와 함께 검토하고 비정상적인 일이라고 생각해 거듭 의문을 제기했습니다. 심지어 블랙코드가 과거의 어떤 암호의 표절이 아닐까 의심하기까지 했죠. 왜냐하면 사용된 적이 있는, 다시 말해 보완을 거친 암호만이 그렇게 완벽할 수 있기 때문이었습니다. 혹시 암호 제작자가 신이거나 우리가 상상 못할 대천재인 경우를 빼고 말이죠.

이 두 가지 불가사의는 반드시 사유해야 할 문제였습니다. 수첩을 보니 룽진전은 이미 상당히 넓고도 깊게, 그리고 날카롭게 사유를 진행했더군요. 나는 다시 한번 생생하게 룽진전의 정신과 접촉했습니다. 그것은 너무나 아름다워 오히려 무시무시해 보였습니다. 처음 수첩을 손에 넣었을 때 나는 스스로 룽진전의 어깨 위에 올라서서 수첩에 적힌 사유의 노선대로 걸어갈 생각이었습니다. 그런데 걸어가면서 깨달았죠. 내가 어떤 강력한 정신에 가까이 다가가고 있다는 것을 말입니다. 그 정신의 숨결 하나하나가 내게는 모두 진동이고 충격이었습니다.

그 정신은 나를 집어삼키려 했습니다.

그 정신은 언제든 나를 집어삼킬 것 같았습니다!

이렇게 말할 수 있을 듯합니다. 그 수첩은 바로 룽진전이었고 나는 그(수첩)에게 가까이 갈수록 그의 강력한 힘과 깊이와 기이함을 느꼈고 또 그만큼 나의 나약함과 보잘것없음을 느꼈다고 말이죠. 마치 조금씩 작아지는 느낌이었습니다. 그 기간에 나는 수첩의 글자와 문장들을 통해 그 룽진전이라는 인물이 확실히 천재라는 것을 더욱 생생하게 느꼈습니다. 그의 수많은 생각은 기괴하고 희한하면서도 지극히 교활했으며 때로는 숨 막힐 정도로 살기 등등하기까지 해서 그의 속마음이 얼마나 음산하고 악랄했는지 암시해주었습니다. 나는 그 수첩을 읽으면서 마치 전 인류를 읽고 있는 듯했습니다. 창조와 살육이 나란히 출현했고 모든 것이 일종의 괴상하고 극단적인 아름다움을 띤 채 인류의 뛰어난 지혜와 재능을 드러냈습니다.

고백하자면 그 수첩은 내 눈앞에서 어떤 사람을 빚어냈습니다. 그는 신처럼 모든 것을 창조하고 또 악마처럼 내 정신의 질서를 비롯한 모든 것을 파괴했습니다. 그 사람 앞에서 나는 열광과 존경과 공포를 느꼈고 일종의 철저한 숭배를 경험했습니다. 그렇게 석 달이 지나갔습니다. 나는 결국 룽진전의 어깨 위에 서지 못했습니다. 올라설 수도 없었습니다! 단지 행복하고도 나약하게 그의 몸에 기대 있기만 했습니다. 여러 해 떨어져 있던 아이가 돌아와 엄마 품속에 기대 있는 것처럼. 그리고 빗방울 하나가 마침내 땅 위에 떨어져 흙 속으로 스며드는 것처럼.

당신은 상상할 수 있을 겁니다. 그렇게 계속됐다면 나는 기껏해야 아흔아홉 걸음을 걸은 룽진전이 되고 그 마지막 한 걸음은 영원히 어둠 속에 묻혀버렸을 겁니다. 시간이 허락해줬다면 아마 룽진전은 그 마지막 한 걸음을 걸을 수 있었겠지요. 하지만 내게는 그럴 능력이 없었습니다. 방금 말한 대로 나는 그의 몸에 기댄 어린아이에 불과했기 때문입니다. 그때 그가 쓰러졌으므로 당연히 나도 따라서 쓰러질 수밖에 없었습니다. 그제야 나는 깨달았습니다. 룽진전이 내게 남긴 수첩은 사실 내게 어떤 슬픔을 주었다는 것을 말이죠. 그것은 내가 승리의 최전선에 설 수 있게 해주었지만 승리의 광채가 눈앞에 어른거리는데도 나는 영원히 그것을 만지거나 붙잡을 수 없었습니다. 그것은 너무나 슬프고 불쌍한 일이었죠! 나는 당시 내가 처한 상황 때문에 공황과 무력감에 사로잡혀 있었습니다.

그런데 바로 그때 룽진전이 병원에서 돌아왔습니다.

그래요. 그는 퇴원을 하기는 했지만 회복되어 퇴원한 건 아니었습니다. 그걸 뭐라고 해야 하나…… 어쨌든 치유될 가능성도 없이 계속 병원에 있을 이유가 없어서 돌아온 것이었죠.

말을 꺼내고 보니 그건 하늘의 뜻이었어요. 룽진전에게 일이 생긴 뒤로 나는 그를 본 적이 없었습니다. 일이 생긴 기간에 나는 병이 나서 입원 중이었거든요. 내가 퇴원했을 때는 이미 룽진전이 성 소재지, 그러니까 지금 우리가 있는 이 도시로 이송돼 치료를 받고 있어서 그를 보러 가기가 쉽지 않았습니다. 게다가 나는 퇴원하자마자 블랙코드 업무를 인계받아 그럴 시간이 없었고요. 나는 그의 수첩을 보고 있었습니다. 그래서 미친 뒤의 룽진전의 모습을 나는 그가 퇴원해 돌아오고 나서야 처음 봤습니다.

그건 하늘의 뜻이었습니다.

감히 말하건대 내가 한 달 일찍 그를 만났다면 아마 모든 일이 달라졌을 겁니다. 왜 이렇게 말하느냐고요? 두 가지 이유가 있습니다. 첫째, 룽진전이 입원해 있는 기간 내내 그의 수첩을 읽으면서 내 마음속 그의 이미지는 훨씬 더 강하고 훌륭해졌습니다. 그리고 둘째, 수첩을 읽고 일정 기간 사유하면서 나는 블랙코드의 난제를 일정 범위 안으로 좁혀 볼 수 있게 되었습니다. 이것은 나중에 일어날 모든 일의 밑바탕이 되었습니다.

그날 오후, 나는 룽진전이 돌아왔다는 소식을 듣고 일부러 그를 만나러 갔습니다. 그의 집에 도착하고 나서야 아직 그가 돌아오지 않았다는 것을 알았죠. 그래서 그의 집 앞 공터에서 기다리고 있었습니다. 얼마 지나지 않아 지프차 한 대가 공터로 들어와 멈춰 섰습니다. 이어서 앞뒤 차의 문이 열리고 두 사람이 내렸죠. 우리 부서의 황 간사와 룽진전의 아내 자이였습니다. 내가 다가가자 그들은 대충 고개를 끄덕이더니 다시 차 안으로 들어가서 룽진전을 부축해 조금씩 밖으로 끌어냈습니다. 그는 나올 마음이 없는 것 같았습니다. 마치 깨지기 쉬운 물건인 듯 단번에 끌어내지 못하고 천천히, 조심조심 움직이게 해야 했습니다.

이윽고 룽진전이 마침내 차 밖으로 나왔습니다. 그런데 내 눈에 비친 그의 모습은 예전과는 완전히 달랐습니다.

그는 구부정한 자세로 온몸을 바들바들 떨고 있었습니다. 머리는 잔뜩 경직된 채 시종일관 뻐딱한 상태였고, 뭔가에 놀란 듯 부릅뜬 두 눈은 완전히 흐리멍덩해 보였습니다. 그리고 벌어진 틈처럼 다물 줄 모르는 입에서는 계속 침이 질질 흘러나왔습니다.

이 사람이 룽진전이란 말인가?

내 마음은 뭔가에 눌려 깨진 듯했고 정신도 혼란해졌습니다. 수첩 속 룽진전이 그랬던 것처럼 이 룽진전도 똑같이 나를 약하고 두렵게 만들었습니다. 나는 멍하니 그 자리에 서 있었습니다. 앞으로 다가가 그에게 인사말을 건넬 용기가 나지 않았죠. 그러면 마치 그에게 데여 화상을 입을 것만 같았습니다. 자이의 부축을 받으며 룽진전은 어떤 공포스러운 생각처럼 내 눈앞에서 사라졌습니다. 하지만 내 마음속에서는 사라지지 않았죠.

사무실로 돌아와 나는 소파 위에 털썩 주저앉았습니다. 족히 한 시간은 숨도 크게 몰아쉬지 못했죠. 마치 아무 감각도 생각도 없는 시체 같았습니다. 당연히 내가 입은 충격은 대단히 컸습니다. 수첩을 보고 입은 충격에 절대 뒤지지 않았죠. 나중에 겨우 정신이 돌아오긴 했지만 여전히 룽진전이 차에서 내렸을 때의 모습이 눈앞에 어른거렸습니다. 그것은 어떤 악랄한 상념처럼 내 마음속을 차지하고 앉아서 아무리 욕을 하고 쫓아내려 해도 사라지지 않았습니다. 나는 그렇게 미친 룽진전의 형상에 둘러싸여 괴로워했습니다. 그를 보고 있을수록 그가 불쌍하고, 비참하고, 위축돼 보였습니다. 나는 스스로 누가 그를 그 모양으로 망쳐놓았는지 물었습니다. 그래서 그가 당한 일이 떠올랐고 이어서 그 일을 일으킨 장본인이 떠올랐습니다.

바로 그 좀도둑이었습니다!

솔직히 누가 상상할 수 있었겠습니까? 그토록 강하고 무시무시한 천재가, 그토록 깊이와 높이를 겸비한 암호업계의 엘리트 영웅이 결국 길거리의 한 좀도둑이 무심코 가한 일격에 산산조각 날 줄을 말이죠. 나는 너무나 황당했고 그 황당함에 경악을 금치 못했습니다.

경악이 지나간 뒤에는 생각을 하게 되기 마련이죠. 그런 생각은 때로 무의식적이어서 아무 결과도 못 얻을 가능성이 큽니다. 결과를 얻더라도 곧장 의식하지 못할 수도 있고요. 살아가면서 우리는 늘 아무 이유 없이 문득 어떤 깨달음을 얻곤 합니다. 그러면 놀라서 혹시 그것이 신이 내린 것이 아닐까 의심하기도 하죠. 사실은 일찍부터 갖고 있었던 것인데 말이에요. 줄곧 무의식 깊은 곳에 쌓여 있다가 이제 떠올랐을 뿐이죠. 마치 물 밑의 물고기가 우연히 수면 위로 나오는 것처럼.

하지만 당시 내 생각은 완전히 의식적이었습니다. 좀도둑의 속된 이미지와 룽진전의 위대한 이미지, 이 둘의 현격한 차이가 나의 생각에 즉시 어떤 방향성을 부여했습니다. 의심의 여지 없이 당신은 이 두 가지 이미지를 추상화해 정신적이거나 질적인 면으로 대조를 하겠지요. 서로 현격하게 차이 나는 우등함과 열등함, 무거움과 가벼움, 강력함과 미미함의 대조를 말이죠. 나는 룽진전이, 고급 암호나 고급 암호 제작자에게도 패해본 적이 없는 그 사람이 한낱 좀도둑이 무심코 내지른 가벼운 일격에 쓰러진 그 일을 생각했습니다. 그는 퍼플코드와 블랙코드 앞에서는 그렇게 오래 고통과 초조함을 견뎌내고서도 좀도둑이 야기한 어둠과 방해 앞에서는 단 며칠도 견디지 못했습니다.

왜 그는 그렇게 쉽게 무너진 걸까요?

설마 좀도둑이 강해서?

당연히 그건 아닙니다.

그러면 룽진전이 원래 약해서?

맞습니다!

좀도둑이 가져간 것은 룽진전에게 가장 신성하고 은밀한 물건, 바로 그 수첩이었습니다! 그 물건은 그에게 가장 중요하면서도 취약한 것이었습니다. 사람의 심장 같은 것이었죠. 건드려서는 안 되는, 누가 살짝 치기만 해도 사람을 죽일 수 있는 것이었습니다. 그렇다면 한번 생각해보십시오. 정상적인 상황이라면 당신은 자신에게 가장 신성하고 소중한 물건을 역시 가장 안전한 곳에 보관할 겁니다. 예컨대 룽진전의 수첩은 소형 금고 안에 둬야 했습니다. 서류철 안에 둔 것은 잘못이고 일시적인 방심이었습니다. 하지만 바꿔 생각해봅시다. 만약 그 좀도둑이 진짜 적, 그러니까 X국의 스파이였고 그의 목적이 그 수첩을 훔쳐가는 것이었다고 생각해봅시다. 만약 그랬다면 틀림없이 그는 룽진전이 그렇게 중요하고 지켜야만 하는 수첩을 아무 안전 조치도 안 된 서류철 안에 대강 두었다고는 상상하기 어려웠을 겁니다. 따라서 그가 훔쳐갈 대상은 서류철이 아니라 소형 금고가 됐겠죠. 다시 말해, 만약 그 좀도둑이 일부러 그 수첩을 훔치러 온 스파이였다면 그 수첩을 서류철 안에 둔 것으로 인해 룽진전은 오히려 교묘하게 재난을 피했을 겁니다.

이어서 다시 또 한 가지 가정을 해봅시다. 만약 룽진전이 수첩을 서류철 안에 둔 것이 실수가 아니라 고의였고 그가 맞닥뜨린 자도 좀도둑이 아니라 진짜 스파이였다고 해봅시다. 만약 그랬다면 룽진전이 수첩을 서류철 안에 둔 그 음모는 실로 훌륭하다고 평가받아 마땅합니다. 확실히 스파이를 혼란에 빠뜨릴 수 있었을 겁니다. 나는 이런 생각을 하다가 블랙코드가 떠올랐습니다. 혹시 블랙코드의 제작자도 귀중한 비밀 자물쇠를, 마땅히 깊이 숨겨야 할 그 비밀 자물쇠를 일부러 소형 금고에 안 두고 서류철에 두지는 않았을까 싶었죠. 그렇다면 고생고생하며 비밀 자물쇠를 찾던 룽진전은 소형 금고에서 수첩을 찾으려는 스파이 역할을 해 온 셈이었죠.

이 생각이 머릿속을 스치자 나는 몹시 흥분됐습니다.

솔직히 나의 그 생각은 이치상 정말 황당했습니다. 하지만 그 황당함은 내가 앞서 말한 두 가지 불가사의와 정확히 맞물렸습니다. 그 두 가지 불가사의 중 전자는 블랙코드가 지극히 심오하다는 것을 설명해주는 듯했습니다. 룽진전이 이미 아흔아홉 걸음을 가놓고도 마지막 한 걸음을 가기가 어려웠으니까요. 그리고 후자는 또 블랙코드가 지극히 단순하다는 것을 설명해주는 듯했죠. 3년 동안이나 계속 사용되고도 단 한 번의 실수조차 포착되지 않았으니까요. 당신도 알 겁니다. 오직 단순한 것만이 자유자재로 구사되고 완벽함을 실현할 수 있다는 것을.

물론 엄격히 말한다면 그 단순함에는 두 가지 가능성이 있었습니다. 하나는 가짜 단순함이었죠. 즉 블랙코드를 만든 자가 보기 드문 천재여서, 그가 아무렇게나 뚝딱 만든 암호가 그 자신에게는 매우 간단하고 쉬운데 우리에게는 지극히 심오한 것일 수 있었습니다. 그리고 다른 하나는 진짜 단순함이었습니다. 즉 기지로 심오함을 대체해 상식 밖의 단순함으로 사람을 꾀고, 속이고, 해치는 것이죠. 방금 말한, 비밀 자물쇠를 일부러 소형 금고가 아니라 서류철에 넣는 것이 바로 그런 예입니다.

계속 생각해봅시다. 그것이 가짜 단순함이었다면 우리는 블랙코드를 해독할 가능성이 없었습니다. 우리의 상대가 역사적으로 없었던 대천재이니까요. 나중에 나는 이런 생각이 들었습니다. 맨 처음 룽진전은 분명 가짜 단순함의 함정에 빠졌을 것이라고 말이죠. 바꿔 말해 그는 가짜 단순함에 속고, 홀리고, 해를 입은 겁니다. 하지만 그가 그렇게 된 것은 정상적인 일이었습니다. 거의 필연적인 일이었죠. 그 첫 번째 이유는…… 뭐라고 해야 할지 모르겠네요. 그래요, 이렇게 이야기하면 되겠군요. 예를 들어 당신과 내가 무대 위에서 무술을 겨룬다고 해봅시다. 그런데 당신이 나를 이기는 바람에 우리 측에서 새로운 사람이 무대 위에 오른다고 생각해보세요. 느낌상 당신은 그가 고수라고 생각할 겁니다. 적어도 나보다는 한 수 위라고 생각하겠죠. 룽진전이 바로 그랬습니다. 퍼플코드를 풀고 그는 무대 위의 승자가 되었습니다. 그리고 심적으로 더 센 고수와 다시 싸울 준비를 마쳤죠. 다음으로 두 번째 이유는, 이치상 가짜 단순함만이 그 두 가지 불가사의가 통일된 것일 수 있습니다. 그것이 아니면 그 두 가지는 서로 모순되고 대립되죠. 여기에서 룽진전은 천재의 잘못을 범했습니다. 왜냐하면 그가 보기에 어떤 고급 암호에서 그렇게 분명한 모순이 나타나는 것은 있을 수 없는 일이었기 때문입니다. 그는 퍼플코드를 푸는 과정에서 고급 암호가 내부에 마땅히 갖춰야 할 엄밀하고도 유기적인 구조를 깊이 파악한 상태였습니다. 그런 까닭에 그 두 가지 불가사의를 앞에 두고서 그는 그것들을 가르지 않고 애써 결합시키려 했습니다. 그것들을 결합시키려면 역시 가짜 단순함만이 유일한 선택지였지요.

결국 천재 룽진전은 이 지점에서 다른 천재에게 일격을 당해 가짜 단순함에 현혹되고 말았습니다. 이것은 그에게 대천재에게 도전할 만한 용기와 실력이 있었음을 말해주기도 합니다. 그의 정신은 대천재와의 결전을 갈망했습니다!

하지만 나는 룽진전과는 달랐죠. 가짜 단순함은 내게 공포와 절망일 뿐이었습니다. 가던 길이 턱 막혀버린 느낌이었습니다. 그렇게 길이 막히자 또 다른 길이 자연스레 내 시야에 들어왔습니다. 그래서 진짜 단순함, 즉 비밀 자물쇠가 서류철 안에 있을 수도 있다는 생각이 뇌리를 스쳤습니다. 나는 구사일생의 기쁨을 느꼈습니다. 마치 어떤 손이 나를 문 앞에 데려다준 느낌이었죠. 그 문은 툭 차면 바로 열릴 것 같았고 말이에요.

아, 그래요. 내가 좀 흥분했군요. 그때 일만 떠올리면 이렇게 흥분된답니다. 그때가 내 일생에서 가장 위대하고 신비로운 순간이었으니까요. 바로 그 순간이 있었기 때문에 지금 내가 이렇게 편안하게 사는 겁니다. 심지어 오래 살고 있기도 하고요. 그 순간에 하늘은 세상 사람들의 행운을 전부 모아 내게 내려주셨죠. 나는 다시 아기가 되어 엄마 자궁 속에 돌아간 것처럼 황홀하고 행복했습니다. 그것은 진정한 행복이었어요. 다른 사람이 알아서 모든 것을 가져다주고도 반대급부나 보답을 원치 않았죠. 마치 과일나무처럼 말이에요.

아, 그때의 심정은 워낙 낯선 것이었기에 돌아봐도 전혀 떠오르지가 않네요. 단지 그때 내가 즉시 컴퓨터 앞에 앉아 내 아이디어를 검증하려 하지 않았던 것만 기억납니다. 내 아이디어가 틀렸을까봐 두려워서이기도 했고 새벽 세 시에 대한 내 미신 때문이기도 했습니다. 예로부터 새벽 세 시는 정신과 영혼이 가장 충만한 시간이어서 기발한 생각을 떠올리기에 가장 좋다는 이야기가 있거든요. 그래서 나는 을씨년스러운 사무실에서 죄수처럼 서성이면서 쿵쿵거리는 내 심장 소리를 들으며 강렬한 내적 충동을 애써 다스리고 있었습니다. 그러다가 새벽 세 시가 되자마자 컴퓨터(본부의 수장이 룽진전에게 선물한, 연산 속도가 초당 40만 회인 그 컴퓨터였습니다) 앞에 앉아 나의 그 황당하고도 황당한 꿈과 내밀하고도 내밀한 아이디어를 검증하기 시작했습니다. 정확히 내가 얼마나 오래 계산했는지는 잘 모르겠습니다. 단지 기억나는 것은 내가 블랙코드를 깨뜨리고 미친 듯이 동굴(그때도 우리는 동굴 속 사무실에서 일하고 있었죠)을 뛰쳐나와 땅바닥에 무릎을 꿇고 천지신명을 향해 고래고래 소리를 지른 것뿐입니다. 그때는 동틀 무렵이어서 아직 하늘이 어둑어둑한 상태였죠.

아, 너무 빠른 게 아니었냐고요? 당연하죠. 블랙코드의 비밀 자물쇠는 서류철에 있었으니까요!

더구나 천만뜻밖에 블랙코드는 아예 잠겨 있지도 않았습니다!

비밀 자물쇠는 없었어요!

아무것도 없었습니다!

아, 이걸 어떻게 당신에게 설명해야 할지 정말 난감하군요. 또 예를 들어보죠. 블랙코드를 아득히 먼 하늘에 숨겨진 집이라고 해봅시다. 그 집에는 헤아릴 수 없이 많은 문이 있으며 그 문들은 다 모양이 똑같고 잠겨 있습니다. 그런데 그중에서 실제로 열리는 문은 단 하나밖에 없지요. 다른 문들은 전부 가짜인 겁니다. 자, 이제 그 집에 들어간다고 해봅시다. 그러려면 당연히 끝없는 우주에 숨겨진 그 집부터 찾아야겠지요. 그런 다음, 헤아릴 수 없이 많은 가짜 문 중에서 유일하게 열리는 진짜 문을 찾아내야 합니다. 진짜 문을 찾고 나서야 또 그 문을 열 열쇠를 찾을 수 있죠. 당시 룽진전은 그 열쇠를 못 찾은 상태였습니다. 다른 것들은 이미 일 년 전에 전부 찾았죠. 집도, 진짜 문도 찾고 단지 진짜 문을 열 열쇠만 못 찾았습니다.

그런데 이른바 열쇠를 찾는다는 것은 사실 여러 개의 열쇠를 일일이 열쇠 구멍에 꽂아보는 겁니다. 그 열쇠들은 암호 해독가가 자신의 지혜와 상상력에 의지해 만들어내야 합니다. 이 열쇠가 안 되면 다른 열쇠를, 그 열쇠도 안 되면 또 다른 열쇠를 꽂는 식으로 일이 진행됩니다. 그렇게 룽진전은 벌써 일 년 넘게 그 일에 매달렸으니 그동안 그가 얼마나 많은 열쇠를 갈아치웠을지 상상이 갈 겁니다. 이 지점에서 아마 당신도 짐작할 수 있겠지요. 암호 해독가에게는 천재의 머리뿐만 아니라 행운도 필요하다는 것을 말이죠. 이론적으로 한 천재 암호 해독가의 머릿속에 있는, 헤아릴 수 없이 많은 열쇠 중에는 반드시 문을 열 수 있는 열쇠가 있긴 합니다. 문제는 그 열쇠가 나타나는 시점입니다. 처음에 나타날지, 중간에 나타날지, 마지막에야 나타날지 아무도 모르죠. 여기에는 엄청난 우연성이 존재합니다.

그런 우연성은 모든 것을 파괴할 수 있을 만큼 위험합니다!

그런 우연성은 모든 것을 창조할 수 있을 만큼 신비합니다!

하지만 내게는 그런 우연성에 숨겨진 위험도 행운도 존재하지 않았습니다. 내 머릿속에는 열쇠가 없었고 스스로 그런 열쇠들을 만들 능력도 없었으므로 억만 개 열쇠 중에 하나를 찾는, 그런 고통과 행운도 당연히 없었습니다. 만약 그때 그 문이 굳게 잠겨 있었다면 내 결과가 어땠을지 당신도 상상할 수 있을 겁니다. 영원히 그 문으로 들어갈 수 없었겠죠. 그런데 정말 황당하게도 그 문은 겉보기에는 잠겨 있는 것 같은데 실제로는 잠겨 있지 않았습니다. 그냥 닫혀 있기만 했죠. 누구든 툭 밀기만 하면 열 수 있었습니다. 블랙코드의 비밀 자물쇠는 이렇게 믿기 힘들 정도로 황당했습니다. 그 모든 것이 명명백백하게 내 눈앞에 펼쳐졌을 때 나 역시 내 눈을 의심했습니다. 모든 것이 꿈인 듯했고 가짜인 듯했죠.

아, 그것은 정말 악마가 만든 암호였습니다!

악마만이 그런 야만스러운 용기와 배짱이 있습니다!

악마만이 그런 황당하고도 악랄한 지혜를 가졌습니다!

그 악마는 천재 룽진전의 공격은 피했지만 나 같은 얼뜨기에게
치명적인 일격을 당했습니다. 하지만 하늘도 알고 나도 알지요.
그 모든 것은 룽진전에 의해 이뤄진 겁니다. 그는 먼저 수첩으로
나를 아득한 하늘 위에 올려놓은 뒤, 자신이 당한 불행을 통해 내
게 블랙코드에 숨겨진 비밀을 보여주었습니다. 아마 당신은 그것
이 우연한 일이었다고 하겠죠. 하지만 세상의 어떤 암호 해독도
우연의 작용과 무관하지 않습니다. 그렇지 않다면 왜 우리가 암
호 해독을 위해서는 별들 저편의 행운과 조상의 은덕이 필요하다
고 하겠습니까?

정말로 세상의 모든 암호는 우연 속에서 해독됩니다!

하하, 젊은 선생. 오늘 당신도 우연히 내 암호를 푼 겁니다. 솔직
히 오늘 내가 해준 이야기는 전부 나의 비밀, 나의 암호입니다.
이제껏 누구에게도 말한 적이 없죠. 아마 당신은 틀림없이 궁금
할 겁니다. 내가 왜 유독 당신에게만 나의 비밀을, 떳떳치 못한
그 옛일을 이야기해주는지 말이에요. 그건 내가 이제 여든이 다
된 노인이기 때문입니다. 언제 죽을지 모르는데 더 이상 허영 속
에서 살 필요는 없지 않습니까. (완결)

마지막으로 노인은 내게 상대가 왜 블랙코드라는, 비밀 자물
쇠가 없는 암호를 제작했는지 알려주었다. 그것은 그들이 퍼플
코드가 무참하게 격파된 사태에서 자신들이 처한 위험을 똑똑히

봤기 때문이다. 한 차례 겨뤄본 것만으로 그들은 룽진전의 천재성과 신비함을 깊이 깨달았다. 그래서 만약 정면 대결만 고집하면 틀림없이 또 패한다고 생각해, 세상에서 가장 위험한 금기를 어겨가며 그 터무니없고 악랄한 방법을 쓴 것이다.

하지만 그들은 룽진전에게 더 절묘한 한 수가 있는 줄은 몰랐다. 노인의 말을 빌리자면 룽진전은 자신의 불행을 이용하는, 신기하기 그지없는 방식으로 자신의 동료에게 블랙코드의 황당한 비밀을 보여주었다. 그것은 인류의 암호 해독사에서 일찍이 없었던 한 획이었다!

지금 나는 그 모든 것을 돌아보며, 룽진전의 과거와 현재 그리고 그의 신비와 천재성을 돌아보며 마음속으로 무한한 존경과 슬픔과 신비를 느낀다.

왕더웨이 교수의 질문에 답하여

복잡한 사연이 아닌데도 글로 옮기려고 보니 간단치가 않고 조금 에두르게 된다. 바로 어제, 내 작품의 해외 에이전트 탄광레이譚光磊 선생이 내게 메일을 보내왔다. 하버드대 동아시아학과의 왕더웨이王德威 주임교수가 『뉴욕타임스』 디디 기자의 의뢰로 내게 질문을 전해왔다는 것이 그 메일의 요지였다. 디디 기자는 『암호 해독』의 영문판 출간 때문에 막 항저우에 도착해 나를 찾아왔다. 내가 높으신 분을 못 알아볼까 두려웠던지 탄 선생은 왕 교수가 샤즈칭夏志清(1921~2013, 상하이 출신의 재미 중국문학 연구자. 1948년 도미하여 예일대에서 영문학 박사학위를 받고 1962년부터 컬럼비아대 동아시아어과 교수로 일했다. 『중국현대소설사』의 저자로 유명하며 첸종수錢鐘書, 장아이링張愛玲, 선충원沈從文의 소설을 높게 평가했다) 이후 해외 중국 문단의 우두머리라고 특별히 일러주었다. 그건 괜한 걱정이었다. 나도 30년 가까이 문단 밥을 먹었으므로 왕 교수의 명성을 모르지는 않았다. 비록 만난 적은 없지만 그의 글은 적잖이 봤고 얻은 것도 많았다.

질문은 원래 영어로 작성됐지만 디디 기자는 내가 촌뜨기인 걸 잘 알고 이미 중국어로 바꿔놓았다.

마이자 선생은 중국의 스파이, 자료, 비밀의 세계에 관한 작품을 쓰고 있습니다. '스노든 이후'의 그 전 세계적인 현상을 그가 어떻게 보고 있는지 궁금합니다. 우리 모두는 스파이와 비밀번호와 음모와 비밀이 판치는 사회에서 사는 걸까요?

솔직히 번역이 좀 어색하고 단어들이 뜻을 다 표현하지 못했다. 하지만 무엇을 묻는지는 알 수 있었고 심지어 더 많은 것을 알 수 있었다. 예를 들어 디디 기자가 왜 직접 나와 소통하지 않고(얼마 전 나와 인터뷰까지 했는데도) 내 에이전트에게 대신 나서주기를 부탁했는지도 말이다. 아마도 그녀는 이 문제가 조금 민감해서 내가 완곡히 거절하지 않을까 우려했을 것이다. 아마 그녀의 눈에 나는 웃으면서 대답을 피하거나 생각을 입에 담지 않는 신중한 인물로 비쳤나보다. 사실 그녀와 만났을 때 내가 말을 안 한 것은 신중해서가 아니라 어색하고 말주변이 없었기 때문이다. 나는 가벼운 대인공포증이 있는데다 이따금 말이 통하지 않는, 긴 속눈썹과 파란 눈의 그 여성을 상대해야 했다. 아일랜드 태생의 디디 기자는 소녀 시절을 홍콩에서 지냈는데 그곳은 중국어를 배우기에 가장 이상적인 지역은 아니었다. 그렇지 않았으면 그녀의 중국어는 좀더 나아졌을 테고 나도 그녀에게 신중해서 너무 말을 아낀다는 꼬투리는 잡히지 않았을 것이다.

오십이면 지천명知天命이라는데 올해 마침 내가 그 나이다. 이미 천명을 알았는데 몸을 사릴 일이 뭐가 있겠는가? 거리낌 없이 이야기해보자. 나는 지체 없이 가슴을 열고 성실하게 답을 적었다. 이번에 상대하는 것은 글이어서 어색하고 말주변 없던 사람이 언제 그랬냐는 듯 거침없이 말을 쏟아냈다. 마치 수다쟁이처럼 눈 깜짝할 사이에 A4 한 페이지를 꽉 채웠다.

스노든은 하느님(우주)의 자식이자 『벌거벗은 임금님』의 그 아이입니다. 그의 문제는 그가 어떤 일을 한 것이 아니라 그가 어떤 국가의 사람일 수밖에 없는 것이었습니다. 나아가 더 큰 문제는 그에게 조국이 있을 뿐만 아니라 조국의 안전을 책임지는 직업이 있는 것이었죠. 그 직업은 보통 신성한 것으로 추어올려지는, 국민적 의미에서의 숭고한 직업이죠. 그 직업을 위해 그는 심지어 자신의 생명을 비롯한 모든 것을 포기해야 했습니다. 그런데 어떠한 외적 압력도 없는 상태에서 그는 온 인류가 다 순순히 받아들이는 그 계약을 파기했습니다. 그래서 그의 이미지는 과장되고 별나게 변해버렸죠. 마치 스핑크스처럼 극단적으로 추하면서도 역시 극단적으로 아름답게 말이죠.

의심할 여지 없이 제 소설 『암호해독자』의 주인공 룽진전과 스노든은 같은 부류의 인간입니다. 둘 다 조국의 안전이라는 지고무상의 책무를 수행한 소외된 인간입니다. 다른 점이 있다면 그 책무를 룽진전은 무한한 영광으로 여기고 기꺼이 자신을 희생해 충성을 보인 데 반해 스노든은 정반대였습니다. 그들은 동전의 양면으로서 서로 등을 맞댄 채 두 개의 이질적인 세계에서 한 사람은 영웅을, 다른 한 사람은 악당을 연기할 운명이었던 것이죠.

영웅이든 악당이든, 또 스노든이든 룽진전이든, 그들은 다 하느님에게 버림받은 자들입니다. 슬프게도 어느 국가에든 이런 사람들이 상당수 존재하죠. 솔직히 말해 스노든이 폭로한 것은 미국의 추악함이 아니라 오늘날의 세계입니다. 이 세계는 과학기술의 볼모가 된 상태입니다. X국이든 Y국이든 말이죠. 나는 그들이 상응하는 기술만 있으면 어김없이 상응하는 짓을 저지를 것이라고 생각합니다. 과학기술은 우리를 전능한 존재가 되게 했지만 동시에 모두를 적으로 삼아 위험이 상존하게 만들었습니다. 과학기술은 괴물입니다. 세계를 하나의 키보드로 축소시키고 있죠. 어떤 키 하나만 눌러도 지구상의 개미 한 마리까지 다 죽일 수 있습니다. 이런 시대에 세상에 대한 개인적인 무관심을 논하는 것은 어쩌면 사치일 수 있습니다. 어쨌든 인간의 생존욕은 하느님이 부여한, 타고난 것이니까요. 따라서 우리에게는 다른 선택의 여지가 없습니다. '스파이와 비밀번호와 음모와 비밀이 판치는 사회'에서 살 수밖에 없습니다.

저는 룽진전의 입장에서 스노든을 비웃지도, 스노든의 시각으로 룽진전을 멸시하지도 않습니다. 저는 우주의 자식이 될 수 없는 것이 유감이긴 합니다만 그래도 문학의 자식인 작가가 된 것을 다행으로 여깁니다. 이것은 하느님에게 가장 근접한 직업이니까요. 문학은 나를 폭넓고 자유로운 인간으로 만들어주었습니다. 하느님이 곁에 있어서 감히 악마에게도 말을 할 수 있답니다. 만약 문학, 예술, 종교, 철학 같은 인문정신이 대대로 전승되지 않았다면 과학기술이라는 이 괴물은 이미 오래전에 우리를 멸망시켰을 겁니다. 아니면 멸망하지 않았어도 다들 공룡이나 좀비가되어 자연을 정복할 줄만 알지 자연과 소통할 줄은 몰랐겠죠. 발자국 소리만 내고 심장 소리는 못 내며, 피만 흘릴 줄 알고 눈물은 못 흘리며, 미워할 줄만 알고 사랑할 줄은 모르며, 싸울 줄만알고 화해할 줄은 모르며, 변할 줄만 알고 지킬 줄은 몰랐을 겁니다. 문학을 모체로 하는 인문예술은 봄날의 꽃처럼 우리 마음을밤낮으로 천천히 부드럽고 온화하게, 그리고 섬세하고 온화하게만들어 과학기술이라는 그 괴물을 지금까지도 우리의 길들임 아래 놓이게 했습니다.

나는 왕 교수가 이 대답에 만족할지는 잘 모르겠다. 그래도 문학 교육에 종사하는 사람인 만큼 내가 문학을 이토록 위대하고 아름답게 말한 것에 대해 아마도 만족하지 않을까 추측해본다. 하지만 나는 맹세한다. 하느님이 곁에 있으니 하느님을 향해 맹세한다. 내 말은 진심이다. 누구의 환심을 사려는 생각은 눈곱만치도 없다. 하느님을 향한 내 진심이 왕 교수의 환심을 얻는 것보다 훨씬 더 중요하다.

2014년 1월 17일
항저우 시시西溪에서

1

때는 2007년 여름, 나는 중국 장쑤 성의 중심도시 난징에서 꿈에도 잊지 못할 경험을 했다. 한국 남자들에게 보통 가장 괴롭고 치가 떨리는 꿈은 군대 내무반에 돌아가거나 입대 영장을 다시 받는 꿈이지만 나는 다르다. 이때의 경험이 꿈에서 되풀이될 때 가장 소름이 끼치고 식은땀을 흘리며 잠에서 깨곤 한다.

당시 나는 우연치 않게 한국추리협회 작가들과 몇몇 다른 장르 소설 작가들을 인솔해 난징의 대형출판그룹이 주최하는 '한·중 추리문학대회'라는 행사에 참여했다. 물론 나는 작가가 아니므로 그저 행사에 협조하는 한국 측 간사 역할을 했다. 명색이 중국어 번역가이기는 하지만 회화에 약해서 공식 통역을 할 엄두도 내지 못했다. 그래서 그 행사의 핵심인 한·중 작가간담회가 시작될 때도 원탁에 둘러앉은 양국 작가들 뒷자리에서 꾸벅꾸벅 졸 준비나 하고 있었다.

간담회는 아주 매끄럽게 진행되었다. 통역을 맡은 한국 D대학 중국인 교수가 한국어에 아주 능통한 인사였기 때문이다. 그래서 별일 없이 간담회의 1부가 마무리되고 곧 2부가 시작될 즈음이었다.

갑자기 중국 측 간사가 당황해하며 내게 다가왔다. 내가 졸린 눈을 껌벅거리며 무슨 일이냐고 묻자 그는 통역인 중국인 교수가 자기 일이 바쁘다고 갑자기 자리를 뜨는 바람에 통역 자리가 비어버렸다고, 그 자리에서 조금이라도 중국어를 하는 사람은 나밖에 없으므로 내가 통역을 맡을 수밖에 없다고 통사정을 했다! 나는 아연실색할 수밖에 없었다.

거절하는 것은 불가능했다. 실제로 통역할 사람은 나밖에 없었고 내가 거절하면 한국과 중국의 작가, 현지 기자, 출판계 및 영화계 인사까지 50여 명이 넘는 인원이 허탕을 치고 집에 돌아갈 수밖에 없는 상황이었다. 나는 정신이 얼얼한 상태에서 원탁 앞에 앉았고 그 뒤로 한 시간 넘게 내가 무슨 말을 하는지도 모른 채 초긴장 상태에서 작가들의 질문과 대답을 받아 중국어를 한국어로, 한국어를 중국어로 말 그대로 '동시통역'을 했다. 그래도 사람이 절박한 상태에 처하면 초인적인 힘을 발휘하는지라

나는 큰 무리 없이 간담회 통역을 수행했다. 들리는 말은 들리는 대로, 안 들리는 말은 창작을 해가며 그럴 듯하게 더듬더듬 말을 옮겼다.

그런데 그렇게 불쌍하게 버티던 나를 유독 힘들게 한 중국인 작가가 한 명 있었다. 사십대 중반에 검은 턱수염을 아무렇게나 기른 그 남자 작가는 처음부터 다른 작가들과 자기는 수준이 다르다는 듯이 도도한 분위기를 풍겨 내 시선을 끌었다. 더욱이 토론에 들어가서는 유독 현란한 어휘와 빠른 말 속도를 과시하여 나로 하여금 진땀을 흘리게 만들었다. 나는 어쩔 수 없이 그가 말을 하고 나면 자동으로 통역을 못하고 두 번 세 번 그에게 되물어 정확한 말뜻을 파악해야 했다. 그런데 어느 순간, 이 밉살스러운 작가가 부리부리한 눈을 홉뜨며 내게 호통을 치는 게 아닌가!

"당신, 도대체 통역을 하는 거요, 인터뷰를 하는 거요? 통역이면 통역답게 말만 옮기란 말이요!"

분위기가 단박에 싸늘해졌고 나는 죄인 아닌 죄인이 되어 연신 그에게 고개를 조아리며 사과할 수밖에 없었다. 속으로는 어디 두고 보자, 이를 갈았지만 그 자리에서 내가 취할 수 있는 태도는 그것뿐이었다.

어쨌든 그 일을 제외하고 간담회는 곧 무탈하게 마무리되었다. 하지만 그날의 난처하고 긴장된 상황은 내 마음속에 고스란히 트라우마로 남아 그 후로 두고두고 내 악몽의 주된 소재거리가 되었다. 물론 그 성질 더러운 작가의 검디검은 턱수염의 얼굴과 이름도 내 기억 속에 뚜렷이 각인되었다. 그의 이름은 바로 마이자麥家였다.

2

"김 선생님, 혹시 마이자라는 작가 아십니까? 그 작가의『암산暗算』이라는 작품이 중국에서 아주 인기라는데 어떤지요?"

"아, 인기라고는 합니다만 1940년대 공산당과 국민당 사이의 스파이 전쟁이 소재인데 우리 독자들한테는 너무 생경하지 않겠어요? 양도 너무 많고요. 신경 쓰지 마십시오."

나는 귀국 후 이런 식으로 마이자에게 소심한 복수를 했다. 두세 군데 출판사에서 마이자의 대표작『암산』을 내고 싶어 내게 문의를 해왔지만 제대로 작품도 보지 않고 손사래를 친 것이다. 그래, 내가 있는 한 당신 작품이 어디 한국에서 출간되나 보자고 계속 훼방을 놓았다.

그런데 2009년 나는 엄청난 소식을 접했다. 바로 2008년 11월에 4년마다 한 번씩 개최하는 중국 최고의 장편소설상, 마오둔 문학상의 수상작으로 그의『암산』이 선정되었다는 것이 아닌가! 아울러 이 작품은 그가 직접 개작한 극본으로 2006년에 이미 드라마화되어 중국에서 선풍적인 인기를 불러일으킨 뒤였다. 이후로도 『풍성風聲』 『풍어風語』 『도첨刀尖』 등 그의 다른 작품까지 연이어 드라마와 영화로 만들어져 대류에서 일명 '마이자표 첩보소설'이라는 브랜드가 형성되던 참이었다.

나는 내가 뭔가 실수를 한 게 아닌가 싶어 그제야 그의 약력을 찬찬히 들여다보았다. 아니나 다를까 그가 살아온 작가 이력은 그의 왕방울 눈과 거친 턱수염에 어울리게 비범하기 그지없었다.

작가 마이자는 1964년 저장 성의 한적한 농촌에 태어났다. 그의 부모는 평범한 농민이었지만 할아버지는 기독교도였고 외할아버지는 지주였기 때문에 그의 가족은 '우파 반혁명 가정'으로 낙인 찍혀 1960년대와 1970년대 내내 주위로부터 갖은 멸시와 압박을 받았다. 심지어 어린 마이자까지 친구들로부터 따돌림을 받고 교사에게도 모욕을 당해 고독한 유소년기를 보내야 했다. 그 시절 그의 유일한 친구는 몰래 쓰는 일기장밖에 없었다. 훗날 그는 술회하길, "10여 년간 일기를 쓴 뒤에 어떤 소설들이 내 일기와 비슷하다는 것을 알고 소설을 쓰기 시작했습니다"라고 했다.

그러다가 중국의 개혁개방이 시작되고 2년 뒤, 마이자는 부활한 전국수능시험에 응시해 수학 백점, 물리 98점의 고득점을 얻었다. 비록 국어는 60점으로 낮았지만 그는 이 성적만으로도 꽤 좋은 대학에 원서를 넣을 수 있었다. 하지만 반혁명분자의 극빈 가정 출신인 그가 택한 길은 군인학교의 무선통신과였다. 당시 돈 없고 배경 없는 중국 청년들의 인기 직종은 단연 군인이었다. 그래서 이때부터 무려 17년간 그는 작가와는 전혀 무관한 병영 생활을 하게 되었다. 하지만 졸업 후 어떤 정보기관에 배속되어 일하게 되면서 훗날 『해밀解密』(한국어판 제목은 '암호해독자') 『암산』 같은, 자신의 대표적인 첩보소설의 바탕이 될 특수한 경험을 하게 된다. 이와 관련해 마이자는 마오둔문학상 수상 답사에서 이런 말을 했다.

  28년 전, 어느 평범하기 그지없는 날에 나는 전혀 평범하지 않은 곳에 들어갔습니다. 그곳은 비밀스러운 군대였습니다. 나는 그곳에서 운 좋게 특수한 군인들을 알게 되었습니다. 그들은 엘리트 중의 엘리트로서 빼어난 지혜의 소유자였습니다. 그들은 보기 드문 재능과 식견으로 명예와 이익을 얻을 수 있었습니다. 하지만 특수한 직업에 종사하는 까닭에 그들은 줄곧 세속의 햇빛이 전혀 닿지 않는 구석에서 생활해야만 했습니다. 그들의 이야기, 그들의 감정, 그들의 운명은 우리의 영원한 비밀입니다. 사실 나의 평범한 지능과 우유부단한 성정은 그들의 전우가 되기에 전혀 어울리지 않았습니다. 그래서 나는 도태되었습니다. 그래서 얼마 후 처음에 조용히 왔던 것처럼 조용히 떠나야 했죠. 하지만 그들은 결코 내 마음을 떠나지 않았습니다. 그들은 내 어린 시절의 짝사랑과도 같았습니다. 신비하기 때문에 더 완벽하게 변했고 소득이 없었기에 영원한 상념이 되어 완강하게 내 마음속에 똬리를 틀고 자리 잡았습니다. 세상은 순식간에 소란스럽게 변했고 갈수록 더 소란스러워졌지만 내 마음속 그들의 이미지는 갈수록 선명해지고 빛났습니다. 나는 세상이 확실히 변했다는 것을 알았지만 그들은 변하지 않는다고 믿었습니다. 그들은 변할 리가 없고 변할 수가 없었습니다. 그들은 여전히 과거이고 명예도 이익도 없으며 두려움도 사적인 마음도 없습니다. 나는 그들에게 감동하고 그들 때문에 마음이 아팠습니다. 그래서 나는 마술의 방식으로 그들을 재현했습니다. 그것은 내가 유일하게 그들을 이해할 수 있는 방법이기도 했습니다. 왜냐하면 그들의 진실은 결코 글로 쓰일 수 없기 때문입니다.

이렇게 그는 20대 초반의 젊은 나이에 『암호해독자』의 룽진전, 정 국장, 장기광 같은 음지의 정보요원들과 조우했고 비록 그들의 진실은 글로 옮길 수 없었지만 어떻게든 '마술의 방식'으로라도 그들의 삶을 재현할 꿈을 품게 되었다. 하지만 그 '마술의 방식' 역시 글을 수단으로 삼는 것임은 의심의 여지가 없었다.

마이자는 1986년에 자신의 일기를 소재로 한 첫 소설 「사적인 일기」를 써서 군대의 격월간 문학잡지에 발표했고 1989년에는 인민해방군 예술학원에 입학해 문학과 끊지 못할 인연을 맺게 된다. 이후에는 보르헤스의 소설에 심취해 자신의 향후 문학

세계에 미로 같은 플롯과, 현실과 비현실을 넘나드는 판타지를 도입할 채비를 갖췄다. 그리고 1995년에 첫 소설집『퍼플코드와 블랙코드』를 출간해 2002년 발표할 자신의 첫 장편소설『암호해독자』의 원형을 마련한 뒤, 1997년 17간의 군대 생활을 마쳤다. 그 후로도 마이자의 삶은 순탄치 않았다. 무려 6개 도시를 전전하며 11년간 군사학교 교관, 기자, 공무원 등을 역임하다가 연이어 베스트셀러를 내면서 비로소 전업 작가가 되었다. 그리고 현재 그는 저장 성 작가협회의 당당한 주석이다.

3

나는 뒤늦게 대작가를 못 알아본 나의 과오를 깨닫고 뉘우쳤지만 그 과오의 응보가 재난이 아니라 행운으로 돌아올 줄은 몰랐다. 우연치 않게 그의 첫 장편소설이자, 펭귄 클래식의 한 권으로 선정되어 2014년 전 세계 35개국에서 동시 출간된『암호해독자』의 한국어판 번역을 내가 맡게 된 것이다.

2002년 출간된『암호해독자』는 11년 간 17차례의 퇴고를 거쳤고 출간 후 중국 내 8개 문학상을 휩쓸며 마이자를 일약 유명 작가로 만들어주었다. 그뿐만 아니라 출간 후 12년 만에 33개 외국어로 번역되고 세계 도서관에서 장서량이 가장 많은 중국 문학작품이 되었으며 2014년에는『이코노미스트』에서 발표한 '2014년 세계 10대 소설' 중 하나로 선정되었다. 이와 함께 해외 판매 실적도 준수해서 미국 아마존 종합 베스트셀러 20위, 외국문학 분야 1위에 올랐다. 그 전까지 중국 문학작품은 영국, 미국의 아마존에서 종합 순위 1만 위 안에도 진입한 예가 거의 없었다.

더군다나 앞에서 말한 대로 『암호해독자』가 유명한 펭귄 클래식에 선정된 사건은 이 작품과 작가 마이자의 명성을 더욱 드높였다. 생각해보라. 펭귄 클래식에 진입함으로써 마이자는 제임스 조이스, 프로이트, 조지 오웰, 나보코프, 마르케스 같은 세계적인 문호들과 어깨를 나란히 하게 된 것이다. 물론 조설근(『홍루몽』), 루쉰(『아큐정전』), 첸중수(『포위된 성』), 장아이링(『색계』)의 작품이 이미 펭귄 클래식 안에 들어 있기는 하지만 그들은 모두 중화인민공화국이 수립된 1949년 이전에 주로 활동한 작가들이다. 마이자는 최근 중국 작가로서는 최초로 펭귄 클래식에 작품이 선정된 작가인 것이다.

왜 하필 『암호해독자』를 펭귄 클래식으로 선정했는지에 관해 이 작품의 영국인 편집자는 말하길, "마이자는 중국 작가에 대한 우리의 전통적인 인상을 전복시켰습니다. 우리는 중국에도 이런 작가가 있는 줄은 생각지도 못했습니다. 그의 글쓰기는 세계적 보편성이 있습니다"라고 했다. 확실히 '암호'는 구미 출판인들의 구미를 끌 만한 매력적인 소재다. 주인공 룽진전의 가문과 스승의 설정이 갖고 있는 세계사적 배경과 넓은 인문학적 지식도 마찬가지다. 바로 이 점이 중국 내에서는 훨씬 더 많은 사랑을 받

은 『암산』보다 『암호해독자』가 해외 독자들에게 더 많은 호응을
불러일으킨 까닭이다.

이밖에도 『암호해독자』가 장르소설적 소재와 기법을 이용해
재미와 문학성을 겸비한 점도 주목해야 한다. 사실 마이자의 작
품세계가 가진 이 공통적 특징 때문에 마오둔문학상 심사위원회
도 그의 『암산』을 수상작으로 정하는 과정에서 진통을 겪어야 했
다. 중국에서 가장 정통적인 권위를 자랑하는 이 문학상은 『암
산』이 전통적인 의미의 문학작품이 아니라는 점에서 선정을 주
저했다. 이 작품은 전기적인 인물의 특수한 이야기를 기술한, 대
중소설의 변종이기 때문이었다. 하지만 그들도 결국 이런 '변화'
를 인정하고 마오둔문학상의 수상 기준을 근본적으로 변경해야
만 했다. 그만큼 마이자의 문학세계는 문학의 교훈성과 오락성
의 대립을 넘어설 정도로 매력적이었던 것이다.

나는 이 후기에서 『암호해독자』에 대해 섣부른 해설을 할 능
력도 없고 그러고 싶지도 않다. 신비한 『암호해독자』의 세계를
나라는 개인적인 프리즘을 통해 밖으로 누설하거나 한계 지어
독자들의 감동과 호기심에 영향을 주지 않으려 한다. 다만 내가
마이자와의 옛 인연 혹은 구원舊怨으로 인해 이 작품의 번역을 어
떤 식으로든 등한시하지는 않았음을 밝혀두고 싶다. 나는 내 능
력의 한계 내에서 성실하게, 그리고 즐겁게 이 작품의 번역을 진
행하고 마무리했다.

마지막으로 작업 막바지에 연일 밖에서 밤샘을 한 나를 이해하고 성원해준 나의 가족에게 사랑과 감사의 마음을 전한다.

2017년 8월

김택규

암호해독자

초판 인쇄   2017년 8월 28일
초판 발행   2017년 9월 4일

지은이   마이자
옮긴이   김택규
펴낸이   강성민
편집장   이은혜
기획   노승현
편집   박은아 곽우정 김지수 이은경
편집보조   임채원
마케팅   이연실 이숙재 정현민
홍보   김희숙 김상만 이천희

펴낸곳   (주)글항아리 | 출판등록 2009년 1월 19일 제406-2009-000002호
주소   10881 경기도 파주시 회동길 210
전자우편   bookpot@hanmail.net
전화번호   031-955-8891(마케팅) 031-955-8897(편집부)
팩스   031-955-2557

ISBN   978-89-6735-445-9 03820

글항아리는 (주)문학동네의 계열사입니다.

이 도서의 국립중앙도서관 출판시도서목록(CIP)은 서지정보유통지원시스템 홈페이지
(http://seoji.nl.go.kr)와 국가자료공동목록시스템(http://www.nl.go.kr/kolisnet)에
서 이용하실 수 있습니다. (CIP제어번호 : CIP2017020898)